Theodor Fontane

Unwiederbringlich

Theodor Fontane

Unwiederbringlich

Reproduktion des Originals.

1. Auflage 2022 | ISBN: 978-3-36826-443-7

Verlag: Outlook Verlag GmbH, Zeilweg 44, 60439 Frankfurt, Deutschland
Vertretungsberechtigt: E. Roepke, Zeilweg 44, 60439 Frankfurt, Deutschland
Druck: Books on Demand GmbH, In de Tarpen 42, 22848 Norderstedt, Deutschland

Unwiederbringlich

Theodor Fontane

Erstes Kapitel

Eine Meile südlich von Glücksburg, auf einer dicht an die See herantre-
tenden Düne, lag das von der gräflich Holkschen Familie bewohnte
Schloß Holkenäs, eine Sehenswürdigkeit für die vereinzelten Fremden,
die von Zeit zu Zeit in diese wenigstens damals noch vom Weltverkehr
abgelegene Gegend kamen. Es war ein nach italienischen Mustern auf-
geführter Bau, mit gerade so viel Anklängen ans griechisch Klassische,
daß der Schwager des gräflichen Hauses, der Baron Arne auf Arnewiek,
von einem nachgeborenen »Tempel zu Pästum« sprechen durfte. Natürlich alles ironisch. Und doch auch wieder mit einer gewissen Berechtigung. Denn was man von der See her sah, war wirklich ein aus Säulen
zusammengestelltes Oblong, hinter dem sich der Unterteil des eigentlichen Baues mit seinen Wohn- und Repräsentationsräumen versteckte,
während das anscheinend stark zurücktretende Obergeschoß wenig
über mannshoch über die nach allen vier Seiten hin eine Vorhalle bil-
dende Säuleneinfassung hinauswuchs. Diese Säuleneinfassung war es
denn auch, die dem Ganzen wirklich etwas Südliches gab; teppichbe-
deckte Steinbänke standen überall die Halle entlang, unter der man beinahe tagaus, tagein die Sommermonate zu verbringen pflegte, wenn
man es nicht vorzog, auf das Flachdach hinaufzusteigen, das freilich
weniger ein eigentliches Dach als ein ziemlich breiter, sich um das
Obergeschoß herumziehender Gang war. Auf diesem breiten, flach-
dachartigen Gange, den die Säulen des Erdgeschosses trugen, standen
Kaktus- und Aloekübel, und man genoß hier, auch an heißesten Tagen,
einer vergleichsweise frischen Luft. Kam dann gar vom Meer her eine
Brise, so setzte sie sich in das an einer Maststange schlaff herabhängende Flaggentuch, das dann mit einem schweren Klappton hin- und
herschlug und die schwache Luftbewegung um ein geringes steigerte.

Schloß Holkenäs hatte nicht immer auf dieser Düne gestanden, und
noch der gegenwärtige Graf, als er sich, siebzehn Jahre zurück, mit der
schönen Baronesse Christine Arne, jüngsten Schwester seines Guts-
nachbarn Arne, vermählte, war damals in die bescheidenen Räume des
alten und eigentlichen Schlosses Holkenäs eingezogen, das mehr landeinwärts in dem großen Dorfe Holkeby lag, gerade der Holkebyer Feldsteinkirche gegenüber, die weder Chor noch Turm hatte. Das alte
Schloß, ebenso wie die Kirche, ging bis ins vierzehnte Jahrhundert zurück, und ein Neubau war schon unter des Grafen Großvater geplant

1

worden. Aber erst der gegenwärtige Graf, der, neben anderen kleinen Passionen, auch die Baupassioß hatte, hatte den Plan wieder aufgenommen und bald danach das viel beredete und bespöttelte, aber freilich auch viel bewunderte Schloß auf der Düne entstehen lassen, in dem sich's nicht bloß schöner, sondern vor allem auch bequemer wohnte. Trotzdem war der Gräfin eine nicht zu bannende Vorliebe für das alte, mittlerweile zum Inspektorhause degradierte Schloß geblieben, eine Vorliebe, so groß, daß sie nie daran vorüberging, ohne der darin verbrachten Tage mit einem Anfluge von Wehmut zu gedenken. Denn es war ihre glücklichste Zeit gewesen, Jahre, während welcher man sich immer nur zur Liebe gelebt und noch keine Meinungsverschiedenheiten gekannt hatte. Hier, in dem alten Schlosse, gegenüber der Kirche, waren ihnen ihre drei Kinder geboren worden, und der Tod des jüngsten Kindes, eines Knaben, den man Estrid getauft hatte, hatte das schöne und jugendliche Paar einander nur noch nähergeführt und das Gefühl ihrer Zusammengehörigkeit gesteigert.

All das war seit der Übersiedelung in das neue Schloß nicht ganz so geblieben, von welchem Wandel der Dinge die bei den Herrnhutern erzogene, zudem von Natur schon gefühlvoll gestimmte Gräfin eine starke Vorahnung gehabt hatte, so stark, daß ihr ein bloßer Um- und Ausbau des alten Schlosses und somit ein Verbleiben an alter Stelle das weitaus Liebere gewesen wäre, der Graf aber trug sich enthusiastisch und eigensinnig mit einem »Schloß am Meer« und deklamierte gleich bei dem ersten Gespräch, das er mit der Gräfin in dieser Angelegenheit hatte:

Hast du das Schloß gesehen?
Das hohe Schloß am Meer?
Golden und rosig wehen
Die Wolken drüber her –

ein Zitat, das freilich bei derjenigen, die dadurch günstig gestimmt und für den Plan gewonnen werden sollte, nur den entgegengesetzten Eindruck und nebenher eine halb spöttische Verwunderung hervorgerufen hatte. Denn Holk war ziemlich unliterarisch, was niemand besser wußte als die Gräfin.

»Wo hast du das her, Helmuth?«

»Natürlich aus Arnewiek. Bei deinem Bruder drüben hängt ein Kupferstich, und da stand es drunter. Und ich muß dir sagen, Christine, es gefiel mir ganz ungemein. Ein Schloß am Meer! Ich denke es mir herrlich und ein Glück für dich und mich.«

»Wenn man glücklich ist, soll man nicht noch glücklicher sein wollen. Und dann, Helmuth, daß du gerade das zitieren mußtest. Du kennst, wie ich glaube, nur den Anfang dieses Uhlandschen Liedes... es ist nämlich von Uhland, verzeih..., aber es verläuft nicht so, wie's beginnt, und am Schlusse kommt noch viel Trauriges:

> Die Winde, die Wogen alle
> Lagen in tiefer Ruh,
> Einem Klagelied aus der Halle
> Hört ich mit Tränen zu...

Ja, Helmuth, so schließt es.«

»Vorzüglich, Christine. Gefällt mir auch«, lachte Holk. »Und von Uhland, sagst du. Allen Respekt davor. Aber du wirst doch nicht verlangen, daß ich mein ›Schloß am Meer‹, nicht bauen solle, bloß weil aus einem erdichteten Schloß am Meer, auch wenn von Uhland erdichtet, ein Klagelied aus der Halle klang?«

»Nein, Helmuth, das verlang ich nicht. Aber ich bekenne dir offen, ich bliebe lieber hier unten in dem alten Steinhause mit seinen Unbequemlichkeiten und seinem Spuk. Der Spuk bedeutet mir nichts, aber an Ahnungen glaub ich, wiewohl die Herrnhuter auch davon nichts wissen wollen, und werden wohl auch recht damit haben. Trotzdem, man steckt nun mal in seiner menschlichen Schwachheit, und so bleibt einem manches im Gemüt, was man mit dem besten Spruche nicht loswerden kann.«

So war damals das Gespräch gegangen, auf das man nicht wieder zurückkam, ein einziges Mal ausgenommen, wo beide (die Sonne war schon unter) die Düne hinaufstiegen, um nach dem Neubau, der inzwischen begonnen hatte, zu sehen. Und als sie oben waren, lächelte Holk und wies auf die Wolken, die gerade »golden und rosig« über ihnen standen.

»Ich weiß, was du meinst,« sagte die Gräfin.

»Und...«

»Ich habe mich inzwischen meiner widerstreitenden Wünsche begeben. Damals, als du zuerst von dem Neubau sprachst, war ich trüben Gemüts; du weißt weshalb. Ich konnte das Kind nicht vergessen und wollte der Stelle nahe sein, wo es liegt.«

Er küßte ihr die Hand und gestand ihr dann, daß ihre Worte während ihres damaligen Gesprächs doch einen Eindruck auf ihn gemacht hätten. »Und nun bist du so gut. Und wie schön du dastehst in dem goldenen Abendrot. Ich denke, Christine, wir wollen hier glücklich sein. Willst du?«

Und sie hing sich zärtlich an seinen Arm. Aber sie schwieg.

Das war das Jahr vor Abschluß des Baues gewesen, und bald danach, weil's in dem alten Schloß unten immer unwohnlicher wurde, war Holk mit seinem Schwager übereingekommen, Christine und die Kinder nach

Arnewiek zu schicken und sie daselbst bis nächste Pfingsten, um welche Zeit alles fertig sein sollte, zu belassen. Und das war denn auch geschehen.

Und nun kam Pfingsten heran, und der Tag zur Beziehung des neuen Schlosses war da. Der Garten am Rückabhange der Düne zeigte sich freilich nur halb bepflanzt, und überhaupt war vieles erst im Werden. Aber eines war doch fertig geworden: die schmale, säulenumstellte Front nach dem Meere zu. Hier waren schon Bosketts und Blumenrondells, und weiter hin, wo sich die Düne nach vorn zu senken begann, stieg eine Treppenterrasse zum Strande hinunter und setzte sich unten in einer Stegbrücke fort, die, weit ins Meer hinaus gebaut, zugleich als Anlegestelle für die zwischen Glücksburg und Kopenhagen fahrenden Dampfer dienen sollte.

Christine war voller Bewunderung und Freude, weit über ihr eigenes Erwarten hinaus, und als sie, nach einem Umgang um das Haus, das Flachdach erstiegen hatte, vergaß sie angesichts des sich vor ihr ausbreitenden herrlichen Panoramas alles, was sich auch nach der vorjährigen Aussöhnung mit dem Neubau noch immer wieder von Sorgen und Ahnungen in ihrer Seele geregt hatte; ja, sie rief die Kinder, die noch unten an der Terrasse standen, herbei, daß sie mit teilnehmen möchten an ihrer Freude. Holk sah ihre tiefe Bewegung und wollte sprechen und ihr danken. Sie kam ihm aber zuvor und sagte:

»Bald ist es ein Jahr nun, Helmuth, daß wir zuletzt hier auf der Düne standen und du mich fragtest, ob ich hier glücklich sein wolle. Ich schwieg damals...«

»Und heute?«

»Heute sag ich ja.«

Zweites Kapitel

So schloß der Tag, an dem die Gräfin in das neue Schloß einzog. Einige Wochen später war auch eine Freundin aus den zurückliegenden Gnadenfreier Pensionstagen her auf Holkenäs eingetroffen, Julie von Dobschütz, ein armes Fräulein, bei deren Einladung zunächst nur an einen kurzen Sommerbesuch gedacht worden war. Bald aber regte sich der Wunsch, das Fräulein als Gesellschafterin, Freundin und Lehrerin im Hause verbleiben zu sehen, ein Wunsch, den Holk teilte, weil ihn Christinens Einsamkeit mitunter bedrückte. So blieb denn die Dobschütz und übernahm den Unterricht Astas und Axels, der beiden Kinder des Hauses. Asta ward ihr auch weiterhin anvertraut. Axel aber wechselte mit dem Unterrichte, als Kandidat Strehlke ins Haus kam.

4

Das alles lag jetzt sieben Jahre zurück, Graf und Gräfin hatten sich eingewöhnt, und die »glücklichen Tage«, die man dort oben leben wollte, man hatte sie wirklich gelebt. Die herzlichste Neigung, die beide vor einer Reihe von Jahren zusammengeführt hatte, bestand fort, und wenn es namentlich in Erziehungs- und religiösen Fragen auch gelegentlich zu Differenzen kam, so waren sie doch nicht angetan, den Frieden des Hauses ernstlich zu gefährden. An solchen Differenzen war nun freilich neuerdings, seit die Kinder herangewachsen, kein Mangel gewesen, was bei der Verschiedenheit der Charaktere von Graf und Gräfin nicht wundernehmen konnte. Holk, so gut und vortrefflich er war, war doch nur durchschnittsmäßig ausgestattet und stand hinter seiner Frau, die sich höherer Eigenschaften erfreute, um ein beträchtliches zurück. Darüber konnte kein Zweifel sein. Aber daß es so war, was niemand mehr einsah als Holk selber, war doch auch wieder unbequem und bedrücklich für ihn, und es kamen Momente, wo er unter den Tugenden Christinens geradezu litt und sich eine weniger vorzügliche Frau wünschte. Früher war dies alles nur stiller Wunsch gewesen, kaum zugestanden, seit einiger Zeit aber hatte der Wunsch doch auch sprechen gelernt; es kam zu Auseinandersetzungen, und wenn Julie Dobschütz, die geschickt zu diplomatisieren verstand, auch meist leichtes Spiel bei Begleichung derartiger Streitigkeiten hatte, so blieb doch das eine nicht aus, daß Christine, die das alles geahnt, mit einer Art Wehmut der Tage im alten Schloß gedachte, wo dergleichen nicht vorgekommen war oder doch jedenfalls viel, viel seltener.

Nun war Ende September 1859 und die Ernte längst herein. Die ringsherum unter dem Säulengange nistenden Schwalben waren fort, eine Brise ging, und das Flaggentuch oben auf dem Flachdache schlug träge hin und her. Man saß unter der Fronthalle, den Blick aufs Meer, den großen Eßsaal, dessen hohe Glastür aufstand, im Rücken, während die Dobschütz den Kaffee bereitete. Neben der Dobschütz, an einem anderen Tisch, hatte die Gräfin Platz genommen im Gespräch mit dem Seminardirektor Schwarzkoppen, der vor einer halben Stunde mit Baron Arne von Arnewiek herübergekommen war, um des schönen Tages in dem gastlichen Holkschen Hause zu genießen. Arne selbst schritt mit seinem Schwager Holk auf den Steinfliesen auf und ab und blieb mitunter stehen, weil das Bild vor ihm ihn fesselte: Fischerboote fuhren zum Fange hinaus, das Meer kräuselte sich leis, und der Himmel hing blau darüber. Keine Wolke war sichtbar, und nichts sah man als die schwarz am Horizont hinziehende Rauchfahne eines Dampfers.

»Du hattest doch recht, Schwager«, sagte Arne, »als du hier hinaufzogst und dir deinen ›Tempel‹ an dieser Stelle bautest. Ich war damals dagegen, weil mir Ausziehen und Wohnungswechsel als etwas Ungehöriges erschien, als etwas Modernes, das sich...«

»... das sich nur für Proletarier und Beamte schicke, so sagtest du damals.«

»Ja, so was Ähnliches wird es wohl gewesen sein. Aber ich habe mich inzwischen in manchem bekehrt und auch darin. Indessen es sei, wie's sei, soviel steht mir fest, wenn ich auch politisch und kirchlich, und selbst landwirtschaftlich, was für unsereinen doch eigentlich immer die Hauptsache bleibt, derselbe geblieben wäre, das müßt ich doch einräumen, es ist entzückend hier oben und so windfrisch und gesund. Ich glaube, Holk, als du hier einzogst, hast du dir fünfzehn Jahre Leben zugelegt.«

In diesem Augenblicke ward ihm von einem alten Diener in Gamaschen, der noch vom Vater des Grafen her mit übernommen war, der Kaffee präsentiert, und beide nahmen und tranken.

»Deliziös«, sagte Arne. »Freilich etwas zu gut, besonders für dich, Holk; solcher Kaffee wie der zieht wieder fünf Jahre von den fünfzehn ab, die ich dir eben zugesprochen, und die philiströse, wenn auch höchst bemerkenswerte Homöopathie, die, wie du weißt, von Mokka und Java nichts wissen will, würde vielleicht noch stärker subtrahieren. Apropos Homöopathie. Hast du denn schon von dem homöopathischen Veterinärarzt gehört, den wir seit ein paar Wochen in Lille-Grimsby haben?«

Und langsam auf und ab schreitend, fuhren beide Schwäger in ihrem Gespräche fort.

Ein sehr anderes Thema behandelte mittlerweile die Gräfin in ihrer Unterredung mit Seminardirektor Schwarzkoppen, der vor Jahr und Tag erst aus seiner Wernigeroder Pfarre hierher nach Schleswig-Holstein verschlagen und an das Arnewieker Seminar berufen worden war. Er hatte den Ruf und das Ansehen einer positiven kirchlichen Richtung; was der Gräfin aber fast mehr bedeutete, war das, daß Schwarzkoppen zugleich Autorität in Schul- und Erziehungsfragen war, in Fragen also, die sich seit kurzem zu brennenden Fragen für die Gräfin gestaltet hatten. Denn Asta war sechzehn, Axel beinahe fünfzehn Jahre. Schwarzkoppen, auch eben jetzt wieder in dieser diffizilen Frage zu Rate gezogen, antwortete sehr vorsichtig, und als die Gräfin merkte, daß er, vielleicht mit Rücksicht auf Holk, nicht unbedingt auf ihre Seite treten wollte, ließ sie das Gespräch wieder fallen, wenn auch ungern, und wandte sich einem anderen schon öfter mit dem Direktor verhandelten Lieblingsplane zu, der Errichtung einer Familiengruft.

»Nun, wie steht es damit?« sagte Schwarzkoppen, der froh war, aus der Erziehungsfrage heraus zu sein.

»Ich habe«, sagte Christine, »die Sache noch immer nicht besprechen mögen, weil ich mich vor einer Ablehnung von seiten Holks fürchte.«

»Das ist nicht gut, gnädigste Gräfin. Solche Furcht ist immer vom Übel, sie will dem Frieden dienen, aber eigentlich dient sie nur der Verstimmung und dem Kriege. Und zu beidem ist kein Grund. Sie müssen, wenn bessere Beweggründe nicht zu haben sind, auf seine Liebhabereien rechnen. Hat er doch, wie Sie mir selber oft versichert, die Baupassion.«

»Ja, die hat er«, bestätigte die Gräfin. »Dies Schloß ist dessen ein Zeugnis und Beweis, denn es war eigentlich unnötig; ein Umbau hätte dasselbe getan. Aber so gerne er baut, so bevorzugt er doch das eine vor dem anderen, und was ich vorhabe, wird seinen Beifall kaum haben. Ich wette, daß er lieber eine Halle bauen würde, darin man Federball spielen kann oder, wie das jetzt Mode ist, auf Rollschuhen Schlittschuh laufen, jedenfalls alles lieber als irgendwas, was mit Kirche zusammenhängt. Und nun gar eine Gruft bauen. Er denkt nicht gern an Sterben und schiebt das, was man so schön und sinnig ›sein Haus bestellen‹ heißt, gerne hinaus.«

»Ich weiß«, sagte Schwarzkoppen. »Aber Sie dürfen nicht vergessen, daß auch all seine liebenswürdigen Eigenschaften mit dieser Schwäche zusammenhängen.«

»Seine liebenswürdigen Eigenschaften«, wiederholte sie. »Ja, die hat er, fast zuviel, wenn man von liebenswürdigen Eigenschaften je zuviel haben kann. Und wirklich, er wäre das Ideal von einem Manne, wenn er überhaupt Ideale hätte. Verzeihen Sie diese Wortspielerei, sie drängt sich mir aber auf, weil es so und nicht anders liegt, und ich muß es noch einmal sagen, er denkt nur an den Augenblick und nicht an das, was kommt. Jeglichem, was ihn daran erinnern könnte, geht er aus dem Wege. Seit wir unseren Estrid begruben, ist er noch nicht in der Gruft gewesen. So weiß er auch nicht, daß beinahe alles einzustürzen droht. Und doch ist es so, und die neue Gruft muß gebaut werden. Muß, sag ich, und wenn ich nicht alles Spitze und Verletzliche vermeiden möchte, so würd ich ihm sagen, es handle sich gar nicht darum, den Reigen durch ihn eröffnet zu sehen, ich wolle es...«

Schwarzkoppen wollte unterbrechen, aber Christine achtete dessen nicht und fuhr, ihre letzten Worte wiederholend, fort: »Ich wolle es; aber ich müsse darauf bestehen, meinerseits in eine Wohnung einzuziehen, die mir gefiele, nicht in eine, darin alles zerbröckelt und zerfallen sei... Doch lassen wir Vermutungen über das, was ich sagen oder nicht sagen würde; mir liegt für den Augenblick mehr daran, Ihnen eine auf meinen Bauplan bezügliche Aquarelle vorzulegen, die mir die Dobschütz in den letzten Tagen angefertigt hat. Natürlich auf meinen Wunsch; sie zeichnet so gut. Es ist eine offene Halle, gotisch, und die Steine, die den Fußboden bilden, decken zugleich die Gruft. Worauf ich aber das meiste Gewicht lege (die kleine Zeichnung läßt natürlich nur wenig davon erkennen), das ist der Bilderschmuck an Wand und Decke. Die Längswand mit einem Totentanz, vielleicht unter Anlehnung an den in Lübeck, und in die Gewölbekappen Engel und Palmenzweige. Je schöner, desto besser. Und wenn wir erste Künstler nicht haben können, weil unsere Mittel dafür nicht ausreichen, so zweite und dritte; schließlich ist doch, der Gedanke die Hauptsache. Liebe Julie, verzeih, daß ich dich bemühe. Aber bring uns das Blatt...«

Holk und Arne hatten inzwischen ihren Gang unter der Säulenhalle fortgesetzt und waren zuletzt auf einen Kiesweg zugeschritten, der in einer Schlängellinie bis an die nächsten Stufen der zur See niedersteigenden Terrasse lief. An eben dieser Stelle befand sich auch ein aus Zypressen und Lorbeer gebildetes Boskett, mit einer Marmorbank in Front, und hier setzten sich die beiden Schwäger, um ungestört ihre Zigarre rauchen zu können, was die Gräfin, wenn man unter der Halle saß, zwar nie verbot, aber auch nicht eigentlich gestattete. Das Gespräch beider drehte sich sonderbarerweise noch immer um das Wunder von Tierarzt, was ziemlich unerklärlich gewesen wäre, wenn nicht Holk, außer seiner Bauleidenschaft, auch noch eine zweite Passion gehabt hätte: die für schönes Vieh. Er war kein großer Landwirt wie sein Schwager Arne, ja, tat sich was damit, es nicht zu sein: aber auf sein Vieh hielt er doch, fast nach Art eines sportsman, und freute sich, es bewundert zu sehen und dabei von mirakelhaften Milcherträgen erzählen zu können. Aus diesem Grunde war ihm der neue Veterinärarzt eine wirklich wichtige Persönlichkeit, und nur die homöopathische Heilmethode desselben ließ immer wieder einige Bedenken in ihm aufsteigen. Aber Arne schnitt diese Bedenken ab. Das sei ja gerade das Interessanteste an der Sache, daß der neue Doktor nicht bloß gute Kuren mache, das könnten andere auch, sondern wie er sie mache und wodurch. Die ganze Geschichte bedeute nicht mehr und nicht weniger als den endlichen Triumph eines neuen Prinzips, erst von der Viehpraxis her datiere der nicht mehr anzuzweifelnde Sieg der Homöopathie. Bis dahin seien die Quacksalber alten Stils nicht müde geworden, von der Macht der Einbildung zu sprechen, was natürlich heißen sollte, daß die Streukügelchen nicht als solche heilten; eine schleswigsche Kuh aber sei, Gott sei Dank, frei von Einbildungen, und wenn sie gesund würde, so würde sie gesund durch das Mittel und nicht durch den Glauben. Arne verbreitete sich noch des weiteren darüber, zugleich hervorhebend, daß es sich bei den Kuren des neuen, beiläufig aus dem Sächsischen stammenden Doktors allerdings auch noch um andere Dinge handele, die mit Allopathie oder Homöopathie nichts Direktes zu schaffen hätten. Unter diesen Dingen stehe die durchgeführteste, schon den Luxus streifende Reinlichkeit obenan, also immer neue Stallbauten und unter Umständen selbst ein Operieren mit Marmorkrippen und vernickelten Raufen. Holk hörte das alles mit Entzücken und empfand so große Lust, mit Christine darüber zu sprechen, daß er die Zigarre wegtat und auf die Säulenhalle zurückschritt.

»Ich höre da eben interessante Dinge, Christine. Dein Bruder erzählt mir von homöopathischen Kuren eines neuen sächsischen Veterinärdoktors, der in Leipzig seine Studien gemacht hat. Ich betone Leipzig, weil es Hochburg der Homöopathie ist. Wahre Wunderkuren...! Sagen Sie, Schwarzkoppen, wie stehen Sie zu der Sache? Die Homöopathie hat so etwas Geheimnisvolles, Mystisches. Interessant genug, und in ihrer Mystik eigentlich ein Thema für Christine.«

Schwarzkoppen lächelte. »Die Homöopathie verzichtet, soviel ich weiß, auf alles Geheimnisvolle oder gar Wunderbare. Es ist einfach eine Frage von viel oder wenig und ob man mit einem Gran so weit kommen kann wie mit einem halben Zentner.«

»Versteht sich«, sagte, Holk. »Und dann gibt es noch einen Satz, ›Similia similibus‹, worunter sich jeder denken kann, was er will. Und mancher denkt sich gar nichts dabei, wohin wohl auch unser tierärztlicher Pfiffikus und Mann der Aufklärung gehören wird. Er gibt seine Streukügelchen und ist im übrigen, als Hauptsache, für Stallreinlichkeit und Marmorkrippen, und ich möchte sagen, die Tröge müssen so blank sein wie ein Taufbecken.«

»Ich glaube, Helmuth, daß du deine Vergleiche rücksichtsvoller wählen könntest, schon um meinetwillen, namentlich aber in Schwarzkoppens Gegenwart.«

»Zugestanden. Übrigens alles ipsissima verba des neuen Wunderdoktors, Worte, die dein Bruder zitierte, wobei freilich nicht bestritten werden soll, daß es sich auch für den Doktor empfehlen würde, solche Vergleiche lieber nicht zu brauchen, zumal er Konvertit ist. Er heißt nämlich Lissauer.«

Schwarzkoppen und Christine wechselten Blicke.

»Wenn er übrigens auf den Hof kommt, so lad ich ihn unten in der Inspektorwohnung zum Lunch. Hier oben...«

»Ist er entbehrlich.«

»Ich weiß, und du darfst unbesorgt sein. Aber ich rechne es ihm an, daß er selbständige Gedanken hat und den Mut der Aussprache. Das mit den Marmorkrippen ist natürlich mehr oder weniger Torheit und nichts als ein orientalischer Vergleich, den man ihm zugute halten muß. Aber mit der Forderung der Reinlichkeit so ganz im allgemeinen, damit hat er doch recht. Meine Ställe, die noch sämtlich aus dem Ende des vorigen Jahrhunderts sind, müssen fort, und ich freue mich, endlich eine Veranlassung und einen Sporn zu haben, mit dem alten Unwesen aufzuräumen.«

9

Die Gräfin schwieg und suchte mit der Nadel in den Seidenfäden, die vor ihr auf dem Tische lagen.

Den Grafen verdroß dies Schweigen. »Ich dachte, du würdest mir deine Zustimmung ausdrücken.«

»Es sind Wirtschaftssachen, in denen ich, was auch beliebt wird, nicht mitzusprechen habe. Hältst du Marmorkrippen oder ähnliches für nötig, so werden sie sich finden, und wenn es in Carrara wäre.«

»Was läßt dich wieder so bitter sprechen, Christine?«

»Verzeih, Helmuth, aber es trifft sich unglücklich. Eben hab ich mit Schwarzkoppen über Dinge gesprochen, die mir mehr am Herzen liegen, übrigens auch Bausachen, und im selben Augenblick willst du Ställe bauen, Ställe...«

»Freilich will ich das. Du vergißt immer, Christine, wenn du auch nicht mitsprechen willst, wie du eben sagtest, du vergißt immer, daß ich in erster Reihe Landwirt bin, und für einen Landwirt ziemt sich eben, das Landwirtschaftliche. Das Landwirtschaftliche ist die Hauptsache.«

»Nein, die Hauptsache ist es nicht.«

»Nun, was denn?«

»Es ist ein Unglück und ein Schmerz für mich, daß ich das Selbstverständliche dir gegenüber noch immer wieder hervorheben muß.«

»Ach, ich verstehe. Die Kirche soll ausgebaut werden oder ein Schwesternasyl oder ein Waisenhaus. Und dann ein Campo santo, und dann wird der ganze Cornelius aufgekauft und in Wasserfarben an die Wand gemalt...«

Es war selten, daß der Graf zu solchen Worten seine Zuflucht nahm, aber es gab ein paar Punkte, wo Verstimmung und Gereiztheit sofort über ihn kamen und ihn die feinen Umgangsformen vergessen ließen, deren er sich sonst rühmen durfte. Sein Schwager wußte das und schritt deshalb rasch ein, um das Gespräch in andere Wege zu leiten, wozu sein guter Humor ihn jederzeit befähigte.

»Schwester, Schwager, ich meinerseits denke, das eine tun und das andere nicht lassen. Da habt ihr meine Weisheit und den Frieden dazu. Zudem, Holk, du weißt noch nicht einmal, um was es sich handelt.«

Holk lachte gutmütig.

»Du weißt es nicht«, fuhr Arne fort, »und ich weiß es auch nicht, der ich doch sonst in die Geheimnisse Christinens eingeweiht zu sein pflege. Freilich, wenn mich nicht alles täuscht, so haben wir hier den Schlüssel...« Und dabei nahm er das aquarellierte Blatt, das die Dobschütz inzwischen gebracht hatte. »Charmant, von welcher Hand es auch herrühren möge. Gotik, Engel, Palmen. Soll man selbst unter diesen nicht un-

10

gestraft wandeln dürfen? Und an allem ist dieser unglückselige Veterinärarzt schuld, ein Mann in Stulpenstiefeln, an dem nichts komischer ist als die Tatsache, daß er sächsisch spricht. Er müßte eigentlich plattdeutsch sprechen, sogar mecklenburgisch. Wobei mir einfällt, wißt ihr denn schon, daß sich in Kiel und Rostock eine plattdeutsche Dichterschule gebildet hat, oder eigentlich zwei, denn die Deutschen, wenn sich irgendwas auftut, zerfallen immer gleich wieder in zwei Teile. Kaum ist das Plattdeutsche da, so haben wir auch schon wieder itio in partes, und die Mecklenburger marschieren unter ihrem Fritz Reuter und die Holsteiner unter ihrem Klaus Groth. Aber Klaus Groth hat einen Pas voraus, weil er Lyriker ist und komponiert werden kann, und davon hängt eigentlich alles ab. Kein Jahr, vielleicht kein halbes, so kommt er von keinem Klavier mehr herunter. Ich habe da schon was auf eurem Flügel liegen sehen. Asta, du könntest was von ihm singen.«

»Ich mag nichts Plattdeutsches.«

»Nun, dann singe was Hochdeutsches, aber natürlich etwas recht Hübsches und Lustiges.«

»Ich mag nichts Lustiges.«

»Nun, wenn es nichts Lustiges sein kann, dann singe was recht Trauriges. Aber es muß dann auch ganz traurig sein, daß man auf seine Kosten kommt. Etwas von einem Pagen, der für Komtesse Asta stirbt, oder von einem Ritter, der von seinem Nebenbuhler erschlagen und am Wege begraben wird. Und daneben wacht der Hund am Grabe des Ritters, und drei Raben sitzen in einer Pappelweide und kreischen und sehen zu.«

Asta, die mit dem Onkel auf einem Neckfuß stand, würde ihm auch diesmal eine Antwort nicht schuldig geblieben sein, wenn nicht in eben diesem Augenblick ihre Aufmerksamkeit nach einer anderen Seite hin in Anspruch genommen worden wäre.

»Da kommt Elisabeth«, rief sie freudig erregt. »Und der alte Petersen mit ihr und Schnuck auch.«

Und als sie das sagte, traten alle von der Halle her in den Vorgarten und grüßten mit ihr zugleich hinunter.

Drittes Kapitel

Pastor Petersen und seine Enkelin Elisabeth, vielleicht weil das Licht sie blendete, bemerkten von dem ihnen geltenden Gruße nichts, aber um so deutlicher sah man oben, von Terrasse und Vorhalle her, die unten am Strand immer näher Kommenden. Der Alte, seinen Hut in der Hand (so daß der Wind mit seinem dünnen, aber langen weißen Haare spielte), ging ein paar Schritte vorauf, während Elisabeth sich nach den Holz- und Borkenstückchen bückte, die zwischen dem Seetang umher-

11

lagen, und sie ins Meer warf, um Schnuck, einen wundervollen schwarzen Pudel, danach apportieren zu lassen. Jetzt aber ließ sie davon ab und begnügte sich, ein paar Blumen zu pflücken, die zwischen dem Strandhafer standen. Und so schlendernd, kamen sie schließlich bis an den Pier, wo sie links abbogen, um die Terrasse hinaufzusteigen.

»Sie kommen«, brach Asta in erneutem Jubel aus. »Und Elisabeth bringt ihren Großvater mit.«

»Ja«, sagte Baron Arne. »Vielleicht könnte man auch sagen, der Großvater bringt Elisabeth mit. Aber so seid ihr; die Jugend ist die Hauptsache; wenn man alt wird, ist man nur noch Beigabe. Jung sein heißt selbstsüchtig sein. Aber eigentlich ist es später auch nicht besser. Mein erster Gedanke war, als ich den Alten sah, da kommt unsere Whistpartie. Schwarzkoppen ist freilich nicht für Spiel, aber Gott sei Dank auch nicht dagegen, und würde, wenn er Katholik wäre, wahrscheinlich von einer ›läßlichen Sünde‹ sprechen. Und das sind mir die liebsten. Im übrigen bewundere ich diesen Pudel, wie heißt er doch?«

»Schnuck«, sagte Asta.

»Richtig, Schnuck: eigentlich mehr ein Name für eine Lustspielfigur. Er war schon dreimal oben und immer wieder zurück. Offenbar freut er sich ganz unbändig. Und nun sage, Asta, worauf freut er sich, auf dich oder auf die Kunststücke, die er machen darf, oder auf den Zucker, den er dafür kriegt?«

Zwei Stunden später war es still unter der Säulenhalle; der Abend war hereingebrochen, und nur am Horizont lag noch ein roter Widerschein. Alles hatte sich in das Wohn- und Empfangszimmer zurückgezogen, das, in gleicher Größe wie der Eßsaal, unmittelbar hinter diesem lag und den Blick zunächst auf einen wohlgepflegten, mit Treibhäusern besetzten Vorgarten hatte, der weiterhin in große, bergabsteigende Parkanlagen überging.

Das Wohn- und Empfangszimmer war reich möbliert und hatte doch Raum genug zu freier Bewegung. Neben dem Flügel, in der geschütztesten Ecke, stand ein großer runder Tisch, mit einer Moderateurlampe darauf. Hier saßen die Gräfin und ihre Freundin, die Dobschütz, die vorlesen sollte, während Asta und Elisabeth dicht neben ihnen auf zwei Fußbänken Platz genommen hatten und abwechselnd leise plauderten oder den Pudel zu dessen eigener sichtlicher Freude Kunststücke machen ließen. Aber zuletzt wurde er müde von der Anstrengung und schlug, weil er die Balance nicht mehr halten konnte, mit einer seiner Pfoten auf die Tasten des offenstehenden Flügels.

»Ach, nun spielt er auch noch«, lachte Asta. »Ich glaube, wenn er will, spielt Schnuck besser als ich; er ist so geschickt, und Tante Julie wird es nicht bestreiten. Vorhin sollt ich spielen und sogar singen, Onkel Arne bestand darauf, aber ich hütete mich wohl. Ich habe bloß Lust und gar kein Talent. Hast du was mitgebracht, Elisabeth? Ihr habt ja immer was Neues, und du hattest ja auch eine Mappe am Arm, als du kamst. Laß uns sehen.«

So plauderten die Mädchen weiter. In der schräg gegenüberliegenden Zimmerecke aber saßen die vier Herren beim Whist, Arne wie gewöhnlich mit dem alten Petersen scheltend, daß er noch so langsam spiele wie zur Zeit des Wiener Kongresses.

»Ja«, lachte Petersen, »wie zur Zeit des Wiener Kongresses; da spielte man langsam, das galt für vornehm, und muß ich Ihnen nachher eine Geschichte davon erzählen, eine Geschichte, die wenig bekannt ist und die, soviel ich weiß, von Thorwaldsen stammt, der sie von Wilhelm von Humboldt hörte...«

»Von Alexander«, sagte Arne.

»Nein, erlauben Sie, Arne, von Wilhelm von Humboldt. Wilhelm war überhaupt...«

»Aufpassen, Petersen...«

Und das Spiel nahm, ohne weitere Zwischenrede, seinen Fortgang, und auch die Mädchen dämpften ihre Stimme. Denn die Dobschütz hatte zu lesen begonnen, und zwar aus einem großen Zeitungsblatt, das im Laufe des Nachmittags der Postbote gebracht hatte. Freilich war es noch kein rechtes Vorlesen, sondern erst der Versuch dazu, wobei sich's die Dobschütz – in den Zeitungen zitterte der italienische Krieg noch nach – angelegen sein ließ, zunächst nur die Kopftitel zu lesen, und zwar in einem anfragenden Tone. »Erzherzog Albrecht und Admiral Tegethoff...« Die Gräfin schüttelte den Kopf... »Auf dem Marsche nach Magenta«... »Die Kürassierbrigade Bonnemain«... Neues Kopfschütteln... »Man schreibt uns aus Charlottenburg über das Befinden König Friedrich Wilhelms des Vierten...«

»Ja«, unterbrach hier die Gräfin, »das lies, liebe Dobschütz. Das aus Charlottenburg. Ich habe kein Interesse für Kriegsgeschichten, es sieht sich alles so ähnlich, und immer bricht wer auf den Tod verwundet zusammen und läßt sterbend irgendein Etwas leben, das abwechselnd Polen oder Frankreich oder meinetwegen auch Schleswig-Holstein heißt. Aber es ist immer dasselbe. Dieser moderne Götze der Nationalität ist nun mal nicht das Idol, vor dem ich bete. Die rein menschlichen Dinge, zu denen, für mich wenigstens, auch das Religiöse gehört, interessieren mich nun mal mehr. Dieser unglückliche König in seinem Charlottenburger Schloß;... ein so heller Kopf, und nun umnachtet in seinem Geiste. Ja, das interessiert mich. Ist es lang?«

»Eine Spalte.«

»Das ist viel. Aber fange nur an, wir können ja abbrechen.«

Und nun las die Dobschütz:

»... Alle Nachrichten stimmen dahin überein, daß es mit dem Befinden des Königs schlechter geht; seine Teilnahme läßt nach, und die Stunden, in denen er folgen kann, werden immer seltener. Selbstverständlich beginnt dieser Zustand des Kranken auch das staatliche Leben zu beeinflussen, und gewisse Rücksichten, die man bisher nahm, lassen sich nicht mehr durchführen. Es läßt sich nicht verkennen, daß sich ein vollständiger Systemwechsel vorbereitet und daß sich dieser Wechsel demnächst auch in der auswärtigen Politik zeigen wird. Das Verhältnis zu Rußland und Österreich ist erschüttert, ein freundschaftliches Verhältnis zu den Westmächten bahnt sich mehr und mehr an, zu England gewiß. Alles, was geschieht, erinnert an die Zeit von 6 bis 13, die, nach voraufgegangener Erniedrigung, eine Zeit der Vorbereitung und Wehrhaftmachung war. Mit solcher Wehrhaftmachung beschäftigen sich unausgesetzt die Gedanken des Prinzregenten, und ist Preußen militärisch erst das, was der Prinzregent aus ihm zu machen trachtet, so werden wir sehen, was wird. Und in keiner Frage wird sich das deutlicher zeigen als in der schleswig-holsteinschen.«

»Es ist gut«, sagte die Gräfin. »Ich dachte, der Artikel würde Mitteilungen vom Hofe bringen, anekdotische Züge, Kleinigkeiten, die meist die Hauptsache sind, und nun bringt er politische Konjekturen. Ich glaube nicht an Vorhersagungen, die meist von denen gemacht werden, die die geringste Berechtigung dazu haben... Aber was ist das für ein Bild, das ich da auf der Rückseite der Zeitung sehe, Schloß und Schloßtürme...«

Die Dobschütz, die nichts davon wußte, wandte die Zeitung und sah nun, daß es eine Annonce war, die, mit ihrem großen Holzschnitt in der Mitte, beinahe die ganze Rückseite der Zeitung einnahm. Das Auge der Dobschütz glitt darüber hin. Dann sagte sie: »Es ist eine Pensionsanzeige aus der Schweiz, natürlich vom Genfersee: hier, das kleine Gebäude, ist das Pensionat, und das große Hotel im Vordergrunde ist nur Zugabe.«

»Lies. Ich interessiere mich für solche Annoncen.«

»... Unsere Pension Beau-Rivage tritt nun in ihr fünfundzwanzigstes Jahr. Es haben in dieser Zeit junge Damen aus allen Teilen der Erde Aufnahme bei uns gefunden und bewahren uns, soviel wir erfahren, ein freundliches Gedenken. Wir verdanken dies, neben dem Segen, der nicht fehlen darf, auch wohl den Grundsätzen, nach denen wir unsere Pension unausgesetzt leiten. Es sind dies die Grundsätze der Internationalität und konfessioneller Gleichberechtigung. Ein kalvinistischer Geist-

14

licher steht leitend an der Spitze des Ganzen, aber durchaus von einem Geiste der Duldung erfüllt, überläßt er es den Eltern und Vormündern, die Zöglinge, die man uns anvertraut, an diesem Religionsunterricht teilnehmen zu lassen oder nicht...«

Die Gräfin erheiterte sich sichtlich. Sie hatte den Zug der meisten Frommen und Kirchlichen, die Kirchlichkeit anderer nicht bloß anzuzweifeln, sondern meist auch von der komischen Seite zu nehmen, und so waren ihr denn Mitteilungen aus dem Lager der Katholiken und beinah mehr noch der Genferischen immer eine Quelle vergnüglicher Unterhaltung, auch wenn sich nicht, wie hier, eine das Heitere so direkt herausfordernde Geschäftlichkeit mit einmischte. Sie nahm das Blatt, um die Pensionsanzeige, die sich noch fortsetzte, weiterzulesen, aber der Diener, der schon seit einer Viertelstunde den Whisttisch beobachtet und den Schluß des Robbers abgewartet hatte, trat jetzt vor, um zu melden, daß der Tee serviert sei.

»Trifft sich vorzüglich«, sagte Baron Arne. »Wenn man gewonnen hat, zählt ein Rebhuhn, worauf ich rechne, zu den gesundesten Gerichten; sonst freilich nicht.«

Und damit erhob er sich und reichte dem Fräulein von Dobschütz den Arm, während Schwarzkoppen mit der Gräfin voranschritt.

»Nun, Petersen«, sagte der Graf, »wir müssen miteinander fürlieb nehmen.« Und an Asta und Elisabeth vorübergehend, rief er diesen zu: »Nun, meine Damen...«

Aber Asta streichelte nur zärtlich seine Hand und sagte: »Nein, Papa, wir bleiben hier, Mama hat es schon erlaubt; wir haben uns noch allerlei zu erzählen.«

Viertes Kapitel

In dem Eßsaale war gedeckt, die Flügeltüren standen auf, und ein heller Lichterglanz empfing die Eintretenden. Die Gräfin nahm ihren Platz zwischen den beiden Geistlichen, während Fräulein von Dobschütz mit Holk und Arne ihr gegenüber saßen. Einen Augenblick später erschienen auch der Hauslehrer und Axel.

»Ich habe mich eben sehr erheitert«, wandte sich die Gräfin an Schwarzkoppen...

»Ah«, warf Holk dazwischen, in einem Tone, der, wenn weniger spöttisch, ergötzlich gewesen wäre, und Arne, der den Spott darin nur zu sehr herausfühlte (denn Christine war eigentlich nie heiter), lachte herrlich vor sich hin.

»Ich habe mich eben sehr erheitert«, wiederholte die Gräfin mit einem Anfluge von Empfindlichkeit und fuhr dann fort: »Es ist doch ein eigen Ding um diese Schweizerpensionen, in denen sich Geschäftlichkeit mit Kalvinismus so gut verträgt. Es war immer die häßliche Seite des Kalvinismus, so lebensklug zu sein...«

Schwarzkoppen, an den sich auch diese zweite Bemerkung gerichtet hatte, verneigte sich. Ihr Bruder aber sagte »Das ist mir neu, Christine. Calvin, soviel ich weiß, war unbequem und unerbittlich, Knox desgleichen, und Coligny benahm sich jedenfalls nicht allzu lebensklug, sonst lebte er vielleicht noch. Und dann La Rochelle. Und dann die zehntausend Ausgewanderten um Glaubens willen. Es soll den Lutherschen schwer werden, Seitenstücke dazu zu finden oder wohl gar Besseres. Ich beantrage Gerechtigkeit: Schwarzkoppen, Sie dürfen mich nicht im Stich lassen gegen meine Schwester. Und Petersen, Sie auch nicht.«

Holk, der seinen Schwager überhaupt sehr liebte, hatte seine herzliche Freude, daß Arne so sprach. »Das ist recht, Alfred. Für die, die nicht da sind, muß man eintreten.«

»Und wenn es Preußen wären«, setzte Arne lachend hinzu. »Wobei mir der Artikel einfällt, der vorher vorgelesen wurde. Was war es eigentlich damit? Ich habe nämlich die Tugend, beim Whist gewinnen und doch so ziemlich allem folgen zu können, was nebenher gelesen oder gesprochen wird. Ich hörte was vom Charlottenburger Hof und von Wehrhaftmachung und Anno 13. Oder war es nicht so? Anno 13 habe ich bestimmt gehört und Wehrhaftmachung auch...«

»Ach, liebe Dobschütz, erzähle, was es war«, sagte die Gräfin.

»Es war genauso, wie der Herr Baron annimmt, und alles in allem schien der Artikel sagen zu wollen, daß es mit Dänemark vorbei sei, wenn es sich in der Sprachenfrage nicht handeln lasse.«

Holk lachte. »Mit Dänemark vorbei! Nein, Herr Preuß, soweit sind wir noch nicht, und unter allen Umständen haben wir immer noch die Geschichte vom Storch und Fuchs. Der Fuchs in der Fabel konnte nicht an das Wasser heran, weil es in einer Flasche war, und der neueste Fuchs, der Preuße, kann nicht an Dänemark heran, weil es Inseln sind. Ja, das Wasser! Gott sei Dank. Es ist immer dieselbe Geschichte, was der eine kann, kann der andere nicht, und so gut die Preußen ihren Parademarsch marschieren, über die Ostsee können sie nicht rüber, wenn es auch bei Klaus Groth heißt: ›De Ostsee is man en Puhl.‹«

Arne, der, bis spät in den Herbst hinein, seine Abendmahlzeit regelmäßig mit einem Teller saurer Milch einleitete, streute eben Brot und Zucker auf die vor ihm stehende Satte, nahm einen ersten Löffel voll und sagte dann, während er seinen Bart putzte: »Schwager, da divergieren wir. Der einzige Punkt. Und ich setze hinzu, glücklicherweise. Denn mit seiner Schwester darf man schon allenfalls Krieg führen, aber mit seinem Schwager nicht. Ich berufe mich übrigens auf Petersen, der hat am meisten vom Leben gesehen...«

Petersen nickte.

»Sieh, Holk«, fuhr sein Schwager fort, »du sprichst da von Fuchs und Storch. Nun gut, ich habe nichts dagegen, daß wir in die tiergeschichtliche Fabel hineingeraten, im Gegenteil. Denn es gibt auch eine Fabel vom Vogel Strauß. Lieber Holk, du steckst den Kopf wie Vogel Strauß in den Busch und willst die Gefahr nicht sehen.«

Holk wiegte sich hin und her und sagte dann: »Ah bah, Alfred. Wer sieht überhaupt in die Zukunft? Nicht du, nicht ich. Aber schließlich, alles ist Wahrscheinlichkeitsrechnung, und zu dem Unwahrscheinlichsten von der Welt gehört eine Gefahr von Berlin oder Potsdam her. Die Tage der Potsdamer Wachtparade sind vorüber. Nichts über den Alten Fritzen, er hat keinen größeren Verehrer als mich, aber alles, was er getan, hat, hat den Charakter einer Episode, die für sein Land geradezu verhängnisvoll geworden.«

»Also der Ruhm eines Landes, oder gar seine Größe, sein Verhängnis.«

»Ja, das klingt sonderbar, und doch, lieber Arne...«

Holk unterbrach sich, denn man hörte vom Nebenzimmer her, daß Asta sich mühte, die Begleitung eines Liedes auf dem Flügel herauszutippen. Es wurde aber gleich wieder still, und Holk seinerseits wiederholte: »Ja, Schwager, klingt sonderbar, daß der Ruhm ein Verhängnis sein soll, und doch, dergleichen kommt vor und entspricht dann immer der Natur der Dinge. Möglich, daß auf diesem brandenburgischen Sumpf- und Sandland, auf dem ja die Semnonen und ähnliche rothaarige Welteroberer gelebt haben sollen, ein neues Welteroberungsvolk hätte gedeihen können, gut, zugegeben, aber da hätte dies Land einen langsamen normalen Werdeprozeß durchmachen müssen. Den hat dieser große Friedrich gestört. Als Kleinstaat legte sich Preußen zu Bett, und als Großstaat stand es wieder auf. Das war unnormal und kam einfach daher, daß es die Nacht über, oder genauer gerechnet etliche vierzig Jahre lang, in einem Reck- und Streckbett gelegen hatte.«

»Holk, das sind nicht deine Ideen«, sagte Christine.

»Nein, und ist auch nicht nötig; es genügt, daß ich sie mir angeeignet. Und so laß mich denn in meinen entlehnten Ideen fortfahren. Allen Respekt vor dem großen König, er ist eine Sache für sich. Aber das sozusagen posthume Preußen, das Preußen nach ihm, ist kein Gegenstand meiner Bewunderung, immer im Schlepptau, heute von Rußland, morgen von Österreich. Alles, was ihm geglückt ist, ist ihm unter irgendeinem Doppelaar geglückt, nicht unter dem eigenen Adler, er sei schwarz oder rot. Es hat etwas für sich, wenn Spötter von einem preußischen Kuckuck sprechen. Ein Staat, der sich halten und mehr als ein Tagesereignis sein will, muß natürliche Grenzen haben und eine Nationalität repräsentieren.«

»Es gibt noch anderen Mörtel und Staatenkitt«, sagte Arne, und Schwarzkoppen und Christine sahen zustimmend einander an.

»Gewiß«, replizierte Holk. »Zum Beispiel Geld. Aber wer lacht da? Preußen und Geld!«

»Nein, nicht Geld: eine andere Kleinigkeit. Und diese Kleinigkeit ist nichts weiter als eine Vorstellung, ein Glauben. In den Russen lebt die Vorstellung, daß sie Konstantinopel besitzen müssen, und sie werden es besitzen. An solchen Beispielen ist die Geschichte reich, und in den Preußen lebt auch so was. Es ist nicht wohlgetan, darüber zu lachen. Solche Vorstellungen sind nun mal eine Macht. In unserem Busen wohnen unsere Sterne, so heißt es irgendwo, und was die innere Stimme spricht, das erfüllt sich. In Preußen, das du von Jugend an nicht leiden kannst und von dem du klein denkst, ist seit anderthalb Jahrhunderten alles Vorbereitung und Entwickelung auf ein großes Ziel hin; nicht der Alte Fritz war Episode, sondern die Schwächlichkeitszeit, von der du gesprochen, die war Interregnum. Und mit diesem Interregnum ist es jetzt vorbei. Was der Zeitungsartikel da sagt, ist richtig. Die Werbetrommel geht still durchs Land, und gamle Dänemark, wenn es zum Klappen kommt, wird schließlich die Zeche bezahlen müssen. Petersen, sagen Sie ein Wort! In Ihren Jahren hat man das Zweite Gesicht und weiß, was kommt.«

Der Alte lächelte vor sich hin. »Ich will die Frage doch lieber weitergeben. Denn was unsereinem erst kommt, wenn man achtzig Jahre hinter sich hat (und ich stehe doch noch davor), das haben die Frauen von Natur, die Frauen sind geborene Seher. Und unsere Gräfin gewiß.«

»Und ich will auch antworten«, sagte Christine. »Was meine liebe Dobschütz da gelesen – anfangs bin ich eigentlich nur mit halbem Ohre gefolgt, denn ich wollte von dem mir teuren Königspaar hören und nicht von Wehrhaftmachung und neuer Zeit. Aber was da gesagt wurde, das ist richtig...«

Arne warf der Schwester eine Kußhand zu, während sich Holk, der sich schon als Opfer einiger Anzüglichkeiten fühlte, mit einem Krammetsvogel zu schaffen machte.

»... Den Brief in der Hamburger Zeitung«, fuhr Christine fort, »hat offenbar jemand geschrieben, der dem neuen Machthaber nahesteht und seine Pläne kennt. Und wenn es noch nicht Pläne sind, so doch Wünsche. Ganz und gar aber muß ich allem zustimmen, was Alfred eben über die Macht gewisser Vorstellungen gesagt hat. Die Welt wird durch solche Dinge regiert, zum Guten und Schlechten, je nachdem die Dinge sind. Und bei den Preußen wurzelt alles...«

»In Pflicht«, warf Arne dazwischen.

»Ja, in Pflicht und in Gottvertrauen. Und wenn das zuviel gesagt ist, so doch wenigstens in dem alten Katechismus Lutheri. Den haben sie da noch. Du sollst den Feiertag heiligen, du sollst nicht ehebrechen, du sollst nicht begehren deines Nächsten Knecht, Magd, Vieh oder alles, was sein ist – ja, das alles gilt da noch...«

»Und ist im übrigen aus der Welt verschwunden«, lachte Holk.

»Nein, Helmuth, nicht aus der Welt, aber doch aus dem Zipfelchen Welt, das unsere Welt ist. Ich meine nicht aus unserem teuren Schleswig-Holstein, das hat Gott in seiner Gnade so tief nicht sinken lassen, ich meine, das Treiben drüben, drüben, wo doch unsere Obrigkeit sitzt, der wir gehorchen sollen und der zu gehorchen ich auch willens bin, solange Recht Recht bleibt. Aber daß ich mich an dem Treiben drüben erfreuen sollte, das kannst du nicht fordern, das ist unmöglich. In Kopenhagen...«

»Dein alter Widerwille. Was hast du nur dagegen?«

»In Kopenhagen ist alles von dieser Welt, alles Genuß und Sinnendienst und Rausch, und das gibt keine Kraft. Die Kraft ist bei denen, die nüchtern sind und sich bezwingen. Sage selbst, ist das noch ein Hof, ein Königtum da drüben? Das Königtum, solang es das bleibt, was es sein soll, hat etwas Zwingendes, dem das Herz freudig Folge leistet und dem zuliebe man Gut und Blut und Leib und Leben daran gibt. Aber ein König, der nur groß ist in Ehescheidungen und sich um Vorstadtpossen und Danziger Goldwasser mehr kümmert als um Land und Recht, der hat keine Kraft und gibt keine Kraft und wird denen unterliegen, die diese Kraft haben.«

»Und wir werden preußisch werden, und eine Pickelhaube wird auf eine Stange gesteckt werden wie Geßlers Hut, und wir werden davor niederknien und anbeten.«

»Was Gott verhüte. Deutsch, aber nicht preußisch, so soll es sein. Ich bin gut schleswig-holsteinisch allewege, worauf ich die Herren bitte mit mir anzustoßen. Auch du, Helmuth, wenn dich dein Kopenhagener Kammerherrnschlüssel nicht daran hindert. Und sehen Sie nur, Schwarzkoppen, wie da der Mond heraufsteigt, als woll' er alles in Frieden besiegeln. Ja, in Frieden; das ist das Beste. Dieser Glaube hat mich von Kindheit an begleitet. Schon mein Vater pflegte zu sagen: Man ist nicht bloß unter einem bestimmten Stern geboren, sondern in dem Himmelsbuche, darin unsere Namen eingezeichnet stehen, steht auch immer noch ein besonderes Zeichen neben unserem Namen, Efeu, Lorbeer, Palme... Neben dem meinigen, hoff ich, steht die Palme.«

Der alte Petersen nahm ihre Hand und küßte sie: »Ja, Christine. Selig sind die Friedfertigen.«

Es war das so ruhig hingesprochen, ohne jede Absicht, das Herz der Gräfin tiefer berühren zu wollen. Und doch geschah es. Sie hatte sich ihres Friedens beinah gerühmt oder doch wenigstens eine feste Hoffnung auf ihn ausgesprochen und empfand im selben Augenblicke, wo der alte Petersen ihr diesen Frieden fast wie zusicherte, daß sie desselben entbehre. Trotz des besten Mannes, der sie liebte, den sie wiederliebte, stand sie nicht in dem Frieden, nach dem sie sich sehnte. Trotz aller Liebe – seine leichtlebige Natur und ihre melancholische, sie stimmten nicht recht mehr zueinander, was ihr diese letzte Zeit, trotz alles Ankämpfens dagegen, mehr als einmal und leider in immer wachsendem Grade gezeigt hatte. So fanden denn Petersens wohlgemeinte Worte bei niemandem ein rechtes Echo, vielmehr blickte jeder schweigend vor sich hin, und nur Arne wandte sich die Tafel hinunter und sah durch die offenstehende hohe Glastür auf das Meer hinaus, das im Silberschimmer dalag.

Und in diesem Augenblicke voll Bedrückung und Schwüle trat Asta aus dem Nebenzimmer an den Tisch heran und flüsterte der Mutter zu: »Elisabeth will etwas singen. Darf sie?«

»Gewiß darf sie. Aber wer wird begleiten?«

»Ich. Es ist sehr leicht, und wir haben es eben durchgenommen. Ich denke, es wird gehen. Und wenn ich steckenbleibe, so ist es kein Unglück.«

Und damit ging sie bis an den Flügel zurück, während die große Mitteltür aufblieb. Das Notenblatt war schon aufgeschlagen, die Lichter brannten, und beide begannen. Aber das Gefürchtete geschah, Begleitung und Stimme gingen nicht recht zusammen, und nun lachten sie halb lustig und halb verlegen. Gleich danach aber versuchten sie's zum zweiten Male, und nun klang Elisabeths noch halb kindliche Stimme hell und klar durch beide Räume hin. Alles schwieg und lauschte. Besonders die Gräfin schien ergriffen, und als die letzte Strophe gesungen war, erhob sie sich und schritt auf den Flügel zu. Hier nahm sie das noch aufgeschlagen auf dem Notenpult stehende Lied und zog sich ohne weitere Verabschiedung aus der Gesellschaft zurück. Es fiel nicht allzusehr auf, da jeder ihr sensitives Wesen kannte. Holk begnügte sich, Elisabeth zu fragen, von wem der Text sei.

»Von Waiblinger, einem Dichter, den ich bis dahin nicht kannte.«

»Ich auch nicht« sagte Holk. »Und die Überschrift?«

»Der Kirchhof.«

»Drum auch.«

Eine Viertelstunde später fuhr der Arnewieker Wagen vor, und Arne bestand darauf, daß Petersen und Elisabeth bis vor das Holkebyer Pfarrhaus mitfahren müßten, Schnuck werde sich nebenher schon durchschlagen. Nach einigem Parlamentieren wurde das Anerbieten auch angenommen, Arne nahm den Rücksitz, und Elisabeth, weil sie gerne mit dem Kutscher plauderte, kletterte auf den Bock hinauf. Und wirklich, kaum oben, so ließ sie sich auch schon des breiteren von seiner kranken Frau erzählen und von der »Sympathie«, die mal wieder besser geholfen als der Doktor, der überhaupt bloß immer was verschreibe und gar nicht ordontlich nachsähe, wo's eigentlich säße und wie's mit der Milz stände. Denn in der Milz säß' es.

Natürlich war dies Gespräch nur von kurzer Dauer, denn keine zehn Minuten, so hielt man auch schon vor der Pfarre. Schnuck gab seiner Freude, wieder daheim zu sein, lebhaften Ausdruck, und Arne setzte sich zu Schwarzkoppen in den Fond. Und nun fuhren beide, nachdem noch ein paar Dankes- und Abschiedsworte gewechselt worden waren, auf Arnewiek zu.

Fünftes Kapitel

Die Fahrt ging zwischen hohlen Knicks hin, das Meer dicht zur Linken; aber man hörte es nur, ein niedriger Dünenzug hinderte die Aussicht darauf. Arne wie Schwarzkoppen hatten die Füße in Plaids und Decken geschlagen, denn es war nach dem schönen warmen Tage herbstlich frisch geworden, frischer, als dem September zukam. Aber das steigerte nur die Lebendigkeit ihres Gesprächs, das natürlich dem Abend galt, den man eben verlebt hatte.

»Die kleine Petersen hat eine reizende Stimme«, sagte Arne. »Trotzdem wollt ich, sie hätte lieber den ›Jungfernkranz‹ gesungen als das schwermütige Lied.«

»Es war sehr schön.«

»Gewiß war es das, und wir beide können es hören, ohne Schaden zu nehmen. Aber meine Schwester! Sahen Sie wohl, wie sie das Notenblatt nahm und das Zimmer verließ? Ich wette, sie hat es sofort auswendig gelernt oder Abschrift genommen und in irgendein Album eingeklebt. Denn trotz ihrer siebenunddreißig Jahre, in manchen Stücken ist sie noch ganz das Gnadenfreier Pensionsfräulein, besonders auch darin, wie sie mit der Dobschütz lebt. Die Dobschütz ist eine vorzügliche Person, vor deren Wissen und Charakter ich allen möglichen Respekt habe, trotzdem ist sie für meinen armen Schwager ein Unglück. Sie sind überrascht, aber es ist so. Die Dobschütz ist viel zu klug und auch viel zu guten Herzens, um sich aus freien Stücken oder wohl gar aus Eitelkeit zwischen die Eheleute zu stellen, aber die Stellung die sie sich nie nehmen würde, wird ihr durch meine Schwester aufgezwungen. Christine braucht immer jemanden, um sich auszuklagen, ganz schöne Seele, nachgeborne Jean Paulsche Figur, die sich, wenn ich mich so ausdrücken darf, mit dem Ernste des Lebens den Kopf zerbricht. Es gibt eigentlich nur eine Form, sie zu erheitern, und das sind kleine Liebesgeschichten aus dem Kreise der Irrgläubigen. Und irrgläubig ist so ziemlich alles, was nicht altlutherisch oder pietistisch oder herrnhutisch ist. Ein Wunder, daß sie diese drei wenigstens nebeneinander duldet. Dabei so eigensinnig, so unzugänglich. Ich versuche mitunter, zum Guten zu reden und ihr klarzumachen, wie sie sich anpassen und ihrem Manne zuhören müsse, wenn er was aus der Welt erzählt, einen Witz, ein Wortspiel, eine Anekdote.«

Schwarzkoppen nickte zustimmend und sagte dann: »Ich habe ihr heut etwas Ähnliches gesagt und auf des Grafen liebenswürdige Seiten hingewiesen.«

»Ein Hinweis, den sie mit ziemlich hautainer Manier zurückgewiesen haben wird. Ich kenne das. Immer Erziehungsfragen, immer Missionsberichte von Grönland oder Ceylon her, immer Harmonium, immer Kirchenleuchter, immer Altardecke mit Kreuz. Es ist nicht auszuhalten. Ich spreche darüber so freiweg und so ausführlich zu Ihnen, weil Sie der einzige sind, der da helfen kann. Ich glaube, so ganz genügen Sie ihr auch nicht, schon deshalb nicht, weil Sie, Gott sei Dank, ohne das pietistische Kolorit von ›Blümelein und Engelein‹ sind, aber Ihr Standpunkt ist wenigstens der korrekte. Die Temperatur Ihres Bekenntnisses ist ihr nicht hochgradig genug, indessen das Bekenntnis selbst läßt sie wenigstens gelten, und weil sie das tut, hört sie nicht bloß Ihren Rat, sondern unterwirft sich ihm auch. Was etwas sagen will.«

Als Arne so plauderte, waren sie bis an eine Stelle gekommen, wo sich der Dünenzug nach dem Meer hin öffnete. Die Brandung wurde jetzt sichtbar, und weiter hinaus sah man Fischerboote, die mit eingerefftem Segel still in dem hellen Mondlicht lagen. Am Horizont stieg eine Rakete auf, und Leuchtkugeln fielen nieder.

Arne hatte halten lassen. »Entzückend. Das ist der von Korsör kommende Dampfer. Vielleicht ist der König an Bord und will noch ein paar Wochen in Glücksburg zubringen. Ich habe schon gehört, daß sie wieder etwas im Moor gefunden haben, bei Süderbrarup oder sonstwo, vielleicht ein Wikingschiff oder eine Lustjacht von Kanut dem Großen. Hoffentlich geht dieser Kelch an uns vorüber. Was mich persönlich angeht; ich lese lieber ›David Copperfield‹ oder die ›Drei Musketiere‹. Diese Moorfunde,

Kämme und Nadeln oder wohl gar eine verfitzte Masse, worüber Thomsen und Worsaae sich streiten und nicht feststellen können, ob es ein Wurzelgefaser oder der Schopf eines Seekönigs ist, können mich nicht interessieren, und die königlichen Frühstücke, bei denen der Liqueurkasten die Hauptrolle spielt, wenn es nicht gar die Gräfin Danner putzmacherlichen Angedenkens ist, sind mir eigentlich geradezu zuwider. Ich weiche sonst in allem von meiner Schwester ab, auch noch da, wo sie recht hat und nur leider zuviel Aufhebens von ihrem Rechte macht, aber in diesem Stücke kann ich ihr nur zustimmen und begreife Holk nicht, daß er mit der Geschichte drüben nicht aufräumt und ein Gefallen daran findet, sich in dem Prinzessinnen-Palais nach wie vor in seiner Kammerherrnuniform herumzuzieren. Daß es ihm sein schleswigholsteinisches Herz nicht verbietet, will ich hingehen lassen, denn solange der König lebt, ist er nun mal unser König und Herzog. Aber ich find es nicht klug und weise. Das Leben mit der Danner konserviert nicht, ich meine den König, und über Nacht kann es vorbei sein. Er ist ohnehin ein Apoplektikus. Und was dann?«

»Ich glaube nicht, daß sich Holk mit dieser Frage beschäftigt. Er ist ein Augenblicksmensch und hält zu dem alten Troste: Nach uns die Sündflut.«

»Sehr wahr. Augenblicksmensch. Und daß es so ist, das ist auch wieder einer von den Punkten, die meine Schwester ihm nicht verzeihen kann und worin ich mich abermals auf ihre Seite stellen muß. Aber lassen wir das; ich habe gerade heute nicht Lust, die Tugenden meiner Schwester aufzuzählen, es kommt mir heute mehr auf ›les défauts de ses vertus‹ an, die wir, lieber Schwarzkoppen, gemeinschaftlich bekämpfen müssen, sonst erleben wir etwas sehr Unliebsames. Das ist mir sicher, und ungewiß ist mir nur, wer den ersten Schritt tun wird, den ersten Schritt zum Unheil. Holk ist in fast zu weitgehender Anbetung und Ritterlichkeit die Nachgiebigkeit und Bescheidenheit selbst; er hat sich angewöhnt, sich seiner Frau gegenüber immer in die zweite Linie zu stellen. Natürlich. Erst imponierte ihm ihre Schönheit (sie war wirklich sehr schön und ist es eigentlich noch), und dann imponierte ihm ihre Klugheit oder doch das, was er dafür hielt, und dann imponierte ihm, und vielleicht am meisten, ihre Frömmigkeit. Aber seit einiger Zeit, und leider in zu rasch wachsendem Grade, bereitet sich ein Umschwung in ihm vor; er ist ungeduldig, anzüglich, ironisch, und erst heute nachmittag wieder fiel es mir auf, wie sehr er sich in seinem Tone verändert hat. Entsinnen Sie sich noch, als von den Marmorkrippen die Rede war. Nun, meine Schwester nahm die mehr oder weniger scherzhafte Sache wie gewöhnlich wieder ganz ernsthaft und antwortete halb gereizt, halb sentimental. Noch vor zwei, drei Jahren hätte Holk das hingehen lassen, aber heute gab er ihr alles spitz zurück und spöttelte, daß ihr bloß wohl sei, wenn sie von Gruft und Kapelle sprechen und einen aus bloßer Taille bestehenden Engel malen lassen könne.«

Schwarzkoppen hatte das alles mit einem gelegentlichen »Nur zu wahr« begleitet, und an seiner Zustimmung war nicht zu zweifeln. Nun aber schwieg Arne, weil ihm die bloße Zustimmung nicht genug war und er gern ein ausführliches Wort von seiten Schwarzkoppens hören wollte. Dieser verriet indessen wenig Lust, das Thema weiter fortzuspinnen: es war ihm ein zu heißes Eisen, und nach Arnewiek hinüberweisend, das in eben diesem Augenblick jenseits einer tief einbuchtenden Förde sichtbar wurde, sagte er: »Wie reizend die Stadt im Mondlichte daliegt! Und wie der Damm drüben die Dächer ordentlich abschneidet und dazu die Giebel zwischen den Pappeln und Weiden! Und nun Sankt Katharinen! Hören Sie, wie's herüberklingt. Ich segne die Stunde, die mich hierher in Ihr schönes Land geführt.«

»Und dafür sollen Sie bedankt sein, Schwarzkoppen. Jeder hört es gern, wenn man ihm seine Heimat preist. Aber Sie wollen mir bloß entschlüpfen. Ich fordere Sie auf, mir beizustehen in dieser schwierigen Sache, die viel schwieriger liegt, als Sie vermuten können, und Sie zeigen auf den Damm drüben und sagen mir, daß er die Dächer abschneidet. Versteht sich, tut er das. Aber damit kommen Sie mir nicht los. Sie müssen meiner Schwester, bei dem Einfluß, den Sie auf sie haben, von der Bibelseite her beizukommen und ihr aus einem halben Dutzend Stellen zu beweisen suchen, daß das nicht so ginge, daß das alles nur Selbstgerechtigkeit sei, daß die rechte Liebe von diesem versteckten Hochmut, der nur in Demutsallüren einhergeht, nichts wissen wolle, mit anderen Worten, daß sie sich ändern und ihrem Manne zu Willen sein müsse, statt ihm das Haus zu verleiden. Ja, Sie können hinzusetzen, und halb entspricht es auch der Wahrheit, daß er die ganze Kopenhagener Stellung wahrscheinlich längst aufgegeben hätte, wenn er nicht froh wäre, dann und wann aus dem Druck herauszukommen, den die Tugenden seiner Frau, meiner geliebten und verehrten Frau Schwester, auf ihn ausüben.«

»Ach, lieber Baron«, nahm jetzt Schwarzkoppen das Wort, »ich will Ihnen nicht eigentlich entschlüpfen, das ist es nicht, es fehlt mir nicht der gute Wille, nach meiner Kraft mitzuwirken, denn ich sehe die Gefahr, wie Sie sie sehen. Aber mit dem guten Willen ist wenig getan. Wenn Ihre Frau Schwester statt eine protestantische Gräfin eine katholische Gräfin und wenn ich selber statt ein Seminardirektor in Arnewiek ein Redemptoristen- oder wohl gar ein Jesuitenpater wäre, so wäre die Sache sehr einfach. Aber so liegt sie nicht. Von Autorität keine Rede. Alles rein gesellschaftlich, und wenn ich Miene machen wollte, den Seelenarzt, den Beichtvater zu spielen, so wär ich ein Eindringling und täte etwas, was mir nicht zukommt.«

»Eindringling«, lachte Arne. »Ich kann doch nicht annehmen, Schwarzkoppen, daß Ihnen Petersen Sorge macht, der mit seinen beinahe Achtzig nachgerade an einem Punkt steht, wo das Rivalisieren und Übelnehmen aufhört.«

»Nicht Petersen«, sagte Schwarzkoppen. »Der hat freilich die kleinen Eitelkeiten, die sonst nirgends größer sind als bei meinen pastoralen Amtsbrüdern, längst hinter sich geworfen und würde mir die Rolle des Bekehrers und Wundertäters gönnen. Aber was einem der Zufall bietet, darf man nicht immer ausnutzen. Es spricht hier so vieles dagegen, erschwert und mahnt zur Vorsicht.«

»Also abgelehnt.«

»Nein, nicht abgelehnt. Ich will tun, was in meinen Kräften steht, aber es kann nur ein ganz Geringes sein. Schon aus äußerlichen Gründen. Ich bin im Amt, und der Weg bis Holkenäs ist nicht allzu nah, so wird sich das, bei Gelegenheit, wovon Sie sprachen, nicht allzu oft einstellen können. Aber die Hauptschwierigkeit ist doch immer die Gräfin selbst. Ich habe kaum eine Dame kennengelernt, der ich eine größere Verehrung entgegenbrächte. Sie gesellt zu den Vorzügen einer vornehmen Dame zugleich alle Tugenden einer christlichen Frau. Sie will jeden Augenblick das Beste, das Pflichtmäßige und diesen ihren Anschauungen von Pflicht eine andere Richtung zu geben, das ist außerordentlich schwer. Unsere Kirche, wie Sie wissen und wie ich zum Überfluß auch schon andeutete, gestattet nichts als Rat, Zuspruch, Bitte. Mehr oder weniger ist alles in Spruchauslegung gelegt, was dem Meinungskampfe Tür und Tor öffnet. Und dazu kommt noch, die Gräfin ist nicht bloß sehr bibelfest, sie hat auch die ganze Kraft derer, die nicht links und nicht rechts sehen, keine Konzessionen machen und durch Starrheit und Unerbittlichkeit sich eine Rüstung anzulegen wissen, die besser schließt als die Rüstung eines milden und liebevollen Glaubens. Mit Widerspruch ist ihr nicht beizukommen und noch weniger mit überlegener Miene.«

»Gewiß. Auch kann ich nur wiederholen: es muß sich alles wie von ungefähr ergeben.«

»Alles, was ich tun kann, ist – wenn ich mich als halber Schulmeister, der ich jetzt bin, auf ein etwas gelehrt klingendes Wort ausspielen darf – ein prophylaktisches Verfahren. Verhütung, Vorbauung. Ich will mir Geschichten zurechtlegen, Geschichten aus meinem früheren Pfarrleben – in welche Verschlingungen und Verirrungen gewinnt man nicht Einblick! –, und will versuchen, diese Geschichten still wirken zu lassen. Ihre Frau Schwester ist in gleichem Maße phantasievoll und nachdenklich; das Phantasievolle wird ihr das Gehörte verlebendigen, und ihre Nachdenklichkeit wird sie zwingen, sich mit dem Kern der Geschichte zu beschäftigen, und sie so vielleicht zunächst zu einem Wandel der Anschauung und weiterhin zur Selbstbekehrung führen. Das ist alles, was ich versprechen kann. Ein sehr langsames Verfahren und vielleicht ein Aufwand von Kraft, der in keinem Verhältnis steht zu dem, was dabei herauskommt. Aber ich will mich meiner Aufgabe wenigstens nicht entziehen, weil ich ein Einsehen habe, daß es nötig ist, innerhalb vorsichtig zu ziehender Grenzen irgend etwas zu tun.«

»Abgemacht, Schwarzkoppen; ich hab Ihr Wort. Und damit gut. Zudem, die Zeit ist günstig für das, was wir vorhaben. Holk erwartet in etwa vier Wochen seine Zitierung zur Prinzessin nach Kopenhagen, und dann ist er fort bis Weihnachten. In der zwischenliegenden Zeit bin ich oft drüben, um, wie herkömmlich, wenn Holk in Kopenhagen ist, in Wirtschaft und Buchführung nach dem Rechten zu sehen; ich werde mich, wenn ich hinüberfahre, regelmäßig erst mit Ihnen benehmen und anfragen, ob Sie mich begleiten können. Auch das möcht ich noch sagen dürfen, allemal wenn er fort ist, ist sie in einer weichen und beinah zärtlichen Stimmung, und die große Liebe, die sie früher für ihn hegte und die sie gegenwärtig mehr haben will, als daß sie sie wirklich hat, diese Liebe wird dann immer wieder lebendig. Kurzum, ihr Gemüt ist in seiner Abwesenheit ein Acker, darin jedes gute Samenkorn aufgeht. Es kann nur darauf ankommen, ihr einmal alles von einer anderen, einigermaßen mitberechtigten Seite zu zeigen. Glückt uns das, so haben wir gewonnen Spiel. Bei dem Ernst und der Nachhaltigkeit, womit sie alles austrägt, kommt sie, wenn ihrem Geiste nur erst die rechte Richtung gewiesen ist, von selber ans rechte Ziel.«

Man hatte jetzt den an der anderen Seite der Bucht sich hinziehenden Damm erreicht, auf dem noch, auf eine kurze Strecke hin, die Fahrstraße lief. Unten lag die Stadt, in ihrer Mitte von der Katharinenkirche, darin das Seminar eingebaut war, und am Ausgange von einem alten hochgelegenen Schloßbau, »Schloß Arne«, überragt. Als der Wagen die Dammschrägung nach der Stadt zu hinabfuhr, sagte Schwarzkoppen: »Ein wunderliches Spiel; sind wir doch wie zwei Verschwörer, die nächtlicherweile Pläne schmieden, Pläne, bei denen mir wohl die Rolle zufällt, die eigentlich dem alten Petersen zufallen müßte. Und das um so mehr, als die Gräfin ihn eigentlich schwärmerisch verehrt und nur über den Rationalisten in ihm nicht gut fortkommen kann. Über den Rationalisten! Ein bloßes Wort, und bei Lichte besehen ist es nicht mal so schlimm damit, am wenigsten jetzt. Er ist nun nah an der Grenze der uns hienieden bewilligten Zeit und hat hellere Augen als wir, vielleicht in all und jedem und in Dingen von dieser Welt nun schon ganz gewiß.«

26

Sechstes Kapitel

Die schönen Herbsttage schienen andauern zu wollen. Auch am anderen Morgen war es wieder hell und sonnig, und das gräfliche Paar nahm das Frühstück im Freien unter der Fronthalle. Julie von Dobschütz mit ihnen. Asta übte nebenan, Axel und der Hauslehrer waren in den Dünen auf Jagd, was die Michaelisferien gestatteten, von denen die Gräfin, wie von Ferien überhaupt, als Regel nicht viel wissen wollte; Ferien in der Stadt und auf Schulen, das habe Sinn, hier draußen aber, wo man in Gottes freier Natur lebe, seien sie mindestens überflüssig. Hieran hielt die Gräfin prinzipiell seit lange fest und lächelte überlegen, wenn der Graf seinen entgegengesetzten Standpunkt verteidigte; gegen die diesjährigen Michaelisferien aber hatte sie, trotz ihrer unveränderten Anschauungen, ausnahmsweise nichts einzuwenden, weil sie den Plan, beide Kinder mit Beginn des Winterkursus in Pension zu geben, noch immer nicht aufgegeben hatte. Da bedeuteten denn die paar Tage nicht viel. Der Graf seinerseits zeigte hinsichtlich der Schul- und Pensionsfrage nach wie vor die von der Gräfin immer wieder beklagte Laschheit; er war nicht eigentlich dagegen, aber er war auch nicht dafür. Jedenfalls bestritt er, daß es irgendwelche Eile damit habe, worauf dann die Gräfin mit einer gewissen Gereiztheit antwortete: das gerade könne sie nicht gelten lassen; es sei nicht bloß an der Zeit, es sei sogar höchste Zeit; Asta sei sechzehn, Axel werde fünfzehn, das seien die Jahre, wo der Charakter sich bilde, wo der Kreuzweg käme, wo sich's entscheide nach links oder rechts. »Und ob schwarze oder weiße Schafe«, warf Holk spöttisch ein und griff nach der Zeitung.

Aber gerade diese spöttische Behandlung, die der Gräfin zeigen sollte, daß sie das alles mal wieder viel zu wichtig nähme, steigerte nur ihren Ernst, und so sagte sie denn, ohne auf die Gegenwart der Dobschütz, die ohnehin eine Eingeweihte war, Rücksicht zu nehmen: »Ich bitte dich, Helmuth, verzichte doch endlich darauf, eine ernsthafte Sache ins Scherzhafte zu ziehen. Ich erheitere mich gern...«

»Pardon, Christine, das scheint seit gestern deine Parole.«

»Ich erheitere mich gern«, wiederholte sie, »aber alles zu seiner Zeit. Ich verlange keine Zustimmung von dir, ich verlange nur eine feste Meinung, sie braucht nicht einmal begründet zu sein. Sage, daß du Herrn Strehlke für ausreichend hältst und daß dir Elisabeth Petersen lieber ist als ein ganzes Pensionat junger Damen – ich werde beides nicht glauben, aber ich werde mich unterwerfen und schweigen. Nur freilich nenne das nicht Erziehung...«

»Ach, liebe Christine, das ist nun mal dein Steckenpferd oder eins aus der Reihe davon, und wenn du nicht als Baronesse Arne geboren wärest, so wärest du Basedow oder Pestalozzi geworden und könntest Schwarzkoppen als Seminardirektor ablösen. Oder wohl gar sein Inspizient werden. Erziehung und immer wieder Erziehung. Offen gestanden, ich für meine Person glaube nicht an die Wichtigkeit all dieser Geschichten. Erziehung! Auch da ist das Beste Vorherbestimmung, Gnade. In diesem Stück, so gut lutherisch ich sonst bin, stehe ich zu Calvin. Und falls Calvin dich verdrießt, beiläufig auch eine von deinen höheren Gesinnungskapricen, so laß mich dir einfach das alte Sprichwort sagen: ›Wie man in die Wiege gelegt wird, so wird man auch in den Sarg gelegt.‹ Erziehung tut nicht viel. Und wenn dann schon von Erziehung die Rede sein soll, so ist es die, die das Haus gibt.«

Die Gräfin zuckte leis mit den Achseln, Holk aber sah darüber hin und fuhr fort »Haus ist Vorbild, und Vorbild ist das einzige, dem ich so was wie erziehliche Kraft zuschreibe. Vorbild und natürlich Liebe. Und ich liebe die Kinder, darin werd ich doch hoffentlich deinen Beifall finden, und sie jeden Tag zu sehen ist mir Bedürfnis.«

»Es handelt sich, Helmuth, nicht um das, wessen du bedarfst, sondern es handelt sich um das, wessen die Kinder bedürfen. Du siehst die Kinder nur beim Frühstück, wenn du ›Dagbladet‹, und beim Tee, wenn du die ›Hamburger Nachrichten‹ liest, und bist verstimmt, wenn sie sprechen oder wohl gar eine Frage an dich richten. Es ist möglich, daß dir die Nähe der Kinder ein gewisses Wohlgefühl gibt, aber es ist damit nicht viel anders als mit der Zuckerdose da, die regelmäßig rechts von dir stehen muß, wenn es dir wohl sein soll. Du bedarfst der Kinder, sagst du. Glaubst du, daß ich ihrer nicht bedarf, hier in dieser Einsamkeit und Stille, darin ich nichts habe als meine gute Dobschütz? Aber das Glück meiner Kinder gilt mir mehr als mein Behagen, und das, was die Pflicht vorschreibt, frägt nicht nach Wohlbefinden.«

Holk strich mit der Linken über das Tischtuch, während er mit der Rechten die Zuckerdose drei-, viermal auf- und zuknipste, bis die Gräfin, die bei diesem Tone jedesmal nervös wurde, die Dose beiseite schob, was er ruhig geschehen ließ. Denn er begriff vollkommen, daß solche schlechte Angewohnheit schwer zu ertragen sei. Mehr noch, der ganz geringfügige Zwischenfall gab ihm seine gute Laune wieder. »Meinetwegen, Christine. Besprich es mit Schwarzkoppen und deinem Bruder und natürlich mit unserer guten Dobschütz. Und dann tut nach eurem Ermessen. Ist es doch überhaupt nutzlos, über all das eine Fehde zu führen, und ich ärgere mich nachträglich über jedes Wort, das ich dir geantwortet habe. Denn eigentlich«, und er nahm ihre Hand und küßte sie, »eigentlich ist es doch eine kleine Komödie, die du spielst, eine liebenswürdige kleine Komödie. Du willst mich, ich weiß freilich nicht recht warum, in dem Glauben erhalten, als ob ich hier auf Holkenäs etwas zu sagen hätte. Nun, Christine, du bist nicht bloß viel charaktervoller als ich, du bist auch viel klüger; aber so wenig klug bin ich doch nicht, daß ich nicht wissen sollte, wer hier Herr ist und nach wem es geht. Und wenn ich eines Morgens hier am Frühstückstisch erschiene und du sagtest mir: ›Ich habe über Nacht zwei Pakete gemacht, und das eine habe ich nach Schnepfental und das andere nach Gnadenfrei geschickt, und in dem einen Paket war Axel und in dem anderen war Asta‹, so weißt du mit jeder erdenklichen Gewißheit, daß ich vielleicht einen Augenblick stutzen, aber gewiß nicht widersprechen oder mich wohl gar bis zu Vorwürfen steigern würde.«

Die Gräfin lächelte halb befriedigt, halb wehmütig.

»Nun sieh«, fuhr Holk fort, »du gibst mir recht, und wenn du noch einen Augenblick damit zögern wolltest, so würde ich mich zur Entscheidung an unsere Freundin Julie wenden. Nicht wahr, liebe Dobschütz, es ist eine Torheit und eigentlich ein grausames Spiel, von den Widersprüchen oder Unentschlossenheiten eines Mannes zu sprechen, dessen Unentschlossenheiten nie ein Hindernis sind, weil sie durch die Bestimmtheiten seiner besseren Hälfte zu baren Gleichgültigkeiten herabsinken. Aber da biegt ja die ›Dronning Maria‹ grad um Farö-Klint herum. Noch fünf Minuten, so ist sie heran. Ich schlage vor, daß wir bis an die Landungsbrücke gehen und die Kopenhagener Briefschaften in Empfang nehmen.«

»Nein, ich«, rief Asta, die das Wort von dem Herankommen der ›Dronning Maria‹ nebenan gehört und den Flügel, auf dem sie übte, sofort zugeklappt hatte. »Nein, ich; ich bin flinker.« Und ehe noch mit einem Ja oder Nein geantwortet werden konnte, flog sie schon die Terrasse hinunter und auf den Pier zu, dessen Endpunkt sie fast in demselben Augenblicke erreichte, wo das Schiff anlegte. Der Kapitän, der die junge Komtesse sehr wohl kannte, grüßte militärisch und reichte dann persönlich von der Kommandobrücke her die Zeitungen und Briefschaften. Einen Augenblick später setzte sich das Schiff, auf Glücksburg zu, weiter in Bewegung. Asta aber eilte zurück, auf die Terrasse zu, und als sie halb herauf war, hielt sie schon einen Brief in die Höhe, an dessen Format und großem Siegel Graf und Gräfin unschwer erkannten, daß es ein dienstliches Schreiben sei. Gleich danach war die junge Komtesse wieder oben unter der Säulenhalle und legte die Zeitungen auf den Tisch, während sie den Brief dem Papa überreichte.

Dieser überflog die Adresse und las: »Sr. Hochgeboren dem Grafen Helmuth Holk auf Holkenäs, stellvertretendem Propst des adligen Konvents zu St. Johannes in Schleswig, Kammerherr I. K. H. der Prinzessin Maria Eleonore.«

»So korrekt und so vollständig«, sagte die Gräfin, »schreibt nur einer. Der Brief muß also von Pentz sein. Ich muß immer lachen, wenn ich an ihn denke, etwas Polonius und etwas Hofmarschall Kalb. Asta, du solltest aber weiterüben; die ›Dronning Maria‹, glaub ich, kam dir sehr zupaß.«

Und Asta ging an den Flügel zurück.

Holk hatte inzwischen den Brief geöffnet und begann ohne weiteres mit seiner Verlesung, weil er wußte, daß er keine Staatsgeheimnisse verraten würde.

»Kopenhagen, Prinzessinnen-Palais

28. September 1859

Lieber Holk. Unsren freiherrlichen Gruß zuvor! Und meinem Gruß auf der Ferse die ganz ergebenste Bitte, michs nicht entgelten lassen zu wollen, daß ich auf dem Punkt stehe, das Familienleben auf Schloß Holkenäs zu stören. Unser Freund Thureson Bille, der am 1. Oktober den Dienst bei der Prinzessin antreten und mit Erichsen alternieren sollte, liegt seit drei Wochen an den Masern danieder, eine Kinderkrankheit, von der man in diesem Falle sagen darf (ich zitiere hier unsre Prinzessin, Königliche Hoheit), sie habe sich an den rechten Mann gewandt. Nun hätten wir freilich noch Baron Steen, aber der ist gerade in Sizilien und wartet schon seit fünf Wochen auf einen Ätna-Ausbruch. Seitdem Steen allerpersönlichst sein eruptives Leben nicht mehr fortsetzen kann, hat er sich den Eruptionen der feuerspeienden Berge zugekehrt. Wie seine eigne Vergangenheit ihm daneben erscheinen mag! Ich kenne ihn nun seit dreißig Jahren. Er war, trotz aller Anstrengungen, ein Don Juan zu sein, im wesentlichen immer nur ein Junker Bleichwang, also, gemessen an seinen Ansprüchen, so ziemlich das Lächerlichste, was man sein kann. Aber lassen wir das und wenden wir uns der Hauptsache zu; Steen und Bille versagen, und so bleiben nur Sie. Die Prinzessin selbst läßt Ihnen und der liebenswürdigen Gräfin ihr Bedauern darüber aussprechen und beauftragt mich, hinzuzufügen, ›sie würde sich mühen, Ihnen die Tage so leicht und angenehm wie möglich zu machen‹. Und das wird ihr auch gelingen. Der König hat vor, den Spätherbst in Glücksburg zuzubringen, die Danner natürlich mit ihm, und so finden Sie denn unsere Serenissima, die, wie Sie wissen, mit der Danner nicht gern dieselbe Luft atmet, bei bester Laune. Die Stellung Halls, der in politicis nach wie vor der Liebling im Prinzessinnen-Palais ist, ist erschüttert, aber auch das trägt dazu bei, die Stimmung der Prinzessin selbst zu verbessern, denn dem ›Bauern-Ministerium‹, das nah bevorsteht, verspricht alle Welt nur eine Dauer von vier Wochen, und wenn Hall dann wieder eintritt (und man wird ihn beschwören, es zu tun), so steht er fester denn je zuvor. Im übrigen, lieber Holk, und ich freue mich, dies hinzusetzen zu dürfen, ist es nicht nötig, daß Sie sich hasten und eilen und gleich den ersten Dampfer benutzen; die Prinzessin läßt Ihnen dies eigens sagen, eine besondere Gunstbezeugung, da Pünktlichkeit im Dienst zu den Dingen gehört, auf die sie sonst hält und bei denen sie unter Umständen empfindlich werden kann. Ich breche hier ab und nehme nichts vorzeitig aus dem Sack voll Neuigkeiten heraus, den ich für Sie habe. Die Prinzessin nimmt es außerdem übel, wenn man vorweg ausplaudert, was sie selber gern erzählen möchte. Nur ein Kosthäppchen. Adda Nielsen quittiert die Bühne und wird Gräfin Brede, nachdem sie vierzehn Tage lang geschwankt, ob sie nicht lieber in ihrer freieren und finanziell vorteilhafteren Stellung bei Grossierer Hoptrup verbleiben solle. Das Legitime hat aber doch auch einen Reiz, und nun gar eine legitime Gräfin! Hoptrup, selbst wenn er ein Witwer werden sollte (woran vorläufig noch gar nicht zu denken), kann, trotz seiner Millionen, über den Etatsrat nie hinaus. Und das ist für die Ansprüche einer ersten Tragödin zuwenig. De Meza ist Flügeladjutant geworden, Thomsen und Worsaae haben sich mal wieder gezankt, natürlich über einen ausgehöhlten versteinerten Baumstamm, den Worsaae bloß bis auf Ragnar Lodbrock, Thomsen aber, dem das nicht genug ist, bis auf Noah zurückverlegen will. Ich bin für Noah; er weckt mir angenehmere Vorstellungen: Arche, Taube, Regenbogen und vor allem Weinstock. Lassen Sie mich in einer Zeile wissen oder am besten in einem Telegramm, wann wir Sie erwarten dürfen. Tout à vous.

Ihr Ebenezer Pentz.«

Holk, als er den Brief gelesen, verfiel in eine herzliche Heiterkeit, in die die Gräfin nicht einstimmen mochte.

»Nun, was sagst du, Christine? Pentz from top to toe. Voll guter Laune, voll Medisance, zum Glück auch voll Selbstironie. Das Hofleben bildet sich doch wunderbare Gestalten aus.«

»Gewiß. Und besonders drüben in unserem lieben Kopenhagen. Es kann auch in seinem Hofleben von seiner ursprünglichen Natur nicht lassen.«

»Und was ist diese Natur?«

»Tanzsaal, Musik, Feuerwerk. Es ist eine Stadt für Schiffskapitäne, die sechs Monate lang umhergeschwommen und nun beflissen sind, alles Ersparte zu vertun und alles Versäumte nachzuholen. Alles in Kopenhagen ist Taverne, Vergnügungslokal.«

Holk lachte. »Thorwaldsen-Museum, nordische Altertümer und Olafkreuz und dazu die Frauenkirche mit Christus und zwölf Aposteln... Auch das?«

»Ach, Holk, welche Frage! Da ließe sich noch viel andres aufzählen, und ich bin nicht blind für all das Schöne, was da drüben zu finden ist. Es ist eigentlich ein feines Volk, sehr klug und sehr begabt und ausgerüstet mit vielen Talenten. Aber so gewiß sie die Tugenden haben, die der Verkehr mit der Welt gibt, so gewiß auch die Schattenseiten davon. Es sind lauter Lebeleute; sie haben sich nie recht quälen und mühen müssen, und das Glück und der Reichtum sind ihnen in den Schoß gefallen. Die Zuchtrute hat gefehlt, und das gibt ihnen nun diesen Ton und diesen Hang zum Vergnügen, und der Hof schwimmt nicht nur bloß mit, er schwimmt voran, anstatt ein Einsehen zu haben und sich zu sagen, daß der, der herrschen will, mit der Beherrschung seiner selbst beginnen muß. Aber das kennt man in Kopenhagen nicht, und das hat auch deine Prinzessin nicht, und am wenigsten hat es dieser gute Baron Pentz, der, glaub ich, das Tivoli-Theater für einen Eckpfeiler der Gesellschaft hält. Und in dem Sinne schreibt er auch. Ich kann diesen Ton nicht recht leiden und muß dir sagen, es ist der Ton, der nach meinem Gefühl und fast auch nach meiner Erfahrung immer einer Katastrophe vorausgeht.«

Holk war andrer Meinung. »Glaube mir, Christine, soviel königliche und nicht königliche Gasterei drüben sein mag, das Gastmahl des seligen Belsazar ist noch nicht da, und der Untergang wird meinen lieben Kopenhagnern noch lange nicht an die Wand geschrieben... Aber was tue ich dieser Zitation meiner Prinzessin gegenüber?«

»Natürlich ihr gehorchen. Du bist im Dienst, und solange du's für richtig hältst, darin zu verbleiben, so lange hast du bestimmte Pflichten und mußt sie erfüllen. Und in dem vorliegenden Falle, je eher je lieber. Wenigstens nach meinem Dafürhalten. Das mit dem Urlaub oder mit der Versicherung, ›es habe keine Eile‹, das würd ich nicht glauben und jedenfalls nicht annehmen. Ich bin allem Höfischen aus dem Wege gegangen und habe einen Horror vor alten und jungen Prinzessinnen, aber soviel weiß ich, doch auch vom Hofleben und seinen Gesetzen, daß man an Huldigungen nicht leicht genug tun kann und daß die ruhige Hinnahme bewilligter Freiheiten immer etwas Mißliches ist. Und dann, Holk, wenn du auch noch bleiben wolltest, es wären doch unruhige Tage für dich und mich, für uns alle. Kann ich dir also raten, so reise morgen.«

»Du hast recht; es ist das beste so, nicht lange besinnen. Aber du solltest mich begleiten, Christine. Die Hansen drüben hat das ganze Haus, also Überfluß an Raum, und ist eine Wirtin, wie sie nicht besser gedacht werden kann. Und was die Bekanntschaften angeht, so findest du die Schimmelmann und die Schwägerin unserer guten Brockdorff und Helene Moltke. Ich nenne diese drei, weil ich weiß, daß du sie magst. Und dann gibt es doch auch Kirchen in Kopenhagen, und Melbye ist dein Lieblingsmaler, und vor dem alten Grundtvig hast du zeitlebens Respekt gehabt.«

Die Gräfin lächelte. Dann sagte sie: »Ja, Helmuth, da bist du nun wieder ganz du. Noch keine Stunde, daß wir von den Kindern und ihrer Unterbringung gesprochen haben, und schon hast du alles wieder vergessen. Einer muß doch hier sein und das, was zu tun ist, in die rechten Wege leiten. Ich möchte wissen, was dich eigentlich beschäftigt. Alle Körner fallen aus deinem Gedächtnis heraus, und nur die Spreu bleibt zurück. Verzeih, aber ich kann dir diese bittren Worte nicht ersparen. Ich glaube, wenn mein Bruder Alfred stirbt oder vielleicht auch wer, der dir noch nähersteht, und du hast gerad eine Hühnerjagd angesagt, so vergißt du, zum Begräbnis zu fahren.«

Holk biß sich auf die Lippen. »Es glückt mir nicht, dich freundlich zu stimmen und dich aus deinem ewigen Brüten und Ernstnehmen herauszureißen. Ich frage mich, ist es meine Schuld oder ist es deine?«

Diese Worte blieben doch nicht ohne Wirkung auf Christine. Sie nahm seine Hand und sagte: »Schuld ist überall, und vielleicht ist meine die größere. Du bist leichtlebig und schwankend und wandelbar, und ich habe den melancholischen Zug und nehme das Leben schwer. Auch da, wo Leichtnehmen das Bessere wäre. Du hast es nicht gut mit mir getroffen, und ich wünschte dir wohl eine Frau, die mehr zu lachen verstände. Dann und wann versuch ich's, berühme mich auch wohl, daß ich's versucht, aber es glückt nicht recht. Ernst bin ich gewiß und vielleicht auch sentimental. Vergiß, was ich dir vorhin gesagt habe; es war hart und unrecht, und ich habe mich hinreißen lassen. Gewiß, ich klage dich oft an und will es nicht leugnen, aber ich darf auch sagen, ich verklage mich vor mir selber.«

In diesem Augenblicke trat Asta vom Salon her wieder unter die Halle, einen Helgoländerhut über dem linken Arm.

»Wo willst du hin?«

»Zu Elisabeth. Ich will ihr die Notenmappe zurückbringen, die sie gestern hiergelassen.«

»Ah, das trifft sich gut«, sagte Holk, »da begleit ich dich ein Stück Wegs.« Und Asta, die wohl sah, daß ein ernsthaftes Gespräch stattgefunden hatte, grüßte zunächst die Dobschütz und küßte dann der Mutter die Stirn. Und gleich danach nahm sie des Vaters Hand und ging mit ihm die Halle hinunter, auf die Gartenfront des Hauses zu.

Als sie fort waren, sagte die Dobschütz: »Ich möchte beinah glauben, Christine, du hättest die Notenmappe noch gern ein paar Tage hierbehalten? Ich sah gestern abend, welchen Eindruck das Lied auf dich machte.«

»Nicht die Komposition, bloß der Text. Und den hab ich mir im ersten Eifer gleich gestern abgeschrieben. Bitte, liebe Julie, hol ihn mir von meinem Schreibtisch. Ich möchte wohl, du läsest mir das Ganze noch einmal vor oder doch wenigstens die erste Strophe.«

33

»Die gerade kann ich auswendig«, sagte die Dobschütz.

»Ich vielleicht auch. Aber trotzdem möcht ich sie hören; sage sie mir, und recht langsam.«

Und nun sprach die Dobschütz langsam und leise vor sich hin:

> »Die Ruh ist wohl das Beste
> Von allem Glück der Welt,
> Was bleibt vom Erdenfeste,
> Was bleibt uns unvergällt?
> Die Rose welkt in Schauern,
> Die uns der Frühling gibt,
> Wer haßt, ist zu bedauern,
> Und mehr noch fast, wer liebt.«

Die Gräfin ließ von ihrer Arbeit ab, und eine Träne fiel auf ihre Hand. Dann sagte sie: »Eine wunderbare Strophe. Und ich weiß nicht, was schöner ist, die zwei Zeilen, womit sie beginnt, oder die zwei Zeilen, womit sie schließt.«

»Ich glaube, sie gehören zusammen«, sagte die Freundin, »und jedes Zeilenpaar wird schöner durch das andre. ›Wer haßt, ist zu bedauern, und mehr noch fast, wer liebt.‹ Ja, Christine, es ist so. Aber gerade, weil es so wahr ist...«

»Ist das andre, womit die Strophe beginnt, noch wahrer: Die Ruh ist wohl das Beste.«

Siebentes Kapitel

Holk und Asta schritten, während Christine dies Gespräch mit der Dobschütz führte, die Säulenhalle hinunter, und erst als sie hundert Schritte weiter abwärts das mit Rasen überwachsene Rondell erreicht hatten, wo man, wenn Besuch war, Kricket zu spielen pflegte, trennten sie sich, Holk, um sich einem vor einem Treibhause beschäftigten Gärtner zuzuwenden, Asta, um ihren Weg auf der wohlgepflegten Parkchaussee fortzusetzen. Diese senkte sich allmählich und bog schließlich scharf links in eine breite, schon in der Ebene laufende Kastanienallee ein, die sich bis Dorf Holkeby hinzog. Überall lagen Kastanien am Boden oder platzten aus der Schale, wenn sie vor Asta niederfielen. Diese bückte sich nach jeder einzelnen, als aber das Pfarrhaus, das in die Kirchhofsmauer eingebaut war, in Sicht kam, warf sie alles wieder fort und ging in rascherem Schritt auf das Haus zu.

Die Tür hatte noch von alter Zeit her einen Klopfer, er schien aber seinen Dienst versagen zu wollen, denn niemand kam. Erst als sie das Klopfen mehrmals wiederholt hatte, wurde geöffnet, und zwar von Pastor

Petersen selbst, der augenscheinlich gestört worden war. Als er aber Asta erkannte, verschwand rasch die Mißmutswolke von seiner Stirn, und er nahm ihre Hand und zog sie mit sich in seine Studierstube, deren Tür er offengelassen hatte. Die Fenster gingen auf den ein wenig ansteigenden Kirchhof hinaus, so daß die Grabsteine einander wie über die Schulter sahen. Dazwischen standen Eschen und Trauerweiden, und der Duft von Reseda, trotzdem es schon spät im Jahre war, drang von außen her ein.

»Nimm Platz, Asta«, sagte Petersen. »Ich war eben eingeschlafen. In meinen Jahren geht der Schlaf nicht mehr nach der Uhr; in der Nacht will er nicht kommen, und da kommt er denn bei Tag und überfällt einen. Elisabeth ist bei Schünemanns drüben und bringt der armen Frau, die's, glaub ich, nicht lange mehr machen wird, ein paar Weintrauben, die wir heute früh geschnitten haben. Aber sie muß gleich wieder da sein; Hanna hilft mit draußen auf dem Feld. Und nun trinkst du mit mir ein Glas Malvasier. Das ist Damenwein.«

Und dabei schob er die aufgeschlagene Bibel nach rechts, einen Kasten mit Altertümern aber (denn er war ein Altertümler wie die meisten schleswigschen Pastoren) weit nach links hin und stellte zwei Weingläser auf seinen Arbeitstisch.

»Laß uns anstoßen. Ja, worauf? Nun, auf ein frohes Weihnachten.«

»Ach, das ist noch so lange.«

»Ja dir. Aber ich rechne anders... Und daß das Christkind dir alles erfüllt, was du auf dem Herzen hast.«

Ihre Gläser klangen zusammen, und im selben Augenblicke trat auch Elisabeth ein und sagte: »Da muß ich doch mit anstoßen, wenn ich auch nicht weiß, wem es gilt.«

Und nun erst begrüßten sich die jungen Mädchen, und Asta gab an Elisabeth die Notenmappe zurück und sprach ihr dabei den Dank ihrer Mutter für das schöne Lied aus, das sie gestern abend gesungen.

Dies wurde nur so hingesprochen, denn während Asta die Bestellung ausrichtete, beschäftigte sich ihr Auge schon mit den zahlreichen numerierten Dingen, kleinen und großen, die den archäologischen Kasten füllten. Das eine, was sie sah, schien Golddraht zu sein, Golddraht in einer großen Spirale.

»Warum ist es von Gold?« fragte Asta. »Es sieht ja aus wie eine Sofa-Sprungfeder.«

Der Alte vergnügte sich darüber und sagte ihr dann, es sei was Besseres, ein Schmuckstück, eine Art Armband, das vor zweitausend Jahren eine damalige Comtesse Asta getragen habe.

Asta freute sich und nickte, und Elisabeth, die von diesen Dingen mehr kannte, als ihr lieb war, denn sie war wie der Kustos der Sammlung, setzte ihrerseits hinzu: »Und wenn nach wieder zweitausend Jahren deine kleine Hufeisenbrosche gefunden wird, dann, das kann ich dir versichern, wird es auch Vermutungen und Feststellungen geben... Aber nun komm, Asta, wir wollen den Großpapa und seine Studierstube nicht länger stören.«

Und damit nahm sie Astas Arm und ging mit ihr über den Flur auf eine Pforte zu, die direkt nach dem Kirchhof hinausführte. Nur wenige Schritte noch, dann kamen sie bis an einen breiten Querweg, der zwischen Gräbern hin auf die alte Feldsteinkirche zulief, einen frühgotischen Bau ohne Turm, der für eine Scheune hätte gelten können, wenn nicht die hohen Spitzbogenfenster gewesen wären mit ihrem dichten kleinblättrigen Efeu, der sich bis unter das Dach hinaufrankte. Die Glocke hing unter ein paar Schutzbrettern an der einen Giebelseite der Kirche, während an der andern ein niedriges Backsteinhaus angebaut war, mit kleinen Fenstern und jedes Fenster mit zwei Eisenstäben. Einige der Grabsteine, die hier in Nähe der Kirche besonders zahlreich waren, reichten mit ihrem Kopfende bis dicht an die Gruft heran, denn eine solche war der Anbau, und auf einen dieser Grabsteine stieg nun Asta und sah neugierig durch die kleinen eisenvergitterten Fenster. Dabei lehnte sie sich mit der Hand gegen einen losen Mauerstein, der sich dadurch nach hinten schob und einen anderen Halbstein, der auch schon lose war, zum Umkippen brachte, so daß er mit Gepolter in die Gruft hinabstürzte.

Asta fuhr zurück und sprang von dem Grabstein herab, auf dem sie gestanden. Elisabeth war mit erschrocken, und erst als sie beide den unheimlichen Platz und gleich darnach auch den Kirchhof selbst verlassen hatten, erholten sie sich und fanden ihre Sprache wieder. Draußen, an der Kirchhofsmauer hin, lagen große Massen geschnittener Bretter und Balken, was nicht wundernehmen konnte, denn parallel mit der Kirchhofsmauer, und nur durch einen breiten Fahrweg von ihr getrennt, zog sich ein langer, mit kurzem Gras überwachsener Holz- und Zimmerplatz hin, auf dem beständig norwegische Hölzer geschnitten wurden. Auch in diesem Augenblicke wieder lag ein roh mit der Axt behauener Baumstamm auf zwei hohen Holzböcken, und ein paar Zimmerleute, von denen der eine oben, der andre unten stand, sägten mit einer großen, in ihrer Arbeit immer blanker werdenden Holzsäge den Stamm entlang. Beide Mädchen sahen emsig hinüber, und die Nähe der Menschen, dazu der lebendige Ton der Arbeit, tat ihnen wohl nach dem Grauen, von dem sie sich angesichts der zerbröckelnden Gruft soeben noch berührt gefühlt hatten.

Es war ein sehr anheimelnder Platz; die Brennesseln, die sonst hier wucherten, waren niedergetreten, und so saßen die beiden Freundinnen bequem und behaglich auf den hochaufgeschichteten Brettern und hatten die Balken als Fußbank und die Kirchhofsmauer als Rücklehne.

»Weißt du«, sagte Asta, »die Mama hat doch recht, daß sie von der Gruft nichts wissen will und eine Scheu hat, sie zu betreten. Es ist ja, als wäre jeder Stein lose und als warte alles nur darauf, daß es zusammenstürze. Und zweimal im Jahre geht sie doch hin und legt ihren Kranz auf den Sarg, an seinem Geburtstag und an seinem Sterbetage.«

»Kannst du dich denn deines Bruders Estrid noch erinnern?«

»Oh, gewiß kann ich. Ich war schon sieben Jahr.«

»Und ist es wahr, daß er nicht bloß Estrid hieß, sondern auch noch Adam?«

»Ja. Die Mama wollte freilich, daß er als zweiten Namen den Namen Helmuth führen sollte wie der Vater, Estrid Helmuth – Tante Dobschütz hat es mir oft erzählt; der Papa aber bestand auf Adam, weil er gehört hatte, daß Kinder, die so heißen, nicht sterben, und da habe denn die Mama gesagt (ich weiß das alles von Tante Julie), das sei Heidentum und Aberglauben und es werde sich strafen, denn der liebe Gott lasse sich nichts vorschreiben, und es sei lästerlich und verwerflich, ihm die Hände binden zu wollen.«

»Ich kann mir denken, daß deine Mutter so gesprochen hat. Und es hat sich ja auch gestraft. Aber ich finde doch, Asta, daß deine Mutter in all dem zu streng ist, und der Großpapa, der sie doch so sehr liebt und sie getraut hat – was übrigens der Arnewieker Pastor damals sehr übelgenommen haben soll – und der nichts Besseres kennt als seine ›liebe Christine‹, wie er sie noch immer nennt, und deinen Papa nennt er ja auch noch ›du‹ von alten Zeiten her... der sagt doch auch, sie sei zu sicher auf ihrem Wege und zu streng gegen andre...«

»Ja, das sagen alle, dein Großpapa sagt es, und Direktor Schwarzkoppen sagt es, und Onkel Arne sagt es. Und wenn Axel und ich es auch nicht hören sollen, wir hören es doch und machen so unsre Betrachtungen drüber...«

»Und wem kommen denn eure Betrachtungen zugute?«

»Immer der Mama.«

»Das wundert mich eigentlich. Ich dachte, du wärest deines Vaters Verzug und Liebling. Und liebtest ihn am meisten.«

»Oh, gewiß hab ich ihn lieb; er ist so gut und erfüllt uns jeden Wunsch. Aber die Mama meint es doch viel besser mit uns, und deshalb ist sie strenger. Alles bloß aus Liebe.«

»Ich habe dich nicht immer so sprechen hören, Asta. Es ist noch keine Woche, daß du voller Klagen und fast voll Bitterkeit warst und daß du sagtest, es sei mit der Mama kaum noch zu leben und alles schlüge sie dir ab und alles sei so wichtig, als ob Leben und Seligkeit daran hinge...«

»Ja, das werd ich wohl gesagt haben. Aber wer klagte nicht mal! Und dann ist es oft so still hier, und dabei wird man traurig und will es anders haben... Sieh, ich denk es mir so, die Mama bedrückt uns oft, aber sie sorgt doch auch für uns, und der Papa erfreut uns jeden Augenblick, aber im ganzen kümmert er sich nicht recht um uns. Er ist mit seinen Gedanken immer woanders und die Mama immer bei uns. Wenn es nach dem Papa ginge, so ginge alles so ruhig weiter, bis jemand käme und mich haben wollte. Comtesse Holk, rotblond und gerade gewachsen und etwas Vermögen – ich glaube, das ist alles, was ihm vorschwebt, und davon verspricht er sich das Beste. Daß ich auch eine Seele habe, daran denkt er nicht, vielleicht glaubt er nicht mal daran.«

»Wie du nur sprichst. Er wird doch glauben, daß du eine Seele hast?«

»Vielleicht. Ich weiß es nicht. Und das ist der Unterschied von der Mama. Die glaubt bestimmt daran und will, daß ich etwas lernen und einen festen Glauben gewinnen soll, ›einen Anker für die Stürme des Lebens‹, wie sie sagt, und ich wäre glücklich darüber, wenn ich nicht von dir fortmüßte. Solche Freundin wie du, die find ich in der Welt nicht wieder.«

»Aber du wirst doch nicht fortwollen, Asta? Und um was denn? Ist denn nicht die Dobschütz eine kluge Dame und lieb und gut dazu? Und du kannst ja französisch parlieren, daß es eine Lust ist, und Strehlke hat ja zwei Preise gewonnen, einen in Kopenhagen über die Strandvegetation in Nordschleswig und einen in Kiel über Quallen und Seesterne. Und daß er Geographie weiß, das weiß ich, er wußte ja neulich das Lustschloß vom König von Neapel, so daß ihm selbst dein Onkel Arne gratulierte. Was willst du denn noch mehr lernen? Das nehm ich dir übel, wenn du soviel mehr lernen willst als ich, und wenn du dann wiederkommst, ist kein Verkehr mehr mit mir. Und ich will doch mit dir verkehren, denn ich liebe dich ja so sehr. Und deine Mama, wenn sie dich fortgibt, wird dich gewiß in eine große Schweizerpension geben wollen.«

»Nein, in eine kleine Herrnhuterpension.«

»Nun, darüber läßt sich reden, Asta. Herrnhuter kenn ich, das sind gute Leute.«

»Das mein ich. Die Mama war ja auch in einer Herrnhuterpension.«

»Ist es denn schon gewiß?«

»So gut wie gewiß. Der Papa hat nachgegeben. Und außerdem reist er morgen nach Kopenhagen zur Prinzessin, worauf gar nicht gerechnet war, und das wird Mama wohl benutzen, um alles schnell ins rechte Geleise zu bringen. Ich denke mir, in vierzehn Tagen oder noch früher...«

»Ach, Asta, wäre nicht der Großpapa, ich bäte deine Mama, daß sie mich mitgäbe. Was soll ich hier anfangen, wenn du fort bist?«

»Es muß schon so gehen, Elisabeth, und wird auch. Schwer wird es mir auch. Und meine Mama wird auch allein sein und niemanden um sich haben als die Dobschütz, und sie schickt uns doch fort. Denn Axel geht auch. Es ist doch recht, was sie mir gestern abend sagte: Man lebt nicht um Vergnügen und Freude willen, sondern man lebt, um seine Pflicht zu tun. Und sie beschwor mich, dessen stets eingedenk zu sein, denn daran hinge Glück und Seligkeit.«

»Das ist schon alles ganz wahr, aber es hilft mir nichts.« Und in Elisabeths Auge war ein Flimmern, als sie das sagte. »Ich kann doch nicht immer am Strand spazierengehen und Bernstein suchen und Kataloge machen und die Nummern umschreiben. Und denke, Winterszeit, wenn alles in Schnee liegt und die Krähen auf den Kreuzen sitzen, und dann um Mittag die zwölf Schläge...«

Und in diesem Augenblicke schlug die Mittagsglocke, von der Elisabeth eben gesprochen hatte. Beide Mädchen fuhren zusammen. Dann aber lachten sie wieder und erhoben sich, denn es war hohe Zeit.

»Wann kommst du wieder?«

»Morgen.«

Damit trennten sie sich, und als Asta gleich danach bei der Stelle vorüberkam, wo die Glocke hing, tat diese gerade den zwölften Schlag, und der Küstersjunge, der geläutet hatte, zog seine Kappe und verschwand dann hinter den Gräbern.

Achtes Kapitel

Holk, als er sich an dem Kricketplatz von Asta getrennt hatte, hatte sich nach dem nächstgelegenen Treibhause begeben, in dessen Front er seinen Gärtner emsig bei der Arbeit sah. Und hier, nach kurzer Begrüßung, riß er zwei Blätter aus seinem Notizbuch und schrieb ein paar Telegrammzeilen an Pentz und die Witwe Hansen, in denen er beiden sein Eintreffen in Kopenhagen für den andern Abend anzeigte. »Diese Telegramme, lieber Ohlsen, müssen nach Glücksburg oder meinetwegen auch nach Arnewiek; es gilt mir gleich, wo Sie's aufgeben wollen. Nehmen Sie den Jagdwagen.«

Der Gärtner, ein Muffel, wie die meisten seines Zeichens, war augenscheinlich verdrießlich, weshalb Holk hinzusetzte: »Tut mir übrigens leid, Ohlsen, Sie bei der Arbeit stören zu müssen; aber ich brauche Philipp beim Packen, und Ihrer Frau Bruder, der sich ja gut anläßt, weiß noch nicht recht Bescheid und ist mir auch nicht zuverlässig genug.«

Der Gärtner fand sich nun wieder zurecht und sagte, daß er, wenn, es dem Grafen recht wäre, lieber nach Glücksburg wolle; seine Frau habe nämlich wieder solch Jucken über den ganzen Körper, was gewiß von der Galle käme, sie ärgere sich so leicht, und da möcht er denn wohl mit zu Doktor Eschke heran und ein Rezept holen.

»Mir recht«, sagte Holk. »Und wenn Sie mal da sind, so sorgen Sie auch gleich dafür, daß das Schiff morgen früh mit Sicherheit hier anlegt; es ist schon vorgekommen, daß es vorbeifährt, und fragen Sie auch, ob der König schon da ist, ich meine in Glücksburg, und wie lange er wohl bleibt.«

Damit ging der Graf wieder auf das Schloß zu, wo Philipp, im Ankleidezimmer seines Herrn, nicht bloß die Koffer bereits zurechtgestellt, sondern auch schon mit dem Packen begonnen hatte.

»Das ist recht, Philipp; ich sehe, die Gräfin hat dir gesagt, daß ich fortmuß. Nun, du weißt ja, was ich brauche; aber nicht zuviel, je mehr man mitnimmt, je mehr fehlt einem. Nicht wahr? Ist der Koffer voll, so verlangt man zuletzt alles, als wäre man zu Hause. Nur eines vergiß nicht, die Pelzstiefel und die hohen Gummischuhe. Man tapst drin herum wie ein Elefant, aber das Herz bleibt warm und gesund, und das ist doch immer die Hauptsache. Meinst du nicht auch?«

Philipp bestätigte den Ausspruch, worauf sich der Graf in sichtlichem Behagen an seinen Schreibtisch setzte und einige Briefe schrieb, auch einen an seinen Schwager Arne, während der alte Diener mit dem Packen der Koffer fortfuhr.

»Welche Bücher befehlen der Herr Graf?«

»Keine. Was wir hier haben, paßt nicht nach Kopenhagen. Oder nimm ein paar Bände Walter Scott mit; man kann nicht wissen, und der paßt immer.«

In der Mittagsstunde, Asta war noch unten im Dorf, kam Baron Arne von Arnewiek herüber, und Holk, als man plaudernd mit den Damen unter der Halle saß, gab ihm lachend den Brief, den er am Vormittag geschrieben hatte. »Da, Alfred; aber lies ihn erst zu Haus, es eilt nicht damit, und eigentlich weißt du ja doch, was darin steht. Es ist das alte Lied. Ich empfehle dir Schloß Holkenäs und die Wirtschaft wie schon manch liebes Mal und setze dich für die Tage meiner Abwesenheit zum Majordomus ein. Sei deiner Schwester ein Berater, besprich mit ihr« (dies sprach er halb leise) »den Bau einer neuen Kapelle mit Gruft oder was sie sonst will, und lasse Pläne machen wegen der Ställe. Mit dem für die Shorthorns wird angefangen. Zieh den homöopathischen Doktor zu Rate, von dem du mir neulich soviel Wunderdinge erzählt hast, und schicke dann die Zeichnungen hinüber nach Kopenhagen. Pentz versteht auch was davon und Bille, der soviel gereist ist, noch mehr, und seine Masern« (und damit wandt er sich wieder an die Damen) »können doch am Ende nicht ewig dauern. Ist er erst abgeschülbert, ich muß lachen, wenn ich ihn mir in der Mauserung denke, so such ich ihn auf und leg ihm die Pläne vor. Kranke sind immer froh, wenn sie was andres hören als den Medizinlöffel oder den Doktorstock.«

Holk sprach noch weiter in diesem Tone, was keinen Zweifel darüber ließ, daß er sich eigentlich freute, Holkenäs auf ein Vierteljahr verlassen zu können. Es war fast verletzend für die Gräfin, und sie würde diesem Gefühl auch Ausdruck gegeben haben, wenn sie sich nicht auf einer ganz ähnlichen Empfindung ertappt hätte. Wie bei vielen Eheleuten, so stand es auch bei den Holkschen. Wenn sie getrennt waren, waren sie sich innerlich am nächsten, denn es fielen dann nicht bloß die Meinungsverschiedenheiten und Schraubereien fort, sondern sie fanden sich auch wieder zu früherer Liebe zurück und schrieben sich zärtliche Briefe. Das wußte keiner besser als der Schwager drüben in Arnewiek. Arne stellte denn auch heute wieder seine Betrachtungen über dies Thema an und gab ihnen in ein paar Scherzworten Ausdruck. Aber das war nicht wohlgetan; sosehr es zutraf, was er sagte, sowenig lag es im Wunsche seiner Schwester, diese Dinge berührt zu sehen. Vielleicht war es denn auch dieser Gang der Unterhaltung, was den die leise Verstimmung seiner Frau beobachtenden Holk veranlaßte, die Dobschütz zu einem Spaziergang in den Park aufzufordern, »er habe noch dies und das mit ihr zu besprechen«.

Als sie fort waren, sagte Christine zu ihrem Bruder, mit dem sie allein geblieben: »Du mußtest das nicht sagen, Alfred, nicht in seiner Gegenwart. Er hat, wie du weißt, ohnehin die Neigung, ernste Dinge leichtzunehmen, und wenn du ihm darin mit gutem Beispiel vorangehst, so weiß er sich noch was damit und gefällt sich darin, den Freigeist zu spielen.«

Arne lächelte.

»Du lächelst. Aber ganz mit Unrecht. Denn ich sage nicht, ein Freigeist zu sein. Ein Freigeist sein, das kann er nicht, dazu reichen seine Gaben nicht aus, auch nicht die seines Charakters. Und das ist eben das Schlimme. Mit einem Atheisten könnte ich leben, wenigstens halte ich es für möglich, ja, mehr, es könnte einen Reiz für mich haben, ernste Kämpfe mit ihm zu bestehen. Aber davon ist Helmuth weit ab. Ernste Kämpfe! Das kennt er nicht. Mit allem, was du da sagtest, zu mir kannst du so sprechen, verwirrst du ihn bloß und bestärkst ihn nur in allem, was schwach und eitel an ihm ist.«

Arne begnügte sich, etlichen Buchfinken, die während des Gesprächs bis unter die Halle gekommen waren, ein paar kleine Krumen hinzuwerfen, schwieg aber.

»Warum schweigst du? Bin ich dir wieder zu kirchlich? Ich habe kein Wort von Kirche gesprochen. Oder bin ich dir wieder zu streng?«

Arne nickte.

»Zu streng. Sonderbar. Du findest dich nicht mehr in mir zurecht, Alfred, und wenn das ein Vorwurf ist, und du meinst es so, so muß ich dir den Vorwurf zurückgeben. Ich finde mich nicht mehr in dir zurecht. Du weißt, wie mein Herz an dir hängt, wie ich, aus meiner Kindheit Tagen her, voller Dank gegen dich bin, und dies Dankesgefühl habe ich noch. Aber ich kann dir das Wort nicht ersparen, du bist ein anderer geworden in deinen Anschauungen und Prinzipien, nicht ich. An dem einen Tage bin ich dir zu sittenstreng, am anderen Tage zu starr in meinem Bekenntnis, am dritten Tage zu preußisch und am vierten zu wenig dänisch. Ich treff es in nichts mehr. Und doch, Alfred, all das, was ich bin, oder doch das meiste davon, bin ich durch dich. Du hast mir diese Richtung gegeben. Du warst schon dreißig, als ich bei der Eltern Tode zurückblieb, und nach deinen Anschauungen, nicht nach denen der Eltern, bin ich erzogen worden; du hast die Herrnhuterpension für mich ausgesucht, du hast mich bei den Reckes und den Reuß und den frommen Familien eingeführt, und nun, wo ich das geworden bin, wozu du mich damals bestimmtest, nun ist es nicht recht. Und warum nicht? Weil du mittlerweile die Fahne gewechselt hast. Ich will es respektieren, daß du, der du mit dreißig an der Grenze des äußersten Aristokratismus warst, jetzt, wo du beinah sechzig bist, die Welt mit einem Male durch liberalgeschliffene Gläser siehst; aber darfst du mir Vorwürfe machen, wenn ich da blieb, wo du früher auch standest und wo du mich selber hingestellt?«

Arne nahm zärtlich der Schwester Hand. »Ach, Christine, stehe, wo du willst. Ich habe nicht den Mut mehr, Standpunkte zu verwerfen. Das ist eben das eine, was ich in meinen zweiten dreißig Jahren gelernt habe. Der Standpunkt macht es nicht, die Art macht es, wie man ihn vertritt. Und da muß ich dir sagen, du überspannst den Bogen, du tust des Guten zuviel.«

»Kann man des Guten zuviel tun?«

»Gewiß kann man das. Jedes Zuviel ist vom Übel. Es hat mir, solang ich den Satz kenne, den größten Eindruck gemacht, daß die Alten nichts so schätzten wie das Maß der Dinge.«

Holk und die Dobschütz kehrten in diesem Augenblicke von ihrem Spaziergange zurück, und von der andern Seite her kam Asta die Strandterrasse herauf und eilte sofort auf Arne zu, dessen Liebling sie war und an dem sie jederzeit den besten Zuhörer hatte. Der Mama gegenüber zeigte sie sich meist zurückhaltend; aber wenn Onkel Alfred da war, mußte alles herunter, was ihr auf der Seele lag.

»Ich habe heute früh schon an Pastor Petersens Arbeitstisch gesessen, und rechts lag die Bibel, und links stand der Kasten mit Altertümern, und war eigentlich kein Zollbreit Platz mehr da, um mir zu zeigen, was in den Pappschachteln alles lag. Meistens waren es Steine. Zuletzt aber, als er die Bibel zurückgeschoben hatte...«

»Da hattet ihr Platz«, lachte die Gräfin. »Mein alter, lieber Petersen, er schiebt immer die Bibel zurück und ist immer bei seinen Steinen und hat auch sonst eine Neigung, die Steine für Brot zu geben.«

Arne wollte widersprechen, als er aber des eben gehabten Gesprächs gedachte, besann er sich rasch wieder und war froh, als Asta fortfuhr: »Und dann hab ich draußen auf dem Kirchhofe mit Elisabeth an dem Grab ihrer Mutter gestanden und habe bei der Gelegenheit gesehen, daß Elisabeth eigentlich Elisabeth Kruse heißt und daß bloß ihre Mutter eine Petersen war und daß wir sie eigentlich gar nicht Elisabeth Petersen nennen dürfen. Aber, so sagte sie mir, sie habe ihren Vater gar nicht mehr gekannt, und die Mutter, wenn man im Dorf von ihr gesprochen hätte, sei für die Leute nur immer des alten Petersen Tochter gewesen, und so heiße sie denn auch Elisabeth Petersen, und sei eigentlich recht gut so.

Und dann«, fuhr Asta fort, »gingen wir den Kirchhofssteig weiter hinauf bis an die Kirche und kletterten auf einen schräg daliegenden Grabstein und wollten eben durch das Gitterfenster in unsere Gruft sehen, da fiel ein Stein hinein und schlug auf und war mir, als hätt ich wen erschlagen. Ach, ich kann gar nicht sagen, wie ich mich erschrocken habe. Da mag ich nicht hinein, und wenn ich sterbe, das müßt ihr mir alle versprechen, will ich den Himmel über meinem Grabe haben.«

Der Gräfin Blick traf den Grafen, der sichtlich bewegt war und seiner Frau freundlich zunickte. »Soll anders werden, Christine. Habe schon mit Alfred gesprochen und auch eben mit der Dobschütz. Es wird eine offene gotische Halle werden, die den Begräbnisplatz umschließt, und was sonst noch werden soll, das wirst du selber angeben.«

Arne, während Graf und Gräfin noch eine kleine Weile so weitersprachen, unterhielt sich mit Asta und leitete dann, als das Gespräch wieder ein allgemeines wurde, zu anderen Dingen über, was sich leicht machte, da Gärtner Ohlsen eben von Glücksburg zurückkam und die Nachricht brachte, der König komme morgen und die Gräfin Danner auch und er wolle vier Wochen bleiben und auf dem Braruper Moor ein Hünengrab ausnehmen. Und das Billet habe er bei Reeder Kirkegard gleich gelöst, und um zehn Uhr früh oder so herum werd das Dampfschiff an dem Steg unten anlegen. Es sei das beste Schiff auf der Linie: »König Christian«, Kapitän Brödstedt.

Ehe Ohlsen noch seinen Rapport beendet, kam Axel mit dem Hauslehrer und holte die von ihm geschossenen Rebhühner aus der Jagdtasche hervor.

»Mir lieb, Axel«, sagte Holk, »das gibt ein Frühstück für unterwegs. Du wirst doch noch ein richtiger Holkscher Jäger werden, und offen gestanden, das wäre mir das liebste. Das Lernen ist für andere.«

Und dabei streifte Holks Blick, ohne recht zu wollen, den armen Strehlke, der sich, während sein Zögling die Rebhühner geschossen, damit begnügt hatte, ein Dutzend Krammetsvögel aus den Dohnen zu nehmen.

Neuntes Kapitel

Der »König Christian« hielt Wort: pünktlich um zehn Uhr kam er in Sicht, und zehn Minuten später legte er an der Landungsbrücke an. Der Graf stand schon da, die Koffer neben ihm, auf denen Axel und Asta Platz genommen hatten, jener mit seiner Jagdflinte über der Schulter. Und nun kam der Abschied von den Kindern, und gleich danach stieg Holk an Bord unter Vorantritt zweier Bootsleute, die das Gepäck trugen. Einer Augenblick später, und Kapitän Brödstedt rief auch schon seine Befehle zur Weiterfahrt in den Maschinenraum hinein, der Steuermann aber ließ das Rad durch die Hand laufen, und unter ein paar schweren Schlägen (es war noch ein Raddampfer) löste sich das Schiff von der Landungsbrücke los und nahm seinen Kurs östlich in die offene See hinaus. Holk seinerseits war mittlerweile zu dem Kapitän herangetreten und sah jetzt, von der Kommandobrücke her, auf den Pier zurück, vor dem aus beide Kinder noch eifrig grüßten; ja; Axel gab sogar einen Salutschuß aus seinem Gewehr. Oben aber, auf der letzten Terrassenstufe, standen die Gräfin und das Fräulein, bis sie, nach kurzem Verweilen an dieser Stelle, wieder unter die höher gelegene Säulenhalle zurücktraten, um von hier aus dem Schiffe bequemer folgen zu können. Zugleich sahen sie nach dem Pier hinunter, auf dem jetzt die Geschwister gemeinschaftlich herankamen, anscheinend in lebhaftem Gespräch. Erst am Strande trennten sie sich wieder, und während Axel auf Möwenjagd in die Dünen einbog, stieg Asta die Terrasse hinauf.

Als sie oben war, schob sie eine Fußbank neben den Platz der Mama, nahm die Hand derselben und versuchte zu scherzen. »Es war Kapitän Brödstedt, der fuhr, ein schöner Mann, und soll auch, wie mir Philipp erzählt hat, eine bildschöne Frau haben, von der es heißt, er habe sie sich von dem Bornholmer Leuchtturm heruntergeholt. Es ist doch eigentlich schade, daß man, um bloßer Standesvorurteile willen, einen Mann wie Kapitän Brödstedt nicht heiraten kann.«

»Aber, Asta, wie kommst du nur auf solche Dinge?«

»Ganz natürlich, Mama. Man hat doch auch so seine zwei Augen und hört allerlei und macht seine Vergleiche. Da nimm einmal den guten Seminardirektor, der eine Adlige zur Frau hatte; nun ist er freilich Witwer. Ja, du wirst doch zugeben, Mama, daß Schwarzkoppen noch lange kein Brödstedt ist. Und Schwarzkoppen ginge noch, aber Herr Strehlke...«

Beide Damen lachten, und als die Mama schwieg, sagte das Fräulein: »Asta, du bist wie ein junges Füllen, und ich sehe zu meinem Schrecken, daß dir die Schulstunden fehlen. Und was du da nur sprichst, als ob gesellschaftlich ein Unterschied zwischen einem Manne wie Brödstedt und einem Manne wie Strehlke wäre.«

»Gewiß ist ein Unterschied. Das heißt nicht für mich, für mich ganz gewiß nicht, das kann ich beteuern. Aber für andere ist ein Unterschied. Sieh dich doch nur um. Ich für mein Teil habe noch nie von einer Heirat zwischen einem Dampfschiffskapitän und einer Comtesse gehört; aber soll ich dir an meinen zehn Fingern all die Hauslehrer und Kandidaten aufzählen, die hier herum...«

»Es ist schon das beste, Asta, wir verzichten auf alle Vergleiche.«

»Mir recht«, lachte diese. »Aber eine Leuchtturmstochter sein und von einem Manne wie Kapitän Brödstedt von einem Leuchtturm heruntergeholt zu werden, das ist doch hübsch und eigentlich ein leibhaftiges Märchen. Und alles, was Märchen ist, ist meine Schwärmerei, meine Passion, und die Geschichte ›vom tapfern Zinnsoldaten‹ ist mir viel, viel lieber als der ganze Siebenjährige Krieg!« Und bei diesen Worten erhob sie sich wieder von ihrer Fußbank und ließ die beiden Damen allein, um sich nebenan an den Flügel zu setzen. Gleich danach hörte man denn auch eine Chopinsche Etüde, freilich nicht recht flüssig und mit vielen Fehlern.

»Wie kam Asta nur zu solcher Bemerkung? Ist es bloß Übermut oder was sonst? Was führt sie in ihrem Gemüt so sonderbare Wege?«

»Nichts, was dich ängstigen könnte«, sagte die Dobschütz. »Wär es das, so würde sie zu schweigen wissen. Ich lebe mehr mit ihr als du und bürge dir für ihren guten Sinn. Asta hat einen lebhaften Geist und eine lebhafte Phantasie...«

»Was immer eine Gefahr ist...«

»Ja. Aber oft auch ein Segen. Eine lebhafte Phantasie schiebt auch Bilder vor das Häßliche und ist dann wie ein Schutz und Schirm.«

Die Gräfin schwieg und blickte vor sich hin, und als sie nach einiger Zeit wieder auf das Meer hinaussah, sah sie von dem Dampfer nur noch den immer blasser werdenden Rauch, der wie ein Strich am Horizonte hinzog. Sie schien allerhand Gedanken nachzuhängen, und als die Dobschütz, von der Seite her, einen flüchtigen Blick auf die Freundin richtete, sah sie, daß eine Träne in deren Auge stand.

»Was ist, Christine?« sagte sie.

»Nichts.«

»Und doch bist du so bewegt...«

»Nichts«, wiederholte die Gräfin. »Oder wenigstens nichts Bestimmtes. Aber es quält mich eine unbestimmte Angst, und wenn ich nicht das Wahrsagen und Träumedeuten von Grund meiner Seele verabscheute, weil ich es für gottlos und auch für eine Quelle der Trübsal halte, so müßt ich dir von einem Traum erzählen, den ich diese letzte Nacht gehabt habe. Und war nicht einmal ein schrecklicher Traum, bloß ein trüber und schwermütiger. Ein Trauerzug war es, nur ich und du, und in der Ferne Holk. Und mit einem Male war es ein Hochzeitszug, in dem ich ging, und dann war es wieder ein Trauerzug. Ich kann das Bild nicht loswerden. Dabei das Sonderbare, solange der Traum dauerte, hab ich mich nicht geängstigt, und erst als ich wach wurde, kam die Angst. Und deshalb beunruhigte mich auch das, was Asta sagte. Noch gestern hätte michs bloß erheitert, denn ich kenne das Kind und weiß, daß sie ganz so ist, wie du sagst... Und dann, offen gestanden, auch diese Reise ängstigt mich. Sieh, jetzt ist die Rauchfahne verschwunden...«

»Aber, Christine, das wirst du doch von dir abtun; das ist ja wie sich fürchten, daß man vom Stuhl fällt oder daß die Decke einstürzt. Es stürzen Decken ein und Häuser auch, und es scheitern auch Schiffe, die zwischen Glücksburg und Kopenhagen fahren, aber, Gott sei Dank, doch bloß alle hundert Jahr einmal...«

»Und einen trifft es dann, und wer will sagen, wer dieser eine ist. Aber das ist es nicht, Julie... Ich denke nicht an ein Unglück unterwegs... Es sind ganz andere Dinge, die mich ängstigen. Ich freute mich, wie du weißt, auf diese stillen Tage, die zugleich geschäftige Tage werden sollten, und seit heute früh freue ich mich nicht mehr darauf.«

»Bist du wegen der Kinder anderen Sinnes geworden?«

»Nein. Es bleibt bei dem längst zwischen uns Besprochenen, und nur wegen Axel schwankt es noch mit dem Wohin. Aber auch das wird sich unschwer regeln. Nein, Julie, was mich in meinem Gemüte seit heute früh beschäftigt, ist einfach das: ich durfte Holk nicht reisen lassen oder doch nicht allein. Ich habe diese sonderbare Stellung immer mit Unbehagen und Mißtrauen angesehen, und wenn er auch diesmal wieder hinüber mußte, weil sein Nichterscheinen eine Beleidigung gewesen wäre, so mußte ich mit ihm gehen...«

Die Dobschütz, überrascht, mühte sich, ein Lächeln zu unterdrücken.

»Eifersüchtig?« Und während sie so fragte, nahm sie die Hand der Gräfin und fühlte, daß diese zitterte. »Du schweigst. Also getroffen, also wirklich eifersüchtig, sonst würdest du sprechen und mich auslachen.

Man lernt doch nie aus, auch nicht in dem Herzen seiner besten Freundin.«

Eine Pause trat ein, für beide peinlich, besonders für die Dobschütz, die das alles so ganz wider Wunsch und Willen heraufbeschworen hatte. Ja, Verlegenheit auf beiden Seiten, soviel war gewiß, und diese Verlegenheit wieder aus dem Wege zu räumen, das war nur möglich, wenn das Gespräch, wie es begonnen, mit allem Freimut fortgesetzt wurde.

»Gönnst du mir noch ein Wort?«

Die Gräfin nickte.

»Nun denn, Christine, ich war in vielen Häusern und habe manches gesehen, was ich lieber nicht gesehen hätte. Die Herrensitze lassen oft viel zu wünschen übrig. Aber wenn ich je umgekehrt ein zuverlässiges Haus gefunden habe, so ist es das euere. Du bist ein Engel, wie alle schönen Frauen, wenn sie nicht bloß schön, sondern auch gut sind, ein Fall, der freilich selten eintritt, und ich persönlich wenigstens habe nichts Besseres kennengelernt als dich. Aber gleich nach dir kommt dein Mann. Er ist in dem, um das sich's hier handelt, ein Muster, und wenn ich einem Fremden zeigen sollte, was ein deutsches Haus und deutsche Sitte sei, so nähm ich ihn beim Schopf und brächt ihn einfach hierher nach Holkenäs.«

Der Gräfin Antlitz verklärte sich.

»Ja, Christine, du bist alles in allem doch eine sehr bevorzugte Frau. Holk ist aufrichtig und zuverlässig, und wenn drüben in Kopenhagen auch jede dritte Frau die Frau Potiphar in Person wäre, du wärest seiner doch sicher. Und schließlich, Christine, wenn dir trotz alledem immer noch ein Zweifel käme...«

»Was dann?«

»Dann müßtest du den Zweifel nicht aufkommen lassen und dir's klug und liebevoll einreden, es sei anders. Ein schöner Glaube beglückt und bessert und stellt wieder her, und ein schlimmer Argwohn verdirbt alles.«

»Ach, meine liebe Julie, das sagst du so hin, weil du, soviel du von unserem Haus und Leben kennst, doch nicht recht weißt (und du sagtest eben selbst so was), wie es in meinem Herzen eigentlich aussieht. Du weißt alles und doch auch wieder nicht. Ich glaube, wie Ehen sind, das wissen immer nur die Eheleute selbst, und mitunter wissens auch die nicht. Wer draußen steht, der sieht jeden Mißmut und hört jeden Streit; denn, sonderbar zu sagen, von ihren Fehden und Streitigkeiten verbergen die Eheleute meistens nicht viel vor der Welt, ja, mitunter ist es fast, als sollten es andere hören und als würde das Heftigste gerade für andere gesprochen. Aber das gibt doch ein falsches Bild, denn eine Ehe, wenn nur noch etwas Liebe da ist, hat doch auch immer noch eine andere Seite. Sieh, Julie, wenn ich Holk in irgendeiner Sache sprechen will und such ihn in seinem Zimmer auf und sehe, daß er rechnet oder schreibt, so nehme ich ein Buch und setze mich ihm gegenüber und sage: ›Laß dich nicht stören, Holk, ich warte.‹ Und dann, während ich lese oder auch nur so tue, seh ich oft über das Buch fort und freue mich über sein gutes, liebes Gesicht und möchte auf ihn zufliegen und ihm sagen: ›Bester Holk.‹ Sieh, Julie, das kommt auch vor; aber niemand sieht es und niemand hört es.«

»Ach, Christine, daß ich das aus deinem Munde höre, das freut mich mehr, als ich dir sagen kann. Ich habe mich manchmal um euch und euer Glück geängstigt. Aber wenn es so ist...«

»Es ist so, Julie, ganz so, mitunter mir selbst zum Trotz. Aber gerade weil es so ist, deshalb hast du doch unrecht mit deinem Rate, daß man immer das Beste glauben und mitunter sogar die Augen schließen müsse. Das geht nicht so, wenn man wen liebt. Und dann, liebe Julie, hast du doch auch unrecht, oder wenigstens ein halbes, mit dem, was du über Holk sagst. Er ist gut und treu, der beste Mann von der Welt, das ist richtig, aber doch auch schwach und eitel, und Kopenhagen ist nicht der Ort, einen schwachen Charakter fest zu machen. Sieh, Julie, du machst seinen Advokaten und tust es mit aller Überzeugung, aber du sprichst doch auch von Möglichkeiten, und die gerade lasten mir jetzt auf der Seele...«

Die Dobschütz wollte weiter beruhigen, aber Philipp kam und übergab einen Brief, den ein Bote von Arnewiek her eben überbracht hatte. Die Gräfin nahm an, daß er von ihrem Bruder sei, als sie aber die Aufschrift überflog, sah sie, daß er von Schwarzkoppen kam. Und nun las sie:

»Gnädigste Frau. Ich habe mich seit vorgestern eingehender mit der zwischen uns verhandelten Frage beschäftigt und bin die Reihe der Erziehungsinstitute durchgegangen, die für Axel in Betracht kommen können. Einige der besten sind zu streng, nicht bloß in der Disziplin, sondern wohl auch kirchlich, und so möchte ich denn annehmen, daß das Bunzlauer Pädagogium den zu stellenden Anforderungen am meisten entspricht. Ich kenne den Vorstand und würde mir die Erlaubnis, in dieser Angelegenheit ein paar einführende Worte an denselben schreiben zu dürfen, zur Ehre schätzen. Außerdem ist Gnadenfrei verhältnismäßig nah, so daß die Geschwister sich öfter sehen, auch die Sommerferienreise gemeinschaftlich machen können. Gnädigste Gräfin, in vorzüglicher Ergebenheit

Ihr Schwarzkoppen«

»Nun, Julie, das trifft sich gut. Ich verlasse mich in dieser Frage ganz auf unseren Freund drüben, und Holk hat mir ja freie Hand gegeben. Wie gut, daß wir nun etwas vorhaben. Heute noch schreiben wir auf, was jedes der Kinder braucht, es wird eine Welt von Sachen sein. Und dann kommt die Reise, und du mußt uns natürlich begleiten. Ich freue mich von ganzem Herzen, und du wirst es auch, mein geliebtes Gnadenfrei wiederzusehen. Und wenn ich dann daran denke, wie mein Bruder, ach, lang ist's her, mich von dort abholte und Holk mit ihm... Fast war es wie der Leuchtturm, von dem Kapitän Brödstedt seine Bornholmerin herunterholte. Nun, ein Leuchtturm war es gewiß, für dich und mich, ein Licht fürs Leben und hoffentlich bis in den Tod.«

Zehntes Kapitel

Die Dampfschiffahrt ging gut, und es war noch nicht neun Uhr abends heran, als der »König Christian« zwischen Nyholm und Tolboden in den Kopenhagener Hafen einbog. Holk stand auf Deck und genoß eines herrlichen Anblickes; über ihm funkelten die Sterne in fast schon winterlicher Klarheit, und mit ihnen zugleich spiegelten sich die Uferlichter in der schimmernden Wasserfläche. Schiffsvolk und Kommissionäre drängten sich heran, die Kutscher hoben ihre Peitschen und warteten eines zustimmenden Winkes, Holk aber, der es vorzog, die wenigen hundert Schritte bis zur Dronningens-Tvergade zu Fuß zu machen, lehnte alle Dienste ab und gab dem Schiffssteward nur Weisung, ihm sein Gepäck so bald wie möglich bis in die Wohnung der Witwe Hansen zu schicken. Dann ging er, nach einem freundlichen Abschiede vom Kapitän, das Bollwerk entlang, erst auf den Sankt-Annen-Platz und von hier aus in kurzer Biegung auf die Dronningens-Tvergade zu, wo gleich links das zweistöckige Haus der Witwe Hansen gelegen war. Als er hier, nach wenigen Minuten, von der anderen Seite der Straße her seiner Wohnung ansichtig wurde, sah er musternd hinüber und freute sich des sauberen und anheimelnden Eindrucks, den das Ganze machte. Der erste Stock, in dem sich seine zwei Zimmer befanden, war schon erleuchtet, und die Schiebefenster, um frische Luft einzulassen, waren ein wenig geöffnet. »Ich wette, es brennt auch ein Feuer im Kamin. Ein Ideal von einer Wirtin.« Unter diesen Betrachtungen schritt er über den Damm auf das Haus zu und tat mit dem Klopfer einen guten Schlag, nicht zu laut und nicht zu leise. Gleich danach wurde denn auch geöffnet, und Witwe Hansen in Person, eine noch hübsche Frau von beinah fünfzig, begrüßte den Grafen mit einer Art Herzlichkeit und sprach ihm ihre Freude aus, ihn noch in diesem Jahre wiederzusehen, während sie doch frühestens von Neujahr an darauf gerechnet habe. »Daß Baron Bille, der doch kein Kind mehr, auch gerade die Masern kriegen mußte! Aber so ist es im Leben, dem einen sein Schad ist dem anderen sein Nutz.«

Unter diesen Worten war die Wirtin in den Flur zurückgetreten, um, vorangehend, dem Grafen hinaufzuleuchten. Dieser folgte denn auch. Unten an der Treppe aber blieb er einen Augenblick stehen, was, nach dem Anblick, der sich ihm bot, kaum ausbleiben konnte. Die zweite Hälfte des nur schmalen Hausflures lag nach hinten zu wie in Nacht, ganz zuletzt aber, da, wo mutmaßlich eine zur Küche führende Tür aufstand, fiel ein Lichtschein in den dunklen Flur hinein, und in diesem Lichtscheine stand eine junge Frau, vielleicht, um zu sehen, noch wahrscheinlicher, um gesehen zu werden. Holk war betroffen und sagte: »Wohl Ihre Frau Tochter? Ich habe schon davon gehört, und daß sie diesmal ihren Ehemann nicht begleitet hat.« Die Witwe Hansen bestätigte Holks Frage nur ganz kurz, mutmaßlich, weil sie durch eine längere Mitteilung ihrerseits die Wirkung des Bildes nicht abschwächen wollte.

Oben in den Zimmern, die mit schweren Teppichen ausgelegt und mit Vasen und anderen chinesisch-japanischen Porzellansachen reich, aber nicht überladen geschmückt waren, zeigte sich alles so, wie's Holk vermutet hatte: die Lichter brannten, das Feuer im Kamin war da, und auf dem Sofatische standen Früchte, mehr wohl, um den anheimelnden Eindruck eines Stillebens zu steigern, als um gegessen zu werden. Neben der Fruchtschale lagen die Karten von Baron Pentz und Baron Erichsen, die beide vor einer Stunde bereits dagewesen waren und nach dem Grafen gefragt hatten. »Sie würden wiederkommen.«

In diesem Augenblick hörte man unten auf dem Hausflur sprechen. »Es werden meine Sachen sein«, sagte Holk und erwartete, die junge Frau, deren Bild ihn noch beschäftigte, samt ein paar koffertragenden Schiffsleuten eintreten zu sehen. Aber die junge Frau kam nicht, auch nicht das Gepäck, wohl aber erschienen beide Freiherren, mit denen sich nun Holk begrüßte, mit Pentz herzlich und jovial, mit Erichsen artig und etwas zurückhaltend. Frau Hansen machte Miene, sich zurückzuziehen, und fragte nur noch, was der Herr Graf für den Abend befehle. Holk wollte auch darauf antworten, Pentz aber ließ es nicht dazu kommen und sagte: »Liebe Frau Hansen, Graf Holk hat für heute gar keine Wünsche mehr, ausgenommen den, uns zu Vincents zu begleiten. Sie müssen sich's gefallen lassen, daß wir ihn Ihnen gleich im ersten Moment wieder entführen, Ihnen und der Frau Tochter. Wobei mir einfällt, sind denn Nachrichten von Kapitän Hansen da, diesem glücklichsten und beneidenswertesten und zugleich leichtsinnigsten aller Ehemänner? Wenn ich solche Frau hätte, hätt ich mich für ein Metier entschieden, das mich jeden Tag runde vierundzwanzig Stunden ans Haus fesselte; Schiffskapitän wäre jedenfalls das letzte gewesen.«

Witwe Hansen war sichtlich erheitert, rückte sich aber doch einigermaßen ernsthaft zurecht und sagte mit einer gewissen Matronenwürde: »Ach, Herr Baron, wer immer auf seinen Mann wartet, der denkt nicht an andere. Mein Seliger war ja auch Kapitän. Und ich habe immer bloß an ihn gedacht...«

Pentz lachte. »Nun, Frau Hansen, was einem die Frauen sagen, das muß man glauben, das geht nicht anders. Und ich will's auch versuchen.«

Und dabei nahm er Holk am Arm, um ihn zu gemeinschaftlichem Abendessen und obligater Plauderei zu Vincents Restaurant zu führen. Baron Erichsen folgte mit einem Gesichtsausdruck, der die voraufgegangenen Kordialitäten mit der Wirtin zu mißbilligen schien, trotzdem er sie als Pentzsche Verkehrsform genugsam kannte.

Die Witwe Hansen ihrerseits aber hatte bereits die Glocke von einer der beiden Lampen genommen und leuchtete hinab, bis die drei Herren das Haus verlassen hatten.

Pentz und Erichsen waren Gegensätze, was nicht ausschloß, daß sie sich ziemlich gut standen. Mit Pentz stand sich übrigens jeder gut, weil er nicht bloß zu dem holländischen Sprichworte: »Wundere dich allenfalls, aber ärgere dich nicht«, von ganzem Herzen hielt, sondern diesen Weisheitssatz auch noch überbot. Er hatte nämlich auch das »sich wundern« schon hinter sich; auch das war ihm schon um einen Grad zuviel. Er bekannte sich vielmehr zu »ride si sapis« und nahm alles von der heiteren Seite. Dem alten Pilatusworte »Was ist Wahrheit?« gab er in Leben, Politik und Kirche die weiteste Ausdehnung, und sich über Moralfragen zu erhitzen – bei deren Erörterung er regelmäßig die Griechen, Ägypter, Inder und Tscherkessen als Vertreter jeder Richtung in Leben und Liebe zitierte – war ihm einfach ein Beweis tiefer Nichtbildung und äußerster Unvertrautheit mit den »wechselnden Formen menschlicher Vergesellschaftung«, wie er sich, unter Lüftung seiner kleinen Goldbrille, gern ausdrückte. Man sah dann jedesmal, wie die kleinen Augen pfiffig und überlegen lächelten. Er war ein sechziger, unverheiratet und natürlich Gourmand: die Prinzessin hielt auf ihn, weil er sie nie gelangweilt und sein nicht leichtes Amt anscheinend spielend und doch immer mit großer Akkuratesse verwaltet hatte. Das ließ manches andere vergessen, vor allem auch das, daß er, all seiner Meriten unerachtet, doch eigentlich in allem, was Erscheinung anging, eine komische Figur war. Solange er bei Tische saß, ging es; wenn er dann aber aufstand, zeigte sich's, was die Natur einerseits zuviel und andererseits zuwenig für ihn getan hatte. Seine Sockelpartie nämlich ließ viel zu wünschen übrig, was die Prinzessin dahin ausdrückte, »sie habe nie einen Menschen gesehen, der sowenig auf Stelzen ginge wie Baron Pentz«. Da sie dies Wort immer nur zitierte, wenn in seinem Sprechen etwas moralisch sehr »Ungestelztes« vorausgegangen war, so genoß sie dabei die Doppelfreude, ihn mit ein und demselben Worte ridikülisiert und beglückt zu haben. Er war von großer Beweglichkeit und hätte danach ein ewiges Leben versprochen, wenn nicht sein Embonpoint, sein kurzer Hals und sein geröteter Teint gewesen wären, drei Dinge, die den Apoplektikus verrieten.

Als Pentz' Gegenstück konnte Erichsen gelten; wie jener ein Apoplektikus, so war dieser ein geborener Hektikus. Er stammte aus einer Schwindsuchtsfamilie, die, weil sie sehr reich war, die Kirchhöfe sämtlicher klimatischer Kurorte mit Denkmälern aus Marmor, Syenit und Bronze versorgt hatte. Die Zeichen der Unsterblichkeit auf eben diesen Denkmälern waren aber überall dieselben, und in Nizza, San Remo, Funchal und Kairo, ja prosaischerweise auch in Görbersdorf, schwebte der Schmetterling, als wenn er das Wappen der Erichsen gewesen wäre, himmelan. Auch unser gegenwärtiger Kammerherr Erichsen, seit etwa zehn Jahren im Dienste der Prinzessin, hatte den ganzen Kursus »durchschmarotzt«, ihn aber glücklicher absolviert als andere seines Namens. Von seinem vierzigsten Jahre an war er seßhaft geworden und konnte sich die ruhigen Tage gönnen, was er so weit trieb, daß er kaum noch Kopenhagen verließ. Er hatte das Reisen satt bekommen, zugleich aber aus seinen ärztlich verordneten Entsagungstagen auch eine Abneigung gegen alle Extravaganzen in sein derzeitiges Hofleben mit herübergenommen. Daran gewöhnt, von Milch, Hühnerbrust und Emser Krähnchen zu leben, fiel ihm, wie Pentz sagte, bei Festmahlen und Freudenfeiern immer nur die Aufgabe zu, durch seine lange, einem Ausrufungszeichen gleichende Gestalt, vor allem, was an Bacchuskultus erinnern konnte, zu warnen. »Erichsen das Gewissen« war einer der vielen Beinamen, die Pentz ihm gegeben hatte.

Von dem Hause der Witwe Hansen in der Dronningens-Tvergade bis zu Vincents Restaurant am Kongens Nytorv war nur ein Weg von fünf Minuten. Erichsen mußte, nach Pentz' Weisung, rekognoszierend vorangehen, »weil ihm seine sechs Fuß einen besseren Überblick über die Vincentschen Platzzustände gestatten würden«. Und zu dieser vorsichtigen Weisung, so scherzhaft sie gegeben war, war nur zu guter Grund vorhanden; denn als eine Minute nach Erichsen auch Pentz und Holk in das Lokal eintraten, schien es unmöglich, einen noch unbesetzten Tisch zu finden. Aber schließlich entdeckte man doch eine gute Ecke, die nicht nur ein paar bequeme Plätze, sondern auch ein behagliches Beobachten versprach.

»Ich denke, wir beginnen mit einem mittleren Rüdesheimer. Doktor Grämig, beiläufig der lustigste Mensch von der Welt, sagte mir neulich, es sei merkwürdig, daß ich noch ohne Podagra sei, worauf ich nicht bloß meiner Lebensweise, sondern ganz besonders auch meiner Lebensstellung nach einen sozusagen historisch verbrieften Anspruch hätte. Je mehr er aber damit recht haben mochte, je mehr gilt es für mich, die noch freie Spanne Zeit zu nutzen. Erichsen, was darf ich für Sie bestellen? Biliner oder Selters oder phosphorsaures Eisen...«

Ein Kellner kam, und eine kleine Weile danach, so stießen alle drei mit ihren prächtig geschliffenen Römern an, denn auch Erichsen hatte von dem Rüdesheimer genommen, nachdem er sich vorher einer Wasserkaraffe versichert hatte.

»Gamle Danmark«, sagte Pentz, worauf Holk, ein zweites Mal anstoßend, erwiderte: »Gewiß, Pentz, gamle Danmark. Und je ›gamler‹, desto mehr. Denn was uns je trennen könnte – gebe Gott, daß der Tag fern sei –, das ist das neue Dänemark. Das alte, da bin ich mit dabei, dem trink ich zu. Friedrich VII. und unsere Prinzessin... Aber sagen Sie, Pentz, was ist nur in meine guten Kopenhagener gefahren und vor allem in diese gemütliche Weinstube? Sehen Sie doch nur da drüben, wie das alles aufgeregt ist und sich die Blätter aus den Händen reißt. Und Oberstleutnant Faaborg, ja es ist Faaborg, den muß ich nachher begrüßen, sehen Sie doch nur, der glüht ja wie ein Puter und fuchtelt mit dem Zeitungsstock in der Luft umher, als ob es ein Dragonersäbel wäre. Auf wen redet er denn eigentlich ein?«

»Auf den armen Thott.«

»Arm? Warum?«

»Weil man, soviel ich weiß, Thott im Verdacht hat, daß er auch mit im Komplott sei.«

»In welchem Komplott?«

»Aber Holk, Sie sind ja wenigstens um ein Menschenalter zurück. Freilich, da Sie gestern gepackt haben und heute gereist sind, so sind Sie halb entschuldigt. Wir haben hier allerdings so was wie ein Komplott: Hall soll über die Klinge springen.«

»Und das nennen Sie Komplott. Ich entsinne mich übrigens, Sie schrieben mir schon davon... Ich bitte Sie, lassen Sie den guten Hall doch springen. Er wird sich selber nicht viel daraus machen, das aus den Fugen gehende Dänemark, woran ich übrigens noch lange nicht glaube, wieder einzurenken. Schon Hamlet wollte nicht. Und nun gar Hall.«

»Nun, der will auch nicht, darin haben Sie recht. Aber unsere Prinzessin will es, und das gibt den Ausschlag. Sowenig Vertrauen sie zu dem König hat, was mit ihrer Abneigung gegen die Danner zusammenhängt, soviel Vertrauen hat sie nun mal zu Hall; nur Hall kann retten, und deshalb muß er im Amte bleiben. Und wie die Prinzessin denkt – ich bitte Sie, sich mit Ihrer entgegengesetzten Meinung ihr gegenüber nicht etwa decouvrieren zu wollen –, so denken viele. Hall soll bleiben. Und deshalb sehen Sie auch Faaborg mit seinem Zeitungsstock wie einen Gladiator fechten.«

Erichsen war der erregten Szene drüben ebenfalls gefolgt. »Ein Glück, daß de Meza am Nachbartische sitzt«, sagte er, »der wird es wieder in Ordnung bringen.«

»Ach, gehen Sie mir, Erichsen, mit wieder in Ordnung bringen. Als ob Faaborg, dieser Stockdäne, der Mann wäre, sich beruhigen zu lassen, wenn er mal in Unruhe ist. Und nun gar von de Meza.«

»De Meza ist sein Vorgesetzter.«

»Ja, was heißt Vorgesetzter? Er ist sein Vorgesetzter, wenn er die Brigade inspiziert, aber nicht sein Vorgesetzter hier bei Vincent oder irgendsonstwo, geschweige wenn es sich um Politik handelt, um dänische Politik, von der de Meza nichts versteht, wenigstens nicht in Faaborgs Augen. De Meza ist ihm ein Fremder, und es hat auch was für sich. De Mezas Vater war ein portugiesischer Jude, alle Portugiesen sind eigentlich Juden, und kam, was Holk vielleicht nicht weiß, vor soundso viel Jahren als ein Schiffsdoktor hier nach Kopenhagen herüber. Und wenn es auch nicht sicher verbürgt wäre – Sie können es übrigens in jedem Buche nachschlagen, und de Meza selbst macht auch gar kein Hehl daraus –, so könnten Sie ihm die Abstammung von der Stirne lesen. Und dazu dieser Portugiesenteint.«

Erichsen hatte seine Freude daran und nickte zustimmend.

»Und wenn er bloß den südlichen Teint hätte«, fuhr Pentz fort, »er ist aber überhaupt auf den Süden, um nicht zu sagen auf den Orient eingerichtet, und Wetterglas und Windfahne sind so ziemlich die größten Unentbehrlichkeiten für ihn. Er friert immer, und was andere frische Luft nennen, das nennt er Zug oder Wind oder Orkan. Ich möchte wohl wissen, wie sich unser König Waldemar, der Sieger, der alle Jahre wenigstens dreiundfünfzig Wochen auf See war, zu de Meza gestellt hätte.«

Bis dahin war Erichsen unter Zustimmung gefolgt, aber all dies letzte war doch wieder sehr unvorsichtig gesprochen und traf den angekränkelten langen Kammerherrn viel, viel mehr noch, als es de Meza traf.

»Ich begreife Sie nicht, Pentz«, nahm er, der sonst nie sprach, jetzt empfindlich das Wort. »Sie werden schließlich noch beweisen wollen, daß man absolut ohne Wolle leben muß, um überhaupt als Soldat zu gelten. Ich weiß, de Meza steckt in Flanell, weil er immer friert, aber sein fröstelnder Zustand hat ihn nicht abgehalten, bei Fridericia Anno 49 sehr viel und bei Idstedt, das Jahr darauf, eigentlich alles zu tun. Ich für meine Person bezweifle nicht, daß Napoleon gerade so gut nach dem Thermometer gesehen hat wie andere Menschen; in Rußland war es freilich unnötig. Übrigens seh ich, daß man drüben in der Offiziersecke wieder beim Zeitungslesen ist und das Streiten uns überläßt. Ob wir hinübergehen und de Meza begrüßen?«

»Ich denke, wir lassen es«, sagte Holk. »Er könnte nach diesem und jenem fragen, worauf ich gerade heute nicht antworten möchte. Nicht de Mezas wegen bin ich ängstlich, der jede Meinung respektiert, aber der andern Herrn halber, unter denen, nach meiner freilich schwachen Personalkenntnis, einige Durchgänger sind. So, wenn ich recht sehe, Oberstleutnant Tersling, da links am Fenster. Und dann denk ich auch an unsre Prinzessin, der als einer politischen Dame alles gleich zugetragen wird. Ich bange ohnehin vor dem Kreuzverhör, dem ich morgen oder in den nächsten Tagen ausgesetzt sein werde.«

Pentz lachte. »Lieber Holk, Sie kennen doch hoffentlich die Frauen...«

Erichsen machte schelmische Augen, weil er wußte, daß Pentz, trotz seines Glaubens, er kenne sie, sie sicherlich nicht kannte.

»... Die Frauen, sag ich. Und wenn nicht die Frauen, so doch die Prinzessinnen, und wenn nicht die Prinzessinnen, so doch unsre Prinzessin. Sie haben ganz recht, es ist eine politische Dame, und mit einem schleswig-holsteinschen Programm dürfen Sie ihr nicht kommen. Darin ist nichts geändert, aber auch nichts verschlimmert, weil sie, trotz aller Politikmacherei, nach wie vor ganz ancien régime ist.«

»Zugegeben. Aber was soll ich für meine Person daraus gewinnen?«

»Alles. Und ich wundre mich, daß ich Sie darüber erst aufklären muß. Was heißt ancien régime? Die Leute des ancien régime waren auch politisch, aber sie machten alles aus dem Sentiment heraus, die Frauen gewiß, und vielleicht war es das Richtige. Jedenfalls war es das Amüsantere. Da haben Sie das Wort, auf das es ankommt. Denn das Amüsante, was in der Politik wenigstens immer gleichbedeutend ist mit Chronique scandaleuse, spielte damals die Hauptrolle, wie's bei unsrer Prinzessin noch heute der Fall, und wenn Sie sich vor einem politischen Kreuzverhör fürchten, so brauchen Sie nur von Berling oder der Danner oder von Blixen-Fineke zu sprechen und nur anzudeuten, was in Skodsborg oder in der Villa der guten Frau Rasmussen an Schäfer- und Satyrspielen gespielt worden ist, so fällt jedes politische Gespräch sofort zu Boden, und Sie sind aus der Zwickmühle heraus. Hab ich recht, Erichsen?«

Erichsen bestätigte.

»Ja, meine Herren«, lachte Holk, »ich will das alles gelten lassen, aber ich kann leider nicht zugeben, daß meine Situation dadurch sonderlich gebessert wird. Die Schwierigkeiten lösen sich bloß ab. Was mich vor dem politischen Gespräch bewahren soll, ist fast noch schwieriger als das politische Gespräch selber. Wenigstens für mich. Sie vergessen, daß ich kein Eingeweihter bin und daß ich Ihr Kopenhagener Leben, trotz gelegentlicher Aufenthalte, doch eigentlich nur ganz oberflächlich aus ›Dagbladet‹ oder ›Flyveposten‹ kennenlerne. Die Danner und Berling oder die Danner und Blixen-Fineke – davon soll ich mit einem Male sprechen; aber was weiß ich davon? Nichts, gar nichts; nichts, als was ich dem neusten Witzblatt entnommen, und das weiß die Prinzessin auch, denn sie liest ja Witzblätter und Zeitungen bis in die Nacht hinein. Ich habe nichts als die Witwe Hansen, die mir doch als Bezugsquelle nicht ausreicht.«

»Ganz mit Unrecht, Holk. Da haben Sie keine richtige Vorstellung von der Witwe Hansen und ihrer Tochter. Die sind ein Nachschlagebuch für alle Kopenhagner Geschichten. Wo sie's hernehmen, ist ein süßes Geheimnis. Einige sprechen von Dionysosohren, andere von einem unterirdischen Gange, noch andere von einem Hansenschen Teleskop, das alles, was sich gewöhnlichen Sterblichen verbirgt, aus seiner Verborgenheit herauszuholen weiß. Und endlich noch andere sprechen von einem Polizeichef. Mir die verständlichste der Annahmen. Aber ob es nun das eine sei oder das andere, soviel ist gewiß, beide Frauen, oder auch Damen, wenn Sie wollen, denn ihr Rang ist schwer festzustellen, wissen alles, und wenn Sie jeden Morgen mit einer Frau Hansenschen Ausrüstung zum Dienst erscheinen, so verbürg ich mich, daß Sie gefeit sind gegen intrikate politische Gespräche. Die Hansens, und speziell die junge, wissen mehr von der Gräfin Danner als die Danner selbst. Denn Polizeibeamte haben auf diesem interessanten Gebiete sozusagen etwas Divinatorisches oder Dichterisches, und wenn nichts vorliegt, so wird was erfunden.«

»Aber da lerne ich ja meine gute Frau Hansen von einer ganz neuen Seite kennen. Ich vermutete höchste Respektabilität...«

»Ist auch da in gewissem Sinne... Wo kein Kläger ist, ist kein Richter...«

»Und ich werde mich, unter diesen Umständen, zu besondrer Vorsicht bequemen müssen...«

»Wovon ich Ihnen durchaus abreden möchte. Die Nachteile davon liegen obenauf, und die Vorteile sind mehr als fraglich. Sie können in diesem Hause nichts verbergen, selbst wenn Ihr Charakter das zuließe; die Hansens lesen Ihnen doch alles aus der Seele heraus, und das Beste, was ich Ihnen raten kann, heißt Freiheit und Unbefangenheit und viel sprechen. Viel sprechen ist überhaupt ein Glück und unter Umständen die wahre diplomatische Klugheit; es ist dann das einzelne nicht mehr recht festzustellen, oder noch besser, das eine hebt das andere wieder auf.«

Erichsen lächelte.

»Sie lächeln, Erichsen, und es kleidet Ihnen. Außerdem aber mahnt es mich – denn ein Lächeln, weil es in seinen Zielen meist unbestimmt bleibt, kritisiert immer nach vielen Seiten hin –, daß es Zeit ist, unsren Holk freizugeben; es ist schon ein Viertel nach elf, und die Hansens sind reputierliche Leute, die die Mitternacht nicht gern heranwachen, wenigstens nicht nach vorn heraus und mit Flurlampe. Drüben am Tisch ist übrigens auch schon alles aufgebrochen. Ich werde inzwischen die Berechnung machen; erwarten Sie mich draußen an der Hauptwache.«

Holk und Erichsen schlenderten denn auch draußen auf und ab. Als sich ihnen Pentz wieder zugesellt hatte, gingen sie auf die Dronningens-Tvergade zu, wo man sich, gegenüber dem Hause der Frau Hansen, verabschiedete. Das Haus lag im Dunkel, und nur das Mondlicht blickte, wenn die Wolken es freigaben, in die Scheiben der oberen Etage. Holk hob den Klopfer, aber eh er ihn fallen lassen konnte, tat sich auch schon die Tür auf, und die junge Frau Hansen empfing ihn. Sie trug Rock und Jacke von ein und demselben einfachen und leichten Stoff, aber alles, auf Wirkung hin, klug berechnet. In der Hand hielt sie eine Lampe von ampelartiger Form, wie man ihnen auf Bildern der Antike begegnet. Alles in allem eine merkwürdige Mischung von Froufrou und Lady Macbeth Holk, einigermaßen in Verwirrung, suchte nach einer Anrede, die junge Frau Hansen kam ihm aber zuvor und sagte, während ihr die Augen vor anscheinender Übermüdung halb zufielen, ihre Mutter lasse sich entschuldigen; so rüstig sie sei, so brauche sie doch den Schlaf vor Mitternacht. Holk gab nun seinem Bedauern Ausdruck, daß er sich verplaudert habe, zugleich die dringende Bitte hinzufügend, ihn, wenn es wieder vorkäme, nicht erwarten zu wollen. Aber die junge Frau, ohne direkt es auszusprechen, deutete wenigstens an, daß man sich ein jedesmaliges Erwarten ihres Hausgastes nicht nehmen lassen werde. Zugleich ging sie mit ihrer Ampel langsamen Schritts vorauf, blieb aber, als sie bis unten an die Treppe gekommen war, neben derselben stehen und leuchtete, die Linke auf das Geländer stützend, mit ihrer hocherhobenen Rechten dem Grafen hinauf. Dabei fiel der weite Ärmel zurück und zeigte den schönen Arm. Holk, als er oben war, grüßte noch einmal und sah, als sich gleich danach auch die junge Frau langsam und leise zurückzog, wie das Spiel der Lichter und Schatten auf Flur und Treppe geringer wurde. Horchend stand er noch ein paar Augenblicke bei halb geöffneter Tür, und erst als es unten dunkel geworden war, ließ er auch seinerseits die Tür ins Schloß fallen.

»Eine schöne Person. Aber unheimlich. Ich darf ihrer in meinem Brief an Christine gar nicht erwähnen, sonst schreibt sie mir einen Schreckbrief und läßt alle fraglichen Frauengestalten des Alten und Neuen Testaments an mir vorüberziehen.«

Elftes Kapitel

Holk hatte sich vorm Einschlafen, trotz aller Ermüdung von der Reise, mit dem Bilde der jungen Frau Hansen beschäftigt, jedenfalls mehr als mit Politik und Prinzessin. Am anderen Morgen aber war alles verflogen, und wenn er der Erscheinung mit der Ampel auch jetzt noch gedachte, so war es unter Lächeln. Er sann dabei nach, welche Göttin oder Liebende, mit der Ampel umhersuchend, auf antiken Wandbildern abgebildet zu werden pflege, konnt es aber nicht finden und gab schließlich alles Suchen danach auf. Dann zog er die Klingel und öffnete das Fenster, um noch vor dem Erscheinen des Frühstücks einen Zug frische Luft nehmen und einen Blick auf die Straße tun zu können. Es waren nur wenige, die zu so verhältnismäßig früher Stunde die Dronningens-Tvergade passierten, aber jedes einzelnen Haltung war gut, alles blühend und frisch, und er begriff den Stolz der Dänen, die sich als die Pariser des Nordens fühlen und nur den Unterschied gelten lassen, ihrem Vorbild noch überlegen zu sein. In diesem Augenblicke bauschten die Gardinen am Fenster, und als er sich umsah, sah er, daß Witwe Hansen mit dem Frühstückstablett eingetreten war. Man begrüßte sich, und nach der selbstverständlichen Frage, wie der Herr Graf geschlafen und was er geträumt habe, »denn der erste Traum gehe immer in Erfüllung«, legte die Hansen das Tuch und baute dann alles, was eben noch auf dem Tablett gestanden hatte, auf dem Frühstückstisch auf. Holk musterte die ganze Herrlichkeit und sagte dann: »Man ist doch nirgends besser aufgehoben als bei Witwe Hansen; es lacht einen alles an, alles so blink und blank und am meisten Witwe Hansen selbst. Und das chinesische Geschirr zu dem Tee! Man merkt an allem, daß Ihr Seliger ein Chinafahrer war, und Ihr Schwiegersohn, wie mir Baron Pentz gestern abend erzählt hat, ist es auch und heißt auch Hansen; derselbe Name, derselbe Titel, so daß es einem passieren kann, Mutter und Tochter zu verwechseln.«

»Ach, Herr Graf«, sagte die Hansen, »wer soll uns verwechseln? Ich, eine alte Frau, mit einem langen und schweren Leben...«

»Nun, nun.«

»... Und Brigitte, die morgen erst dreißig wird! Aber Sie dürfen mich nicht verraten, Herr Graf, daß ich es gesagt habe und daß morgen Brigittens Geburtstag ist.«

»Verraten? Ich? Ich bitte Sie, Frau Hansen... Aber Sie stehen so auf dem Sprunge; das nimmt mir die Ruhe. Wissen Sie was, Sie müssen sich zu mir setzen und mir etwas erzählen, vorausgesetzt, daß ich Sie mit dieser Bitte nicht in Ihrer Wirtschaft oder in noch Wichtigerem störe.«

Die Hansen tat, als ob sie zögere.

»Wirklich, lassen Sie dies Ihren ersten Besuch sein, den Sie mir in Ihrer Güte ja regelmäßig machen; ich habe ohnehin so viele Fragen auf dem Herzen. Bitte, hier, hier auf diesen Stuhl, da seh ich Sie am besten, und gut sehen ist das halbe Hören. Ich hörte sonst so gut, aber seit kurzem versagt es dann und wann; das sind so die ersten Alterszeichen.«

»Wer's Ihnen glaubt, Herr Graf. Ich glaube, Sie hören alles, was Sie hören wollen, und sehen alles, was Sie sehen wollen.«

»Ich seh und höre nichts, Frau Hansen, und wenn ich etwas gesehen habe, so vergeß ich es wieder. Freilich nicht alles. Da hab ich gestern abend Ihre Frau Tochter gesehen, Brigitte nannten Sie sie: zum Überfluß auch noch ein wundervoller Name. Nun, die vergißt man nicht wieder. Sie können stolz sein, eine so schöne Tochter zu haben, und nur den Ehemann begreif ich nicht, daß er seine Frau hier in aller Ruhe zurück läßt und zwischen Singapur und Schanghai hin- und herfährt. So nehm ich wenigstens an, denn da fahren sie so ziemlich alle. Ja, Frau Hansen, solche schöne Frau, mein ich, die nimm man mit vom Nordpol bis an den Südpol, und wenn man's nicht aus Liebe tut, so tut man's aus Angst und Eifersucht Und ich für mein Teil, soviel weiß ich, ich würde mir immer sagen, man muß auch von der Jugend nicht mehr verlangen als sie leisten kann. Nicht wahr? In diesem Punkte, denk ich, sind wir einig; Sie denken auch so. Also warum nimmt er sie nicht mit? Warum bringt er sie in Gefahr? Und natürlich sich erst recht.«

»Ach, das ist eine lange Geschichte, Herr Graf...«

»Desto besser. Eine Liebesgeschichte dauert nie zu lang, und eine Liebesgeschichte wird es doch wohl sein.«

»Ich weiß nicht recht, Herr Graf, ob ich es so nennen kann; es ist wohl so was dabei, aber eigentlich ist es doch keine rechte Liebesgeschichte... bloß daß es eine werden konnte.«

»Sie machen mich immer neugieriger... Übrigens ein kapitaler Tee; man merkt auch daran den Chinafahrer, und wenn Sie mir eine besondere Freude machen wollen, so gestatten Sie mir, Ihnen von Ihrem eigenen Tee einzuschenken.«

Damit stand er auf und nahm aus einer in der Nähe des Fensters stehenden Etagere eine Tasse heraus, darauf in Goldbuchstaben stand: Dem glücklichen Brautpaare. »Dem glücklichen Brautpaare«, wiederholte Holk. »Wem gilt das? Vielleicht Ihnen, liebe Frau Hansen; Sie lachen... Aber man ist nie zu alt, um einen vernünftigen Schritt zu tun, und das Vernünftigste, was eine Witwe tun kann, ist immer...«

»Eine Witwe bleiben.«

»Nun meinetwegen, Sie sollen recht haben. Aber die Geschichte, die Geschichte. Kapitän Hansen, Ihr Schwiegersohn, wird doch wohl ein hübscher Mann sein, alle Kapitäne sind hübsch, und Frau Brigitte wird ihn doch wohl aus Liebe genommen haben.«

»Das hat sie, wenigstens hat sie mir nie was anderes gesagt, außer ein einziges Mal. Aber das war erst später, und ich spreche jetzt von damals, von der ersten Zeit, als sie sich eben geheiratet hatten. Da war wirklich eine große Zärtlichkeit, und wohin es ging, und wenn es eine gelbe Fiebergegend war, immer war sie mit ihm an Bord, und wenn sie wieder hier in Kopenhagen zurück war... sie hatte aber damals eine selbständige Wohnung, denn mein alter Hansen, dessen sich der Herr Graf ja wohl noch von Glücksburg her erinnern werden, lebte damals noch..., ja, was ich sagen wollte, immer wenn sie nach einer langen, langen Reise wieder hier war, wollte sie gleich wieder fort, weil sie jedesmal meinte: die Menschen hier gefielen ihr nicht und draußen in der Welt sei's am schönsten.«

»Das ist aber doch wunderbar. War sie denn so wenig eitel? Hatte sie denn gar kein Verlangen, sich umschmeichelt und umworben zu sehen, woran es doch nicht gefehlt haben wird? Ich wette, die Kopenhagener werden es ihr wohl schon an ihrem Konfirmationstage gezeigt haben.«

»Das haben sie freilich. Aber Brigitte war immer gleichgültig dagegen und blieb es auch in ihrer Ehe. Nur mitunter war sie so rabiat. Und so ging es bis Anno 54, was ich so genau weiß, weil es gerade das Jahr war, wo die englische Flotte, die nach Rußland ging, hier vorüberkam. Und in demselben Sommer hatten wir hier in Kopenhagen einen blutjungen Offizier von der Leibgarde, der bei der Rasmussen – ich meine die Gräfin Danner, aber wir nennen sie noch immer so – aus und ein ging, und steckte so tief in Schulden, daß er nicht mehr zu halten war, und mußte den Abschied nehmen. Aber weil er so klug war und alles wußte, denn er kannte jedes reiche Haus und besonders die Frauen, so sagte Baron Scheele, der damals Minister war: ›er wolle den Leutnant in den inneren Dienst herübernehmen‹. Und er nahm ihn auch wirklich in den inneren Dienst herüber, und in diesem Dienst ist er noch und auch schon sehr vornehm geworden. Damals aber war er noch ein halber Schlingel und bloß sehr hübsch, und als Brigitte den sah, es war gerade an dem Tage, als die Nachricht von dem Bombardement da oben hier ankam, den Namen hab ich leider vergessen, da gestand sie mir, › der gefiele ihr‹. Und sie zeigte es auch gleich. Und als Hansen in demselben Herbste wieder nach China mußte, da sagte sie ihm gradheraus: ›sie wolle nicht mit‹, und sagte ihm auch, warum sie nicht wolle. Oder vielleicht haben es ihm auch andere gesagt. Kurz und gut, als der Tag kam, wo das Schiff fort sollte, da wurde Hansen doch ganz ernsthaft und verstand keinen Spaß mehr und sagte: ›Brigitte, du mußt nun mit.‹ Und wenn er sie vorher aus Liebe mitgenommen hatte, so nahm er sie jetzt, gerade wie der Herr Graf gesagt haben, aus Vorsicht mit oder aus Eifersucht.«

»Und half es? Und wurde sie durch diese Reise von ihrer Liebe geheilt? Ich meine von der Liebe zu dem ›im inneren Dienst‹?«

»Ja, das wurde sie, wiewohl man's bei Brigitte nie so ganz sicher wissen kann. Denn sie spricht wohl mancherlei, aber sie schweigt auch viel.

Und ist auch insoweit ganz gleich, als wir die Hauptsache ja doch gehabt haben.«

»Und was war die Hauptsache?«

»Daß mein Schwiegersohn seinen Glauben wiederhat, ganz und gar. Hansen ist nämlich ein sehr guter Mensch und ist wieder ruhig und vernünftig und fährt auch wieder auf seiner alten Chinatour.«

»Ich freue mich aufrichtig, das zu hören. Aber wir dürfen in dieser Sache doch nichts auslassen oder vergessen. Ich glaube nämlich, liebe Frau Hansen, Sie wollten mir eigentlich erzählen, wie's kam, daß sich Ihr Schwiegersohn von seiner Eifersucht wieder erholte...«

»Ja, das wollt ich, und ich sage immer, der Mensch denkt und Gott lenkt, und wenn die Not am größten ist, dann ist die Hilfe am nächsten. Denn das darf ich wohl sagen, ich ängstigte mich; eine Mutter ängstigt sich immer um ihr Kind und macht keinen Unterschied, ob verheiratet oder nicht: ja, ich ängstigte mich um Brigitten, weil ich dachte, das gibt eine Scheidung, denn sie hat einen sehr festen Willen, man könnte beinah schon sagen eigensinnig, und ist sehr erregbar, so still und so schläfrig sie auch mitunter aussieht...«

»Ja, ja«, lachte Holk, »das ist immer so, stille Wasser sind tief.«

»Also ich ängstigte mich. Aber es kam alles ganz anders, und das war gerade damals, als Brigitte sozusagen zwangsweise mitgemußt hatte. Und das machte sich so. Hansen kriegte damals auf seiner Reise Rückfracht nach Bangkok, einer großen Stadt in Siam, in der ich selber vor vielen Jahren mit meinem Manne gewesen bin. Und als Hansen da ankam und ein oder zwei Tage schon vor dem kaiserlichen Palaste gelegen hatte, denn die Siamschen haben einen Kaiser, kam ein Minister an Bord und lud Hansen und seine Frau zu einer großen Hoftafel ein. Der Kaiser mußte sie wohl gesehen haben. Und Brigitte saß neben ihm und sprach englisch mit ihm, und der Kaiser sah sie immer an. Und als die Tafel aufgehoben war, war er wieder sehr huldvoll und gnädig und ließ kein Auge von ihr, und als man sich verabschieden wollte, sagte er zu Hansen: ›Es läge ihm sehr daran, daß die Frau Kapitänin am anderen Tage noch einmal in den Palast käme, damit seine Getreuen im Volke, und vor allem seine Frauen (wovon er sehr viele hatte), die schöne German lady noch einmal von Angesicht zu Angesicht sehen könnten.‹ Einen Augenblick erschrak Hansen über die fortgesetzte Ehre, die ja Verrat sein konnte, denn rund um den ganzen Palast herum waren Köpfe aufgesteckt, ganz so wie wir Ananas aufstecken; aber Brigitte, die das Gespräch gehört hatte, verneigte sich vor dem Kaiser und sagte mit der richtigen Miene, denn sie hat so was Sicheres und Vornehmes, daß sie zu der festgesetzten Stunde kommen werde.«

»Gewagt, sehr gewagt.«

»Und sie kam auch wirklich und nahm einen erhöhten Platz ein, der vor dem Portal des Schlosses und gerade so, daß das Portal ihr Schatten gab, eigens für sie errichtet worden war, und auf diesem Throne saß sie mit einem Pfauenwedel, nachdem sie vorher der Kaiser mit einer Perlenkette geschmückt hatte. Die Kette soll wunderschön gewesen sein. Und nun zogen alle feinen Leute von Bangkok und dann das Volk an ihr vorüber und verneigten sich, und zum Schluß kamen die Frauen, und als die letzte vorüber war, erhob sich Brigitte und schritt auf den Kaiser zu, um den Pfauenwedel und die Perlenkette, womit sie sich bloß für die Zeremonie geschmückt glaubte, vor ihm niederzulegen. Und der Kaiser nahm auch beides wieder an, gab ihr aber die Kette zurück, zum Zeichen, daß sie dieselbe zum ewigen Gedächtnis tragen solle. Und gleich danach kehrte sie, während die Minister sie führten und die Leibgarde Spalier bildete, bis an die Landungsbrücke zurück, von der aus Hansen Zeuge des Ganzen gewesen war.«

»Und nun?«

»Und von dem Tage an war eine große Sinnesänderung an ihr wahrzunehmen, und als sie den nächsten Winter wieder hier war und der, um dessentwillen sie beinahe unglücklich geworden wäre, seine Werbungen erneuern wollte, wies sie diese Werbungen, soviel ich sehen konnte, kalt und gleichgültig zurück. Und als Hansen ein halbes Jahr später wieder an Bord ging und Brigitte ihm erklärte, daß sie, vorausgesetzt, daß er nichts dawider habe, doch lieber zu Hause bleiben wollte, weil es ihr, nach solcher kaiserlichen Auszeichnung, etwas sonderbar vorkäme, noch wieder unter Matrosen leben und vielleicht in einem Hafenwirtshause schlafen zu sollen, wo man nur Negermusik höre und alles nach Gin rieche, da war Hansen nicht bloß einverstanden damit, sondern auch ganz entzückt darüber, daß sie die Reise nicht mehr mitmachen wollte, diese nicht und alle folgenden nicht. Denn von Eifersucht war keine Spur mehr an ihm wahrzunehmen. Er sah ja, was aus Brigitten geworden war, und äußerte nur noch Furcht, daß es doch wohl zuviel gewesen und ihr der siamesische Kaiser zu sehr zu Kopfe gestiegen sei.«

Holk war in Zweifel, ob er die Geschichte glauben oder als eine kühne Phantasieleistung und zugleich als dreistes Spiel mit seiner Leichtgläubigkeit ansehen solle. Nach allem, was Pentz gestern angedeutet, war das letztere das Wahrscheinlichere. Schließlich konnt es aber auch wahr sein. Was kommt nicht alles vor? Und so frug er denn, um sich durch etwas Ironie wenigstens vor sich selber zu rechtfertigen: »wo denn die weißen Elefanten gewesen seien?«

»Die waren wohl in ihrem Stall«, sagte die Hansen und lachte schalkhaft.

»Und dann die Perlenschnur, liebe Frau Hansen, die müssen Sie mir zeigen.«

»Ja, wenn das ginge...«

»Wenn das ginge? Warum nicht?«

»Weil, als Brigitte wieder an Bord war, die Schnur mit einem Male fehlte; sie mußte sie verloren oder in der Aufregung im Palast vergessen haben.«

»Aber da hätt ich doch sofort nachgefragt.«

»Ich auch. Aber Brigitte hat so was Sonderbares, und als Hansen, wie ich nachher gehört habe, darauf bestehen wollte, sagte sie nur: ›das sei so gewöhnlich und gegen den Anstand bei Hofe‹.«

»Ja«, sagte Holk, der jetzt klarer zu sehen anfing, »das ist richtig. Und solche Gefühle muß man respektieren.«

Zwölftes Kapitel

Gleich nach dieser Erzählung, die schließlich, als sich's von der verlorenen Perlenschnur handelte, selbst dem leichtgläubigen Holk etwas märchenhaft vorgekommen war, erhob sich Frau Hansen, »um nicht länger zu stören«, und sah sich auch nicht weiter zurückgehalten. Nicht als ob Holks Geduld erschöpft gewesen wäre, ganz im Gegenteil, er ließ sich gern dergleichen verplaudern, und das suspekte Halbdunkel, in dem alles ruhte, steigerte eigentlich nur sein Interesse. Nein, es war einfach ein Blick auf die Konsoluhr, was ihn von unbedingter weiterer Hingebung an die Erzählungskunst der Witwe Hansen Abstand nehmen ließ: um elf Uhr war er bei der Prinzessin erwartet, keine volle Stunde mehr, und vorher mußte noch ein kurzer Brief mit der Meldung seiner glücklichen Ankunft an seine Frau geschrieben werden. Es hieß also sich eilen, was er unter Umständen verstand, und fünf Minuten vor elf stieg er in den Wagen, der ihn nach dem nur zwei Minuten entfernten Prinzessinnen-Palais hinüberführte.

Die Zimmer der Prinzessin lagen im ersten Stock. Holk, in Kammerherrnuniform, in der er sich selbst nicht ungern sah, stieg die Treppe hinauf und trat in ein Vorgemach und gleich danach in ein behagliches, mit Boiserien und Teppichen reich ausgestattetes, im übrigen aber, den Schreibtisch abgerechnet, mit nur wenig Gegenständen ausgestattetes Wohnzimmer, darin die Prinzessin Besuche zu empfangen oder Audienz zu erteilen pflegte. Der Kammerdiener versprach sogleich zu melden. Holk trat an eins der Fenster, das der Tür, durch welche die Prinzessin eintreten mußte, gerade gegenüberlag, und sah auf Platz und Straße hinunter. Der Platz unten war wie ausgestorben, vornehm, aber langweilig, und nichts ließ sich beobachten als abgefallene Blätter, die der mäßige Wind, der ging, über die Steine hinwirbelte. Ein Gefühl von Einöde und Verlassenheit überkam Holk, und er wandte sich wieder in das Zimmer zurück, um seinen Blick auf die beiden einzigen Porträtbilder zu richten, die die glatten Stuckwände schmückten. Das eine, über dem Polstersofa, war ein Bildnis des Oheims der Prinzessin, des hochseligen Königs Christians VII., das andere, über dem Schreibtisch, das Porträt eines anderen nahen Verwandten, eines ebenfalls schon verstorbenen thüringischen Landgrafen. Der Goldrahmen, der es einfaßte, war mit einem verstaubten Flor überzogen, und der Staub machte, daß der Flor nicht wie Flor, sondern fast wie ein Spinnweb wirkte. Des Landgrafen Gesicht war gut und tapfer, aber durchschnittsmäßig, und Holk stellte sich unwillkürlich die Frage, welche volksbeglückenden Regierungsgedanken der Verstorbene wohl gehabt haben möge. Das einzige, was sich mit einer Art Sicherheit herauslesen ließ, war Ausschau nach den Töchtern des Landes.

Ehe Holks Betrachtungen hierüber noch abgeschlossen hatten, öffnete sich eine ziemlich kleine Tür in der rechten Ecke der Hinterwand, und die Prinzessin trat ein, ganz so, wie man sie nach Einrichtung dieses ihres Zimmers erwarten mußte: bequem und beinahe unsorglich gekleidet und jedenfalls mit einer völligen Gleichgültigkeit gegen Eleganz. Holk ging seiner Herrin entgegen, um ihr die bis zu den Fingern in einem seidenen Handschuh steckende Hand zu küssen, und führte sie dann, ihrem Auge folgend, bis zu dem dunkelfarbigen, etwas eingesessenen Sofa.

»Nehmen Sie Platz, lieber Holk. Dieser Fauteuil wird wohl keine Gnade vor Ihnen finden, aber der hohe Lehnstuhl da...«

Holk schob den Stuhl heran, und die Prinzessin, die sich am Anblick des schönen Mannes sichtlich erfreute, fuhr, als er sich gesetzt hatte, mit vieler Bonhomie und wie eine gute alte Freundin fort: »Welche frische Farbe Sie mitbringen, lieber Holk. Was ich hier um mich habe, sind immer Stadtgesichter; können Sie sich Pentz als einen Gentlemanfarmer oder gar Erichsen als einen Hopfenzüchter vorstellen? Sie lachen, und ich weiß, was Sie denken... woran der Hopfen rankt..., ja, lang genug ist er dazu. Stadtgesichter, sagt ich. Da freut mich Ihre gute schleswigsche Farbe, rot und weiß, wie die Landesfarben. Und was macht Ihre liebe Frau, die Gräfin? Ich weiß, sie liebt uns nicht sonderlich, aber wir lieben sie desto mehr, und das muß sie sich gefallen lassen.«

Holk verneigte sich.

»Und was sagen Sie zu dem Lärm, den Sie hier vorfinden? Ein wahres Sturmlaufen gegen den armen Hall, der doch schließlich der Klügste und auch eigentlich der Beste ist und dem ich es fast verzeihe, daß er zu der putzmacherlichen Gräfin hält, der ich, beiläufig, wenn ich jemals darüber zu bestimmen gehabt hätte, ein entsprechendes gräfliches Wappen aus einem Haubenstock und einer Krinoline zusammengestellt hätte, vielleicht mit der Devise: ›Je weiter, je leerer.‹ Ich werde mich in dieser Geschmacksverirrung meines Neffen, wenn ich auch nur seine Halbtante bin, nie zurechtfinden können; um die Gräfin archäologisch oder, was dasselbe sagen will, als ausgegrabenes vaterländisches Altertum anzusehen, ein Standpunkt, von dem aus mein Neffe so ziemlich alles betrachtet, dazu ist sie; trotz ihrer Vierzig, doch schließlich noch nicht alt genug. Aber was wundere ich mich noch? Georg II., von dem mir mein Großvater in meinen jungen Tagen oft erzählte, hielt auch zu dem Satze: ›Fair, fat and forty.‹ Warum nicht auch mein Neffe, der König? Übrigens, haben Sie den gestrigen Sitzungsbericht schon gelesen? Eine wahre Skandalszene voller Gehässigkeiten. An der Spitze natürlich immer dieser Tompsen-Oldensworth, Ihr halber Landsmann, ein mir unerträglicher Schreier und Schwätzer in seiner Mischung von Advokatenpfiffigkeit und biedermännischem Holsteinismus...«

Holk war verlegen, das Gespräch mit der Prinzessin so von vornherein einen politischen Charakter annehmen zu sehen, und in seinem Gesichte mochte sich etwas von dieser Verlegenheit spiegeln, weshalb die Prinzessin fortfuhr: »Aber lassen wir die leidige Politik. Ich will Ihnen keine Verlegenheiten machen, noch dazu gleich in dieser ersten Stunde, weiß ich doch, daß Sie ein ketzerischer Schleswig-Holsteiner sind, einer von denen, mit denen man nie fertig wird und von denen man immer dann am weitesten ab ist, wenn man eben glaubt, mit ihnen Frieden geschlossen zu haben. Antworten Sie nichts, sagen Sie nichts von Ihrer Loyalität; ich weiß, Sie haben so viel davon, wie Sie haben können, aber wenn es zum Letzten kommt, ist doch der alte Stein des Anstoßes immer wieder da, und jenes furchtbare ›sallen blewen ungedeelt‹, dieses Zitat ohne Ende, dieser Gemeinplatz ohnegleichen, zieht wieder die Scheidelinie.«

Holk lächelte.

»Freilich ist dies des Pudels Kern. Wohin gehört Schleswig? Ihr Schleswig, lieber Holk. Das ist die ganze Frage. Hall hat den Mut gehabt, die Frage zu beantworten, wie's einem Dänen zukommt, und weil er es mit Klugheit tun und nicht gleich das Schwert in die Waage werfen will, deshalb dieser Sturm auf ihn, an dem Freund und Feind gleichmäßig teilnehmen. Und das ist das schlimmste. Daß Ihr Tompsen Sturm läuft, kann mich weder wundern noch erschrecken: aber daß gute treue Dänen, die mit Hall, mit dem Könige, mit mir selber einer Meinung sind und nur leider den durchgängerischen Zug haben, daß, sag ich, gute treue Dänen, wie Studenten und Professoren, immer nur ihr Programm wollen und drauf und dran sind, den besten Mann zu stürzen, den einzigen, der eine Idee von Politik hat und zu warten versteht, was das erste Gesetz aller Politik ist – das bringt mich in Erregung.«

Ehe sie den Satz endete, wurde Baron Pentz gemeldet... »sehr willkommen«, rief die Prinzessin..., und im selben Augenblicke, wo Pentz unter die Portière der Flügeltür trat, erschien von der anderen Seite her, ganz in Nähe der kleinen Tür, durch die die Prinzessin eingetreten war, eine junge blonde Dame, von schöner Figur und schönem Teint, aber sonst wenig regelmäßigen Zügen, und schritt auf die Prinzessin zu, während Pentz noch auf halbem Wege stehenblieb und seine Verbeugung wiederholte.

»Soyez le bienvenu«, sagte die Prinzessin unter leichtem Handgruße. »Sie kommen zu guter Stunde, Pentz, denn Sie machen einem politischen Vortrag ein Ende, eine Mission, zu der niemand berufener ist als Sie. Denn sobald ich Ihrer ansichtig werde, verklärt sich mir die Welt in eine Welt des Friedens, und wenn ich eben von Heinrich IV. und Ravaillac gesprochen hätte, so spräch ich, nach Ihrem Eintreten, nur noch von Heinrich IV. und dem Huhn im Topf. Ein sehr wesentlicher Unterschied.«

»Und ein sehr angenehmer dazu, gnädigste Prinzessin. Ich bin glücklich, mich, ohne mein Dazutun, als ein Träger und Bringer alles Idyllischen installiert zu sehen. Aber« ... und sein Auge bewegte sich zwischen Holk und der jungen Blondine hin und her... »auch in Arkadien soll die Sitte der Vorstellung zu Hause gewesen sein. Ich weiß nicht, ob ich von meiner Pflicht als Introducteur Gebrauch machen...«

»Oder beides an Königliche Hoheit abtreten soll«, lachte die Prinzessin. »Ich glaube, lieber Pentz, daß Recht und Pflicht auf Ihrer Seite sind, aber ich will mir die Freude nicht versagen, zwei mir so werte Personen allerpersönlichst miteinander bekannt gemacht zu haben: Graf Holk... Fräulein Ebba von Rosenberg.«

Beide verneigten sich gegeneinander, Holk etwas steif und mit widerstreitenden Empfindungen, das Fräulein leicht und mit einem Ausdruck humoristisch angeflogener Suffisance. Die Prinzessin aber, die diesem Vorstellungsakte geringe Teilnahme schenkte, wandte sich sofort wieder an Pentz und sagte: »Dies wäre nun also aus der Welt geschafft und dem Zeremoniell, worüber Sie zu wachen haben, Genüge getan. Aber Sie werden mich doch nicht glauben machen wollen, Pentz, daß Sie hier erschienen sind, um dem stattgehabten Vorstellungsakte feierlichst beizuwohnen oder ihn selbst zu vollziehen. Sie haben was anderes auf dem Herzen, und zum Vortrag Ihrer eigentlichen Angelegenheit haben Sie nunmehr das Wort. Wenn man soviel Parlamentsberichte liest, wird man schließlich selber virtuos in parlamentarischen Wendungen.«

»Ich komme, gnädigste Prinzessin, um gehorsamst zu vermelden, daß heute nachmittag ein großes militärisches Festessen in Klampenborg ist...«

»Und zu welchem Zweck? Oder wem zu Ehren?«

»General de Meza zu Ehren, der gestern früh aus Jütland hier eingetroffen ist.«

»De Meza. Nun gut, sehr gut. Aber, lieber Pentz, offen gestanden, was sollen wir damit? Ich kann doch nicht einem Kasinofeste präsidieren und de Meza leben lassen.«

»Es fragte sich, ob es nicht doch vielleicht ginge. Königliche Hoheit haben Überraschlicheres getan. Und daß Sie's getan, das ist es grade, was Sie dem Volke verbindet.«

»Ach, dem Volke. Das ist ein eigen Kapitel. Sie wissen, was ich von der sogenannten Popularität halte. Mein Neffe, der König, ist populär; aber ich sehne mich nicht danach, das Ideal unserer Blaujacken oder gar unserer Damen aus der Halle zu sein. Nein, Pentz, nichts von Popularität! Aber, da Sie Klampenborg genannt haben, die Sonne lacht und der Nachmittag ist frei, vielleicht, daß wir hinausfahren, nicht um des Festessens willen, sondern trotz ihm; es ist ohnehin eine ganze Woche, daß wir eingesessen und nicht recht frische Luft gehabt haben, und meine liebe Rosenberg wäre bleichsüchtig, wenn sie nicht soviel Eisen im Blut hätte.«

Das Gesicht des Fräuleins erheiterte sich sichtlich bei der Aussicht, dem öden Einerlei des Prinzessinnenpalais auf einen ganzen Nachmittag entfliehen zu können, und Pentz, der als angehender Asthmatiker ohnehin immer für frische Luft war, trotzdem ihm Autoritäten versichert hatten, Seewind verschlimmere den Zustand, griff ebenfalls mit Begierde zu und fragte, zu welcher Stunde Königliche Hoheit die Wagen beföhle.

»Sagen wir zwei und ein halb, aber nicht später. Wir fahren fünfviertel Stunden, und schon um fünf beginnt es zu dunkeln. Und wenn wir erst in Klampenborg sind, müssen wir doch natürlich auch einen Spaziergang bis zur Eremitage machen, wär es auch nur, um meiner lieben Ebba meine Lieblinge selbst vorzustellen. Wer diese Lieblinge sind, das wird vorläufig nicht verraten. Ich hoffe, Graf Holk ist mit von der Partie, trotzdem morgen erst sein Dienst beginnt, und bringt seiner alten Freundin dies Opfer an Zeit.«

»Und befehlen Königliche Hoheit noch andere Begleitung?«

»Nur Gräfin Schimmelmann und Erichsen. Zwei Wagen. Und die Verteilung der Plätze behalte ich mir vor. Au revoir, lieber Holk. Und wenn Sie, wie gewöhnlich, eine starke Korrespondenz pflegen...«

Er lächelte.

»Ah, ich sehe, Sie haben schon geschrieben. Da komme ich mit meinen Empfehlungen an die Gräfin zu spät. Liebe Rosenberg, Ihren Arm.«

Und während sie langsam auf die kleine Tür zuschritt, die zu ihrem eigentlichen Wohnzimmer führte, blieben die beiden Kammerherren in respektvoller Verbeugung.

Dreizehntes Kapitel

Punkt zwei und ein halb fuhren die Wagen vor, offen, das Verdeck zurückgeschlagen: neben der Prinzessin nahm die Gräfin Schimmelmann Platz, beiden Damen gegenüber Holk. Im Fond des zweiten Wagens saß das Fräulein von Rosenberg, auf dem Rücksitze Pentz und Erichsen.

Die Schimmelmann, eine Dame von vierzig, erinnerte einigermaßen an Erichsen; sie war hager und groß wie dieser und von einem ähnlichen Ernste; während Erichsens Ernst aber einfach ins Feierliche spielte, spielte der der Schimmelmann stark ins Verdrießliche. Sie war früher Hofschönheit gewesen, und die dann und wann aufblitzenden schwarzen Augen erinnerten noch daran, alles andere aber war in Migräne und gelbem Teint untergegangen. Man sprach von einer unglücklichen Liebe. Gesamthaltung: Hof Philipps von Spanien, so daß man unwillkürlich nach der Halskrause suchte. Sonst war die Gräfin gut und charaktervoll und unterschied sich von anderen bei Hofe dadurch sehr vorteilhaft, daß sie gegen alles Klatschen und Medisieren war. Sie sagte den Leuten die Wahrheit ins Gesicht, und wenn sie das nicht konnte, so schwieg sie. Sie war nicht geliebt, aber sehr geachtet und verdiente es auch.

Im ersten Wagen wurde, solange man innerhalb der Stadt war, kein Wort gesprochen; Holk und die Schimmelmann saßen aufrecht einander gegenüber, während sich die Prinzessin in den Fond zurückgelehnt hatte. So ging es durch die Bred- und Ny Öster-Gade zunächst auf die Österbroer Vorstadt, und als man diese passiert, auf den am Sunde hinlaufenden Strandweg zu. Holk war entzückt von dem Bilde, das sich ihm darbot; unmittelbar links die Reihe schmucker Landhäuser mit ihren jetzt herbstlichen, aber noch immer in Blumen stehenden Gärten und nach rechts hin die breite, wenig bewegte Wasserfläche mit der schwedischen Küste drüben und dazwischen Segel- und Dampfboote, die nach Klampenborg und Skodsborg und bis hinauf nach Helsingör fuhren.

Holk würde sich diesem Anblick noch voller hingegeben haben, wenn nicht das Leben auf der Chaussee, drauf sie hinfuhren, ihn von dem Landschaftlichen immer wieder abgezogen hätte. Fuhrwerke mannigfachster Art kamen ihnen nicht bloß entgegen, sondern überholten auch die Prinzessin, die, wenn sie Spazierfahrten machte, kein allzu rasches Tempo liebte. Da gab es dann in einem fort Begegnungen und Erkennungsmomente. »Das war ja Marstrand«, sagte die Prinzessin. »Und wenn ich recht gesehen habe, neben ihm Worsaae. Der fehlt auch nie. Was will er nur bei dem de-Meza-Fest? De Meza soll gefeiert, aber nicht ausgegraben werden. Er lebt noch und hat auch nicht einmal das Maß für Hünengräber.« Es schien, daß die Prinzessin dies Thema noch weiter ausspinnen wolle; sie kam aber nicht dazu, weil im selben Augenblicke mehrere Offiziere bis ganz in die Nähe des Wagens gekommen waren und die Prinzessin von links und rechts her zu kotoyieren begannen. Unter diesen war auch Oberstleutnant Tersling, unser Bekannter von Vincents Restaurant her, ein schöner großer Mann von ausgesprochen militärischen Allüren. Er sah sich mit besonderer Freundlichkeit seitens der Prinzessin begrüßt und erkundigte sich seinerseits nach dem Befinden derselben.

»Es geht mir gut, doppelt gut an einem Tage wie heute. Denn ich höre, daß Sie und die anderen Herren de Meza ein Fest geben wollen. Das hat mich herausgelockt; ich will mit dabeisein.«

Tersling lächelte verlegen, und die Prinzessin, die sich dessen freute, fuhr erst nach einer Weile fort: »Ja, mit dabeisein; aber erschrecken Sie nicht, lieber Tersling, nur an der Peripherie. Wenn Sie den Toast auf den König oder den zu Feiernden ausbringen, werd ich mich mit meiner lieben Gräfin hier und mit Ebba Rosenberg, die Sie wohl schon in dem zweiten Wagen gesehen haben werden, in unserem Klampenborger Tiergarten ergeben und mich freuen, wenn das Hoch gut dänischer Kehlen zu mir herüberklingt. Übrigens bitte ich Sie, de Meza meine Grüße bringen und ihm sagen zu wollen, daß ich immer noch an alter Stelle wohne. Generäle sind freilich nie leicht zu Hofe zu bringen, und wenn sie gar noch Beethoven Konkurrenz machen und Symphonien komponieren, so ist es vollends vorbei damit; indessen, wenn er von Ihnen hört, daß ich Idstedt immer noch in gutem Gedächtnis habe, so hält er es vielleicht für der Mühe wert, sich meiner zu erinnern. Und nun will ich Sie nicht länger an diesen Wagenschlag fesseln.«

Tersling küßte der Prinzessin die Hand und eilte, die versäumte Zeit wieder einzubringen; die Prinzessin aber, während sie sich zu Holk wandte, fuhr fort: »Dieser Tersling, schöner Mann; er war einmal Prinzessinnentänzer und Kavalier comme il faut, die spitzeste Zunge, der spitzeste Degen, und Sie werden sich vielleicht noch des Duells erinnern, das er schon vor 48 mit Kapitän Dahlberg hatte? Dahlberg kam damals mit einem Streifschuß am Hals davon, aber nun liegt er lange schon vor Fridericia. Pardon, liebe Schimmelmann, daß ich dies alles in Ihrer Gegenwart berühre; mir fällt eben ein, Sie waren selbst die Veranlassung zu dem Duell. Offen gestanden, ich wüßte gern mehr davon. Aber nicht heute, das ist Frauensache.«

Holk wollte seine Diskretion versichern, und daß er Dinge, die nicht direkt für ihn gesprochen würden, überhaupt gar nicht höre; die Prinzessin blieb aber bei ihrem Satz und sagte: »Nein, nichts heute davon, verschieben wir's! Und dann Diskretion, lieber Holk, das ist ein langes und schweres Kapitel. Ich beobachte diese Dinge nun seit fünfundfünfzig Jahren, denn mit fünfzehn wurd ich schon eingeführt.«

»Aber Königliche Hoheit werden sich doch der Diskretion Ihrer Umgebung versichert halten.«

»Gott sei Dank, nein« erwiderte die Prinzessin. »Und Sie können sich gar nicht vorstellen, mit wieviel Ernst ich das sage. Diskretion à tout prix kommt freilich vor, aber gerade wenn sie so bedingungslos vorkommt, ist sie furchtbar; sie darf eben nicht bedingungslos auftreten. Die Menschen, und vor allem die Menschen bei Hofe, müssen durchaus ein Unterscheidungsvermögen ausbilden, was gesagt werden darf und was nicht; wer aber dies Unterscheidungsvermögen nicht hat und immer nur schweigt, der ist nicht bloß langweilig, der ist auch gefährlich. Es liegt etwas Unmenschliches darin, denn das Menschlichste, was wir haben, ist doch die Sprache, und wir haben sie, um zu sprechen... Ich weiß, daß ich meinerseits einen ausgiebigen Gebrauch davon mache, aber ich schäme mich dessen nicht, im Gegenteil, ich freue mich darüber.«

In dem zweiten Wagen hatte man ähnliche Begegnungen und Begrüßungen gehabt; aber das Hauptgespräch drehte sich doch um Holk, bei welcher Gelegenheit Pentz von dem Fräulein von Rosenberg erfahren wollte, wie der Graf ihr bei Vormittagsaudienz eigentlich gefallen habe. Erichsen mischte sich in diese Fragen und Antworten nicht mit ein, hörte doch aufmerksam zu, weil er solche Schraubereien sehr liebte, vielleicht um so mehr, je mehr er seine persönliche Unfähigkeit dazu empfand.

»Er ist ein Schleswig-Holsteiner«, sagte Ebba. »Die Deutschen sind keine Hofleute...«

Pentz lachte. »Da merkt man nun aber wirklich, meine Gnädigste, daß Dänemark nicht des Vorzugs genießt, Sie geboren zu haben. Die Schleswig-Holsteiner keine Hofleute! Die Rantzaus, die Bernstorffs, die Moltkes...«

»Waren Minister, aber keine Hofleute.«

»Das ist aber doch nahezu dasselbe.«

»Mitnichten, mein lieber Baron. Ich lese viel Geschichte, wenn auch nur aus französischen Romanen, aber für eine Hofdame muß das ausreichen, und ich wage die Behauptung, ein Gegensatz existiert zwischen einem Minister und einem Hofmann. Wenigstens dann, wenn jeder seinen Namen ehrlich verdienen soll. Die Deutschen haben ein gewisses brutales Talent zum Regieren – gönnen Sie mir das harte Beiwort, denn ich kann die Deutschen nicht leiden –, aber gerade weil sie zu regieren verstehen, sind sie schlechte Hofleute. Das Regieren ist ein grobes Geschäft. Fragen Sie Erichsen, ob ich recht habe...«

Dieser nickte gravitätisch, und das Fräulein, das lachend darauf hinwies, fuhr fort: »Und das alles paßt mehr oder weniger auch auf den Grafen. Es ließe sich vielleicht ein Minister aus ihm machen...«

»Um Gottes willen...«

»... Aber der Kavalier einer Prinzessin zu sein, dazu fehlt ihm nicht mehr als alles. Er steht da mit der Feierlichkeit eines Oberpriesters und weiß nie, wann er lachen soll. Und dies ist etwas sehr Wichtiges. Unsere gnädigste Prinzessin, ich denke, daß wir einig darüber sind, hat einige kleine Schwächen, darunter auch die, sich auf die geistreiche Frau des vorigen Jahrhunderts hin auszuspielen. Sie hat in Folge davon eine Vorliebe für ältere Anekdoten und Zitate und verlangt, daß man beide nicht bloß versteht, sondern sie auch zustimmend belächelt. Aber von diesem Abc der Sache hat der Graf keine Vorstellung.«

»Und das haben Sie während einer Audienz von kaum zehn Minuten dem armen Grafen alles von der Stirn gelesen?«

»Ich weiß nicht, ob ich diesen Ausdruck gelten lassen darf, denn das Wesentliche lag darin, daß ihm, all die Zeit über, überhaupt nichts von der Stirne zu lesen war. Und das ist das schlimmste. Da sprach beispielsweise die Prinzessin von König Heinrich dem Vierten und kam auf das ›Huhn im Topf‹, von dem man füglich nicht mehr sprechen sollte. Aber gerade weil es so schwach mit diesem Huhn steht, hat ein Hofmann doppelt die Verpflichtung, zu lächeln und nicht leblos dabeizustehen und eine sich nach Beifall umsehende Prinzessin im Stich zu lassen.«

Über Erichsens ernstes Gesicht glitt ein stilles Behagen.

»Und dann sprach die Prinzessin huldvoll von meiner Bleichsucht, oder daß ich sie beinahe haben müßte. Nun, ich bitte Sie, Baron, bei Bleichsucht muß immer gelächelt werden, das ist einmal so herkömmlich, und wenn eine Prinzessin die Gnade hat, noch etwas von ›Eisen im Blut‹ hinzuzusetzen und dadurch anzudeuten, daß sie Darwin oder irgendeinen anderen großen Forscher gelesen hat, so muß sich zu dem Heiterkeitslächeln auch noch ein Bewunderungslächeln gesellen, und wenn das alles ausbleibt und ein Kammerherr so nüchtern dasteht, als würde bloß zehn Uhr ausgerufen, so muß ich solchem Kammerherrn allen hofmännischen Beruf absprechen.«

Es war gegen vier, als man in Klampenborg hielt. Holk war der Prinzessin behilflich, und nachdem man die Frage, wo der Kaffee zu nehmen sei, zugunsten der »Eremitage« entschieden hatte, brach man rasch nach dem unmittelbar angrenzenden Tiergarten auf, an dessen nördlichem Rande die Eremitage gelegen war. Der Weg dahin führte zunächst an einem großen Klampenborger Hotel vorüber, in dessen Front, auf einem zwischen Weg und Strand gelegenen Wiesenstreifen, ein wohl hundert Schritt langes, nach drei Seiten hin geschlossenes Leinwandzelt errichtet war. Die offene Seite lag gerade dem Wege zu, darauf die Prinzessin jetzt herankam. Das Festmahl selbst hatte noch nicht begonnen, aber zahlreiche, den verschiedensten Truppenteilen der Kopenhagener Garnison angehörige Offiziere waren bereits beisammen; überall sah man die glänzenden Uniformen sowohl der Leibgarde zu Pferde wie der Gardehusaren, und noch bunter als das Bunt der Uniformen waren die Flaggen und Wimpel, die zu Häupten des Zeltes wehten. Als die Prinzessin bis auf hundert Schritte heran war, bog sie scharf links in einen Kiesweg ein, weil sie die sichtlich unmittelbar vor der Eröffnung stehende Festlichkeit nicht stören wollte; sie war aber bereits erkannt worden, und de Meza, den man auf ihr Erscheinen aufmerksam gemacht hatte, säumte nicht, über den Lawn heranzukommen und die Prinzessin respektvollst zu begrüßen.

»Lieber General«, sagte diese, »so war es nicht gemeint. Eben schlägt es vier, und ich sehe bereits, wie sich die Suppenkolonne vom Hotel her in Bewegung setzt. Und eine kalt gewordene Suppe, das mag ich nicht verantworten. Am wenigsten an einem Oktobertage mit frischer Brise. Das liebt General de Meza nur ausnahmsweise, nur wenn er zu Felde zieht und mit seinen Leuten im Biwak liegt.«

Sie sagte das alles mit einer gewissen prinzeßlichen Grazie, worauf sie den General, der nicht unempfindlich dagegen war, unter erneuten Huldbeweisen entließ. Vom Zelt her aber klangen bereits allerlei Hochs, und die Musik intonierte das nationale »König Christian stand am hohen Mast«, bis es in den »dappren Landsoldaten« überging.

Und nun hatte die Prinzessin samt Gefolge den Tiergarten erreicht, der gleich hinter Klampenborg mit seiner Südspitze die Chaussee berührte. Hier gab sie Erichsen ihren Arm. Dann folgte die Schimmelmann mit Pentz, weiter zurück Holk mit Ebba, Holk in sichtlicher Verlegenheit, wie das Gespräch einzuleiten sei. Denn ihm war nicht entgangen, daß er am Vormittage, während der Audienz bei der Prinzessin, von seiten Ebbas mit einem leisen Anfluge von Spott und Überlegenheit, beobachtet worden war, während der Nachmittagsfahrt aber hatte sich die Gelegenheit zu irgendwelcher Anknüpfung noch nicht finden lassen wollen.

Endlich begann er: »Wir werden einen wundervollen Sonnenuntergang haben. Und kein schönerer Platz dazu als dieser. Diese prächtige Plaine! Es sind jetzt sieben Jahr, daß ich in Klampenborg war, und in der Eremitage nie.«

»Schreckte Sie der Name?«

»Nein. Denn ich bin meiner Neigung und Lebensweise nach mehr oder weniger Eremit, und wäre nicht die Prinzessin, die mich dann und wann in die Welt ruft, ich könnte mich den Eremiten von Holkenäs nennen. Himmel und Meer und ein einsames Schloß auf der Düne.«

»Auf der Düne«, wiederholte das Fräulein.»Und ein einsames Schloß. Beneidenswert und romantisch. Es liegt so was Balladenhaftes darin, so was vom König von Thule. Freilich der König von Thule, wenn mir recht ist, war unverheiratet.«

»Ich weiß doch nicht«, sagte Holk, den der Ton des Fräuleins sofort aus aller Verlegenheit riß.»Ich weiß doch nicht. Wirklich eine Doktorfrage. War er unverheiratet? Wenn mir recht ist, heißt es, er gönnte alles seinen Erben, was doch auf Familie zu deuten scheint. Freilich, es kann eine Nebenlinie gewesen sein. Trotzdem möchte ich vermuten, er war verheiratet und im Besitz einer klugen Frau, die dem Alten, über den sie vielleicht, oder sagen wir sehr wahrscheinlich, lächelte, seine Jugendschwärmerei mit dem Becher gönnte.«

»Das läßt sich hören«, sagte das Fräulein, während ihr der Übermut aus den Augen lachte.»Sonderbar. Bisher erschien mir die Ballade so rund und abgeschlossen wie nur möglich: der König tot, der Becher getrunken und gesunken und das Reich (vom Balladenstandpunkte aus immer das Gleichgültigste) jedem gegönnt und an alle verteilt. Aber wenn wir an das Vorhandensein einer Königin glauben, und ich stehe darin nachträglich ganz auf Ihrer Seite, so fängt die Sache mit dem Tode des Alten erst recht eigentlich an, und der ›König von Thule‹, das Geringste zu sagen, ist unfertig und fortsetzungsbedürftig. Und warum auch nicht? Ein Page wird sich am Ende doch wohl finden lassen, der sich bis dahin verzehrt hat und nun wieder Farbe kriegt oder ›Eisen im Blut‹, um mit einem Zitat unserer gnädigsten Prinzessin zu schließen.«

»Ach, meine Gnädigste«, sagte Holk, »Sie spotten über Romantik und vergessen dabei, daß Ihr eigener Name mit einem sehr romantischen Hergange, der wohl eine Ballade verdient hätte, verflochten ist.«

»Mein Name?« lachte das Fräulein.»Und mit einem romantischen Hergange verflochten? Bezieht es sich auf Ebba? Nun, das würde sich hören lassen, das ginge; denn schließlich laufen alle Balladen auf etwas Ebba hinaus. Ebba ist Eva, wie Sie wissen, und bekanntlich gibt es nichts Romantisches ohne den Apfel. Aber ich sehe, Sie schütteln den Kopf und meinen also nicht Ebba und nicht Eva, sondern Rosenberg.«

»Gewiß, mein gnädigstes Fräulein, ich meine Rosenberg. Genealogisches zählt nämlich zu meinen kleinen Liebhabereien, und die zweite Frau meines Großonkels war eine Rosenberg; so bin ich denn in Ihre Geschlechtssagen einigermaßen eingeweiht. Alle Rosenbergs, wenigstens alle die, die sich Rosenberg-Gruszczynski nennen, bei den Lipinskis steht es aber etwas anders, stammen von einem Bruder des Erzbischofs Adalbert von Prag, der, an der sogenannten Bernsteinküste, von der

Kanzel herabgerissen und von den heidnischen Preußen erschlagen wurde. Diese Kanzel, wenn auch zerstückelt und zermürbt, existiert noch und ist das Palladium der Familie...«

»Wovon ich leider nie gehört habe«, sagte das Fräulein in anscheinendem oder vielleicht auch wirklichem Ernste.

»Woraus mir nur hervorgehen würde, daß Sie, statt dem Gruszczynskischen, wahrscheinlich dem Lipinskischen Zweige der Familie zugehören.«

»Zu meinem Bedauern auch das nicht. Freilich, wenn ich Lipinski mit Lipesohn übersetzen darf, ein Unterfangen, das mir die berühmte Familie verzeihen wolle, so würde sich, von dem in dieser Form auftretenden Namen aus, vielleicht eine Brücke zu mir und meiner Familie herüber schlagen lassen. Ich bin nämlich eine Rosenberg-Meyer oder richtiger eine Meyer-Rosenberg, Enkeltochter des in der schwedischen Geschichte wohlbekannten Meyer-Rosenberg, Lieblings- und Leibjuden König Gustavs III.«

Holk schrak ein wenig zusammen, das Fräulein aber fuhr in einem affektiert ruhigen Tone fort: »Enkeltochter Meyer-Rosenbergs, den König Gustav später unter dem Namen eines Baron Rosenberg nobilierte, Baron Rosenberg von Filehne, welchem preußisch-polnischen Ort wir entstammen. Es war der Sitz unserer Familie durch mehrere Jahrhunderte hin. Und nun lassen Sie mich, da Sie sich für genealogisch Anekdotisches interessieren, noch in Kürze hinzusetzen, daß es mit diesem Nobilitierungsakte allerdings eilte, denn drei Tage später wurde der ritterliche und für unser Haus so unvergeßliche König von Leutnant Anckarström erschossen. Ein ebenso balladenhafter Hergang wie der ermordete Bischof, aber freilich nur im allerlosesten Zusammenhang mit meiner Familie. Sie dürfen mich aber darum nicht aufgeben. Über all das ist Gras gewachsen, und mein Vater verheiratete sich bereits mit einer Wrangel, noch dazu in Paris, wo ich auch geboren bin, und zwar am Tage der Juli-Revolution. Einige sagen, man merke mir's an. Unter allen Umständen aber können Sie mein Alter danach berechnen.«

Holk war krasser Aristokrat, der nie zögerte, den Fortbestand seiner Familie mit dem Fortbestand der göttlichen Weltordnung in den innigsten Zusammenhang zu bringen, und der im gewöhnlichen Verkehr über diese Dinge nur schwieg, weil es ihm eine zu heilige Sache war. Er war in diesem Punkte für Wiedereinführung aller nur möglichen Mittelalterlichkeiten, und einer je strengeren Ahnenprobe man ihn und die Seinen unterworfen hätte, je lieber wäre es ihm gewesen, denn um so glänzender wäre sein Name daraus hervorgegangen. Seine leichten und angenehmen, auch die bürgerliche Welt befriedigenden Umgangsformen waren nichts als ein Resultat seines sich Sicherfühlens in dieser hochwichtigen

Angelegenheit. Aber so sicher er über seinen eignen Stammbaum war, so zweifelvoll verhielt er sich gegen alle andern, die fürstlichen Häuser nicht ausgeschlossen, was denn auch Grund war, daß man über all derlei Dinge sehr frei mit ihm sprechen konnte, wenn nur die Holks außer Frage blieben. Und so geschahs denn auch heute, daß er sich von dem ersten Schreck, den ihm der schwedische Rosenberg mit seinem unheimlichen Epitheton ornans eingejagt hatte, nicht nur rasch erholte, sondern es sogar höchst pikant fand, diese doch in der Mehrzahl der Fälle nicht leicht genug zu nehmende Frage von einer augenscheinlich so klugen Person auch wirklich leicht behandelt zu sehen.

Vierzehntes Kapitel

Der Weg, den man einzuschlagen hatte, lief am Ostrande des Tiergartens hin, meist unter hochstämmigen Platanen, deren herabhängende, vielfach noch mit gelbem Laub geschmückten Zweige die Aussicht derart hinderten, daß man der inmitten einer lichten Waldwiese stehenden »Eremitage« erst ansichtig wurde, als man aus der Platanenallee heraus war. Für die beiden vorderen Paare, die diese Szenerie längst kannten, bedeutete das wenig, Holk und das Fräulein aber, die des Anblicks zum ersten Male genossen, blieben unwillkürlich stehen und sahen fast betroffen auf das in einiger Entfernung in den klaren Herbsthimmel aufragende, von allem Zauber der Einsamkeit umgebene Schloß. Kein Rauch stieg auf, und nur die Sonne lag auf der weiten, mit einem dichten, immer noch frischen Gras überdeckten »Plaine«, während oben, am stahlblauen Himmel, Hunderte von Möwen schwebten und in langem Zuge, vom Sunde her, nach dem ihnen wohlbekannten, weiter landeinwärts gelegenen Furesee hinüberflogen.

»Ihr Schloß auf der Düne kann nicht einsamer sein«, sagte das Fräulein, als man jetzt einen schmalen Pfad einschlug, der, quer über die Wiese hin, beinahe gradlinig auf die Eremitage zuführte. »Nein, nicht einsamer und nicht schöner. Aber so schön dies ist, ich möchte dennoch nicht tauschen. Diese Stelle hier bedrückt mich in ihrer Stille. In Holkenäs ist immer eine leichte Brandung, und eine Brise kommt von der See her und bewegt die Spitzen meiner Parkbäume. Hier aber zittert kein Grashalm, und jedes Wort, das wir sprechen, klingt, als wenn es die Welt belauschen könne.«

»Ein Glück, daß wir nicht Schaden dabei nehmen«, lachte das Fräulein, »denn eine mehr für die Öffentlichkeit geeignete Unterhaltung als die unsere kann ich mir nicht denken.«

Holk war nicht angenehm berührt von dieser Entgegnung und stand auf dem Punkt, seiner kleinen Verstimmung Ausdruck zu geben; aber ehe er antworten konnte, hatte man die breiten Stufen der Freitreppe erreicht, die zu dem Jagdschlosse hinaufführte. Vor derselben stand ein zugleich als Kastellan installierter alter Waldhüter, und an diesen, der respektvoll seine Kappe gezogen hatte, trat jetzt die Prinzessin heran, um ihm Ordres zu geben. Diese gingen zunächst dahin, oben, im großen Mittelsaale, den Kaffee servieren zu lassen. Das sprach sie mit lauter Stimme, so daß jeder es hören konnte. Dann aber nahm sie den Waldhüter noch einen Augenblick beiseite, um eine weitere Verabredung mit ihm zu treffen. »Und nicht später als fünf«, so schloß sie das geheim geführte Gespräch. »Der Abend ist da, man weiß nicht wie, und wir brauchen gute Beleuchtung.«

Der Alte verneigte sich, und die Prinzessin trat gleich danach in das Schloß ein und stieg, auf die Schimmelmann sich stützend, in den oberen Stock hinauf.

Hier, im Mittelsaale, hatten dienstbeflissene Hände bereits hohe Lehnstühle um einen langen eichenen Tisch gerückt und die nach Ost und West hin einander gegenüberliegenden Balkonfenster geöffnet, so daß die ganze landschaftliche Herrlichkeit wie durch zwei große Bilderrahmen bewundert werden konnte. Freilich die das Schloß unmittelbar und nach allen Seiten hin umgebende Wiesenplaine war, weil zu nahe, wie in der Tiefe verschwunden, dafür aber zeigte sich alles Fernergelegene klar und deutlich, und während, nach links hinüber, die Wipfel eines weiten Waldzuges in der niedergehenden Sonne blinkten, sah man nach rechts hin die blauflimmernde Fläche des Meeres. Holk und Ebba wollten aufstehen, um erst von dem einen und dann vom andern Fenster aus das Bild voller genießen zu können, die Prinzessin aber litt es nicht; sie verstände sich auch auf Landschaft und könne versichern, daß gerade so, wie's jetzt sei, das Bild am schönsten wäre. Zudem habe der Kaffee (die Kastellanin erschien eben mit einem mit dem schönsten Meißner Service besetzten Tablett) auch sein Recht, und was die Pracht der momentan allerdings unsichtbar gewordenen Plaine betreffe, so würde diese schon wieder zutage treten, wenn auch erst später. Alles zu seiner Zeit. »Und nun, liebe Schimmelmann, bitte machen Sie die Honneurs. Offen gestanden, ich sehne mich nach einer Erfrischung: so nah der Weg war, so war er doch gerade weit genug. Wenigstens für mich.«

Die Prinzessin schien bei bester Laune, was sich neben anderem auch in ihrer noch gesteigerten Gesprächigkeit zeigte. Sie scherzte denn auch darüber und suchte bei Pentz, der heute gar nicht zu Worte komme, Indemnität nach. »Indemnität«, fuhr sie dann fort, »auch solch Wort aus dem ewig Parlamentarischen. Aber, parlamentarisch oder nicht, auf die Sache selbst, auf Straferlaß, hab ich insoweit einen wirklichen Anspruch, als es keinen Platz gibt, selbst mein geliebtes Frederiksborg nicht ausgenommen, wo mir so plauderhaft zumut sein dürfte wie gerade an dieser Stelle. Es gab Zeiten, wo ich beinah täglich hier war und mich stundenlang dieser Meer- und Waldherrlichkeit freute. Freilich, wenn ich sagen sollte, daß diese Freude das gewesen wäre, was man so landläufig ›Glück‹ nennt, so würd ich's damit nicht treffen. Ich habe nur immer erquickliche Ruhe hier gefunden, Ruhe, die weniger ist als Glück, aber auch mehr. Die Ruh ist wohl das Beste.«

Holk horchte auf. Ihm war, als ob er dieselben Worte ganz vor kurzem erst gehört habe. Aber wo? Und suchend und sinnend fand er's auch wirklich, und der Abend auf Holkenäs und das Bild Elisabeth Petersens traten mit einem Male vor ihn hin, und er hörte wieder das Lied und die klare Stimme. Das war noch keine Woche, und schon klang es ihm wie aus weiter, weiter Ferne.

Die Prinzessin mußte bemerkt haben, daß Holks Aufmerksamkeit abirrte. Sie ließ deshalb das Allgemeine fallen und fuhr fort: »Sie werden kaum erraten, lieber Holk, welcher Küstensaum es ist, der da, von drüben her, uns ins Fenster sieht.«

»Ich dachte Schweden.«

»Doch nicht eigentlich das. Es ist Hveen, das Inselchen, darauf unser Tycho de Brahe seinen astronomischen Turm baute, sein ›Sternenschloß‹, wie's die Welt nannte... Ja, die Brahes, auch um meiner eigenen Person willen muß ich ihrer immer in Anhänglichkeit und Liebe gedenken. Es sind nun gerade fünfundvierzig Jahre, daß Ebba Brahe, die damals bewunderte Schönheit bei Hofe, mein Hoffräulein war und meine Freundin dazu, was mir mehr bedeutete. Denn wir bedürfen einer Freundin, immer und allezeit« (die Prinzessin reichte der Schimmelmann die Hand), »und nun gar, wenn wir jung sind und im ersten Jahr unserer Ehe. Pentz lächelt natürlich; er kennt nicht das erste Jahr einer Ehe.«

Der Baron verneigte sich und schien nicht bloß seine Zustimmung, sondern auch eine gewisse humoristische Befriedigung über diesen Tatbestand ausdrücken zu wollen, die Prinzessin ließ es aber nicht dazu kommen und sagte: »Doch ich wollte von Ebba Brahe sprechen. Auf manchem Namen liegt ein Segen, und mit den Ebbas habe ich immer Glück gehabt. Wie wenn es gestern gewesen wäre, steht der Tag vor mir, an dem ich, von eben dieser Stelle aus, nach Hveen hinüberwies und zu Ebba Brahe sagte: ›Nun, Ebba, möchtest du nicht tauschen? Hast du keine Sehnsucht nach dem Schloß deiner Ahnen da drüben?‹ Aber sie wollte von keinem Tausche wissen, und ich höre noch, wie sie mit ihrer bezaubernden Stimme sagte: ›Der Blick von der Eremitage nach Hveen ist mir doch lieber als der von Hveen nach der Eremitage.‹ Und dann begann sie zu scherzen und zu behaupten, daß sie ganz irdisch sei, viel zu sehr, um sich für das ›Sternenschloß‹ begeistern zu können. Unter allen Sternen interessiere sie nur die Erde, zu deren nächtlicher Beleuchtung die andern bloß da seien... Oh, sie war charmant, einschmeichelnd, Liebling aller, und ich möchte beinahe sagen, sie war mehr noch eine Ebba als eine Brahe, während unsere neue Ebba...«

Die Prinzessin stockte...

»... Mehr eine Rosenberg ist als eine Ebba«, warf das Fräulein ein und verneigte sich unbefangen gegen die Prinzessin.

Herzliche Heiterkeit, an der selbst die beiden Pagoden der Gesellschaft, Erichsen und die Schimmelmann, teilnahmen, belohnte diese Selbstpersiflierung, denn jeder kannte nur zu gut den Stammbaum des Fräuleins und verstand durchaus den Sinn ihrer Worte. Nicht zum wenigsten die Prinzessin selbst, die denn auch eben darauf aus war, sich mit einer besonderen Freundlichkeit an Ebba zu wenden, als der alte Waldhüter in der Tür erschien und durch sein Erscheinen das mit der Prinzessin verabredete Zeichen gab. Und eine kleine Weile, so traten alle, vom Saal her, auf einen vorgebauten Balkon hinaus, von dem aus man einen prächtigen Fernblick auf die große, das Gesamtbild nach Westen hin abschließende Waldmasse hatte. Der zwischenliegende Wiesengrund war von einer beträchtlichen Ausdehnung, an ein paar Stellen aber schoben sich Waldvorsprünge bis weit in die Wiese vor, und aus eben diesen Vorsprüngen traten jetzt Rudel Hirsche, zu zehn und zwanzig, auf die Plaine hinaus und setzten sich in einem spielenden Tempo, nicht rasch und nicht langsam, auf die Eremitage zu in Bewegung. Ebba war entzückt, aber ehe sie's noch aussprechen konnte, sah sie schon, daß sich, im Hintergrunde, der ganze weite Waldbogen wie zu beleben begann, und in gleicher Weise, wie bis dahin nur vereinzelte Rudel aus den vorgeschobenen Stellen herausgetreten waren, traten jetzt viele Hunderte von Hirschen aus der zurückgelegenen Waldestiefe hervor und setzten sich, weil sie bei der unmittelbar bevorstehenden Defiliercour nicht fehlen wollten, in einen lebhaften Trab, anfänglich wirr und beinahe wild durcheinander, bis sie sich, im Näherkommen, ordnungsmäßig gruppierten und nun sektionsweise an der Eremitage vorüberzogen. Endlich, als auch die letzten vorbei waren, zerstreuten sie sich wieder über die Wiese hin, und nun erst ermöglichte sich ein vollkommener Überblick über die Gesamtheit. Alle Größen und Farben waren vertreten, und wenn schon die schwarzen Hirsche von Ebba bewundert worden waren, soviel mehr noch die weißen, die sich in verhältnismäßig großer Zahl in dem Wildbestande vorfanden. Aber diese Stimmung Ebbas verflog, wie gewöhnlich, sehr rasch wieder, und alsbald zur Zitierung von allerlei Strophen aus dänischen und deutschen Volksliedern übergehend, versicherte sie, daß der weiße Hirsch, in allem, was Ballade betreffe, nach wie vor die Hauptrolle spiele, natürlich mit Ausnahme der ›weißen Hinde‹, die noch höher stünde. Pentz seinerseits wollte dies nicht wahrhaben und versicherte mit vieler Emphase, daß ›die Prinzessin und der Page« den Vortritt hätten und ihn auch ewig behaupten würden, eine Bemerkung, der die Prinzessin zustimmte, freilich mit einem Anfluge von Wehmut. »Ich akzeptiere das, was Pentz sagt, und möchte nicht, daß ihm widersprochen würde. Wir armen Prinzessinnen, wir haben schon nicht viel, und aus der Welt der Wirklichkeiten sind wir so gut wie verdrängt; nimmt man uns auch noch die Märchen- und Balladenstelle, so weiß ich nicht, was wir überhaupt noch wollen.« Alle schwiegen, weil sie zu sehr empfanden, wie richtig es war, und nur Ebba küßte die Hand ihrer Wohltäterin und sagte: »Gnädigste Prinzessin, es bleibt Gott sei Dank noch vieles übrig; es bleibt noch Zufluchtsstätte sein und andere beglücken und über Vorurteile lachen.« Es war ersichtlich, daß der Prinzessin diese Worte wohltaten, vielleicht weil sie heraushörte, daß es, trotzdem sie von Ebba kamen, mehr als bloße Worte waren; aber sie schüttelte doch den Kopf und sagte: »Liebe Ebba, auch das wird bald Märchen sein.«

Während sie so sprachen, waren die Wagen, denen man eigentlich entgegengehen wollte, bis dicht an die Freitreppe herangefahren, und als die Prinzessin gleichzeitig wahrnahm, daß die Dämmerung und mit ihr die Abendkühle mehr und mehr hereinbrach, erklärte sie, von einem weiteren Spaziergang Abstand nehmen und die Rückfahrt unmittelbar antreten zu wollen. »Aber wir arrangieren uns anders, und ich verzichte auf die Begleitung meiner Kavaliere.«

Das kam allen erwünscht. Die Prinzessin nahm ihren Platz, die Schimmelmann ihr zur Seite, das Fräulein gegenüber; Pentz und Holk und Erichsen folgten im zweiten Wagen. Als man Klampenborg passierte, war das Offizierszelt auch in seiner Front mit Segeltüchern geschlossen, und nur aus einem schmalen Spalt ergoß sich ein Lichtstreifen auf den dunklen Vordergrund. Einzelnes aus einer Rede, die gerade gehalten wurde, trug der Wind herüber, und nun schwieg auch das, und nur zustimmende Rufe klangen noch in den Abend hinaus.

Fünfzehntes Kapitel

Die Rückfahrt war ohne weitere Zwischenfälle verlaufen, aber natürlich nicht ohne Medisance, darin sich Ebba nicht leicht zuviel tun konnte. Die Geschichte mit den »Rosenbergs« und den verschiedenen Verzweigungen der Familie war ihr dabei das denkbar glücklichste Thema. »Der arme Graf«, sagte sie, »das muß wahr sein, er geht allem so gründlich auf den Grund. Natürlich, dafür ist er ein Deutscher, und nun gar bei genealogischen Fragen, da kommt er aus dem Bohren und Untersuchen gar nicht mehr heraus. An jeden Namen knüpft er an, und wenn ich zum Unglück auf den Namen Cordelia getauft worden wäre, so biet ich jede

Wette, daß er sich ohne weiteres nach dem alten Lear bei mir erkundigt haben würde.«

Die Prinzessin gab Ebba einen Zärtlichkeitsschlag auf die Hand, der mehr ermutigte als ablehnte, und so fuhr diese denn fort: »Er hat etwas von einem Museumskatalog mit historischen Anmerkungen, und ich sehe noch sein Gesicht, als Königliche Hoheit von Tycho de Brahe sprachen und nach der Insel Hveen hinüberzeigten; er war ganz benommen davon, und seine Seele drängte sichtlich nach einem Gespräch über Weltsysteme. Das wäre so was für ihn gewesen, zurück bis Ptolemäus. Gott sei Dank kam etwas dazwischen, denn, offen gestanden, Astronomie geht mir noch über Genealogie.«

Auch der folgende Tag verlief unter ähnlichem Geplauder, was übrigens nicht hinderte, daß Holk, von seiten der Damen, einem allerfreundlichsten Entgegenkommen begegnete, so freundlich, daß es ihm nicht bloß schmeichelte, sondern ihn auch in die denkbar beste Stimmung versetzte.

Diese Stimmung nahm er dann mit nach Haus, in seine behagliche Hansensche Wohnung, und als er tags darauf bei seinem Frühstücke saß, kam ihm das prickelnd Anregende des Kopenhagener Hoflebens so recht aufs neue zum Bewußtsein. Wie öde waren daneben die Tage daheim, und wenn er sich dann vergegenwärtigte, daß er sich innerhalb zehn Minuten an den Schreibtisch zu setzen und über die gehabten Eindrücke nach Holkenäs hin zu berichten habe, so erschrak er fast, weil er fühlte, wie schwer es sein würde, den rechten Ton dafür zu finden. Und doch war dieser Ton noch wichtiger als der Inhalt, da Christine zwischen den Zeilen zu lesen verstand.

Er überlegte noch, als es klopfte. »Herein.« Und Frau Kapitän Hansen trat ein, diesmal nicht die Mutter, sondern Brigitte, die Tochter. Er hatte sie seit dem Abend seiner Ankunft kaum wiedergesehen, aber ihr Bild war er nicht losgeworden, selbst nicht in den Gesprächen mit Ebba. Brigittens Erscheinung in diesem Augenblicke verriet eine gewisse herabgestimmte Grandezza, darin das auf Hochgefühl Gestellte dem Gefühl ihrer Macht und Schönheit, das Herabgestimmte der Einsicht ihrer bescheidenen Lebensstellung entstammte, bescheiden wenigstens, solange der Graf der Mieter ihres Hauses war. Ohne mehr als einen kurzen Morgengruß zu bieten, schritt sie gerade und aufrecht und beinahe statuarisch bis an den Tisch heran und begann hier das Frühstücksservice zusammenzuschieben, während sie das mitgebrachte große Tablett, die Brust damit bedeckend, noch immer in ihrer Linken hielt. Holk seinerseits hatte sich inzwischen von seinem Fensterplatz erhoben und ging ihr entgegen, um ihr freundlich die Hand zu reichen.

»Seien Sie mir willkommen, liebe Frau Hansen, und wenn Ihre Zeit es zuläßt...«, und dabei wies er mit verbindlicher Handbewegung auf einen Stuhl, während er selbst an seinen Fensterplatz zurückkehrte. Die junge Frau blieb aber, das japanische Tablett nach wie vor schildartig vorhaltend, an ihrer Stelle stehen und sah ruhig und ohne jeden Ausdruck von Verlegenheit nach dem Grafen hinüber, von dem sie sichtlich ein weiteres Wort erwartete. Diesem konnte nicht entgehen, wie berechnet alles in ihrer Haltung war, vor allem auch in ihrer Kleidung. Sie trug dasselbe Hauskostüm, das sie schon am ersten Abend getragen hatte, weit und bequem, nicht Manschetten, nicht Halskragen, aber nur deshalb nicht, weil all dergleichen die Wirkung ihrer selbst nur gemindert hätte. Denn gerade ihr Hals war von besonderer Schönheit und hatte, sozusagen, einen Teint für sich. Dieselbe Berechnung zeigte sich in all und jedem. Ihre weite Schoßjacke mit losem Gürtel von gleichem Stoff schien ohne Schnitt und Form, aber auch nur, um ihre eigenen Formen desto deutlicher zu zeigen. In ihrer Gesamterscheinung war sie das Bild einer schönen Holländerin, und unwillkürlich sah Holk nach ihren Schläfen, ob er nicht die herkömmlichen Goldplatten daran entdecke.

»Sie ziehen vor«, nahm er, als sie seinem Blick unausgesetzt begegnete, wieder das Wort, »Sie ziehen vor, sich nicht zu setzen und in ganzer Figur zu bleiben, und Sie wissen sehr wohl, meine schöne Frau Brigitte, was Sie dabei tun. Wirklich, wenn ich bei Gelegenheit der Reise von Schanghai nach Bangkok – von der mir Ihre Frau Mutter gestern erzählte – der Kaiser von Siam gewesen wäre, so wäre das mit dem Thronsessel vor dem Palast alles sehr anders angeordnet worden, und Sie hätten, statt zu sitzen, was nie kleidet, neben dem Thronsessel gestanden und nur Ihren Arm auf die weiße Elfenbeinlehne gelehnt. Und da hätte sich's dann zeigen müssen, wer Sieger bliebe, das Elfenbein oder der Arm der schönen Frau Hansen.«

»Ach«, sagte Brigitte mit gut aufgesetzter Verlegenheit, »die Mutter spricht immer davon, als ob es etwas Besonderes gewesen wäre. Und es war doch bloß Spielerei.«

»Ja, Spielerei, Frau Brigitte, weil es in Siam war. Aber wir sind nicht immer in Siam. Und nur das haben wir in unserem guten Kopenhagen auch, daß wir ein Auge haben für die Schönheit. Und wer es am meisten und in seiner hohen Stellung auch wohl am eindringlichsten hat... Aber es ist nicht nötig, Namen zu nennen, liebe Frau Kapitän Hansen, und ich bewundere nur Ihren teueren Gatten, von dem ich soviel Rühmliches gehört habe...«

»Von Hansen. Ja. Nun, der kennt seine Brigitte«, sagte sie, während sie das Auge schamhaft niederschlug.

»Er kennt Sie, liebe Frau Hansen, und weiß, welches unbedingte Vertrauen er Ihnen entgegenbringen darf. Und ich möchte sagen, ich weiß es auch. Denn wenn Schönheit einerseits eine Gefahr ist, so ist sie doch kaum weniger auch ein Schild«, und dabei glitt sein Auge nach dem Tablett hinüber. »Es genügt ein Blick auf Ihre weiße Stirn, um zu wissen, daß Sie den Schwächen Ihres Geschlechts nicht unterworfen sind...«

Frau Brigitte schwankte, wie sie sich zu diesen Auslassungen stellen solle: plötzlich aber wahrnehmend, daß Holks Auge leise hin und her zwinkerte, war es ihr klar, daß Pentz oder Erichsen oder vielleicht auch beide gesprochen haben müßten, und so ließ sie denn die Komödie der Würdigkeit fallen und begegnete seinem Lächeln mit einem Lächeln des Einverständnisses, während sie, wie gleich am ersten Abend, den linken Ellbogen, so daß der weite Ärmel zurückfiel, auf den hohen Kaminsims stützte.

Das wäre nun sicher der geeignete Moment gewesen, dem Gespräch eine Wendung zur Intimität zu geben; Holk zog es aber vor, wenn auch scherzhaft und ironisch, sich vorläufig noch auf den Sittenvormund hin aufzuspielen, und sagte: »Ja, liebe Frau Hansen, daß ich es noch einmal sage, nicht unterworfen den Schwächen Ihres Geschlechts. Dabei bleibt es. Und doch möcht ich die Stimme des Warners erheben dürfen. Es ist, wie ich mir schon anzudeuten erlaubte, immer gefährlich, in einer Stadt zu leben, wo die Könige den ausgesprochenen Sinn für die Schönheit haben. Der Liebe dieser Mächtigen der Erde läßt sich vielleicht widerstehen, aber nicht ihrer Macht... Und was die Gräfin Danner angeht, mit der vorläufig freilich noch zu rechnen ist, nun, sie wird doch am Ende nicht ewig leben...«

»O doch.«

»Nun, so stirbt vielleicht die Neigung ihres königlichen Anbeters...«

»Auch das nicht, Herr Graf. Denn die Danner hat einen Zauber, und man hört darüber so dies und das.«

»Kann man es nicht erfahren?«

»Nein. Meine Mutter sagt zwar immer: ›Höre, Brigitte, du sagst auch alles‹; aber das mit der Danner, das ist doch zuviel.«

»Nun, dann werd ich Baron Pentz fragen.«

»Ja, der kann es sagen, der weiß es... Einige sagen, sie habe den Schönheitsapfel, ich meine die Danner; aber das ist nicht der große Zauber, den sie hat, das ist höchstens der kleine...«

»Glaub ich unbedingt. Und überhaupt, offen gestanden, ich weiß nicht, was immer der Apfel soll. Er ist mir immer halb unverständlich erschienen. Unter Kirschen kann ich mir etwas denken, aber Apfel...«

»Ich weiß doch nicht, Herr Graf«, sagte Brigitte, während sie die Schoßjacke glatt zog, um ihrer Figur die rechte Linie zu gehen. »Ich weiß doch nicht, ob Sie darin recht haben...« Und einmal angelangt auf dieser abschüssigen Ebene, schien sie durchaus geneigt, das Thema weiter fortzuführen. Aber ehe sie dazu kommen konnte, hörte sie, von der Treppe her, den halblauten Ruf: »Brigitte«.

»Das ist die Mutter«, sagte sie verdrossen und stellte das Geschirr auf das Tablett. Dann aber, sich würdevoll verneigend, als ob Staats- und Kirchenfragen zwischen ihnen verhandelt worden wären, verließ sie das Zimmer.

Holk, als Brigitte die Tür ins Schloß gedrückt hatte, schritt auf und ab, sehr verschiedenen Gefühlen hingegeben. Er war nicht unempfindlich gegen die Schönheit und Koketterie dieser berückenden Person, die wie geschaffen schien, allerlei Verwirrungen anzurichten: aber daß sie den Willen dazu so deutlich zeigte, das minderte doch auch wieder die Gefahr. Allerlei Widersprechendes bekämpfte sich in ihm, bis endlich seine gute Natur den Sieg gewann und ihm die Kraft gab, das während dieser Tage Erlebte mit einem gewissen darüberstehenden Humor zu betrachten. Und damit war denn auch die Stimmung gewonnen, nach Holkenäs hin zu schreiben und seinen ersten Zeilen, in denen er nur seine Ankunft angezeigt hatte, einen längeren Brief folgen zu lassen. Einen Augenblick erschrak er freilich wieder vor der Menge dessen, was zu berichten war, denn unter dem, was ihm fehlte, war auch die Briefschreibepassion. Endlich aber nahm er seinen Platz an dem Zylinderbureau, schob die Bogen zurecht und schrieb.

Kopenhagen, 3. Oktober 1859
Dronningens-Tvergade 4

Meine liebe Christine. Die wenigen Zeilen, in denen ich Dir meine glückliche Ankunft meldete, wirst Du erhalten haben; es ist Zeit, daß ich nun ein weiteres Lebenszeichen gebe, und wie ich glücklicherweise gleich hinzusetzen darf, ein Zeichen meines Wohlergehens. Laß mich mit dem Nächstliegenden, mit meiner Wohnung bei der Witwe Hansen, beginnen. Es ist alles, wie's früher war, nur eleganter, so daß man deutlich sieht, wie sich ihre Verhältnisse gehoben haben. Vielleicht ist alles dem Umstande zuzuschreiben, daß sie jetzt mit ihrer Tochter, ebenfalls einer Frau Kapitän Hansen (die früher ihren Mann auf seinen Chinafahrten begleitete), zusammenwohnt. Es stehen dadurch wohl größere Mittel zur Verfügung. Frau Kapitän Hansen ist eine schöne Frau, so schön, daß sie dem Kaiser von Siam vorgestellt wurde, bei welcher Gelegenheit sie zugleich der Gegenstand einer siamesischen Hofovation wurde. Sie hat eine statuarische Ruhe, rotblondes Haar (etwas wenig, aber sehr geschickt arrangiert) und natürlich den Teint, der solch rotblondes Haar zu begleiten pflegt. Ich würde sie Rubensch nennen, wenn nicht alles Rubensche doch aus gröberem Stoffe geschaffen wäre. Doch lassen wir Frau Kapitän Hansen. Du wirst lachen, und darfst es auch, über das Interesse, das aus dem Vergleich mit Rubens zu sprechen scheint. Und Rubens noch übertroffen! Ich war gleich am ersten Abend bei Vincents auf dem Kongens Nytorv, wohin ich durch Pentz und Erichsen abgeholt wurde. Viele Bekannte gesehen – auch de Meza, der von Jütland herübergekommen war –, aber niemanden gesprochen, was in einer großen politischen Aufregung, die ich hier vorgefunden, seinen Grund hat. Hall soll gestürzt und Rottwig an seine Stelle gesetzt werden. Natürlich nur Übergangsministerium, wenn es überhaupt glückt, was auch noch die Frage. Lies die Berichte, die ›Dagbladet‹ bringt, sie sind ausführlicher und minder parteiisch als die von ›Flyveposten‹. Am andern Vormittage war ich bei der Prinzessin, um mich ihr vorzustellen. Ihr Benehmen gegen mich genau dasselbe wie früher; sie kennt meinen abweichenden politischen Standpunkt, aber sie verzeiht es mir, daß ich mehr für das alte Dänemark bin als für das neue. Meiner Loyalität ist sie sicher und meiner Anhänglichkeit an ihre Person doppelt und dreifach. Das läßt sie vieles übersehen, wenigstens solange der König lebt und von einer ernsten politischen Krise keine Rede sein kann. So sind wir in der angenehmen Lage, auf einem völligen Friedensfuße miteinander verkehren zu können.

In der Umgebung der Prinzessin hat sich nichts geändert, fast zuwenig. Alles ist bequem und behaglich, aber doch zugleich auch ergraut und verstaubt; die Prinzessin hat kein Auge dafür, und Pentz, der vielleicht Wandel schaffen könnte, hält es für klug, die Dinge ruhig weitergehen zu lassen. Die Schimmelmann ist nach wie vor würdig und wohlwollend, an Charakter ein Schatz, aber ein wenig bedrückend. An Stelle der Gräfin Frjis, die, während der letzten zehn Jahre, der Liebling der Prinzessin war, ist ein Fräulein von Rosenberg getreten. Ihre Mutter war eine Wrangel. Diese Rosenbergs stammen aus dem westpreußischen Städtchen Filehne, wurden erst unter Gustav III. baronisiert und haben keine Verwandtschaft weder mit den böhmischen noch mit den schlesischen Rosenbergs. Das Fräulein selbst – nur immer der älteste Sohn führt den Baronstitel – ist klug und espritvoll und beherrscht die Prinzessin, soweit sich Prinzessinnen beherrschen lassen. Unzweifelhaft, und dafür haben wir ihr alle zu danken, hat sie dem kleinen Nebenhof im Prinzessinnen-Palais den Charakter der Langeweile genommen, der früher der vorherrschende war. Ich konnte mich gestern, wo ich Dienst hatte, von diesem Wandel der Dinge überzeugen, mehr noch vorgestern, wo wir eine Wagenpartie nach Klampenborg und der Eremitage machten. Es war ein wundervoller Tag, und als bei Sonnenuntergang an die zweitausend Hirsche geschwaderweise bei uns vorbeidefilierten – ein Schauspiel, von dem ich oft gehört, aber das ich nie gesehen habe –, schlug mir das

Herz vor Entzücken, und ich wünschte Dich und die Kinder herbei, um Zeuge davon sein zu können. Es verlangt mich übrigens lebhaft, von Euch zu hören. Was hast Du hinsichtlich der Pensionen beschlossen? Ich habe Dir gern und voll Vertrauen freie Hand gelassen, aber ich hoffe, Du wirst nichts übereilen. Das Hinaussenden der Kinder in die Welt hat seine Vorzüge, das soll unbestritten bleiben, aber das Beste bleibt doch das, was die Familie bietet, das elterliche Haus. Und wenn eine Hand wie die Deine das Haus bestellt, so verdoppelt sich nur die Wahrheit dieses Satzes. Grüße die Dobschütz und Alfred, wenn er von Arnewiek herüberkommt, was hoffentlich recht oft geschieht; denn ich weiß, Du liebst ihn, und ebenso weiß ich, wie sehr er diese Liebe verdient. Wenn Asta bei Petersens vorspricht, laß sie dem Alten meine Grüße bringen und ihm wie der Enkelin alles mögliche Freundliche sagen. Strehlke soll Axel nicht mit Mathematik und Algebra quälen, aber den Charakter soll er bilden. Leider hat er selber keinen, ein so guter Kerl er im übrigen ist. Freilich, wer hat Charakter? Es ist nicht jedem so gut geworden wie Dir, Du hast das, was den meisten fehlt; aber wenn mich nicht alles täuscht, erfüllt Dich selber mitunter der leise Wunsch, etwas weniger von dem zu haben, was Dich auszeichnet. Irr ich darin? Laß bald von Dir und den Kindern hören und, wenn es sein kann, Erfreuliches.

Dein
Helmuth H.

Und nun legte er die Feder aus der Hand und überflog das Geschriebene noch einmal. Einiges mit Zufriedenheit. Als er aber gegen das Ende hin die Worte las: »das Beste bleibt doch immer das elterliche Haus«... und dann: »wenn eine Hand wie die Deine dies Haus bestellt«..., da überkam ihn eine leise Rührung, von der er sich kaum Ursach und Rechenschaft zu gehen vermochte. Hätt er es gekonnt, so hätt er gewußt, daß ihn sein guter Engel warne.

Sechzehntes Kapitel

Holk gab den Brief selbst zur Post, dann ging er zu Pentz, der ihn in seine Wohnung zum Frühstück geladen hatte. Von den Ministern war niemand da, auch Hall nicht, trotzdem er zugesagt hatte, wohl aber Reichstagsmitglieder und Militärs: General Bülow, Oberst du Plat, Oberstleutnant Tersling, Kapitän Lundbye, selbstverständlich Worsaae, der als Esprit fort und Anekdotenerzähler nicht fehlen durfte. Tersling hatte seinen guten Tag, Worsaae auch, was bei den Schraubereien, in denen man sich gefiel, am besten zutage trat; aber so vergnüglich diese Kämpfe waren, so sah sich doch gerade Holk nur mäßig dadurch unterhalten, teils weil ihm, als einem Nicht-Kopenhagener, manches von den Pointen entging, teils weil er Fragen auf dem Herzen hatte, die zu stellen sich bei dem beständigen Wortgefecht der beiden humoristischen Gegner keine rechte Gelegenheit für ihn bieten wollte. Denn Pentz war ganz Ohr und hörte nur auf die gegenseitigen Sticheleien. Das Frühstück, wie jedes gute Frühstück, dauerte bis Abend. Als es beendet war, gingen etliche von den Jüngeren noch nach Tivoli hinaus, um einem letzten Operettenakt beizuwohnen; Holk aber, an großstädtisches Leben nicht gewöhnt und immer beflissen, sich in beinah philiströser Weise bei guter Gesundheit zu halten, begleitete Bülow und du Plat bis an das Kriegsministerium und ging dann auf seine Wohnung zu. Die ältere Frau Hansen empfing ihn aufmerksam und artig wie immer, fragte nach seinen Befehlen und brachte den Tee. Das Gespräch, das sie dabei führte, war nur kurz, und alles, was sie sagte, lag heute nach der gefühlvollen Seite hin: ihrer Tochter Brigitte sei nicht recht wohl, und wenn sie dann bedenke, daß die arme junge Frau, denn sie sei doch eigentlich noch jung und der Mann schon im siebenten Monat fort und käm auch noch lange nicht wieder zurück, ja, wenn sie das alles so bedenke, und daß Brigitte doch ernstlich krank werden und aus dieser Zeitlichkeit scheiden könne, da wolle sie doch lieber gleich selber sterben. »Und was ist es denn auch am Ende? Wenn man fünfzig ist und Witwe dazu, ja, Herr Graf« (und sie trocknete sich eine Träne), »was hat man da noch vom Leben? Je früher es kommt, desto besser. Armut ist nicht das schlimmste, schlimmer ist Einsamkeit, immer einsam und ohne Liebe...« Holk, den diese Sentimentalität amüsierte, bestätigte selbstverständlich alles. »Jawohl, liebe Frau Hansen, es ist ganz so, wie Sie sagen. Aber Sie dürfen es nicht so schwernehmen. Ein bißchen Liebe findet sich immer noch.«

Sie sah ihn von der Seite her an und freute sich seines Verständnisses.

Am anderen Tage war Holk wieder in Dienst, was am Hofe der Prinzessin nicht viel besagen wollte. Die fast Siebzigjährige, die – darin noch ganz das Kind des vorigen Jahrhunderts – immer spät zur Ruhe ging und noch später aufstand, erschien nie vor Mittag in ihren Empfangsräumen; die Kammerherren vom Dienst hatten also bis dahin nichts anderes zu tun, als im Vorzimmer zu warten. Da wurden denn Zeitungen gelesen, auch wohl Briefe geschrieben, und wenn, lange vor Sichtbarwerden der Prinzessin, der Kammerdiener ein gut arrangiertes Frühstück brachte, so rückte Pentz in die tiefe; mit einem kleinen Diwan in Hufeisenform halb ausgefüllte Fensternische, wo sich dann Holk oder Erichsen ihm gesellte. So war es auch heute, und als man von dem Sherry genippt und Pentz ein sehr anerkennendes Wort über die Sardinen geäußert hatte, sagte Holk: »Ja, vorzüglich. Und doch, lieber Pentz, ich möchte heute, wenn es geht, etwas anderes von Ihnen hören als Kulinarisches oder Frühstückliches. Ich hatte mir schon gestern ein paar Fragen an Sie vorgenommen, aber die beiden Kampfhähne nahmen Sie ja ganz in Anspruch. Worsaae war übrigens wirklich sehr amüsant. Und dann mußt ich mir auch sagen, wer so glänzender Wirt ist wie Sie, der ist eben Wirt und nichts weiter und hat nicht Zeit zu Privatgesprächen in einer verschwiegenen Ecke.«

»Sehr liebenswürdig, lieber Holk. Ich habe mich nicht recht um Sie gekümmert, und anstatt mir einen Vorwurf daraus zu machen, machen Sie mir Elogen über meine Wirklichkeit. Übrigens muß ich Ihnen bekennen, wenn ich gestern um ein Privatgespräch mit Ihnen, und noch dazu, wenn ich recht gehört, ›um ein Privatgespräch in einer verschwiegenen Ecke‹ gekommen bin, so verwünsche ich alle Repräsentationstugenden, die Sie mir gütigst zudiktieren. ›In einer verschwiegenen Ecke‹ – da darf man etwas erwarten, was jenseits des Gewöhnlichen liegt.«

»Ich bin darüber doch selbst im Zweifel. Auf den ersten Blick ist es jedenfalls was sehr Gewöhnliches und betrifft ein Thema, das schon gleich am ersten Abend zwischen uns verhandelt wurde. Hab ich dann aber wieder gegenwärtig, wie sich alles in der Sache so mysteriös verschleiert, so hört es doch auch wieder auf, was Alltägliches und Triviales zu sein. Kurzum, ich weiß selber nicht recht, wie's steht, ausgenommen, daß ich neugierig bin, und nun sagen Sie mir, was ist es mit den zwei Frauen, Mutter und Tochter«

Pentz verstand entweder wirklich nicht oder gab sich doch das Ansehen davon, weshalb Holk fortfuhr: »Ich meine natürlich die beiden Hansens. Eigentlich, auch ganz abgesehen von dem, was Sie mir schon erzählt haben, sollt ich darüber so gut unterrichtet sein wie Sie selbst; denn beide Frauen sind schleswigsches Gewächs, ich glaub aus Husum gebürtig und dann später in Glücksburg, und bei der Mutter, wie Sie ja wissen, hab ich auch schon gewohnt, als ich das letzte Mal hier war und meinen Dienst tat. Aber ich muß damals schlecht beobachtet haben, oder die Tochter, die jetzt da ist, hat dem Hausstand ein anderes Wesen gegeben. Soviel bleibt, ich schwanke nach wie vor hin und her, was ich eigentlich daraus machen soll. Manchmal glaub ich in meiner Annahme raffiniertester Komödianterei ganz sicher zu sein; dann aber seh ich wieder hohe Mienen, vollkommene ›Airs‹, und wenn ich auch sehr wohl weiß, daß man hohe Mienen aufsetzen kann, so bringen sie mich doch immer wieder ins Unsichere. Da gibt es beispielsweise eine wundervolle Geschichte von dem Kaiser von Siam, mit märchenhaften Huldigungen und Geschenken und sogar einer prachtvollen Perlenschnur. Ist das nun Wahrheit oder Lüge? Vielleicht ist es Größenwahn. Die Tochter ist sicherlich eine sehr schöne Person, und wer um seiner Schönheit willen, wie ich nicht zweifle, gelegentlich große Triumphe feiert und dann doch auch wieder stillsitzen und brüten und abwarten muß, der spinnt sich in seiner Einsamkeit seine Triumphe leicht weiter aus, und da haben wir denn einen Kaiser von Siam mit Perlenschnur und Elefanten, wir wissen nicht wie.«

Pentz lächelte vor sich hin, aber schwieg weiter, weil er wohl sah, daß Holk, mit dem, was er sagen wollte, noch nicht voll am Ende war. Dieser fuhr denn auch weiter fort: »So kann denn alles Halluzination sein, Ausgeburt einer erhitzten Phantasie. Wenn ich dann aber an das Augenaufleuchten und Kichern, was beides gelegentlich vorkommt, und zugleich an die Worte denke, die Sie gleich den ersten Abend bei Vincent gegen mich äußerten, Bemerkungen, in denen so was von ›Sicherheitsbehörde‹ vorkam, so kommt mir, ehrlich gestanden, ein leiser Märchengrusel. Und wenn es bloß Märchengrusel wäre, nein, eine richtige Angst und Sorge. Denn, lieber Pentz, was heißt Sicherheitsbehörde? Sicherheitsbehörde heißt doch einfach Polizei, deren geschickteste und dienstbeflissenste Mitglieder mitunter Mitglieder einer unsichtbaren politischen Loge sind. Und das macht mir einigermaßen Herzensbeklemmungen. Ist da wirklich was von Beziehungen zwischen einem Sicherheitsassessor und der Tochter oder gar zwischen dem Polizeichef selbst und der Mutter – denn auch das kommt vor, und Polizeichefs sind unberechenbar in ihrem Geschmack –, so bin ich da bei dieser Hansensippe nicht viel anders untergebracht als in einer Spelunke. Daß Goldleisten und türkische Teppiche da sind und Mutter und Tochter einen Tee zubereiten, der, weit über Siam hinaus, direkt aus dem himmlischen Reich kommen könnte, kann mich für die Dauer nicht trösten. Es schien mir auch, als ob die Prinzessin, wie sie den Namen der Frau Hansen hörte, nicht gerade erbaulich dreinblickte. Kurzum, was ist es damit? Und nun heraus mit der Sprache.«

Pentz, mit seinem Sherryglas leise anklingend, lachte herzlich und sagte dann: »Ich will Ihnen was sagen, Holk, Sie sind bis über die Ohren in diese schöne Person verliebt, und weil Sie sich vor ihr fürchten oder, was dasselbe ist, sich persönlich nicht recht trauen, so wünschen Sie, daß ich Ihnen eine furchtbare Geschichte zum besten gebe, die Sie jederzeit als Sicherheitsvademekum aus der Tasche holen und wie einen Schirm zwischen sich und der schönen Frau Hansen aufrichten können. Mit solch furchtbarer Geschichte kann ich Ihnen aber beim besten Willen nicht dienen. Und bedenken Sie, wie würd ich es, als Sie vor zwei Jahren das erste Mal, auf meine Empfehlung hin, bei der Frau Hansen Wohnung nahmen, wie würd ich es gewagt haben, Sie, den Grafen Holk und Kammerherrn unserer Prinzessin, in einer Chambre garnie unterzubringen, für die Sie, frisch, fromm und frei, das Wort ›Spelunke‹ dem Sprachschatz deutscher Nation entnommen haben...«

»Sie dürfen nicht empfindlich werden, Pentz. Um so weniger, als Sie mit Ihren Anspielungen eigentlich schuld an meinem Argwohn sind. Warum sprachen Sie von ›Sicherheitsbehörde‹?«

»Weil es sich so verhält. Warum soll ich nicht von Sicherheitsbehörde sprechen? Warum soll ein Mitglied dieser Behörde die schöne Frau Brigitte nicht ebenso schön finden, wie Sie sie finden? Er ist vielleicht ein Vetter von ihr oder auch von der Alten, der ich beiläufig noch weniger traue als der Jüngeren...«

Holk nickte zustimmend.

»Im übrigen dürfen Sie sich über dies und vieles andere nicht den Kopf zerbrechen. Das ist so Kopenhagensch, das war hier immer so; schon vor dreihundert Jahren hatten wir die Düveke-Geschichte, Mutter und Tochter, und ob nun Hansen oder Düveke, macht keinen rechten Unterschied. Beiläufig, daß Düveke nicht Name, sondern bloß Epitheton ornans war, werden Sie wissen. Und war klug genug gewählt. ›Täubchen‹, Täubchen von Amsterdam – kann man sich etwas Unschuldigeres denken?«

Holk konnte nur bestätigen; Pentz aber, der nicht bloß ein lebendiges Nachschlagebuch für die hauptstädtische Chronique scandaleuse, sondern ganz besonders auch für die Liebesgeschichten alter und neuer Könige war, war nicht unfroh, ein Thema, das er ausgiebig beherrschte, weiter ausspinnen zu können. »Es ist was ganz Eigenes mit dieser Düveke-Geschichte. Sie wissen, daß sie durch rote Kirschen vergiftet sein soll. Aber so oder so, die Geschichte war schon so gut wie halb vergessen, und man zerbrach sich nicht sonderlich den Kopf mehr über die Düveke, hielt es vielmehr mit anderen, nicht ganz so weit abliegenden Vorbildern, als mit einem Male unsere gute Putzmacherin Rasmussen in eine dänische Gräfin umgebacken wurde. Und wollen Sie mir's glauben, Holk, von dem Tage an ist all das alte Zeug wieder lebendig geworden, und alles, was in Dänemark ein paar rote Backen hat oder gar so hübsch ist wie diese Frau Brigitte mit dem ewig müden Augenaufschlag, das will nun wieder ›Düveke‹ werden und sich adeln lassen und eine Strandvilla haben und legt die Hände in den Schoß und putzt sich und wartet. Und dabei denken alle, wenn nicht der König kommt, unser allergnädigster Matrosenkönig Friedrich der Siebente – denn soviel sehen sie wohl, die Danner weiß ihn zu halten und muß einen Charme haben, den der Rest der Menschheit noch nicht entdecken konnte –, wenn, sag ich, der König nicht kommt, so kommt ein anderer, so kommt Holk oder Pentz, wobei Sie mir verzeihen müssen, daß ich mich so ohne weiteres an Ihre Seite dränge. Nein, Holk, nichts von Spelunke. Diese schöne Kapitana, deren Mann ich übrigens nicht beneide, beiläufig soll er immer unter Rum stehen, ist nicht schlimmer als andere, nur ein bißchen gefährlicher ist sie, weil sie schöner ist, mit ihrem Rotblond und der Welljacke, die nirgends schließt. Ihrer Ritterlichkeit, lieber Holk, brauch ich es übrigens nicht erst anzuempfehlen, daß Sie darauf verzichten, diese Ärmste...«

»Spotten Sie nur, Pentz. Aber Sie gehen durchaus in die Irre und vergessen, daß ich fünfundvierzig bin.«

»Und ich, lieber Holk, bin fünfundsechzig. Und wenn ich danach die Berechnung mache, so kann es um Sie, beziehungsweise um die schöne Brigitte, gerade noch schlecht genug stehen.«

Er wollte sichtlich in diesem Tone noch weitersprechen, aber im selben Augenblicke trat ein Kammerdiener aus den Gemächern der Prinzessin und meldete, daß Königliche Hoheit die Herren zu sprechen wünsche.

Pentz und Holk traten ein. Die Prinzessin hielt ein Zeitungsblatt in der Hand und war augenscheinlich nicht bloß in Erregung, sondern in geradezu schlechter Laune. Sie warf das Blatt beiseite, und statt der sonst üblichen gnädigen Begrüßung erfolgte nur die Frage: »Haben Sie schon gelesen, meine Herren?«

Holk, dem als einem halben Fremden keine besondere Leseverpflichtung oblag, blieb ruhig; Pentz aber kam in Verlegenheit, um so mehr, als er neuerdings öfters auf solchen Unterlassungssünden ertappt worden war. Diese sehr sichtbare Verlegenheit stellte aber die gute Stimmung der Prinzessin sofort wieder her. »Nun, lieber Pentz, erschrecken Sie nicht zu sehr und lassen Sie mich zu Ihrer Beruhigung sagen, daß mir, im langen Laufe der Jahre – und nach solchen müssen wir doch nachgerade rechnen –, ein Mann der Trüffel- und Wildbretpastete wie Sie viel, viel lieber ist als ein Mann der Politik und des Zeitungsklatsches oder gar der Zeitungsmalice. Denn mit einer solchen haben wir's hier zu tun. Es wird zwar ein Handelshaus vorgeschoben, noch dazu ein Handelshaus in Kokkegarde, aber es bedarf nicht vieler Einsicht und Vertrautheit, um die Personen zu erraten, die diesen Skandal in Szene gesetzt haben.«

In Pentz' Gesicht verschwand der Ausdruck der Verlegenheit, und der der Neugierde trat an seine Stelle. »Mutmaßlich Unpassendheiten über die Gräfin...«

»O nein«, lachte die Prinzessin herzlich. »Unpassendheiten über die Gräfin gibt es erstlich überhaupt nicht, und wenn Sie das Muster eines Kammerherrn wären, Gott sei Dank sind Sie's nicht, so würden Sie meinen Ihnen wohlbekannten Gefühlen für die Gräfin etwas ausgiebiger Rechnung tragen. Aber so sind Sie, Baron, und vergessen im Hinblick auf das Frühstück, wenn Sie's nicht schon genommen, daß ein Pasquill über die Danner meine gute, nicht aber meine schlechte Laune geweckt haben könnte. Ja, lieber Pentz, da haben Sie sich verfahren oder vielleicht selbst verraten, und lebten wir in anderen Zeiten, so begäb ich mich recte zum König und ging' ihn an, Ihnen einen Struensee-Prozeß zu machen und Sie der unerlaubten Beziehungen zur Gräfin-Putzmacherin zu zeihen. Denken Sie, wenn dann Ihr Haupt fiele! Doch ich will Sie so weit nicht bedrohen und verurteile Sie nur, den Artikel zu

lesen, hier den: Ebba hat jede Zeile rot unterstrichen, sie liebt dergleichen, und dann mögen Sie sich wundern, wie weit wir in Dänemark mit
unserem Regiment der Gasse bereits gekommen sind. Regiment der
Gasse, leider; – vor Holk sollten wir uns freilich sträuben, es zuzugeste-
hen, denn es stellt uns bloß und ist nur Wasser auf seine schleswig-
holsteinsche Mühle. Doch was hilft es, der Artikel ist nun mal da, und
wenn er ihn hier nicht liest, so liest er ihn in seiner Wohnung, oder die
Frau Kapitän Hansen liest ihn ihm wohl gar vor. Leute, die selber Anspruch auf einen ›Artikel‹ oder ähnliches haben, sind immer am durstig-
sten nach allem, was Sensation macht.«

Holk fühlte sich unangenehm berührt, weil er aus dieser Schlußbemer-
kung aufs neue heraushörte, daß der gute Leumund der Hansens ein
großes Fragezeichen habe; es war aber nicht Zeit, sich diesem Gefühle
hinzugehen, denn Pentz hatte das Blatt bereits in die Hand genommen
und begann, während er sein Pincenez hin und her schob: »Erbprinzlich
Ferdinandsche Wechsel zu verkaufen!«

»Nun, Pentz, Sie stocken ja schon und ziehen Ihr Taschentuch, mutmaßlich um Ihre Gläser zu putzen und sich zu vergewissern, daß Sie
recht gelesen haben. Aber Sie haben recht gelesen. Fahren Sie nur
fort.«

»... Verschiedene vom Prinzen Ferdinand, Königliche Hoheit, und zwar
unter dem Zusatze: ›bei meiner königlichen Ehre‹, ausgestellte Wechsel,
indossiert von seinem Kammerassessor Plöther, sind zu verkaufen, und
zwar für den Wert, den eventuelle Liebhaber, beziehungsweise Sammel-
und Kuriositätenamateurs, Papieren von solcher Bedeutung beimessen
wollen, doch nicht unter fünfzig Prozent. Man beliebe sich an das Comp-
toir Kokkegarde 143 zu wenden...«

Pentz legte das Blatt nieder; der Artikel war zu Ende.

»Nun, meine Herren, was sagen Sie zu diesem Vorkommnis, von dem
ich behaupten darf, ähnliches in meinen siebzig Jahren noch nicht erlebt
zu haben. Sie schweigen, und Holk ist mutmaßlich der Meinung: wie
man sich bettet, so liegt man; wer Wechsel ausstellt, und noch dazu ›bei
seiner königlichen Ehre‹, hat die Wechsel einzulösen, und unterläßt er's,
so muß er sich's gefallen lassen, wie's hier geschieht, von Kokkegarde
143 aus an den Pranger gestellt zu werden. So denkt mutmaßlich Holk,
und er hat recht; gewiß, es liegt so. Der Prinz ist mir auch durchaus
gleichgültig, und je mehr er sich ruiniert, je mehr kommt es dem zustatten, der bestimmt ist, an dieses sogenannten Erbprinzen Stelle, wirklich
der Erbe dieses Landes zu sein. Aber ich kann mich der egoistischen
Freude darüber, meine politischen Pläne gefördert zu sehen, doch nicht
ganz hingeben, wenn soviel anderes und schließlich Wichtigeres dabei
verlorengeht... Kein Vogel beschmutzt das eigene Nest, und es gibt eine

Solidarität der Interessen, die das Königtum als solches anerkennen muß, sonst ist es um das Königtum geschehen. Ich könnte mich über ›Dagbladet‹ aigrieren, und ich gestehe, mein erster Unmut ging nach dieser Seite hin. Aber was ist eine Zeitung? Nichts. Aigriert bin ich über den König, dem dies Gefühl der Solidarität abhanden gekommen ist. Er denkt an nichts als an die Danner und an das Ausgraben von Riesenbetten, an und für sich sehr verschiedene Dinge, die sich freilich vielleicht auch wieder in der Vorstellung der Zukunft zu einer seltsamen Einheit zusammentun werden. Vor allem denkt er: après nous le déluge. Und das ist ein Unglück. Ich hasse Moralpredigten und Tugendsimpeleien, aber andererseits bleibt doch auch bestehen: es ist nichts mit den laxen Grundsätzen – Grundsätze sind wichtiger als das Tatsächliche. Das sag ich Ihnen, lieber Pentz. Mit Holk liegt es anders, er ist ein Deutscher, und wenn er auch vielleicht ins Schwanken kommt (die Rosenberg hat mir wahre Wunderdinge von der Frau Brigitte Hansen erzählt), so hat er eben seine Frau Christine daheim. Und ich müßte mich sehr in ihr irren, wenn sie nicht mit ihrer Macht von Holkenäs bis Kopenhagen reichen sollte. Und nun au revoir, meine Herren.«

Siebzehntes Kapitel

Holk hatte nicht Zeit, sich Betrachtungen über das eben Gehörte hinzugeben, denn es war ein besuchreicher und überhaupt ein ziemlich unruhiger Tag. Um zwölf erschienen zwei bildschöne »petit-nièces« der Prinzessin, noch halbe Kinder, um die Großtante zum Besuch einer historischen Ausstellung abzuholen, die die Professoren Marstrand und Melbye seit dem 1. Oktober in einigen Nebensälen des Museums eröffnet hatten. Die ganze Stadt sprach von dieser Ausstellung, und wie gewöhnlich trat das Politische daneben zurück, trotzdem es gerade Tage waren, in denen nicht nur ein Ministerium, sondern fast auch die Monarchie in Frage stand. Aber was bedeutete das neben großstädtischer und nun gar Kopenhagener Vergnügungssucht, die sich diesmal außerdem noch hinter einem großen Worte verstecken und als Patriotismus ausgeben konnte. Denn was es da zu sehen gab, war etwas nie Dagewesenes, eine dänische Nationalausstellung, zu der man alles, was an historischen Porträts in Stadt und Land existierte, sorglich zusammengetragen hatte. Mit Kniestücken Christians II. und seiner Gemahlin Isabella fing es an und schloß mit drei lebensgroßen Porträts Friedrichs VII., des jetzt regierenden Königs Majestät, ab. In einiger Entfernung war auch das Bildnis der Danner. Dazwischen endlose Schlachten zu Land und zu See, Kämpfe mit den Lübischen, Erstürmung von Wisby, Bombardement von Kopenhagen, überall rotröckige Generäle, noch mehr aber Seehelden aus mindestens drei Jahrhunderten und natürlich auch Thorwaldsen und Oehlenschläger und der häßliche alte Grundtvig. Die Prinzessin

zeigte nur ein mäßiges Interesse, weil das meiste, was sie sah, den zahlreichen über Seeland hin zerstreuten königlichen Schlössern entnommen, ihr also seit lange bekannt war; die jungen Großnichten aber waren
Feuer und Flamme, fragten hierhin und dorthin und konnten einen Augenblick wirklich die Vorstellung wecken, als ob sie jedem alten Admiral,
von denen einer der berühmtesten ein Pflaster über dem einen Auge
hatte, die vollste Bewunderung entgegenbrächten. Aber auf die Dauer
entging es doch niemandem, weder der Prinzessin noch ihrer Umgebung, daß das ganze Interesse für Admiräle nur Schein und Komödie
war und daß die jungen Prinzessinnen immer nur andächtig vor den
Bildnissen solcher Personen verweilten, die, gleichviel ob Männer oder
Frauen, mit irgendeiner romantisch-mysteriösen Liebesgeschichte ver-
knüpft waren.

»Sonderbar«, sagte Pentz zu Ebba und wies auf die ältere der beiden
Prinzessinnen, die, wie's schien, von dem Struensee-Porträt gar nicht
loskonnte.

»Nein«, lachte Ebba. »Nicht sonderbar. Durchaus nicht. Oder verlangen Sie, daß sich junge Prinzessinnen für den alten Grundtvig oder gar
für den Bischof Monrad interessieren sollen? Das Bischöfliche wiegt
nicht schwer, wenn man vierzehn ist.«

»Aber das Struenseesche?«

»Sans doute.«

Am Nachmittage machte die Prinzessin, was nicht oft vorkam, einen
Ausflug in die Umgegend, und am Abend, etwas noch Selteneres, er-
schien sie sogar in ihrer Theaterloge, hinter ihr die Schimmelmann und
Ebba, hinter diesen Pentz und Holk.

Es wurde der zweite Teil von Shakespeares »Heinrich IV.« gegeben,
und nach dem dritten Akte, dem eine längere Pause folgte, nahm man
den Tee, wobei wie gewöhnlich fleißig kritisiert wurde, denn die Prinzessin hatte noch die literarischen Allüren des vorigen Jahrhunderts. Es erheiterte sie, daß man nicht bloß zu keinem einheitlichen Urteil kommen
konnte, sondern daß jeder seinen Liebling und seine Renonce hatte,
nicht bloß hinsichtlich der Schauspieler, sondern auch in Rücksicht auf
die Shakespeareschen Figuren. Die Prinzessin selbst, die immer was
Besonderes haben mußte, war am meisten für die beiden Friedensrichter eingenommen und erklärte, diesen Geschmack schon in ihren jungen
Jahren gehabt zu haben; eine vollendete Darstellung des Philisteriums
habe sie von jeher mehr entzückt als alles andere, und nicht bloß auf der
Bühne. Solche Friedensrichter liefen auch in der hohen Politik umher,
und in jedem Ministerium – ja, sie könne selbst ihren Freund Hall nicht
ganz ausnehmen –, zumal aber in jeder Synode säße mindestens ein
halbes Dutzend Figuren wie Schaal und Stille. Von Falstaff wollte nie-

mand etwas wissen, vielleicht weil er nicht ganz gut gegeben wurde, wogegen Holk für Fähnrich Pistol und Pentz für Dortchen Lakenreißer schwärmte. Doch unterließ er es, den vollen Namen zu nennen, und sprach immer nur von »Dortchen«. Die Prinzessin ließ ihm, wie sie sagte, diese Geschmacksverirrung ruhig hingehen, ja, hatte Worte halber Anerkennung für ihn, weil er wenigstens ehrlich und konsequent bleibe; zudem sei es das klügste; jede andere Versicherung seinerseits würde doch nur ihrem Mißtrauen begegnet sein. Ebba mühte sich, auf diesen scherzhaften Ton der Prinzessin einzugehen, scheiterte aber völlig damit und verfiel schließlich in ein sich immer steigerndes nervöses Zucken und Zittern. Holk, der es sah, versuchte dem Gespräch eine andere Wendung zu geben, kam aber nicht weit damit und war herzensfroh, als das Spiel auf der Bühne wieder seinen Anfang nahm. Man blieb indessen nicht lange mehr, kaum noch bis zum Schlusse des nächsten Aktes, dann wurde der Wagen befohlen, und Pentz und Holk, nachdem sie seitens der Prinzessin gnädig entlassen waren, schlenderten, auf einem Umweg, auf Vincents Restaurant zu, wo sie, bei schwedischem Punsch, eine Plauderstunde zu haben wünschten.

Unterwegs sagte Holk: »Sagen Sie, Pentz, was war das mit der Rosenberg? Sie war dicht vor einem hysterischen Anfall. Peinlich und noch mehr verwunderlich.«

»Ja, peinlich. Aber verwunderlich gar nicht.«

»Wie das?«

Pentz lachte. »Lieber Holk, ich sehe, daß Sie die Weiber doch herzlich schlecht kennen.«

»Ich mag nicht das Gegenteil behaupten, denn ich hasse Renommistereien, und am meisten auf diesem Gebiete. Aber über die Rosenberg glaubte ich im klaren zu sein und glaub es noch. Ich halte das Fräulein für freigeistig und übermütig und behaupte ganz ernsthaft, wer mit Glaubens- und Moralfragen so zu spielen weiß, der ist auch sozusagen verpflichtet, an Falstaffs Dortchen eine helle Freude zu haben oder doch mindestens keinen Anstoß daran zu nehmen.«

»Ja, das denken Sie, Holk. Aber das ist es ja eben, weshalb ich Ihnen die Weiberkenntnis abspreche. Wenn Sie die hätten, so würden Sie wissen, daß gerade die, die dies und das auf dem Kerbholz haben, sich durch nichts so sehr verletzt fühlen wie durch ein grobes und unter Umständen selbst durch ein leises Zerrbild ihrer selbst. Mit ihrem richtigen Spiegelbilde leben sie sich ein, auch wenn ihnen gelegentlich ein Zweifel an der besonderen Berechtigung ihrer moralischen Physiognomie kommen mag; taucht aber neben diesem Bilde noch ein zweites auf, das die schon zweifelhaften Stellen auch noch mit einem Agio wiedergibt, so hat es mit der Selbstgefälligkeit ein Ende. Mit anderen Worten, das Stücklein

Eva, das solche suspekte Damen repräsentieren, sind sie geneigt noch gerade passieren zu lassen, aber nun auch kein Deutchen mehr davon, ein Mehr ist schlechterdings unzulässig, und tritt es ihnen trotzdem entgegen, so schrecken sie zusammen und kriegen den Weinkrampf.«

Holk blieb stehen und sagte dann: »Liegt es so? Sagen Sie da nicht mehr, Pentz, als Sie verantworten können? Ich kann doch, um nur eins zu nennen, nicht wohl annehmen, daß die Prinzessin, als sie das Fräulein an den Hof zog, eine Wahl getroffen hat, die sich, anderer Bedenken zu geschweigen, schon mit Rücksicht auf die Danner, diesen Gegenstand ihrer beständigen moralischen Angriffe, verboten haben würde.«

»Und doch ist es so. Zurückzunehmen ist meinerseits nichts. Ebba wünscht sich eine Zukunft, das ist gewiß, und nur eins ist noch gewisser – sie hat eine Vergangenheit.«

»Können Sie darüber sprechen?«

»Ja. Ich bin in der angenehmen Lage, vor nichts haltmachen zu müssen und am wenigsten vor Fräulein Ebba. Wer selbst sowenig Schonung übt, hat Schonung verwirkt, und der beständige Spötter über Diskretion, was hab ich nicht alles aus dem Munde dieses Sprühteufels hören müssen, darf seinerseits keinen Anspruch auf Diskretion erheben.«

»Und was war es?« unterbrach Holk, der immer neugieriger wurde.

»Wenn Sie wollen, nichts oder doch jedenfalls nicht viel. Alles Durchschnittsgeschichte. Sie war Hofdame bei der Königin Josephina drüben in Stockholm. Die Leuchtenbergs, wie Sie wissen, sind alle sehr liebenswürdig. Nun, es ist ein Jahr jetzt oder etwas länger, daß man sich über die Zärtlichkeiten und Aufmerksamkeiten zu wundern anfing, die mit einem Male der jüngste Sohn der Königin...«

»Der Herzog von Jämtland...«

»Ebender..., die mit einem Male der jüngste Sohn der Königin für seine Mutter an den Tag legte. Die Verwunderung indes währte nicht allzu lange. Sie kennen die kleinen Boote, die zwischen den Liebesinseln des Mälarsees hin- und herfahren, und da man die Stockholmer Gondolieri so gut bestechen kann wie die venezianischen, so lagen die Motive für des Prinzen Aufmerksamkeiten sehr bald offen zutage; sie hießen einfach: Fräulein Ebba. Da gab es denn selbstverständlich eine Szene. Trotz alledem wollte die Königin, die geradeso vernarrt in das Fräulein war wie unsere Prinzessin, von Entlassung oder gar Ungnade nichts wissen und gab nur ungern und sehr widerstrebend einer Pression von seiten des Hofes nach. Am meisten gegen sie war der König, der in allem klarsah...«

»Also daher so leidenschaftlich antibernadottisch«, sagte Holk, der sich plötzlich einiger Bemerkungen erinnerte, die das Fräulein auf dem Wege zur Eremitage gemacht hatte. »Daher die glühende Begeisterung für Haus Wasa.«

»Haus Wasa«, lachte Pentz. »Ja, das ist jetzt ihre Lieblingswendung. Und doch, glauben Sie mir, hat es Stunden und Tage gegeben, wo die Rosenberg das ganze Haus Wasa, den großen Gustav Adolf mit eingerechnet, für den Ringfinger eines jüngsten Bernadotte hingegeben hätte. Vielleicht ist es noch so, vielleicht sind die Brücken nach Schweden hinüber noch immer nicht ganz abgebrochen, wenigstens bis ganz vor kurzem ging noch eine Korrespondenz. Erst seit diesem Herbst schweigt alles und treffen, soviel ich weiß, keine Briefe mehr ein. Mutmaßlich ist was anderes im Werke. Ebba hat nämlich immer mehrere Eisen im Feuer.«

»Und weiß die Prinzessin davon?«

»Was diese schwedische Vergangenheit betrifft, gewiß alles, ja vielleicht noch mehr als alles. Denn mitunter empfiehlt es sich auch, aus purer Erfindung noch was hinzuzutun. Das steigert dann das Pikante. Liebesgeschichten dürfen nicht halb sein, und wenn es sich so trifft, daß die mitleidslose Wirklichkeit den Faden vor der Zeit abschnitt, so muß er künstlich weitergesponnen werden. Das verlangt jeder Leser im Roman, und das verlangt auch unsere Prinzessin.«

An dieser Stelle brach das Geplauder ab, denn man hatte Vincent erreicht, und als man, eine Stunde später, das Restaurant wieder verließ, geschah es in Gesellschaft anderer, so daß das Gespräch nicht wiederaufgenommen werden konnte.

Witwe Hansen zeigte sich ziemlich einsilbig, als Holk in den Hausflur eintrat, und beschränkte sich auf Behändigung eines Telegramms, das im Laufe des Nachmittags eingetroffen war. Es bestand aus wenig Worten, in denen Christine mit einer Kürze, die jedem Geschäftsmanne zur Zierde gereicht haben würde, nur drei Dinge an Holk vermeldete: Dank für seine Zeilen, Genugtuung über sein Wohlergehen und Inaussichtstellung eines längeren Briefes ihrerseits. Holk hatte das Telegramm noch unten im Flur überflogen, bot gleich danach, unter Ablehnung ihrer Begleitung, der Frau Hansen eine gute Nacht und stieg dann in seine Zimmer hinauf, wo die Lampe schon brannte. Daß ihn Christinens Worte besonders beschäftigt hätten, ließ sich nicht sagen, er dachte mehr an Pentz als an das Telegramm und sah weiteren Mitteilungen über Ebba mit mehr Neugierde entgegen als dem in Aussicht gestellten Briefe. Vor dem Einschlafen schwanden aber auch diese Gedanken wieder, denn mit einem Male war ihm, als ob er ganz deutlich ein Gekicher und dazwischen einen feinen durchdringenden Ton wie vom Anstoßen geschliffener Gläser höre. War es im Hause nebenan oder war es direkt unter ihm? Es berührte ihn wenig angenehm und um so weniger, als er sich nicht verhehlen konnte, daß etwas von Eifersucht mit im Spiele war, Eifersucht auf die »Sicherheitsbehörde«. Dies Wort indessen barg auch wieder die Heilung in sich, und als er es vor sich hin gesprochen, kam ihm seine gute Laune wieder und bald danach auch der Schlaf.

Am andern Morgen erschien die jüngere Hansen mit dem Frühstück, und als Holk sie musterte, war er fast beschämt über die Gedanken, mit denen er gestern eingeschlafen war. Brigitte sah aus wie der helle Tag, Teint und Auge klar, und eine ruhige frauenhafte Schönheit, fast wie Unschuld, war über sie ausgegossen. Dabei war sie schweigsam wie gewöhnlich, und nur als sie gehen wollte, wandte sie sich noch einmal und sagte: »Der Herr Graf sind hoffentlich nicht gestört worden. Mutter und ich haben bis nach zwölf kein Auge zugetan. Es sind so sonderbare Leute nebenan, unruhig bis in die Nacht hinein, und man hört jedes Wort an der Wand hin. Und wenn es dabei blicbc...« Der Graf versicherte, nichts gehört zu haben, und als Brigitte fort war, war er wieder ganz unter ihrem Eindruck. »Ich trau ihr nicht, fast sowenig wie der Alten, aber eigentlich weiß ich doch nichts weiter, als daß sie sehr hübsch ist. Das Gespräch, das ich gestern oder vorgestern mit ihr hatte, ja, was bedeutet das am Ende? Solch Gespräch kann man mit jeder jungen Frau führen oder doch mit sehr vielen. Eigentlich hat sie nichts gesagt, was andere nicht auch sagen könnten; Blicke sind immer unsicher, und mitunter ist mir's, als ob alles, was Pentz da so hin gesprochen, bloß Klatsch und Unsinn sei. Das mit der Ebba wird wohl auch noch anders liegen.«

Eine Stunde später kam der Postbote, der den telegraphisch angekündigten Brief brachte. Holk freute sich, weil ihm aufrichtig daran lag, all den unliebsamen Betrachtungen, wie sie diese Weiber, Ebba mit eingerechnet, in ihm angeregt hatten, entrissen zu werden. Und dazu war nichts geeigneter als ein Brief von Christine. Der kam aus einem zuverlässigen Herzen, und er atmete auf, als er das Couvert geöffnet und den Brief herausgenommen hatte. Aber er ging einer Täuschung entgegen, der Brief war von einer solchen Nüchternheit, daß er nur imstande war, ein Mißbehagen an die Stelle des anderen zu setzen.

Ich hatte vor, lieber Holk, so vermeldete Christine, Dir einen längeren Brief zu schreiben, aber Alfred, den Du für die Wochen Deiner Abwesenheit als Dein alter ego eingesetzt hast, ist eben von Arnewiek herübergekommen, und so gilt es denn, Deinem Stellvertreter Rapport abzustatten. Natürlich ist auch Schwarzkoppen mit da, was mir sehr lieb, aber doch auch wieder zeitraubend ist, und so muß ich mich denn kurz fassen und Dich hinsichtlich eingehenderer Mitteilungen bis auf weiteres vertrösten. Allzu groß wird Dein Verlangen danach nicht sein, denn ich weiß, daß Du Dich allemal von dem einnehmen läßt, was Dich unmittelbar umgibt. Und wenn das, was Dich umgibt, so schön ist wie die Frau Kapitän Hansen und so pikant wie das Fräulein Ebba, das nur leider

Deinen Abstammungserwartungen nicht ganz entsprochen hat, so wirst Du nach Mitteilungen aus unserem stillen Holkenäs, wo's schon ein Ereignis ist, wenn die schwarze Henne sieben Küchlein ausbrütet, nicht sonderlich begierig sein. Mit Schwarzkoppen hoffe ich das Thema, das Du kennst, endgültig erledigen zu können. Ich schreibe Dir darüber erst, wenn ganz bestimmte Festsetzungen getroffen sind, zu denen ich ja Deine Ermächtigung habe. Gesundheitlich geht alles gut. Der alte Petersen hatte vorgestern eine schlimme Ohnmacht, und wir dachten schon, es ginge zu Ende; er hat sich aber vollkommen wieder erholt und besuchte mich heute früh heiterer und aufgeräumter denn je. Hinter dem Wirtschaftshofe, zwischen dem kleinen Teich und der alten Pappelweide mit den vielen Krähennestern, will er graben lassen und ist sicher, etwas zu finden, Urnen oder Steingräber oder beides. Ich habe ihm ohne weiteres die Erlaubnis dazu erteilt, und Alfred, der Regente, wird, denk ich, zustimmen und Du auch. Meine gute Dobschütz hat wieder viel gehustet, aber Emser Brunnen und Molke haben wie gewöhnlich wahre Wunder getan. Axel ist frisch und munter, was wohl daran liegt, daß Strehlke mehr an Jagd als an Grammatik denkt. Ich laß es vorläufig gehen, aber es muß anders werden. Asta ist halbe Tage lang unten bei Elisabeth. Beide Kinder lieben sich zärtlich, was mich unendlich glücklich macht. Denn von Jugend auf gepflegte Herzensbeziehungen sind doch das Schönste, was das Leben hat. Gott sei Dank, daß ich mich darin einig mit Dir weiß. Wie immer Deine Christine.

Holk legte den Brief aus der Hand. »Was soll das? Ich erwarte Zärtlichkeiten und finde Sticheleien. Daß sie sich verklausulieren, macht die Sache nur noch schlimmer. ›Alfred, der Regente‹ und vorher ›so schön wie Frau Kapitän Hansen oder so pikant wie Fräulein Ebba‹, das wäre gerade genug. Aber die Schlußbetrachtung ist doch die Hauptsache, ›daß von Jugend auf gepflegte Herzensbeziehungen das Schönste sind‹. Alles wie Honig, der bitter schmeckt. Und dazu die Pensions- und Erziehungsfragen en vue. Vielleicht ist das der Punkt, der alles erklärt, und sie schlägt einen spöttisch herben Ton an, um mich einzuschüchtern und mehr freie Hand zu haben. Aber wahrhaftig, sie hätte nicht nötig, nach diesem Mittel zu greifen. Es geschieht doch, was sie will. Am liebsten freilich behielt' ich die Kinder um mich; sind sie fort, so hab ich nichts als eine furchtbar vorzügliche Frau, die mich bedrückt. Sie weiß das auch, und mitunter, glaub ich, wird ihr selber vor ihrer Vorzüglichkeit bange. Sollen die Kinder aber fort, und ich habe mich darin ergeben, so macht es mir keinen Deut, ob sie nach Gnadenau oder nach Gnadenberg oder nach Gnadenfrei kommen, ein bißchen Gnade wird wohl immer dabeisein. Für Asta mags ohnehin passieren: warum nicht? Und Axel? Nun, meinetwegen auch der; der ist ein Holk, und wenn er vorläufig auch ganz

verherrnhutert und Missionar wird und in Grönland vielleicht ein Trienni-
um durchmacht, er wird sich schon wieder erholen.«

Achtzehntes Kapitel

Das Wetter schlug um, und es folgten mehrere Regentage. Die Prinzessin hielt sich zurückgezogen, und flüchtige Begegnungen abgerechnet, sah sie Holk nur abends, wo man, nach einer Partie Whist, den Tee
gemeinschaftlich einnahm. In dem Verkehr änderte sich nichts, am wenigsten zwischen Holk und Ebba. Diese wurde vielmehr mit jedem Tage
kecker und übermütiger, und als ihr klar war, daß Pentz über die Stockholmer Vorgänge geplaudert haben müsse, machte sie selber Andeutungen nach dieser Seite hin und sprach über Liebesverhältnisse, besonders aber über Liebesverhältnisse bei Hofe, wie wenn das nicht bloß
statthafte, sondern geradezu pflichtmäßige Dinge wären. »Es gibt sovIel
Formen des Lebens«, sagte sie, »man kann Gräfin Aurora Schimmelmann und man kann Ebba Rosenberg sein; ein jedes hat seine Berechtigung, aber man darf nicht beides zugleich sein wollen.« Holk, einigermaßen frappiert, sah sie halb erheitert und halb erschreckt an, Ebba
aber fuhr fort: »Es gibt viele Maßstäbe für die Menschen, und einer der
besten und sichersten ist, wie sie sich zu Liebesverhältnissen stellen. Da
gibt es Personen, die, wenn sie von einem Rendezvous oder einem Bil-
letdoux hören, sofort eine Gänsehaut verspüren; was mich persönlich
angeht, so fühl ich mich frei von dieser Schwäche. Was wäre das Leben
ohne Liebesverhältnisse? Versumpft, öde, langweilig. Aber verständnis-
und liebevoll beobachten, wie sich aus den flüchtigsten Begegnungen
und Blicken etwas aufbaut, das dann stärker ist als der Tod – oh, es gibt
nur eines, das noch schöner ist, als es zu beobachten, und das ist, es zu
durchleben. Ich bedaure jeden, dem der Sinn dafür fehlt oder der, wenn
er ihn besitzt, sich nicht offen und freudig dazu bekennt. Wer den Mut
einer Meinung hat, wird auch immer ein paar zustimmende Herzen finden, und schließlich genügt es, wenn es eines ist.« Es verging kein
Abend, wo nicht derlei Worte fielen, gegen die sich Holk, mit freilich immer schlechterem Erfolg, eine Weile zu wehren suchte. Mit jedem Tage
wurd ihm klarer, wie richtig und zutreffend Pentz über die Macht soge-
nannter pikanter Verhältnisse gesprochen hatte, Verhältnisse, denen etwas hinzuzutun den Weibern oft geratener erscheine, als Abzüge davon
zu machen. Ja, Pentz hatte recht, und mit einem ganz eigenen Mischge-
fühl von Behagen, Ärger und Bangen nahm er mehr und mehr wahr, wie
das Fräulein mit ihm spielte. Das sah aber freilich auch die Prinzessin
und beschloß, mit Ebba darüber zu sprechen.

»Ebba«, sagte sie, »Holk ist nun vierzehn Tage lang um uns, und ich möchte wohl hören, wie du über ihn denkst. Ich habe Vertrauen zu deinen guten Augen...«

»In Politik?«

»Ach, Schelmin, du weißt, daß mir seine Politik gleichgültig ist, sonst wär er überhaupt nicht in meinem Dienst. Ich meine seinen Charakter, und ich möchte fast hinzusetzen sein Herz.«

»Ich glaube, er hat ein gutes schwaches Herz.«

Die Prinzessin lachte. »Gewiß, das hat er. Aber damit kommen wir nicht weiter. Also sage mir etwas über seinen Charakter. Der Charakter ist wichtiger als das Herz. Es kann jemand ein schwaches Herz haben, aber doch zugleich einen starken Charakter, weil er Grundsätze hat. Und dieser starke Charakter kann ihn dann retten.«

»Dann ist Holk verloren«, lachte Ebba. »Denn ich glaube, sein Charakter ist noch viel schwächer als sein Herz; sein Charakter ist das recht eigentlich Schwache an ihm. Und was das schlimmste ist, er weiß es nicht einmal. Weil er wie ein Mann aussieht, so hält er sich auch dafür. Aber er ist bloß ein schöner Mann, was meist soviel bedeutet wie gar keiner. Alles in allem, er hat nicht die rechte Schule gehabt und seine bescheidenen Talente nicht nach der ihm entsprechenden Seite hin entwickeln können. Er mußte Sammler werden oder Altertumsforscher oder Vorstand eines Asyls für gefallene Mädchen oder auch bloß Pomologe.«

»Nun, nun«, sagte die Prinzessin, »das ist viel auf einmal. Aber sprich nur weiter.«

»Er ist unklar und halb, und diese Halbheit wird ihn noch in Ungelegenheiten bringen. Er geriert sich als Schleswig-Holsteiner und steht doch als Kammerherr im Dienst einer ausgesprochen dänischen Prinzessin: er ist der leibhafte genealogische Kalender, der alle Rosenberge, den Filehner Zweig abgerechnet, am Schnürchen herzuzählen weiß, und spielt sich trotzdem auf Liberalismus und Aufklärung aus. Ich kenn ihn noch nicht lange genug, um ihn auf all seinen Halbheiten ertappt zu haben, aber ich bin ganz sicher, daß sie sich auf jedem Gebiete finden. Ich bezweifle zum Beispiel keinen Augenblick, daß er jeden Sonntag in seiner Dorfkirche sitzt und jedesmal aus seinem Halbschlummer auffährt, wenn die Glaubensartikel verlesen werden, aber ich bezweifle, daß er weiß, was drinsteht, und wenn er's weiß, so glaubt er's nicht. Trotzdem aber schnellt er in die Höh oder vielleicht auch gerade deshalb.«

»Ebba, du gehst zu weit.«

»O durchaus nicht. Ich will vielmehr eine noch viel gewichtigere Halbheit nennen. Er ist moralisch, ja beinah tugendhaft und schielt doch begehrlich nach der Lebemannschaft hinüber. Und diese Halbheit ist die schlimmste, schlimmer als die Halbheit in den sogenannten großen Fragen, die meistens keine sind.«

»Nur zu wahr. Aber hier, liebe Ebba, hab ich dich just da, wo ich dich haben und halten will. Er schielt begehrlich nach der Lebemannschaft hinüber, sagst du. Leider hast du's damit getroffen; ich seh es mit jedem Tage mehr. Aber weil er diese Schwäche hat, müssen wir ihm goldene Brücken bauen, nicht zum Angriff, wohl aber zum Rückzug. Du darfst ihm nicht, wie du jetzt tust, unausgesetzt etwas irrlichterlich vorflackern. Er ist schon geblendet genug. Solange er hier ist, mußt du dein Licht unter den Scheffel stellen. Ich weiß wohl, daß das viel gefordert ist, denn wer ein Licht hat, der will es auch leuchten lassen; aber du mußt mir das Opfer bringen, und wenn es dir schwerfällt, so behalte zu deinem Trost im Auge, daß seines Bleibens hier nicht ewig sein wird. Um Neujahr geht er zurück, und haben wir erst wieder, wohl oder übel, unsere alte Trias um uns her, so tu, was du willst, heirate Pentz oder mache mit Erichsen oder gar mit Bille, dessen Masern doch mal ein Ende nehmen müssen, eine Eskapade, mir soll es recht sein. Vielleicht verdrängst du auch noch die Gräfin, ich meine nicht die Holk, sondern die Danner, und das wäre vielleicht das Beste.«

Ebba schüttelte den Kopf. »Das darf nicht sein, die Danner verdrängen, da wär ich nicht mehr die dankbar ergebene Dienerin meiner gnädigsten Prinzessin.«

»Ach Ebba, sprich nicht so, du täuschst mich dadurch nicht. Ich habe soviel Dank von dir, wie dir gerade paßt. Ich tu auch nichts um Dankes willen. Das Undankbarste, weil Unklügste, was es gibt, ist Dank erwarten. Aber das mit Holk, das überlege.«

»Verzeihung, gnädigste Prinzessin. Aber was soll ich überlegen? Solang ich denken kann, heißt es: ›ein Mädchen soll sich selber schützen‹ und ist auch recht so; man muß es können. Und wer es nicht kann, nun, der will es nicht. Also gut, wir sollen uns schützen. Aber was ist ein junges Mädchen gegen einen ausgewachsenen Grafen von fünfundvierzig, der jeden Tag ein Enkelkind über die Taufe halten kann. Wenn sich wer selber schützen muß, so ist es ein Graf, der, glaub ich, siebzehn Jahre verheiratet ist und eine tüchtige und ausgezeichnete Frau hat und eine sehr hübsche dazu, wie mir Pentz erst heute noch versicherte.«

»Gerade dieser Frau halber ist es, daß ich in dich dringe...«

»Nun, wenn gnädigste Prinzessin befehlen, so werd ich zu gehorchen suchen. Aber bin ich die richtige Adresse? Nun und nimmermehr. Holk ist es. Er ist seiner Frau Treue schuldig, nicht ich, und wenn er diese nicht hält, so kommt es auf ihn und nicht auf mich. Soll ich meines Bruders Hüter sein?«

»Ach, daß du recht hast«, sagte die Prinzessin und fuhr mit der Hand über das blonde Wellenhaar Ebbas. »Aber wie's auch sei, du weißt, man beobachtet uns, weil wir unsrerseits auch alles beobachten, und ich möchte nicht gern, daß wir uns vor dem König und seiner Gräfin eine Blöße gäben.«

An dem dienstfreien Tage, der diesem Gespräche folgte, hatte Holk vor, allerlei Briefschulden abzutragen.

Vor ihm lag die ganze Korrespondenz der letzten vierzehn Tage, darunter auch Briefe der Gräfin. Er überflog sie, was nicht viel Zeit in Anspruch nahm, da ihrer nur wenige waren, und dann, als letztes, ein neues Telegramm, darin sie sich entschuldigte, seit vier Tagen nicht geschrieben zu haben. Das war alles, und so wenig es dem Umfange nach war, so wenig war es inhaltlich. Es verdroß ihn, weil er der Frage, wer eigentlich die Schuld trage, klüglich aus dem Wege ging. Er sagte sich nur, und dazu war er freilich berechtigt, daß es früher sehr anders gewesen sei. Früher, ja noch bei seiner letzten Anwesenheit in Kopenhagen, waren die zwischen ihnen gewechselten Briefe wahre Liebesbriefe gewesen, in denen, aller Meinungsverschiedenheiten unerachtet, die große Neigung, die sie bei jungen Jahren füreinander gehegt hatten, immer wieder zum Ausdruck gekommen war. Aber diesmal fehlte jede Zärtlichkeit, alles war frostig, und wenn ein Scherz versucht wurde, so war ihm etwas Herbes oder Spöttisches beigemischt, das ihm alles Erquickliche nahm. Ja, so war es leider, und doch mußte geschrieben werden. Aber was? Er sann noch hin und her, als die Hansen eintrat und ihm Briefe behändigte, die der Postbote eben gebracht hatte. Zwei davon waren Kopenhagener Stadtbriefe, der dritte, von Christinens Handschrift, hatte nicht das gewöhnliche Format und statt des Poststempels Glücksburg den Poststempel Hamburg. Holk war einen Augenblick überrascht, erriet aber den Zusammenhang der Dinge, noch eh er geöffnet hatte. »Natürlich, Christine macht ihre Pensionsreise.« So war es denn auch wirklich, und was sie schrieb, war das Folgende.

Hamburg, Streits Hotel,

den 14. Oktober 59

Lieber Holk. Mein Telegramm, in dem ich mich wegen meines mehrtägigen Schweigens entschuldigte, wirst Du erhalten haben. Nun siehst Du schon aus dem Poststempel, was die Veranlassung zu diesem Schweigen war: ich war in Reisevorbereitungen, die, trotz der Hilfe meiner guten Dobschütz und trotzdem ich alles auf das bloß Nötigste beschränkte, meine ganze Kraft in Anspruch nahmen. Wir fuhren bis Schleswig zu Wagen, von da per Bahn, und seit heute mittag sind wir hier in Streits Hotel, an das uns so viele freundliche Erinnerungen knüpfen. Wenn Dir an solchen Erinnerungen noch liegt! Ich habe Zimmer im zweiten Stock genommen, Blick auf das Bassin, seinen Pavillon und seine Brücken, und habe mich, als die Dämmerung kam, in das Fenster gelegt und das schöne Bild, wie früher, auf mich wirken lassen. Nur Asta war bei mir, Axel in die Stadt gegangen; er wollte mit Strehlke, der uns bis hierher begleitet hat, erst nach der Uhlenhorst und dann zu Rainvilles. Von da dann nach Ottensen, um sich Meta Klopstocks Grab anzusehen. Ich habe gern zugestimmt, weil ich weiß, daß solche Momente bleiben und das Leben vertiefen. Und das wäre nun wohl der Zeitpunkt, Dich wissen zu lassen, welche Beschlüsse, nach nochmaliger eingehender Beratung, hinsichtlich der Kinder von mir gefaßt wurden. Auch Alfred stimmte bei, wenn er auch die Bedeutung der Frage bestritt. Asta natürlich nach Gnadenfrei. Daß es füglich nicht anders kommen konnte, damit wirst auch Du Dich vertraut gemacht haben. Ich habe glückliche Jahre dort verbracht, ich sage nicht, die glücklichsten (Du weißt, welche Jahre mir die glücklichsten waren), und ich wünsche meinem Kinde das gleich beneidenswerte Los, die gleich harmonische Jugend. Was Axel angeht, so hab ich mich, auf Schwarzkoppens Rat, für das Bunzlauer Pädagogium entschieden. Es hat den besten Ruf und bleibt in der Strenge der Grundsätze hinter den thüringischen Lehranstalten nicht zurück, läßt aber diese Strenge da fallen, wo nicht Prinzipien in Frage kommen. Strehlke, der erst nach Malchin wollte, wird nun bei seinem Bruder in Mölln vikarieren; in den großen Ferien hat er mir versprechen müssen unser Gast zu sein und sich um Axel zu kümmern. Er ist ein guter Mensch und wäre vorzüglich, wenn er, eh er seine Studien in Berlin abschloß, die vorhergehenden Jahre, statt in Jena, lieber in Halle verbracht hätte. Das Jenasche, mit seinen Einflüssen, ist nie ganz wieder zu tilgen. Ich wüßte nicht, was ich hinsichtlich der Kinder diesen Zeilen noch hinzuzusetzen hätte. Vielleicht das eine, daß mich eine gewisse Freudigkeit an ihnen schmerzlich überraschte, als es feststand, daß sie das elterliche Haus verlassen sollten. Der aller Jugend angeborne Hang nach dem Neuen, nach einem Wechsel der Dinge, scheint mir dabei nicht mitzusprechen oder wenigstens nicht allein. Aber wenn es das nicht ist, was dann? Haben wir es doch vielleicht an etwas in unserer Liebe fehlen lassen? Oder sehnten sich die Kinder danach, aus dem Widerstreit der Meinungen, davon sie nur allzuoft Zeuge waren, herauszukommen? Ach, lieber Holk, ich hätte diesen Widerstreit gern vermieden, aber es wollte mir nicht gelingen, und so wählte ich das, was ich für das kleinere Übel hielt. Ich mag dadurch manches verscherzt haben, aber ich habe getan, was mir mein Gewissen vorschrieb, und lebe der Überzeugung, daß Du bereit bist, mir dies Zugeständnis zu machen. Meine Reise wird mich nicht länger als fünf oder sechs Tage von Haus fernhalten, und etwa am 20. hoffe ich in Holkenäs zurück zu sein, wo unterdessen meine gute Dobschütz das Regiment führt. Sprich der Prinzessin, die sich meiner so gnädig erinnert, meine Devotion aus, und empfiehl mich Pentz und dem Fräulein v. Rosenberg, wennschon ich Dir bekenne, daß sie meine Sympathien nicht hat. Ich liebe nicht diese freigeistigen Allüren. Ich sehne das neue Jahr herbei, wo ich Dich, vielleicht schon am Silvesterabend, wiederzusehen hoffe. Laß die diesmaligen Kopenhagener Tage Deine letzten in der Hauptstadt sein, wenigstens in der Stellung, die Du jetzt darin einnimmst. Wozu diese Dienstlichkeiten, wenn man frei sein kann?

In aller Liebe

Deine Christine«

Holk fühlte sich, als er gelesen, einer gewissen Rührseligkeit hingegeben. Es war so viel Liebes in dem Briefe, daß er alte Zeiten und altes Glück wieder heraufsteigen fühlte. Sie war doch die Beste. Was bedeutete daneben die schöne Brigitte? Ja, was bedeutete daneben selbst Ebba? Ebba war eine Rakete, die man, solange sie stieg, mit einem staunenden »Ah« begleitete, dann aber war's wieder vorbei, schließlich doch alles nur Feuerwerk, alles künstlich; Christine dagegen war wie das einfache Licht des Tages. Und diesem Gefühle hingegeben, überflog er den Brief noch einmal. Aber da schwand es wieder, alle freundlichen Eindrücke waren wieder hin, und was er heraushörte, war nur noch, oder doch sehr vorwiegend, der Ton der Rechthaberei. Und so kamen ihm denn auch die hundertmal gemachten Betrachtungen wieder. »Oh, diese tugendhaften Frauen; immer erhaben und immer im Dienste der Wahrhaftigkeit. Es mag ihnen auch so ums Herze sein. Aber ohne betrügen zu wollen, betrügen sie sich selbst, und nur eines ist gewiß: das Schrecknis ihrer Vorzüglichkeit.«

Neunzehntes Kapitel

Vier Wochen waren seitdem vergangen, und Mitte November war heran. Holk hatte sich kopenhagensch eingelebt, nahm teil an dem kleinen und großen Klatsch der Stadt und dachte mitunter nicht ohne Bangen daran, daß in abermals sechs Wochen das eintönige Leben auf Holkenäs wieder in Aussicht stehe. Die Briefe, die von dorther eintrafen, waren nicht geeignet, ihn andren Sinnes zu machen; Christine, seit sie von der Pensionsreise zurück war, schrieb zwar regelmäßiger und unterließ sogar alle verdrießlichen Betrachtungen; aber eine gewisse Nüchternheit blieb und vor allem der doktrinäre Ton, der ihr nun einmal eigen war. Und gerade dieser Ton, mit seiner Beigabe von Unfehlbarkeit, war es, wogegen Holk sich innerlich immer wieder auflehnte; Christine war in allem so sicher; was stand denn aber fest? Nichts, gar nichts, und jedes Gespräch mit der Prinzessin oder gar mit Ebba war nur zu sehr dazu angetan, ihn in dieser Anschauung zu bestärken. Alles war Abkommen auf Zeit, alles jeweiliger Majoritätsbeschluß; Moral, Dogma, Geschmack, alles schwankte, und nur für Christine waren alle Fragen gelöst, nur Christine wußte ganz genau, daß die Prädestinationslehre falsch und zu verwerfen und die kalvinistische Abendmahlsform ein »Affront« sei; sie wußte mit gleicher Bestimmtheit, welche Bücher gelesen und nicht gelesen, welche Menschen und Grundsätze gesucht und nicht gesucht werden müßten, und vor allem wußte sie, wie man Erziehungsfragen zu behandeln habe. Gott, wie klug die Frau war! Und wenn sie dann wirklich einmal zugab, eine Sache nicht zu wissen, so begleitete sie dies Zugeständnis mit einer Miene, die nur zu deutlich ausdrückte: solche Dinge braucht man auch nicht zu wissen.

In dieser Richtung gingen Holks Betrachtungen, wenn er des Morgens von seinem Fenster aus auf die stille Dronningens-Tvergade herniedersah, die, so still sie war, doch immer noch einen lebhaften Verkehr hatte, verglichen mit der einsamen Fahrstraße, die von Schloß Holkenäs nach Dorf Holkeby hinunterführte. Und wenn er so sann und dachte, dann klopfte es, und die Witwe Hansen oder auch wohl die schöne Brigitte trat ein, um den Frühstückstisch abzuräumen, und war es die gesprächige Witwe, so war er ganz Ohr bei allem, was sie sagte, und war es die schweigsame Brigitte, so war er ganz Auge und ihrem Bilde hingegeben. Es lag etwas in diesem Verkehr, das, trotzdem beide Frauen, und besonders Brigitte, keineswegs interessant waren, unsren Holk doch immer wieder anregte, wenngleich er in der Hansenfrage längst klarsah und von Geheimnisvollem keine Rede mehr sein konnte. Der Kaiser von Siam war immer unsicherer, der »Sicherheitsbeamte« dagegen immer sicherer geworden; alles war genauso, wie's Pentz erzählt, indessen die Dehors blieben gewahrt und ebenso die kleinen Aufmerksamkeiten, die beide dem Holkschen Geschmack geschickt anzupassen wußten, und so kam es denn, daß dieser den allmorgendlichen Begegnungen mit Mutter und Tochter mit einer Art Behagen entgegensah, besonders seit er fühlte, daß diese Begegnungen aufgehört hatten, irgendwie gefährlich für ihn zu sein. Ob er sich bewußt war, worin dies Aufhören aller Gefahr eigentlich wurzelte? Vielleicht sah er persönlich nicht klar darin, aber andre sahen nur zu deutlich, daß es Ebba war.

In der Politik ging inzwischen alles ruhig seinen Gang. Erst für Anfang Dezember war ein neuer Ansturm geplant, hinsichtlich dessen die Meinung der Prinzessin dahin lautete, daß für diesmal, und zwar aus Klugheit, dem Ansturme nachzugeben sei; im selben Augenblicke, wo Hall gehe, werde das Land auch schon einsehen, was es an ihm gehabt habe. Dieser Ansicht schloß sich der prinzliche Hof natürlich an, und Holk war eben im Begriff, in eben diesem Sinne an Christine zu schreiben und ihr die staatsmännische Bedeutung Halls auseinanderzusetzen, als Pentz eintrat.

»Nun, Pentz, was gibt mir so früh schon die Ehre...«

»Große Neuigkeit.«

»Louis Napoleon tot?«

»Wichtiger.«

»Nun, dann muß das Tivoli abgebrannt oder die Nielsen katarrhalisch affiziert sein.«

»Es hält sich zwischen beiden: wir gehen morgen nach Frederiksborg.«

»Wir? wer sind ›wir‹?«

»Nun, die Prinzessin und alles, was ihr zugehört.«

»Und morgen schon?«

»Ja. Die Prinzessin ist nicht für Halbheiten, und wenn sie etwas vorhat, so müssen Plan und Ausführung wo möglich zusammenfallen. Ich bekenne, daß ich lieber hiergeblieben wäre. Sie kennen Frederiksborg noch nicht, weil Sie sich als dänischer Kammerherr der Aufgabe, dänische Schlösser nicht kennenzulernen, mit einer merkwürdigen Nachhaltigkeit unterzogen haben. Und weil Sie Frederiksborg noch nicht kennen, so können Sie's drei Tage lang dort aushalten oder im Studium von allerlei Krimskrams, von Perückenbildern und Runensteinen, auch wohl drei Wochen lang. Denn es gibt manches derartige da zu sehen: einen Elfenbeinkamm von Thyra Danebod, einen Haarbüschel à la Chinoise von Gorm dem Alten und einen eigentümlich geformten Backzahn, in betreff dessen die Gelehrten sich streiten, ob er von König Harald Blauzahn oder von einem Eber der Alluvialperiode herstammt. Ich persönlich bin für das erstere. Denn was heißt Eber? Eber ist eigentlich gar nichts, schon deshalb nicht, weil die historische Notiz im Katalog immer die Hauptsache bleibt und über einen Eber meistens nur sehr wenig, über einen halb sagenhaften Seekönig aber sehr viel zu sagen ist. Ich bin Ihres Interesses für derlei Dinge ziemlich sicher, und als Genealoge werden Sie die Harald Blauzahnschen Verwandtschaftsgrade zu Ragnar Lodbrock oder vielleicht sogar zu Rolf Krake feststellen können. Also für Sie, Holk, ist am Ende gesorgt. Aber was mich angeht, ich bin nun mal mehr für Lucile Grahn und für Vincent und, wenn es nicht anders sein kann, selbst für eine ganz alltägliche Harlekin-Pantomime.«

»Glaubs«, lachte Holk.

»Ja, Sie lachen, Holk. Aber wir sprechen uns wieder. Ich redete da vorhin was von drei Wochen: nun ja, drei Wochen mögen gehen, aber sechs und richtig gerechnet beinah sieben – denn die Prinzessin schenkt einem keine Stunde und hat kein Fiduzit zum neuen Jahr, wenn sie das alte nicht in Frederiksborg zu Grabe geläutet hat –, sieben Wochen, sag ich, das ist mutmaßlich auch für Sie zuviel, trotzdem Pastor Schleppegrell ein Charakter und sein Schwager Doktor Bie eine komische Figur ist. Mißverstehen Sie mich übrigens nicht, ich weiß recht gut, was ein

Charakter, und noch mehr, was eine komische Figur unter Umständen wert ist: aber für sieben Wochen ist das alles zuwenig. Und wenn es nicht schneit, so regnet es, und wenn Regen und Schnee versagen, so stürmt es. Ich habe schon viele Windfahnen quietschen und viele Dachrinnen und Blitzableiter klappern hören, aber solch Geklapper wie in Frederiksborg gibt es nirgends mehr in der Welt. Und hat man Glück, so spukt es auch noch, und ist es keine tote Prinzessin, so ist es eine lebendige Kammerfrau oder eine Hofdame mit wasserblauen Stechaugen...«

»Ach, Pentz, daß Sie nichts sprechen können, ohne dem armen Fräulein einen Tort anzutun. Denn die Hofdame mit den Stechaugen, das soll doch natürlich die Rosenberg sein. Wären Sie nicht fünfundsechzig und wüßt ich nicht, daß Sie zu andern Göttern schwören, ich glaubte wahrhaftig, Sie wären in Ebba verliebt.«

»Das überlasse ich andern.«

»Erichsen?«

»Versteht sich, Erichsen.« Und er lachte herzlich.

Tags darauf; gerad um die Mittagsstunde, hielten zwei Wagen vor dem Palais der Prinzessin, deren Dienerschaft mitsamt dem Gepäck schon eine Stunde vorher, und zwar unter Benutzung der nach Helsingör führenden Eisenbahn, aufgebrochen war. Man verteilte sich in den zwei Wagen wie damals auf der Rückfahrt von der Eremitage her, im ersten Wagen saß die Prinzessin mit der Schimmelmann und Ebba, im zweiten die drei Herren. Es war ein sonnenloser Tag, und graue mächtige Wolkenmassen zogen am Himmel hin. Aber der Ton, den diese Wolkenmassen der Landschaft gaben, ließ den Reiz derselben nur um so größer erscheinen, und als man den Furesee, der etwa halber Weg war, an seinem Ufer hin passierte, hob sich Ebba von ihrem Sitz und konnte sich nicht satt sehen an der stahlfarbenen leisegekräuselten Fläche, die die drüberhin fliegenden Möwen mit ihren Flügeln fast berührten. Das Ufer stand in dichtem und weit in den See hineinwachsendem Schilf, und nur dann und wann kamen Weiden, deren blätterlose Zweige bis tief herab hingen. An der andern Seite des Sees aber zog sich ein dunkler Waldstrich, drüber ein Kirchturm aufragte. Dazu tiefe Stille, nur unterbrochen, wenn aus dem Walde ein vereinzelter Schuß fiel oder das Gerassel des auf tausend Schritt Entfernung vorüberfahrenden Eisenbahnzuges hörbar wurde.

Ebba machte diese Fahrt zum ersten Mal. »Ich kenne den Süden nicht«, sagte sie, »aber er kann nicht schöner sein als das hier. Alles wirkt so geheimnisvoll, als berge jeder Fußbreit Erde eine Geschichte oder ein Geheimnis. Alles ist wie Opferstätte, gewesene oder vielleicht auch noch gegenwärtige, und die Wolken, die so grotesk drüber hinziehn – es ist, als wüßten sie von dem allen.«

Die Prinzessin lachte. »Daß ich ein so romantisches Fräulein um mich habe! Wer hätte das gedacht; meine gute Rosenberg mit ossianischen Anwandlungen! Oder, um ein Wortspiel zu wagen, meine Ebba auf Edda-Wegen.«

Ebba lächelte, weil sie sich in ihrer romantischen Rolle selber ein wenig fremd vorkommen mochte: die Prinzessin aber fuhr fort: »Und das alles schon angesichts dieses Furesees, der doch eigentlich nur ein See ist wie hundert andre; was steht uns da noch bevor, wenn wir erst in Frederiksborg an unserem Reiseziel sein werden, den Esromsee zur Rechten und den Arresee zur Linken, den großen Arresee, der schon Verbindung hat mit dem Kattegat und dem Meer. Und er friert auch nie zu, die Schmalungen und die Buchten abgerechnet. Aber was spreche ich von den Seen, die Hauptsache bleibt doch immer das Schloß selbst, mein liebes, altes Frederiksborg, mit seinen Giebeln und Türmen und seinen hundert Wunderlichkeiten an jedem Tragstein und Kapitell. Und wo sich andre Schlösser mit einem einfachen Abzugsrohr begnügen, da springt in Frederiksborg die Dachrinne zehn Fuß weit vor, und an ihrem Ausgange sitzt ein Basilisk mit drei Eisenstäben im weitgeöffneten Rachen, und an den Stäben vorbei schießt das Wasser auf den Schloßhof. Und wenn dann das Wetter wechselt und der Vollmond blank und grell darübersteht und alles so unheimlich still ist und das ganze höllische Getier aus allen Ecken und Vorsprüngen einen anstarrt, als ob es bloß auf seine Zeit warte, da kann einem schon ein Grusel kommen. Aber dieser Grusel ist es gerade, der mir das Schloß so lieb macht.«

»Ich dachte, Frederiksborg wäre eins von den ›guten Schlössern‹, ein Schloß ohne Spuk und Gespenster, weil ohne Blut und Mord und vielleicht überhaupt ohne große Schuld und Sünde.«

»Nein, da hoffst du mehr, als dir mein schönes Frederiksborg erfüllen kann. Ohne Blut und Mord, das möchte sein. Aber ohne Schuld und Sünde! Meine liebe Ebba, was lebt zweihundert Jahr ohne Schuld und Sünde! Mir schwebt gerade nichts vor, nichts, wo man schaudert und klagt, aber an Schuld und Sünde wird's nicht gefehlt haben.«

»Ich möchte doch beinah widersprechen dürfen, gnädigste Prinzeß«, sagte hier die Schimmelmann. »Ebba, denk ich, hat recht, wenn sie von einem ›guten Schlosse‹ spricht. Unser liebes Frederiksborg ist doch eigentlich nur ein Museum, und ein Museum, denk ich, ist immer das Allerunschuldigste ...«

»... was es gibt«, lachte die Prinzessin. »Ja, das sagt man und ist auch wohl die Regel. Aber es gibt auch Ausnahmen. Altar, Sakristei, Grab und natürlich auch Museum – alles kann entheiligt werden, alles hat seine

Sakrilegien erlebt. Und dann bleibt auch immer noch die Frage, was ein Museum alles beherbergt und aufweist. Da gibt es oft wunderliche Dinge, von denen ich nicht sagen möchte, sie seien unschuldig. Oder zum mindesten sind sie trüb und traurig genug. Als ich noch eine junge Prinzessin war, war ich einmal in London und habe da das Beil gesehen, womit Anna Bulen hingerichtet wurde. Das war auch in einem Museum, freilich im Tower, aber das ändert nicht viel; Museum ist Museum. Im übrigen, wir wollen unserer lieben Ebba nicht unser schönstes Schloß verleiden, unser schönstes und mein Lieblingsschloß dazu, denn ich habe, durch viele Jahre hin, immer gute Tage darin verlebt. Und wie's auch sein mag, gruselig und gespenstig oder nicht, du, liebe Ebba, sollst es wenigstens sicher darin haben, denn ich habe mich für deine Unterbringung im Turm entschieden.«

»Im Turm?«

»Allerdings im Turm, aber nicht in einem Turm mit Schlangen. Denn unter dir wird dein schwedisches Mädchen wohnen und über dir Holk. Ich denke, das wird dich beruhigen. Und jeden Morgen, wenn du ans Turmfenster trittst, hast du den schönsten Blick auf See und Stadt und auf den Schloßhof und alles, was ihn umgibt, und wenn sich meine Wünsche erfüllen, so sollst du glückliche Stunden in deinem Turmverlies verleben... Ich weiß auch schon, was ich dir als Julklapp beschere.«

Während sie noch so sprachen, waren sie bereits bis weit über die Nordostecke des Furesees hinaus und näherten sich auf der fast gradlinigen Chaussee, deren Ebereschenbäume hier und da noch in roten Fruchtbüscheln standen, mehr und mehr dem Ziel ihrer Reise Schloß Frederiksborg. Was zunächst sichtbar wurde, war freilich nicht das Schloß selbst, sondern das dem Schlosse vorgelegene Städtchen Hilleröd, und als sie bis dicht heran waren und schon zwischen den Mühlen und Scheunen des Städtchens hinfuhren, begann ein schwaches Schneetreiben. Aber eine Brise, die sich plötzlich aufmachte, vertrieb die Schneeflocken wieder, und als der Wagen der Prinzessin auf den Hilleröder Marktplatz hinauffuhr, klärte sich's mit einem Mal auf, und ein Stück blauer Himmel wurde sichtbar, darunter ein verblassendes Abendrot. Inmitten dieses Abendrots aber stand das hohe, turmreiche Schloß Frederiksborg und spiegelte sich still und märchenhaft in einem kleinen vorgelegenen See, der den schmalen Raum zwischen dem Städtchen und dem Schloß ausfüllte. Hinter dem Schlosse lag der Park, der mit einigen vorgeschobenen Bäumen von links und rechts her bis an den See herantrat, herrliche Platanen, deren vom Herbstwind abgeschüttelte Blätter zahlreich auf der stillen Seefläche trieben. Inzwischen war auch der zweite Wagen herangekommen, und Holk, der sich, weil auf Landfahrten alles erlaubt sei, wohlweislich den Platz neben dem Kutschersitz gewählt hatte, sprang jetzt herab, um an den Wagenschlag der Prinzessin zu treten und ihr auszusprechen, wie ländlich idyllisch dieser Marktplatz und wie schön der Anblick des Schlosses sei, Worte, die der Prinzessin sichtlich wohltaten und einer gnädigen Antwort gewiß gewesen wären, wenn nicht im selben Augenblicke, von einem dem Platz zunächstgelegenen Hause her, ein andrer Herr ebenfalls an den Wagenschlag der Prinzessin herangetreten wäre. Dieser andre war Pastor Schleppegrell von Hilleröd, ein stattlicher Fünfziger, der seine Stattlichkeit durch seinen langen Predigerrock noch um ein erhebliches gesteigert sah. Er küßte der Prinzessin die Hand, aber mit mehr Ritterlichkeit als Devotion, und betonte dann seine Freude, seine Gönnerin wiederzusehen.

»Sie wissen, daß es ohne Sie nicht geht«, sagte die Prinzessin, »und ich habe hier auf Ihrem immer noch entsetzlich zugigen Marktplatz (denn es weht wieder von allen vier Seiten her) bloß halten lassen, um mich Ihres Besuches, und zwar für heut abend noch, zu versichern... Aber ich vergesse, die Herren miteinander bekannt zu machen, Pastor Schleppegrell, Graf Holk...«

Beide verneigten sich.

»Und seien Sie, lieber Pastor, bei Geduld und guter Laune. Graf Holk ist übrigens Genealog, also Bruchstück eines Historikers, und wird Ihnen als solcher, und als ein vorzüglicher Frager, der er ist, Gelegenheit zu gelehrter Unterhaltung bieten. Denn man unterhält sich am besten, wenn man gefragt wird und antworten kann. Daß ich selber neugierig bin, wissen Sie; für etwas Beßres mag ich meine Fragelust nicht ausgeben. Und bringen Sie die liebe Frau mit. In Hilleröd und Frederiksborg schmeckt mir der Tee nur, wenn ihn mir meine liebe Freundin aus dem Pastorhause präsentiert. Ja, Ebba, das ist nun mal so, darin mußt du dich finden und darfst nicht eifersüchtig sein. Aber ich ertappe mich wieder auf einer zweiten Unterlassungssünde: Pastor Schleppegrell, Fräulein Ebba von Rosenberg.«

Der Pastor begrüßte das Fräulein und versprach nicht nur zu kommen, sondern auch seine Frau mitzubringen, und gleich danach setzte sich die Fahrt vom Marktplatz aus nach dem Schlosse hin fort, nachdem Holk, der Aufforderung der Prinzessin gehorchend, für die verbleibende kurze Strecke den Rücksitz des Wagens eingenommen hatte. Hier saß er neben Ebba, der Schimmelmann gegenüber, und fühlte sich angeregt genug, um noch den Versuch einer Konversation zu machen.

»Pastor Schleppegrell hat etwas Imponierendes in seiner Erscheinung und dabei doch eine Gemütlichkeit, die das Imponierende wieder dämpft. Ich habe wenig Menschen so ruhig und so sicher mit einer Prinzessin sprechen sehen. Ist er ein Demokrat? Oder ein Dissenter-General?«

»Nein«, lachte die Prinzessin. »Schleppegrell ist kein Dissenter-General, aber er ist freilich der Bruder eines wirklichen Generals, der

Bruder von General Schleppegrell, der bei Idstedt fiel. Vielleicht zu rechter Zeit. Denn de Meza übernahm das Kommando.«

»Ah«, sagte Holk. »Also daher.«

»Nein, lieber Holk, auch nicht daher; ich muß leider noch einmal widersprechen. Das, was Sie ›seine Sicherheit‹ nennen hat einen ganz andern Grund. Er kam mit zwanzig Jahren an den Hof, als Lehrer, sogar als Religionslehrer, verschiedener junger Prinzessinnen, und das andre können Sie sich denken. Er hat zu viel junge Prinzessinnen gesehen, um sich durch alte noch Imponieren zu lassen. Übrigens sind wir ihm und seiner klugen Zurückhaltung zu großem Danke verpflichtet, denn es lag dreimal so, daß er, wenn er gewollt hätte, jetzt mit zur Familie zählen würde. Schleppegrell war immer sehr verständig. Nebenher habe ich nicht den Mut, den Prinzessinnen von damals einen besondern Vorwurf zu machen. Er war wirklich ein sehr schöner Mann und dabei christlich und ablehnend zugleich. Da widerstehe, wer mag.«

Holk erheiterte sich, Ebba mit ihm, und selbst über die Züge der Schimmelmann ging ein Lächeln. Man sah, die Prinzessin war in bester Stimmung, und nahm es als ein gutes Zeichen für die Tage, die bevorstanden. Und während man noch so plauderte, fuhr der Wagen über ein paar schmale Brücken in den Schloßhof ein und hielt gleich danach vor dem Portale von Frederiksborg.

Zwanzigstes Kapitel

Dienerschaften mit Windlichtern warteten schon und schritten voran, als die Prinzessin die breite, vom ersten Podest an doppelarmige Treppe hinaufstieg, um oben ihre nicht allzu zahlreichen Gemächer in dem von zwei Türmen flankierten Mittelteile des Schlosses zu beziehen. Diese Türme standen in zwei scharfen Ecken, die durch die vorspringenden Seitenflügel gebildet wurden, zwischen denen wiederum eine die Verbindung herstellende Kolonnade lief.

Auf dem ersten Podest, und zwar auf einem daselbst aufgestellten kleinen Rokoko-Kanapee, nahm die Prinzessin, asthmatisch wie sie war, einen Augenblick Platz und entließ dann die Herren und Damen ihres Gefolges mit der Aufforderung, sich's in ihren Turmzimmern nach Möglichkeit bequem zu machen. Um sieben, so setzte sie zu Holk gewandt hinzu, sei wie gewöhnlich die Teestunde; Pastor Schleppegrell und Frau kämen allerdings etwas früher, um ihr die Hilleröder Neuigkeiten mitzuteilen, worauf sie sich aufrichtig freue; kleinstädtische Vorgänge seien eigentlich immer das Interessanteste, man müsse so herzlich darüber lachen, und wenn man alt geworden, sei das Lachen über seine lieben Mitmenschen so ziemlich das Vergnüglichste, was man haben könne. Nach diesen gnädigen Worten trennte man sich, und eine halbe Stunde später konnte jeder, der über den Schloßhof ging, deutlich erkennen, welche Zimmer von den Neuangekommenen bezogen worden waren. In dem von der Prinzessin selbst bewohnten ersten Stockwerke des Corps de logis sah man nur zwei hohe gotische Fenster schwach erleuchtet, während die beiden flankierenden Türme bis hoch hinauf in hellem Lichterglanze standen. Im wesentlichen war alles bei den ersten, von der Prinzessin gegebenen Anordnungen geblieben: unten wohnten die Dienerinnen, in der ersten Etage die beiden Hofdamen, über der Schimmelmann Pentz und Erichsen und über Ebba Holk.

Sieben Uhr rückte heran; die Schloßuhr schlug halb, als das Schleppegrellsche Ehepaar, eine Magd mit einer Laterne vorauf, von Hilleröd her über den Schloßhof kam. Bald danach rüstete sich auch Holk. Unten im Flur des von ihm bewohnten Rechtsturmes traf er Ebbas Jungfer und beinah Freundin, Karin, eine Stockholmerin, von der er erfuhr, daß das Fräulein schon bei der Prinzessin sei. Der noch zurückzulegende Weg an der halben Front des Hauptgebäudes hin war nur kurz, und als Holk eine Minute später die Treppe hinauf war, trat er in eine hohe Halle, die, solange sich die Prinzessin in Frederiksborg aufhielt, als Empfangs- und Gesellschaftszimmer diente. Nach dem Schloßhof, wie rückseitig nach dem Park hin, hatte diese Halle nur eine schmale Front, trotzdem war es ein großer Raum, weil er an Tiefe ersetzte, was ihm an Breite abging. In der Mitte der einen Längswand befand sich ein hoher Renaissancekamin und über demselben ein überlebensgroßes Bildnis König Christians IV., der Schloß Frederiksborg seinerzeit sehr geliebt und diese Halle, ganz wie jetzt die Prinzessin, allen anderen Räumen im Schlosse vorgezogen hatte. Links neben dem Kamine standen Körbe, teils mit großen Holzscheiten, teils mit Tannäpfeln und Wacholderzweigen gefüllt, während zur Rechten, außer einem mächtigen Schüreisen, ein paar Kienfackeln lagen, die den Zweck hatten, spät abends, beim Aufbruch über die dunklen Korridore hin, den Gästen zu leuchten. Alles in der Ausschmückung der Halle war noch halb mittelalterlich wie die Halle selbst, über deren Paneelen, des König-Christians-Porträts über dem Kamine zu geschweigen, große, stark nachgedunkelte Bilder sichtbar wurden. Weit zurück stand ein Schenktisch; die sonst üblichen hohen Stühle fehlten, und statt ihrer war eine Anzahl moderner Fauteuils um die Feuerstelle herum gruppiert.

Holk schritt auf die Prinzessin zu, verbeugte sich und sprach ihr aus, wie schön er die Halle fände, darin müsse sich ein wunderbares Julfest feiern lassen, alles sei da, nicht bloß große Kienfackeln, sondern auch Tannäpfel und Wacholder. Die Prinzessin antwortete, daß sie solche Feier auch vorhabe; Weihnachten in Frederiksborg sei ihr der beste Tag im Jahr, und nachdem sie noch ein paar weitere Worte gesprochen und schon für den nächsten Tag eine Art Julvorfeier angekündigt hatte, forderte sie die Frau Pastorin Schleppegrell auf, an ihrer Seite Platz zu nehmen. Die Pastorin war eine kleine dicke Frau mit aufgesetztem schwarzen Scheitel und roten Backen, überhaupt von großer Unscheinbarkeit, aber nie darunter leidend, weil sie zu den Glücklichen gehörte, die sich gar nicht mit sich selbst und am wenigsten mit ihrer äußeren Erscheinung beschäftigen. Ebba hatte dies gleich herausgefühlt und eine Vorliebe für sie gefaßt.

»Wird es Ihnen nicht schwer, liebe Frau Pastorin«, so wandte sie sich an diese, »sich einen ganzen Abend lang von Ihren Kindern zu trennen?«

»Ich habe keine«, sagte diese und lachte dabei so herzlich, daß die Prinzessin fragte, was es eigentlich sei. Da gab es denn eine allgemeine Heiterkeit, in die schließlich auch Schleppegrell mit einstimmen mußte, trotzdem er sich, weil ihn die Komik in erster Reihe mittraf, ein wenig unbehaglich dabei fühlte. Holk, dies wahrnehmend, hielt es für seine Pflicht, dem Gespräch eine andere Wendung zu geben, und fragte leicht und wie von ungefähr nach dem Porträt über dem Kamin. »Ich sehe, daß es König Christian ist (wo begegnete man ihm nicht), und so kann von einem besonderen Interesse kaum die Rede sein. Aber desto mehr interessiert mich die Frage, von wem es herrührt. Ich würde einen Spanier vermuten, wenn ich nur wüßte, daß wir jemals einen spanischen Maler in Kopenhagen gehabt hätten.«

Schleppegrell wollte Rede stehen, aber Ebba schnitt ihm das Wort ab und sagte: »Das geht nicht, daß wir, wenn nun mal über Kunst und Bilder gesprochen werden soll, mit einem Bilde König Christians beginnen, auch wenn es wirklich von einem Spanier herrühren sollte, was ich bezweifeln möchte, genauso wie Graf Holk, mit dem ich mich wenigstens in Kunstsachen öfters zusammenfinde. Lassen wir also den unvermeidlichen König. Ich meinerseits erführe lieber« (und dabei zeigte sie nach der Wand gegenüber), »wer die beiden da sind, der Alte mit dem Spitzbart und die vornehme Dame mit der weißen Kapuze.«

»Der mit dem Spitzbart ist Admiral Herluf Trolle, derselbe, von dem unser König Frederik der Zweite dies Schloß hier in Kauf oder Tausch nahm und es dann Frederiksborg taufte, nach seinem eigenen Namen. Von dem alten Schloß blieb kein Stein auf dem andern, und nichts wurde mit herübergenommen als diese Schildereien hier rechts und links, die den großen Seesieg bei Öland unter Admiral Herluf Trolle verherrlichen, und mit den Schildereien zugleich die dazwischen hängenden Bildnisse von Herluf Trolle selbst und von Brigitte Goje, seiner Eheliebsten, die wegen ihrer protestantischen Frömmigkeit fast noch gefeierter war als ihr Gemahl.«

»Was, wenn sie wirklich so fromm war, niemanden überraschen darf«, sagte Pentz mit Emphase. »Denn so gewiß es mir ist, daß Schauspielerinnen und Fürstengeliebte die populärsten Erscheinungen sind, gleich nach ihnen kommen die Frommen, und mitunter sind sie sogar um einen Schritt voraus.«

»Ja, mitunter«, lachte Ebba. »Mitunter, aber selten. Und nun, Pastor Schleppegrell, was ist es mit dieser Herluf Trolleschen Seeschlacht? Ich fürchte zwar, daß sie gegen meine lieben Landsleute, die Schweden, geschlagen wurde, jedenfalls aber, den Kostümen nach zu schließen, in einer vor-rosenbergschen Zeit, und so seh ich denn meinen Patriotismus nicht allzu direkt herausgefordert. Überdies Seeschlachten! Seeschlachten sind immer etwas, wo Freund und Feind gleichmäßig ertrinken und ein wohltätiger Pulverdampf über allem derart ausgebreitet liegt, daß ein Plus oder Minus an Toten, was man dann Sieg oder Niederlage nennt, nie festgestellt werden kann. Und nun gar hier, wo wir zu dem Pulverdampf auch noch die dreihundertjährige Nachdunkelung haben.«

»Und doch«, sagte Holk, »scheint mir noch alles leidlich erkennbar, und wenn wir nachhelfen... Aber freilich, wo das nötige Licht dazu hernehmen?«

»Oh, hier«, sagte die Prinzessin und wies auf die Stelle, wo die Kienfackeln lagen. »Es wird etwas Blak geben, aber das steigert nur die Illusion, und wenn ich mir dann sage, daß unser Pastor und Cicerone vielleicht seinen guten Tag hat, so werden wir die Seeschlacht noch mal wie miterleben. Also, Schleppegrell, ans Werk, und tun Sie Ihr Bestes, das sind wir einem Historiker vom Range Holks schuldig. Und vielleicht bekehren wir ihn auch noch aus dem Schleswig-Holsteinismus in den Danismus hinüber.«

Alles stimmte zu, während Pentz mit zwei Fingern einen leisen Beifall klatschte, Schleppegrell aber, der Bilderkustode von Passion war, nahm eine der großen Kienfackeln und fuhr damit, nachdem er sie angezündet, über die linke Bildhälfte hin, auf der man nun, in düsterer und doch greller Beleuchtung, die Segel zahlloser Schiffe, Flaggen und Wimpel und vergoldete Galions, dazu die weißen Wogenkämme, nichts aber von Schlacht und Pulverdampf erkennen konnte.

»Das ist aber doch sicher keine Schlacht«, sagte Ebba.

»Nein, aber die Vorbereitung dazu. Die Schlacht kommt erst; die Schlacht ist an der anderen Seite, gleich rechts neben der Brigitte Goje.«

»Ah«, sagte Ebba. »Ich versteh; ein Doppelschlachtbild, Anfang und Ende. Nun, ich bin Aug und Ohr. Und immer wenn Ihr Kienspan an dem Schiffe vorbeifährt, darauf Herluf Trolle kommandiert, dann muß ich bitten, ihm (oder auch mir) eine Viertelminute zu gönnen, damit ich ihm Reverenz machen und mir sein Bild, auch inmitten der Schlacht, einprägen kann.«

»Das wird dir nicht glücken, Ebba«, sagte die Prinzessin. »Herluf Trolle steckt viel zu sehr im Pulverqualm oder ist in der Nachdunkelung untergegangen, und du mußt dir an seinem regelrechten Porträt da genug sein lassen... Aber nun beginnen Sie, Schleppegrell, und treffen Sie's im Maß, nicht so kurz, daß es nichts ist, und nicht so lang, daß wir uns ängstlich ansehen. Holk ist ein Kenner, Gott sei Dank einer von denen, die den Erzähler nicht befangen machen; – er weiß, Kunst ist schwer.«

Unter diesen gnädigen Worten war Schleppegrell wieder an den Kreis der um den Kamin Versammelten herangetreten und sagte: »Gnädigste Prinzessin befehlen, und ich gehorche. Was wir da sehen oder vielleicht auch nicht sehen«, und er wies auf die zweite, nicht einmal vom Widerschein des Feuers getroffene Hälfte des großen Wandbildes, »was wir da sehen, ist der entscheidende Moment, wo der ›Makellos‹ in die Luft fliegt.«

»Der ›Makellos‹?«

»Ja, der ›Makellos‹. Das war nämlich das Admiralschiff der Schweden, die gerade damals, trotz ihres irrsinnigen Königs (denn es waren die Tage von König Erich XIV.), auf der Höhe ihrer Macht standen. Und gegen die Schweden und ihre Flotte, die sehr stark und überlegen war und neben dem ›Makellos‹ auch noch andere große Schiffe hatte, gegen diese schwedische Flotte, sag ich, gingen die Unsrigen unter Segel, und der, der sie kommandierte, war unser großer Herluf Trolle. Und als sie aus der Kjöge-Bucht heraus und auf hoher See waren, segelten sie scharf östlich auf Bornholm zu, wo Herluf Trolle die schwedische Flotte vermutete. Die lag aber nicht mehr bei Bornholm, sondern vor Stralsund unter Admiral Jacob Bagge. Und kaum, daß Jacob Bagge vernommen, daß die Dänen ihn suchten, so gab er auch schon seinen Ankergrund vor Stralsund auf und fuhr nordöstlich, um sich dem Feinde zu stellen. Und kurz vor Öland trafen beide Flotten aufeinander, und eine dreitägige Schlacht, wie sie die Ostsee noch nicht gesehen hatte, nahm ihren Anfang. Und am dritten Tage war es, als ob der Sieg den Schwedischen zufallen solle. Da rief Herluf Trolle, dessen eigenes Schiff übel zugerichtet war, seinen Unteradmiral Otto Rud heran und gab ihm Befehl, es koste, was es wolle, den ›Makellos‹ zu entern. Und Otto Rud war's auch zufrieden und fuhr an den Feind. Aber kaum, daß sein Schiff, das nur klein war, die Enterhaken geworfen hatte, so ließ Admiral Jacob Bagge das ganze Segelwerk des ›Makellos‹ beisetzen, um so mit fliegenden Segeln das kleine dänische Schiff, das sich an ihn gehängt hatte, mit in die schwedische Flotte hineinzureißen. Das war ein schwerer Augenblick für Otto Rud. Aber er ließ von dem Sturm auf die Enterbrücke nicht ab, und als etliche von den Unseren drüben waren, schoß einer eine Feuerkugel in die Rüstkammer, und als das Feuer, das ausbrach, auch die Pulverkammer ergriff, ging der ›Makellos‹ mit Freund und Feind in die Luft, und Claus Flemming übernahm das Kommando der Schwedischen und führte den Rest der Flotte nach Stockholm hin zurück.«

Eine kurze Pause folgte, dann sagte Holk: »Der eigentliche Held der Geschichte scheint mir aber Otto Rud zu sein. Indessen, ich will darüber nicht streiten, Herluf Trolle wird wohl auch sein Teil getan haben, und ich möchte nur noch fragen, was wurd aus ihm, und wie war sein Ende?«

»Wie sich's ziemt. Er starb das Jahr darauf an einer in einer Seeschlacht, hart an der Küste von Pommern, erhaltenen Wunde. Die Wunde war an sich nicht tödlich. Aber es war jener merkwürdige Krieg, wo jeder, der eine Wunde davontrug, schwer oder leicht, an dieser Wunde sterben mußte. So wenigstens steht in den Büchern.«

Pentz sprach von »vergifteten Kugeln«, aber Ebba wies das zurück (Schweden sei kein Giftland) und wollte, nach soviel Heldischem, lieber etwas von Brigitte Goje hören, von der Pastor Schleppegrell ja ohnehin schon gesagt habe, daß sie fast gefeierter gewesen sei als ihr Seeheld und Gemahl. »Ich sehe nicht ein, warum wir uns immer um die Männer oder gar um ihre Seeschlachten kümmern sollen; die Geschichte der Frauen ist meist viel interessanter. Und vielleicht auch in diesem Falle. Was war es mit dieser Brigitte?«

»Sie war sehr schön...«

»Das scheint im Namen zu liegen«, sagte Ebba und sah zu Holk hinüber. »Aber Schönheit bedeutet nicht viel, wenn man tot ist...«

»Und wurde durch eben ihre Schönheit«, fuhr Schleppegrell unerschüttert fort, »die Stütze der neuen Lehre, so daß einige sagen, ohne Brigitte Goje wäre Dänemark in der papistischen Finsternis geblieben.«

»Schrecklich... Und wie kam es anders?«

»Es war die Zeit der Befehdungen um Glaubens willen, und unserem um diese Zeit schon in der neuen Lehre stehenden Volke standen der dänische Adel und die dänische hohe Geistlichkeit gegenüber, vor allem Joachim Rönnow, Bischof von Roeskilde, der den Brand austreten und die kleineren und ärmeren lutherischen Geistlichen, so viel ihrer auch schon waren, aus dem Lande jagen wollte. Da trat Brigitte Goje vor den Bischof hin und bat für die bedrängten Lutherschen und daß sie bleiben dürften, und weil ihre Schönheit den Bischof rührte, so nahm er den Befehl zurück, und sein Herz und seine Seele waren so getroffen, daß er bei Mogen Goje, dem Vater Brigittens, um ihre Hand warb und sie zu seinem Weibe machen wollte.«

»Nicht möglich«, sagte die Prinzessin. »Ein katholischer Bischof!«

Schleppegrell lächelte. »Vielleicht, daß er aus der neuen Lehre dies eine wenigstens mit herübernehmen wollte. Just so wie drüben in England. Jedenfalls aber haben wir Berichte, die von der Werbung um das schöne Fräulein mit einer Ausführlichkeit sprechen, als ob es schon die Hochzeitsfeierlichkeiten gewesen wären.«

»Und kam es nicht dazu?«

»Nein. Es zerschlug sich, und sie nahm schließlich den Herluf Trolle.«

»Da tat sie recht. Nicht wahr, Ebba?«

»Vielleicht, gnädigste Prinzessin, vielleicht auch nicht. Ich bin eigentlich nicht für Bischöfe, wenn es aber Ausnahmebischöfe sind wie dieser von Roeskilde, so weiß ich nicht, ob sie nicht im Range noch über die Seehelden gehen. Ein Bischof, der heiraten will, hat neben dem Imponierenden, das darin liegt, auch etwas Versöhnliches und scheint mir fast die ganze Beilegung des Kirchenstreites zu bedeuten.«

Die kleine Pastorsfrau war entzückt und näherte sich Ebba, um dieser eine kleine Liebeserklärung ins Ohr zu flüstern. Aber eh sie dazu kommen konnte, veränderte sich die Szene, gedeckte Tische wurden durch eine niedrige, ganz im Hintergrunde befindliche Seitentür herzugetragen, und als gleich danach auch doppelarmige, mit Lichtern reichbesetzte Leuchter aufgestellt wurden, erhellte sich die bis dahin ganz im Dunkel gelegene zweite Hälfte der Halle, was nicht bloß dem gesamten Raume, sondern vor allem auch dem großen Wandbilde samt den dazwischen eingelassenen Porträtbildnissen erheblich zustatten kam.

Pentz war es, der zuerst diese Wahrnehmung machte. »Sehen Sie, Holk, wie Brigitte Goje lächelt. Alle Brigitten haben so was Sonderbares, auch wenn sie fromm sind.«

Holk lachte. Die Tage, wo solche Bemerkung ihn hätte verlegen machen können, lagen zurück.

Einundzwanzigstes Kapitel

Man war bis nach elf beisammen, trotzdem bestand Holk darauf, das Schleppegrellsche Paar eine Strecke Wegs begleiten zu dürfen. Natürlich wurde dies dankbarst angenommen, und erst als man die Stelle, wo der Weg um die Seespitze bog, erreicht hatte, verabschiedete sich Holk wieder, der vorher die Begleitung Ebbas, sehr zur Verwunderung dieser, an Erichsen abgetreten hatte.

Von der Seespitze bis zurück auf den Schloßhof war nicht weit, aber doch weit genug, um Holks Verwunderung gerechtfertigt erscheinen zu lassen, als er, beim Hinaufsteigen in seinen Turm, Erichsen und Ebba, vor dem Zimmer dieser, in noch lebhaftem Gespräche fand. Aber freilich seine Verwunderung konnte nicht lange dauern, denn es war ganz ersichtlich, daß das Fräulein den armen Baron nur festgehalten hatte, um Holk bei seiner Rückkehr in der einen oder anderen Weise bemerkbar zu machen, daß sie nicht daran gewöhnt sei, sich irgendwem zuliebe vernachlässigt zu sehen, am wenigsten aber um dieser kleinstädtischen Schleppegrells willen. »Ach, daß ich Sie noch sehe«, wandte sie sich an den Grafen, als dieser unter verbindlichem, aber lächelndem Gruß an ihr und Erichsen vorüberwollte. »Ja, diese Schleppegrells... Und nun gar er! In seiner Jugend, wie mir die Prinzessin versicherte, war es sein Apostelkopf, womit er siegte, jetzt, in seinem Alter, ist es Herluf Trolle. Daß sich ein Fortschritt darin aussprüche, kann ich nicht zugeben.«

Und damit verneigte sie sich und zog sich in ihr Zimmer zurück, wo Karin ihrer Herrin bereits wartete.

Nun war Morgen; – er schien so hell ins Fenster, wie ein Novembermorgen nur irgendwie scheinen kann, aber die Nacht, die zurücklag, war stundenlang eine sehr stürmische gewesen. Ein Südoster hatte den am Turme hinlaufenden und hier und da locker gewordenen Blitzableiter unter wütendem Gerassel gepackt und hin und her geschüttelt, was aber für Holk am störendsten gewesen war, das war, daß der Mond, alles Sturmes unerachtet, bis in seinen zurückgelegenen und tief in die Wand eingebauten Alkoven geschienen hatte. Holk hätte sich durch Zuziehen der Gardine vor diesem unheimlichen Blicke schützen können, aber das widerstand ihm noch mehr; er wollte den wenigstens sehen, der da draußen stand und ihm den Schlaf raubte. Gegen Morgen erst schlief er ein, und da noch unruhig und unter allerlei ängstlichen Träumen. Er war mit dem »Makellos«, darauf sich Admiral Jacob Bagge befand, in die Luft geflogen, und als er ein Stück Mast gepackt hatte, um sich daran zu retten, war Ebba von der anderen Seite her, ganz wie ein Meerweib, aufgetaucht und hatte ihn von dem Mast fort- und in die Flut zurückgerissen. Darüber war er erwacht. Er überlegte sich jetzt den Traum und sagte: »Sie wär es imstande.«

Diesem Gedanken nachzuhängen, war er durchaus in der Laune; doch verbot sich ein Verweilen dabei, denn ein alter Gärtner, der jedesmal, wenn die Prinzessin im Schloß war, die Morgenbedienung in den beiden Türmen zu machen hatte, kam gerade mit dem Frühstück und entschuldigte sich, während er den Tisch ordnete, daß es so spät geworden sei. Das Fräulein von Rosenberg habe denn auch schon gescholten und mit gutem Recht. Aber es werde schon anders werden; nur vorläufig sei noch nichts in der rechten Ordnung. Dabei übergab er zugleich die Zeitungen, die für Holk eingetroffen waren, und einen Brief.

Holk nahm den Brief und sah, daß der Poststempel fehlte. »Ja, der fehlt«, bestätigte der Gärtner. »Es ist kein Postbrief; Pastor Schleppegrell hat ihn abgeben lassen. Und einen anderen für das Fräulein.« Und damit ging der Alte wieder.

»Ah, von Pastor Schleppegrell«, sagte Holk, als er wieder allein war. »Das freut mich, da bin ich doch neugierig, was er schreibt.«

Aber diese Neugierde konnte nicht übergroß sein, denn er legte den Brief eine gute Weile beiseite, und erst als er sein Frühstück, das ihm sichtlich mundete, beendet hatte, nahm er den Brief wieder zur Hand und setzte sich in einen in der Nähe seines Schreibtisches stehenden Schaukelstuhl, der zu der übrigen Einrichtung des Turmzimmers nicht recht passen wollte. Hier erst erbrach er den Brief. Und nun las er:

Hochgeehrter Herr Graf. Ihr Interesse, das Sie gestern so freundlich für meinen Freund Herluf Trolle zeigten, gibt mir den Mut, Ihnen ein sich mit eben diesem Freunde beschäftigendes Balladenbruchstück zu schicken, das ich vor Jahr und Tag gefunden und aus dem Altdänischen übertragen habe. Kaum ist es nötig, Ihr Wohlwollen dafür anzurufen, denn wo wir mit Liebe lesen, lesen wir auch mit Milde. – Gegen elf haben wir vor, meine Frau und ich, Sie und das Fräulein von Rosenberg, das ich gleichzeitig davon benachrichtige, zu einem gemeinschaftlichen Gange durch den Park abzuholen. Vielleicht auf Fredensborg zu. Wir werden freilich kaum das erste Drittel des Weges bezwingen, aber gerade dies erste Drittel ist von besonderer Schönheit und vielleicht um diese Jahreszeit schöner als zu jeder anderen. Um zwölf sind wir zurück, um pünktlich bei der Prinzessin, unserer gnädigen Herrin, erscheinen und an ihrem festlichen Lunch teilnehmen zu können. Denn ein kleines Fest wird es wohl sein.

Ihr ergebenster

Arvid Schleppegrell«

Eingelegt in den Brief war ein rosafarbenes Blatt, darauf von Frauenhand geschriebene Verse standen. »Ach, mutmaßlich die Handschrift meiner kleinen Freundin, der Frau Pastorin. Sie scheint zu den Liebenswürdigen zu gehören, die sich überall durch kleine Dienste nützlich zu machen wissen, denn daß sie persönlich eine Passion für Herluf Trolle haben sollte, will mir nicht recht einleuchten. Aber wie dem auch sein möge, zunächst bin ich neugierig, in Erfahrung zu bringen, wie Pastor Schleppegrell sein Balladenbruchstück getauft hat.« Und dabei nahm Holk das rosafarbene Blatt wieder in die Hand und überflog den Titel. Der lautete »Wie Herr Herluf Trolle begraben wurde.« »Das ist gut, da weiß man doch, was kommt.« Und nun schob er den Schaukelstuhl bis dicht ans Fenster und las:

Ein Bote mit Meldung ritt ihnen voraus.
Und als in den Schloßhof sie schritten,

Brigitte stand vor dem Trauerhaus
In ihrer Frauen Mitten.

Ah, das ist Brigitte Goje, sein fromm Gemahl, von der wir gestern schon gehört haben: fromm und schön und eine Klippe für den Roeskilder Bischof. Aber sehen wir, was Schleppegrell und sein Balladenbruchstück weiter von ihr zu berichten haben.

Am Eingange stand sie, grüßte den Zug,
Aufrecht und ungebrochen,
Und der erste (der das Bahrtuch trug)
Trat vor und hat gesprochen:
›Was geschehen, wir sandten die Meldung dir,
Eh den Weg wir selber gingen,
Seine Seel ist frei, seine Hüll ist hier,
Du weißt, wen wir dir bringen.
An der pommerschen Küste vor Pudagla-Golm,
Um den schwankenden Sieg uns zu retten,
So fiel er. Nun, Herrin von Herlufsholm,
Sage, wohin wir ihn betten.
Betten wir ihn in den Totensaal
Von Thorslund oder Olafskirke?
Betten wir ihn in Gjeddesdal
Unter der Trauerbirke?
Betten wir ihn in die Kryptkapelln
In Roeskilde, Leire, Ringstede?
Sage, Herrin, wohin wir ihn stelln,
Eine Ruhstätt für ihn hat jede.
Jeder Kirche gab er, um was sie bat,
Altäre, Türme, Glocken,
Und jede, wenn sie hört, ›er naht‹,
Wird in Leide frohlocken.
Eine jede ladet ihn zu sich ein
In ihrer Pfeiler Schatten...‹
Da sprach Brigitte: ›Hier soll es sein,
Hier wollen wir ihn bestatten.
Wohl hat er hier keine Kirche gebaut –
Die stand schon viel hundert Jahre –,
Hier aber, als Herluf Trolles Braut,
Stand ich mit ihm am Altare.
Vor demselben Altar, auf selbem Stein,
Steh er wieder in aller Stille,
Nichts soll dabei gesprochen sein
Als, Herr, es geschehe dein Wille.

Morgen aber, eh noch der Tag erstand,
In seinen Kirchen allen,
Weit über die See, weit über das Land,
Solln alle Glocken erschallen.
Und zittert himmelan die Luft,
Als ob Schlachtendonner rolle,
Dann in die Herlufsholmer Gruft
Senken wir Herluf Trolle.‹«

Holk schob das Blatt wieder in den Brief und den Brief wieder in das Couvert und wiederholte dabei leise vor sich hin: »Und in die Herlufsholmer Gruft senken wir Herluf Trolle... Hm, gefällt mir, gefällt mir gut. Es hat eigentlich keinen rechten Inhalt und ist bloß eine Situation und kein Gedicht, aber das tut nichts. Es hat den Ton, und wie das Kolorit das Bild macht, so wenigstens hat mir Schwager Arne mehr als einmal versichert, so macht der Ton das Gedicht. Und Alfred wird wohl recht haben, wie gewöhnlich. Ich will's heute noch abschreiben und an Christine schicken. Oder noch besser, ich schick ihr gleich das rote Blatt. Daß es aus einem Pastorhause kommt, wird ihr das Gedicht noch besonders empfehlen. Aber freilich, ich werde die kleine Frau vorher doch noch bitten müssen, ihren Namen und vor allem auch ihren Stand mit darunter zu schreiben, sonst mißglückt am Ende das Ganze. Das Rosapapier ist ohnehin suspekt genug, und die steife Waschzettelhandschrift, ja wer will sagen, wo sie herstammt; Hofdamen haben auch merkwürdige Handschriften.«

Er unterbrach sich in diesen Betrachtungen, weil er nach der Uhr sah und wahrnahm, daß es bereits auf elf ging. Er hatte sich also zu beeilen, wenn er bis zum Eintreffen des Schleppegrellschen Ehepaares angekleidet und marschfähig sein wollte. Wie mochten übrigens draußen die Wege sein? Kurz vor Mitternacht war Regen gefallen, und wenn der Südost ein gut Teil davon auch wieder aufgetrocknet hatte, so wußte er doch von Holkenäs her, daß Parkwege nach Regenwetter meist schwer passierbar sind. Er wählte denn auch die Kleidung danach, und kaum, daß er mit seiner Toilette fertig war, so kamen beide Schleppegrells auch schon über den Schloßhof. Er rief hinunter, daß sie sich nicht hinaufbemühen sollten, er werde das Fräulein abholen und gleich bei ihnen sein. Und so geschah es denn auch, und ehe fünf Minuten um waren, durchschritt man, vom großen Frontportal her, die ganze Tiefe des Schlosses und trat, an dessen Rückseite, durch ein gleich großes Portal in den Park ein. Hier traf man auch Erichsen, der eben von einem anderthalbstündigen Gesundheitsspaziergange zurückkehrte, sofort aber Bereitwilligkeit zeigte, sich an dem neuen Spaziergange zu beteiligen. Das wurde begrüßt und bewundert. Erichsen bot Ebba seinen Arm, und Holk folgte mit der kleinen Pastorsfrau, während Schleppegrell die Führung nahm.

Er trug, wie bei der ersten Begrüßung auf dem Hilleröder Marktplatze, einen mantelartigen Rock, der, ohne Taille, von den Schultern bis auf die Füße ging, dazu Schlapphut und Eichenstock, mit welch letztrem er allerhand große Schwingbewegungen machte, wenn er es nicht vorzog, ihn in die Luft zu werfen und wieder aufzufangen.

Holk, soviel lieber er an Ebbas Seite gewesen wäre, war doch sehr verbindlich gegen die Pastorin und bat sie, für den Fall, daß er persönlich nicht dazu kommen sollte, ihrem Manne sagen zu wollen, wie sehr er sich über die Zusendung gefreut habe; kaum minder freilich hab er ihr selber zu danken, denn daß die Abschrift von ihrer Hand sei, das sei doch wohl sicher.

»Ja«, sagte sie. »Man muß sich untereinander helfen, das ist eigentlich das Beste von der Ehe. Sich helfen und unterstützen und vor allem nachsichtig sein und sich in das Recht des andern einleben. Denn was ist Recht? Es schwankt eigentlich immer. Aber Nachgiebigkeit, einem guten Menschen gegenüber, ist immer recht.«

Holk schwieg. Die kleine Frau sprach noch so weiter, ohne jede Ahnung davon, welche Bilder sie heraufbeschwor und welche Betrachtungen sie in ihm angeregt hatte. Die Sonne, die frühmorgens so hell geschienen, war wieder fort, der Wind hatte sich abermals gedreht, und ein feines Grau bedeckte den Himmel; aber gerade diese Beleuchtung ließ die Baumgruppen, die sich über die große Parkwiese hin verteilten, in um so wundervollerer Klarheit erscheinen. Die Luft war weich und erfrischend zugleich, und am Abhang einer windgeschützten Terrasse gewahrte man allerlei Beete mit Spätastern; überall aber, wo die Parkwiese tiefere Stellen hatte, zeigten sich große und kleine Teiche, mit Kiosks und Pavillons am Ufer, von deren phantastischen Dächern allerlei blattloses Gezweige herniederhing. Überhaupt alles kahl. Nur die Platanen hielten ihr Laub noch fest, aber jeder stärkere Windstoß, der kam, löste etliche von den großen gelben Blättern und streute sie weit über Weg und Wiese hin. In nicht allzu großer Entfernung vom Schloß lief ein breiter Graben, über den verschiedene Birkenbrücken führten; gerade an dem Punkt aber, wo Schleppegrell, an der Spitze der andern, den Grabenrand erreichte, fehlte jeder Brückensteg, und statt dessen war eine Fähre da, mit einem zwischen hüben und drüben ausgespannten Seil, an dem entlang man das Flachboot mühelos hinüberzog. Als man drüben war, war es nur noch eine kleine Strecke bis an einen aufgeschütteten Hügel, von dem aus man, nach Schleppegrells Versicherung, einen gleich freien Blick nach Norden hin auf Schloß Fredensborg und nach Süden hin auf Schloß Frederiksborg habe. Und diesen Punkt wollte man erreichen. Aber mit Rücksicht auf die knapp zugemessene Zeit mußte dieses Ziel sehr bald aufgegeben und sogar ein näherer Rückweg eingeschlagen werden.

Holk war bis dahin keinen Augenblick von der Seite der Frau Pastorin gewichen, als man aber die Fähre zum zweiten Mal passiert und das andre Ufer wiedergewonnen hatte, wechselte man mit den Damen, und während Erichsen der Pastorin den Arm bot, folgten Holk und Ebba, die bis dahin kaum noch Gelegenheit zu einem Begrüßungsworte gefunden hatten, in immer größer werdender Entfernung.

»Ich glaubte schon ganz ein Opfer Ihrer neuesten Neigung zu sein«, sagte Ebba. »Ein gefährliches Paar, diese Schleppegrells; gestern er, heute sie.«

»Ach, meine Gnädigste, nichts Schmeichelhafteres für mich, als mir eine derartige Don-Juan-Rolle zugewiesen zu sehen.«

»Und um welcher Zerline willen! Eigentlich Zerlinens Großtante. Wovon hat sie mit Ihnen gesprochen? Es ging ja, soviel ich sehen konnte, wie eine Mühle...«

»Nun, von allerlei; von Hilleröd und seinem winterlichen Leben, und daß sich die Stadt in eine Ressourcen- und eine Kasino-Hälfte teile. Man konnte beinah glauben, in Deutschland zu sein. Übrigens eine charmante kleine Frau, voller bon sens, aber doch auch wieder von einer großen Einfachheit und Enge, so daß ich nicht recht weiß, wie der Pastor mit ihr auskommt, und noch weniger, wie die Prinzessin ihre Stunden so mit ihr hinplaudert.«

Ebba lachte. »Wie wenig Sie doch Bescheid wissen. Man merkt an allem, daß Sie nur alle Jubeljahr einmal eine Fühlung mit Prinzessinnen haben. Glauben Sie mir, es ist nichts so nichtig, daß es nicht eine Prinzessin interessieren könnte. Je mehr Klatsch, desto besser. Tom Jensen war in Indien und hat eine Schwarze geheiratet, und die Töchter sind alle schwarz, und die Söhne sind alle weiß: oder Apotheker Brodersen hat seine Frau vergiftet, es heißt mit Nikotin: oder Forstgehilfe Holmsen, als er gestern abend aus Liebchens Fenster stieg, ist in eine Kalkgrube gefallen – ich kann Ihnen versichern, dergleichen interessiert unsre Prinzessin mehr als die ganze schleswig-holsteinische Frage, trotzdem einige behaupten, sie sei die Seele davon.«

»Ach, Ebba, Sie sagen das so hin, weil Sie mokant sind und sich darin gefallen, alles auf die Spitze zu treiben.«

»Ich will das hinnehmen, weil es mir lieber ist, ich bin so, als das Gegenteil davon. Gut also, ich bin mokant und medisant und was Sie sonst noch wollen; aber von dem, was ich da eben über die Prinzessinnen gesagt habe, davon geht kein Tüttelchen ab. Und je klüger und witziger die Hochgestellten sind und je mehr Sinn und Auge sie für das Lächerliche haben, desto sicherer und rascher kommen sie dazu, die langweiligen

Menschen geradeso nett und unterhaltlich zu finden wie die interessanten.«

»Und das sagen Sie! Sind Sie nicht selbst die Widerlegung davon? Was hat Ihnen denn Ihren Platz im Herzen der Prinzessin erobert? Doch nur das, daß Sie klug und gescheit sind, Einfälle haben und zu sprechen verstehen und mit einem Wort interessanter sind als die Schimmelmann.«

»Nein, einfach weil ich anders bin als die Schimmelmann, die der Prinzessin geradeso nötig ist wie ich oder wie Erichsen oder wie Pentz oder vielleicht auch...«

»... wie Holk.«

»Ich will es nicht gesagt haben. Aber brechen wir ab und rasten wir, trotzdem wir ohnehin schon zurückgeblieben sind, einen kleinen Augenblick an dieser entzückenden Stelle, von der aus wir einen guten Blick auf die Rückseite des Schlosses haben. Sehen Sie nur, alles hebt sich so wundervoll voneinander ab, das Hauptdach und die spitzen Turmdächer links und rechts, trotzdem alles dieselbe graue Farbe hat.«

»Ja«, sagte Holk. »Es hebt sich alles trefflich voneinander ab. Aber das tut die Beleuchtung, und auf solche besondre Beleuchtung hin dürfen Schlösser nicht gebaut werden. Ich meine, die zwei Backsteintürme, drin wir wohnen, die hätten mit ihrem prächtigen Rot etwas höher hinaufgeführt werden müssen, und dann erst die Schiefer- oder Schindelspitze. Jetzt sieht es aus, als solle man aus der untersten Turmluke gleich auf das große Schrägdach hinaustreten, um draußen, an der Dachrinne hin, eine Promenade zu machen.«

Ebba nickte, vielleicht weil ihr das Endergebnis dieser Bau- und Beleuchtungsfrage gleichgültig war, und gleich danach eilten beide rasch weiter, weil sie wahrzunehmen glaubten, daß der Pastor anhielt, um auf sie zu warten. Im Herankommen aber sahen sie, daß es etwas anderes war und daß Schleppegrell, sosehr die Zeit drängte, doch noch auf eine besondere Sehenswürdigkeit aufmerksam machen wollte. Diese Sehenswürdigkeit war nicht mehr und nicht weniger als ein am Wege liegender, etwas ausgehöhlter Riesenstein, in dessen flache Mulde die Worte gemeißelt waren: »Christian IV. 1628.« Holk sprach im Herantreten die Meinung aus, »daß es mutmaßlich ein bevorzugter Sitz- und Ruheplatz des Königs gewesen sei«, wozu Schleppegrell bemerkte: »Ja, so war es: es war ein Ruheplatz. Aber nicht ein regelmäßiger, sondern nur ein einmaliger. Und es knüpft sich auch eine kleine Geschichte daran...«

»Erzählen!« riefen alle dem Pastor zu. Dieser aber zog seine silberne Gehäuseuhr, daran, an einer etwas abgetragenen grünen Schnur, ein großer Uhrschlüssel hing, und wies auf das Zifferblatt, das bereits auf zehn Minuten vor zwölf zeigte. »Wir müssen uns eilen, oder wir kommen zu spät. Ich will es beim Lunch erzählen, vorausgesetzt, daß es sich erzählen läßt, worüber ich in Zweifel bin.«

»Ein Pastor kann alles erzählen«, sagte Ebba, »zumal in Gegenwart einer Prinzessin. Denn Prinzessinnen sind sich selber Gesetz, und was sie gutheißen, das geht und das gilt. Und nun gar die unsre! Daß sie nicht ›nein‹ sagen wird, dafür will ich mich verbürgen.«

Und in gesteigert raschem Tempo schritt man auf das Schloß zu.

Zweiundzwanzigstes Kapitel

Kurz vor zwölf war man im Schlosse zurück, gerade noch früh genug, um rechtzeitig bei der Prinzessin erscheinen zu können. Pentz und die Schimmelmann, die den Dienst hatten, empfingen die Goladenen, und nachdem die bald danach eintretende Prinzessin an jeden einzelnen ein Wort der Begrüßung gerichtet hatte, verließ man die Wohn- und Empfangszimmer, um sich über einen mit Karyatiden reich geschmückten und augenscheinlich einer späteren Zeit angehörigen Korridor hin in die große Herluf-Trolle-Halle zu begeben, dieselbe Halle, darin man, am Abend vorher, bei Kaminfeuer und Kienfackeln erst die großen Bilder, so gut es ging, betrachtet und dann dem erklärenden Schleppegrellschen Vortrage zugehört hatte. Ja, die Halle war dieselbe; trotzdem zeigte sich seit gestern insoweit eine Veränderung, als jetzt helles Tageslicht einfiel (die Mittagsstunde hatte wieder Sonnenschein gebracht) und allem etwas Heitres lieh, ein Eindruck, der durch eine mit Blumen und altnordischen Trinkgefäßen beinah phantastisch geschmückte Prunktafel noch gesteigert wurde. Schmuck überall, geschmückt auch die Wände. Da, wo sich die hohen Paneele mit den breiten Barockrahmen der Wandbilder berührten, hingen Mistel- und Ebereschenbündel an Girlanden von Eichenlaub, während eine quer durch die Halle gezogene Wand von Zypressen und jungen Tannenbäumen den dunklen Hinterraum von dem festlich hergerichteten Vorderraum abtrennte. Das Ganze, soviel war augenscheinlich, sollte den Weihnachtscharakter tragen oder, wie die Prinzessin sich ausgedrückt hatte, wenigstens ein Vorspiel zum Julfeste sein. Orangen, in fast überreicher Zahl, waren überall in das Tannengezweige gehängt, und kleine wächserne Christengel schwenkten ihre Fahne, während über das blitzende weiße Tischtuch hin Stechpalmenzweige lagen mit roten Beeren daran.

Und nun forderte die Prinzessin die Geladenen durch eine gnädige Handbewegung auf, ihre Plätze zu nehmen. Minutenlang verblieben alle schweigend oder kamen über ein Flüstern nicht hinaus; als aber das erste Glas Cyper geleert war, war auch die fröhliche Laune wieder da, die diesen kleinen Kreis auszeichnete. Jeder, nach voraufgegangener Aufforderung der Prinzessin, ließ sich's zunächst angelegen sein, über seine Schicksale während der letzten Sturmnacht zu berichten, und alle waren einig darin, daß das schöne Schloß, darin nur leider alle Fenster klapperten und in dem man in jedem Augenblicke fürchten müsse, von einem Nordwester gepackt und weggeweht zu werden, doch mehr ein Sommerals ein Winterschloß sei. »Ja«, sagte die Prinzessin, »das ist leider so, davon kann ich mein liebes Frederiksborg nicht freisprechen; und was fast noch schlimmer ist, ich kann auch nichts dagegen tun und muß eben alles lassen, wie's ist.« Und nun erzählte sie mit der ihr eigenen Jovialität, wie sie, vor Jahr und Tag schon, einen feierlichen Antrag auf »schließende Türen und Fenster« gestellt habe, was ihr aber von der betreffenden Verwaltungs- oder Baukommission rund abgeschlagen worden sei, weil die Bewohnbarkeit des Schlosses oder doch wenigstens die Brauchbarkeit der Kamine mit dem Fortbestand undichter Fenster im nächsten Zusammenhange stehe; schließende Fenster würden gleichbedeutend sein mit Kaminen, die nicht brennen. »Und seitdem ich das weiß, hab ich mich in mein Schicksal ergeben; ja nach allem, was ich bei der Gelegenheit gehört habe, will ich noch froh sein, wenn wir durch einen fortgesetzten guten Tür- und Fensterzug vor verstopften Feueressen und allen sich daraus ergebenden Fährlichkeiten bewahrt bleiben. Offen gestanden, mitunter steh ich unter der Furcht, es könne mal so was kommen. In den Schornsteinen hierherum wird es schlimm genug aussehen, und speziell in dem unsrigen vermut ich eine Rußkruste womöglich noch aus König Christians Zeiten her.«

Es war nach Nennung des Namens »König Christian« so gut wie selbstverständlich, daß sich das Gespräch den Frederiksborger Tagen dieses dänischen Lieblingskönigs zuwenden mußte, von dem Schleppegrell, fast noch selbstverständlicher, eine Fülle von Lokalanekdoten sofort zur Stelle hatte. Nach einiger Zeit aber unterbrach Holk und sagte: »Da stecken wir nun schon eine Viertelstunde lang in König-Christians-Anekdoten und haben immer noch nicht die Geschichte von dem Stein draußen gehört mit seiner Namensinschrift und seiner Jahreszahl 1628. Was ist es damit? Sie haben uns draußen im Park versprochen...«

Schleppegrell wiegte den Kopf zweifelnd hin und her. »Allerdings«, nahm er das Wort, »hab ich davon erzählen wollen. Aber es ist nicht viel damit und wird Sie mutmaßlich enttäuschen. Man erzählt sich nämlich, es sei der Stein, wo Christian IV., als er, nach seinem Regierungsantritt, den großen Umbau des Schlosses zu leiten begann, gleich am ersten Samstage die Arbeiter um sich versammelt und ihnen allerpersönlichst den Wochenlohn ausgezahlt habe.«

»Das ist alles?«

»Ja«, sagte Schleppegrell.

Ebba aber wollte davon nichts wissen. »Nein, Pastor Schleppegrell, so leichten Kaufs kommen Sie nicht los; was Sie da sagen, das kann einfach nicht sein. Sie vergessen, daß jeder, der sich herauswinden oder andere hinters Licht führen will, vor allem ein gutes Gedächtnis haben muß. Es ist noch keine zwei Stunden, daß wir aus Ihrem Munde gehört, Sie würden von dem Stein erzählen, wenn die Prinzessin ihre Zustimmung dazu gäbe. Nun, Sie werden doch nicht geglaubt haben, die Prinzessin könne vorhaben, Ihren Bericht über eine samstägliche Lohnauszahlung verbieten zu wollen.«

Die Prinzessin weidete sich an Schleppegrells Verlegenheit, und Ebba, nicht willens, ihren Vorteil aus der Hand zu geben, fuhr fort: »Sie sehen, Sie können aus Ihrer schrecklichen Lage nur heraus, wenn Sie sich rundweg entschließen, Farbe zu bekennen, und uns die Geschichte so geben, wie sie wirklich gewesen.«

Schleppegrell, der sich altmodischerweise die Serviette quer über die Brust gebunden hatte, löste mechanisch den Knoten, legte die Serviette neben sich und sagte: »Nun gut, wenn Sie befehlen; es gibt noch eine zweite Lesart, von der es allerdings heißt, daß sie die richtigere sei. Der König ging mit Christine Munk, die seine Gemahlin war und auch wieder nicht war, etwas, das in unsrer Geschichte leider mehrfach vorkommt, im Schloßgarten spazieren, und mit den beiden war Prinz Ulrich und Prinzessin Fritz-Anna, und als sie bis an diesen Stein gekommen waren, setzten sie sich, um eine Plauderei zu haben. Und der König war so gnädig und liebenswürdig wie nie zuvor. Aber Christine Munk, aus Gründen, die bis diesen Augenblick niemand weiß oder auch nur ahnen kann (oder vielleicht auch hatte sie keine), schwieg in einem fort und sah so sauertöpfisch und griesgrämig drein, daß es eine große Verlegenheit gab. Und was das Schlimmste von der Sache war, diese Verstimmung Christinens hatte Dauer und war noch nicht vorüber, als der Abend herankam und der König in das Schlafgemach wollte. Da fand er die Tür verriegelt und verschlossen und mußte seine Ruh an einer andern Stelle nehmen. Und da solches dem Könige vordem nie widerfahren war, weil Christine nicht nur zu den bestgelaunten, sondern auch zu den allerzärtlichsten Frauen gehörte, so beschloß der König diesen merkwürdigen Ausnahmetag zu verewigen und ließ Namen und Jahreszahl in den Stein einmeißeln, wo der rätselvolle eheliche Zwist seinen Anfang genommen hatte.«

»Nun«, sagte die Prinzessin, »das ist freilich um einen Grad intrikater, aber doch auch noch lange nicht dazu angetan, mich als Schreckgespenst der Prüderie heraufzubeschwören, wie mein lieber Schleppegrell heute vormittag getan zu haben scheint. Übrigens apropos Prüderie! Da habe ich gestern in einem französischen Buche gefunden, ›Prüderie, wenn man nicht mehr jung und schön sei, sei nichts als eine bis nach der

Ernte noch stehengebliebene Vogelscheuche‹. Nicht übel; die Franzosen verstehen sich auf dergleichen. Was aber, um unser Thema nicht zu vergessen, die Geschichte vom König Christian und seinem ›Ausgeschlossensein‹ angeht, so wünschte ich wohl, all unsere Königs- und Prinzengeschichten, die jetzt nur das Gegenteil davon kennen, wiesen eine ähnliche Harmlosigkeit auf, ein Wunsch, in dem mir Graf Holk sicherlich zustimmen wird. Sagen Sie, Graf, wie finden Sie die Geschichte?«

»Die Wahrheit zu gestehen, gnädigste Prinzessin, ich finde die Geschichte zu kleinen Stils und überhaupt etwas zu wenig.«

»Zu wenig«, wiederholte Ebba. »Da möcht ich doch widersprechen dürfen. Das mit der samstäglichen Lohnauszahlung, das war zu wenig, aber nicht dies. Eine Frau, die griesgrämig und sauertöpfisch dreinsieht, ist nie wenig, und wenn ihre schlechte Laune so weit geht, ihren Eheherrn von ihrer Kammer auszuschließen (ich bedaure, diesen Punkt berühren zu müssen, aber die Historie verlangt Wahrheit und nicht Verschleierungen), so ist das vollends nicht wenig. Ich rufe meine gnädigste Prinzessin zum Zeugen auf und flüchte mich unter ihren Schutz. Aber so sind die Herren von heutzutage; König Christian läßt das Ereignis in Stein eingraben, als eine merkwürdige Sache, die zu den fernsten Zeiten sprechen soll, und Graf Holk findet es wenig und zu ›kleinen Stils‹.«

Holk sah sich in die Enge getrieben, und zugleich wahrnehmend, daß die Prinzessin augenscheinlich in der Laune war, auf Ebbas Seite zu treten, fuhr er unsicher hin und her und versicherte, während er abwechselnd einen ernsthaften und dann wieder ironischen Ton anzuschlagen versuchte, daß man in solcher Angelegenheit einen privaten und einen historischen Standpunkt durchaus unterscheiden müsse; vom privaten Standpunkt aus sei solch »Ausgeschlossensein« etwas tief Betrübliches und beinah Tragisches, ein ausgeschlossener König aber sei ganz unstatthaft, ja dürfe gar nicht vorkommen, und wenn die Geschichte dennoch dergleichen berichte, so begäbe sie sich eben ihrer Hoheit und Würde und gerate in das hinein, was er wohl oder übel »kleinen Stil« genannt habe.

»Er zieht sich gut heraus«, sagte die Prinzessin. »Nun, Ebba, führe deine Sache weiter.«

»Ja, gnädigste Prinzessin, das will ich auch, und wenn ich es als ein deutsches Fräulein vielleicht nicht könnte, so kann ich es doch als eine reine Skandinavin.«

Alles erheiterte sich.

»Als eine reine Skandinavin«, wiederholte Ebba, »natürlich mütterlicherseits, was immer das Entscheidende ist; der Vater bedeutet nie viel.

Und nun also unsere These. Ja, was Graf Holk da sagt... nun ja, von seinem schleswig-holsteinschen Standpunkt aus mag er recht haben mit seiner Vorliebe für das Große. Denn sein Protest gegen den kleinen Stil bedeutet doch natürlich, daß er den großen will. Aber was heißt großer Stil? Großer Stil heißt soviel wie vorbeigehen an allem, was die Menschen eigentlich interessiert. Christine Munk interessiert uns, und ihre Verstimmung interessiert uns, und was dieser Verstimmung an jenem denkwürdigen Abend folgte, das interessiert uns noch viel mehr...«

»Und am meisten interessiert uns Fräulein Ebba in ihrer übermütigen Laune...«

»Von der ich in diesem Augenblicke vielleicht weniger habe als sonst. Soweit ich ernsthaft sein kann, soweit bin ich es. Jedenfalls aber behaupte ich mit jedem erdenklichen Grade von Ernst und Aufrichtigkeit und will in jeder Mädchenpension darüber abstimmen lassen, daß König Heinrich VIII. mit seinen sechs Frauen alle Konkurrenz ›großen Stils‹ aus dem Felde schlägt, und nicht wegen der paar Enthauptungen, die finden sich auch anderswo, sondern wegen der intrikaten Kleinigkeiten, die diesen Enthauptungen vorausgingen. Und nach Heinrich VIII. kommt Maria Stuart; und nach ihr kommt Frankreich mit seiner Fülle der Gesichte, von Agnes Sorel an bis auf die Pompadour und Dubarry, und dann kommt Deutschland noch lange nicht. Und als allerletztes kommt Preußen, Preußen mit seinem großen Manko auf diesem Gebiet, mit dem es auch zusammenhängt, daß einige Schriftstellerinnen von Genie dem großen Friedrich ein halbes Dutzend Liebesabenteuer angedichtet haben, alles nur, weil sie ganz richtig fühlten, daß es ohne dergleichen eigentlich nicht geht.«

Pentz nickte zustimmend, während Holk den Kopf hin und her wiegte.

»Sie drücken Zweifel aus, Graf, vor allem vielleicht einen Zweifel an meiner Überzeugung. Aber es ist, wie ich sage. Großer Stil! Bah, ich weiß wohl, die Menschen sollen tugendhaft sein, aber sie sind es nicht, und da, wo man sich drin ergibt, sieht es im ganzen genommen besser aus als da, wo man die Moral bloß zur Schau stellt. Leichtes Leben verdirbt die Sitten, aber die Tugendkomödie verdirbt den ganzen Menschen.«

Und als sie so sprach, fiel aus einem der die Tafel umstehenden Tannenbäumchen ein Wachsengel nieder, just da, wo Pentz saß. Der nahm ihn auf und sagte: »Ein gefallener Engel; es geschehen Zeichen und Wunder. Wer es wohl sein mag?«

»Ich nicht«, lachte Ebba.

»Nein«, bestätigte Pentz, und der Ton, in dem es geschah, machte, daß sich Ebba verfärbte. Aber ehe sie den Übeltäter dafür abstrafen konnte, ward es hinter der Tannen- und Zypressenwand wie von trippelnden Füßen lebendig. Zugleich wurden Anordnungen laut, wenn auch nur mit leiser Stimme gegeben, und alsbald intonierten Kinderstimmen ein Lied, und ein paar von Schleppegrell zu dieser Weihnachtsvorfeier gedichtete Strophen klangen durch die Halle.

> Noch ist Herbst nicht ganz entflohn,
> Aber als Knecht Ruprecht schon
> Kommt der Winter hergeschritten,
> Und alsbald aus Schnees Mitten
> Klingt des Schlittenglöckleins Ton.
> Und was jüngst noch, fern und nah,
> Bunt auf uns herniedersah,
> Weiß sind Türme, Dächer, Zweige,
> Und das Jahr geht auf die Neige,
> Und das schönste Fest ist da.
> Tag du der Geburt des Herrn,
> Heute bist du uns noch fern,
> Aber Tannen, Engel, Fahnen
> Lassen uns den Tag schon ahnen,

Und wir sehen schon den Stern.«

Dreiundzwanzigstes Kapitel

Die kleine Weihnachtsvorfeier, die mit einem Geplauder am Kamin (Grundtvig war das Hauptthema gewesen) abgeschlossen hatte, hatte sich bis Dunkelwerden hingezogen, und die sechste Stunde war schon vorüber, als man aufbrach, nachdem sich die Prinzessin kurz vorher in ihre Gemächer zurückgezogen. Holk begleitete wieder das Schleppegrellsche Paar, diesmal aber bis in die Stadt selbst hinein, und kehrte erst, nachdem er zugesagt hatte, bei nächster freier Zeit einen Besuch im Pfarrhause machen und daselbst Schleppegrells Sammlungen besichtigen zu wollen, in sein Turmzimmer zurück, um hier, im Laufe des Abends, verschiedene Briefe zu schreiben, an Asta, an Axel, an die Dobschütz. Von dieser letzteren waren am voraufgegangenen Tage, fast unmittelbar vor Aufbruch des prinzeßlichen Hofes nach Frederiksborg, einige Zeilen eingetroffen, in denen ihm mitgeteilt wurde, daß Christine nicht schreiben könne, weil sie krank sei. Daß diese Mitteilung einen großen Eindruck auf ihn gemacht hätte, konnte nicht behauptet werden. Er kannte seiner Frau Wahrheitsliebe, trotzdem sagte er: »Sie wird verstimmt sein, und das heißt dann Krankheit. Wenn man will, ist man immer krank und erfreut sich des Vorzugs, jede Laune rechtfertigen zu können.«

Der andere Morgen führte wieder einen klaren und wolkenlosen Tag herauf; kein Wind ging, und Holk, der sich in der Mittagsstunde zum Dienst zu melden hatte, saß in Nähe des Fensters und sah nach dem Hilleröder Kirchturm hinüber, dessen Wetterhahn in der Sonne blitzte; still lagen die Häuser da, die Dächer blink und blank, und wäre nicht der Rauch gewesen, der aus den hohen Topfschornsteinen aufstieg, so hätte man glauben können, es sei eine verwunschene Stadt. Nirgends Menschen. »In solcher Stille zu leben«, sprach er vor sich hin, »welch Glück!« Und als er sich dann vergegenwärtigte, daß Holkenäs dieselbe Stille habe, setzte er hinzu: »Ja, dieselbe Stille, aber nicht denselben Frieden. Wie beneidenswert dieser Pastor! Er hat seine Gemeinde, seine Steingräber und seine Moorfunde, den Herluf Trolle ganz ungerechnet, und läßt die Welt draußen ihren Gang gehen. Hilleröd ist seine Welt. Freilich, wer will sagen, was in ihm vorgeht? Er scheint so ruhig und abgeklärt, so ganz in Frieden, aber ist er's? Wenn es wahr ist, daß drei Prinzessinnen hintereinanderweg, oder vielleicht auch a tempo, sich in ihn verliebten, so will mir solch Idyll, als Ausgang von dem allem, doch als ein fragliches Glück erscheinen. Eine Prinzessin zu heiraten ist freilich ein noch viel fraglicheres, aber wenn man's klug unterläßt und als einzigen Lohn seiner Klugheit nichts hat als solche Hilleröder Kleinstädterei, so muß einem doch immer so was wie Sehnsucht bleiben. Eine prächtige Frau, diese kleine dicke Kugel von Pastorin, aber ganz unangetan, einen Mann wie Schleppegrell seine Vergangenheit vergessen zu machen. Zuletzt hat doch jeder seine Eitelkeit, und Pastoren sollen in diesem Punkte nicht gerade die letzten sein.«

Er phantasierte noch eine Weile so weiter und ging bei der Gelegenheit noch einmal alles durch, was ihm der gestrige Tag, abgesehen von der kleinen Festlichkeit bei der Prinzessin, an Bildern und Erlebnissen gebracht hatte: den Spaziergang auf Fredensborg zu, das flache Fährboot mit seinem ausgespannten Seil, daran man sich über den Parkgraben ans andere Ufer zog, den wundervollen Blick auf die Rückseite des Schlosses mit seinem Steildach und seinen Türmen und endlich den Muldenstein und das Gespräch mit Ebba. »Ebba spricht doch nicht liebevoll genug von der Prinzessin und ist mir darin wieder ein rechter Beweis, wie schlecht sich Esprit und Dankbarkeit vertragen. Ist ihr etwas Pikantes auf der Zunge, so muß es heraus, und die Pietät wird zu Grabe geläutet. Die Stockholmer Geschichte... nun, von der will ich nicht reden, die mag auf sich beruhen, wiewohl auch da viel Grund zur Dankbarkeit vorliegen mag: aber auch jetzt noch, alles, was die Prinzessin sagt oder tut, ist eine Verwöhnung, und Ebba nimmt es hin, nicht bloß als selbstverständlich, sondern als wäre sie der Prinzessin überlegen. Und das ist sie nicht, die Prinzessin ist nur von einer schlichteren Ausdrucksweise. Wie gut war das alles wieder, was sie gestern, aus der Fülle der Erfahrung, über den alten Grundtvig sagte, wobei mir einfällt, daß ich daraus eine gute Nachschrift für meinen Brief an die Dobschütz machen könnte. Der Brief ist ohnehin etwas mager ausgefallen.«

Und während er das sagte, nahm er seinen Platz an dem rechts neben dem Fenster stehenden Schreibtisch und schrieb auf die noch leer gebliebene Seite: »Noch eine kleine Nachschrift, meine liebe Dobschütz. Unter unseren gestrigen Gesprächen bei der Prinzessin war auch eins über Grundtvig. Schleppegrell hatte nicht übel Lust, einen halben Heiligen aus ihm zu machen, worin ihn, natürlich ironisch, Pentz und die Rosenberg unterstützten. Die Prinzessin aber nahm die Sache ganz ernsthaft, fast so ernsthaft wie Schleppegrell, und sagte: ›Grundtvig ist ein bedeutender Mann und so recht angetan, ein Dänenstolz zu sein. Aber einen Fehler hat er doch, er muß immer etwas Apartes haben und sich von dem Rest der Menschheit, auch selbst der dänischen, unterscheiden, und wiewohl ihm nachgesagt wird, er stelle Dänemark so hoch, daß er ganz ernsthaft glaube, der liebe Gott spräche dänisch, so bin ich doch sicher, daß er von dem Tag an, wo dies ganz allgemein feststände, mit allem Nachdruck behaupten und beweisen würde: der liebe Gott spräche preußisch. Grundtvig kann nicht ertragen, mit irgend jemandem in Übereinstimmung zu sein.‹ Hieraus, liebe Dobschütz, spricht ganz und gar der Ton unserer Tisch- und Abendunterhaltungen, und ich füge diese kleine Geschichte meinem Briefe mit allem Vorbedacht hinzu, weil ich weiß, wie sich Christine für Pastoralanekdoten und theologische Streitigkeiten interessiert. Und die Frage nach der Intimsprache Gottes kann vielleicht dafür gelten. Nochmals die herzlichsten Grüße. An Christine schreibe ich morgen, wenn auch nur einige Zeilen.«

Er kuvertierte nun diesen Brief an die Dobschütz, zugleich die beiden andern an Asta und Axel und war eben damit fertig, als es klopfte. »Herein.« Aber das Klopfen wiederholte sich nur, so daß Holk aufstand, um zu sehen, was es sei. Draußen stand Karin, die verlegen vor sich hin sah, trotzdem Verlegenheit zu den letzten ihrer Eigenschaften zählte. Sie behändigte Holk einige Zeitungen und Briefe, die der Postbote, der sehr eilig gewesen, um Zeitersparnisses willen unten beim gnädigen Fräulein mit abgegeben habe. Das gnädige Fräulein lasse sich dem Herrn Grafen empfehlen und habe vor, mit Baron Pentz einen Spaziergang zu dem »Stein« im Park zu machen – der Herr Graf wüßten schon, bis zu welchem Stein. Holk lächelte, ließ sich entschuldigen und nahm dann seinen Platz wieder ein, um zu sehen, was die neueste Post gebracht habe. Die Zeitungen, die bei der momentan herrschenden politischen Windstille wenig versprachen, schob er beiseite und musterte dabei schon die Handschriften der eingetroffenen Briefe. Sie ließen sich alle leicht erkennen; das war die des alten Petersen, das die seines Gärtners und diese hier die Handschrift Arnes, seines Schwagers. Der Poststempel »Arne-wiek« bestätigte nur.

»Von Alfred? Was will er? Er faßt doch sonst die Machtvollkommenheiten seiner Majordomusschaft weitgehend genug auf, um mich durch Anfragen nicht groß zu stören. Und ein wahres Glück, daß er so verfährt und überhaupt so ist, wie er ist. Ich habe nicht Lust, mich hier um Wollpreise zu kümmern oder um die Frage, wieviel Fetthämmel nach England verladen werden sollen. Das ist seine Sache beziehungsweise Christinens, und beide verstehen es außerdem viel besser als ich; die Arnes waren immer Agrikulturgrößen, was ich von den Holks eigentlich nicht sagen kann; ich meinerseits habe immer nur den Anlauf dazu genommen. Also was will er? Aber wozu mir den Kopf mit Vermutungen zerbrechen.« Und dabei nahm er den Brief und schnitt ihn mit einem kleinen Elfenbeinmesser auf, aber langsam, denn er stand unter einem Vorgefühl, daß ihm der Brief nicht viel Erfreuliches bringen werde.

Und nun las er:

Lieber Holk! Ich unterlasse es, wie Du weißt, grundsätzlich, Dir, in Deinen Kopenhagener Tagen, mit wirtschaftlichen Angelegenheiten aus Holkenäs beschwerlich zu fallen. Es war auch bisher nie nötig, da Dein liebenswürdiger Charakter es leicht macht, an Deiner Stelle zu regieren; Du hast nicht bloß die glückliche Gabe, mit dem, was andre tun, einverstanden zu sein, sondern die noch glücklichere, wenn der Ausnahmefall mal eintritt, fünf gerade sein zu lassen. Und um es gleich vorweg zu sagen, ich schreibe Dir auch heute nicht um pressanter wirtschaftlicher Dinge willen und habe noch weniger vor, ganz allgemein auf meine Lieblingspläne zurückzukommen, die, wie Du weißt, dahin gehen: lieber Shorthorns als Oldenburger (die Milchwirtschaft hat sich überlebt) und lieber Southdowns als Rambouillet. Was soll uns noch die Wollproduktion? Ein längst überwundener Standpunkt, der für die Lüneburger Heide passen mag, aber nicht für uns. Der Londoner Cattle-Market, der allein ist es, der für Güter wie die unsrigen in Betracht kommt. Meat, meat! Aber nichts mehr davon. Ich schreibe Dir wegen wichtigerer Dinge, wegen Christine. Christine, wie Dir die Dobschütz schon mitgeteilt haben wird, ist leidend, ernst und nicht ernst, wie Du's nehmen willst. Sie braucht weder nach Karlsbad noch nach Nizza geschickt zu werden, aber doch ist sie krank, krank im Gemüt. Und daran, lieber Holk, bist Du schuld. Was sind das für Briefe, die Du nun schon seit sechs Wochen schreibst oder, fast ließe sich sagen, auch nicht schreibst. Ich verstehe Dich nicht, und wenn ich Dir, von Anbeginn unserer Freundschaft an, immer vorgeworfen habe: ›Du kenntest die Frauen nicht‹, so muß ich jetzt alles Scherzhafte, was sich früher bei dieser Bemerkung mit einmischte, daraus streichen und Dir im bittersten Ernste sagen: Du verstehst die Frauen wirklich nicht, am wenigsten aber Deine eigene, meine

133

teure Christine. Unsere teure Christine wage ich, bei der Haltung, die Du zeigst, kaum noch zu sagen. Ich sehe nun freilich deutlich, wie Du hier ungeduldig wirst und nicht übel Lust hast, gerade mich als den Anstifter und Begründer all der Behandlungssonderbarkeiten zu verklagen, in denen Du Dich seit Deiner Abreise von Holkenäs mit ebensoviel Virtuosität wie Konsequenz ergehst. Und wenn Du Dich mir und meinen früheren Ratschlägen gegenüber durchaus auf Deinen Schein stellen willst, so kann ich Dir ein bestimmtes Recht dazu nicht absprechen. Ja, es ist richtig, ich habe Dir mehr als einmal zu dem Wege geraten, den Du nun eingeschlagen hast. Aber, mein lieber Schwager, muß ich Dir zurufen: est modus in rebus? Muß ich Dich darauf aufmerksam machen, daß in all unserem Tun das Maß entscheidet und daß der klügste Rat, Pardon, daß ich den meinigen darunter zu verstehen scheine, sicherlich in sein Gegenteil verkehrt wird, wenn der, der ihn befolgt, das richtige Maß nicht hält und den Bogen einfach überspannt? Und das hast Du getan und tust es noch. Ich habe Dich beschworen, Christinens Eigenwillen gegenüber auf der Hut zu sein und ihrem Herrschergelüste, das sich hinter ihrer Kirchlichkeit verbirgt und zugleich immer neue Kraft daraus saugt, energisch entgegenzutreten, und ich habe Dir, so ganz nebenher, auch wohl den Rat gegeben, es mit Eifersucht zu versuchen und in Deiner Frau, meiner geliebten Schwester, die Vorstellung zu wecken: auch der sicherste Besitz sei nicht unerschütterlich sicher und auch der beste Mann könne seine schwache Stunde haben. Ja, lieber Holk, in diesem Sinne habe ich zu Dir gesprochen, nicht leichtfertig, sondern, wenn mir der Ausdruck gestattet ist, aus einer gewissen pädagogischen Erwägung, und ich bedaure nichts davon und habe auch nicht nötig, irgendwas davon zurückzunehmen. Aber was hast Du nun in Anwendung dieser, glaub ich, richtigen Sätze tatsächlich daraus gemacht? Aus Prickeleien, die vielleicht gut gewesen wären, sind Verletzungen, aus Nadelstichen sind giftige Pfeile geworden, und, was schlimmer ist als alles, an die Stelle einer gewissen Zurückhaltung, der man den Kampf und die Mühe der Durchführung hätte ansehen müssen, an die Stelle solcher Zurückhaltung ist Nüchternheit getreten und ein nicht immer glückliches, weil forciertes Bestreben, diese Nüchternheit hinter Stadtklatsch- und Hofklatschgeschichten zu verbergen. Ich habe Deine Briefe gelesen – es waren ihrer nicht allzuviel, und keinen einzigen traf der Vorwurf, zu lang gewesen zu sein –, aber die Hälfte dieser wenigen beschäftigt sich mit der märchenhaften Schönheit der doch mindestens etwas sonderbaren Frau Brigitte Hansen und die zweite Hälfte mit den Geistreichigkeiten des ebenfalls etwas sonderbaren Fräulein Ebba von Rosenberg. Für Deine Frau, Deine Kinder hast Du während dieser langen Zeit keine zwanzig Zeilen gehabt, immer nur Fragen, denen man abfühlte, daß sie nach Antwort nicht sonderlich begierig waren. Ich glaube, lieber Holk, daß es genügt, Dich auf all das einfach aufmerksam gemacht zu haben.

Du bist zu gerecht, um Dich gegen das Recht der hier vorgebrachten Klage zu verschließen, und bist zu gütigen und edlen Herzens, um, wenn Du das Recht dieser Klage zugestanden hast, nicht auf der Stelle für Abhilfe zu sorgen. Die Stunde, wo solcher Brief auf Holkenäs eintrifft, wird zugleich die Stunde von Christinens Genesung sein; laß mich hoffen, daß sie nahe liegt. Wie immer

Dein Dir treu und herzlich ergebener Schwager

Alfred Arne

Holk war so getroffen von dem Inhalt dieses Briefes, daß er darauf verzichtete, die beiden andern zu lesen. Petersen schrieb vielleicht ähnliches. Zudem war die Stunde da, wo er bei der Prinzessin erscheinen mußte, vor der er ohnehin fürchtete seine Erregung nicht recht verbergon zu können. Und er wäre auch wirklich damit gescheitert, wenn bei seinem Erscheinen alles wie sonst und die Prinzessin bei freiem Blick gewesen wäre. Dies war aber nicht der Fall, weil der Prinzessin selber inzwischen ein Brief zugegangen war, der ihr Gemüt gefangennahm und ihr die Fähigkeit raubte, sich um Holks Benommenheit zu kümmern.

Vierundzwanzigstes Kapitel

Der bei der Prinzessin eingetroffene Brief war ein Brief des Kammerherrn Baron Blixen-Fineke und lautete:

Eurer Königlichen Hoheit in aller Eile die gehorsamste Mitteilung, daß Seine Majestät der König, der heute noch von Glücksburg nach Kopenhagen zurückkehrt, mit der Absicht umgeht, die nächsten Wochen in Schloß Frederiksborg zu verbringen, wahrscheinlich bis Neujahr; jedenfalls gedenkt er das Weihnachtsfest daselbst zu feiern. Es werden ihn nur wenige Personen aus seiner nächsten Umgebung begleiten: Oberst du Plat vielleicht, Kapitän Westergaard und Kapitän Lundbye gewiß. Ich hielt es für angezeigt, Eure Königliche Hoheit von diesem Entschlusse Seiner Majestät in Kenntnis zu setzen.

Eurer Königlichen Hoheit untertänigster

Blixen-Fineke

Der erste Gedanke nach Lesung dieser Zeilen war gewesen, das Feld zu räumen und noch vor Eintreffen des Königs, also womöglich noch vor Ablauf der nächsten vierundzwanzig Stunden, nach Kopenhagen zurückzukehren. War der König erst da, so war solcher Rückzug, wenn nicht unmöglich, so doch sehr erschwert, weil, bei den persönlich guten Beziehungen zwischen Neffen und Tante, zu klar zutage getreten wäre, daß die Prinzessin nur vermeiden wolle, mit der von ihr gehaßten Gräfin Danner unter einem Dache zu sein. Also rasches Entschließen war unerläßlich und »Abreise oder nicht« die Frage, die den um die Prinzessin versammelten Kreis beschäftigte, vor allem Ebba, die mehr Hoffnungen als Befürchtungen an die Möglichkeit einer raschen Rückkehr knüpfte. Denn einen so fein ausgebildeten Natursinn sie hatte und so gut ihr Schleppegrell, trotz gelegentlicher Auflehnung gegen ihn und seine ewige Altertümlerei, gefiel, so war ihr alles in allem die Hauptstadt, wo man die Neuigkeiten sechs Stunden früher und außerdem abends eine Theaterloge hatte, doch um ein erhebliches lieber. Die große Frederiksborger Halle war in ihrer Art ein Prachtstück, gewiß, und wenn die Lichter und Schatten an Wand und Decke hinliefen, so hatte das seine Romantik und seinen kleinen Schauer; aber man konnte doch nicht sechs Stunden lang, von Dunkelwerden bis Schlafenszeit, mit immer gleichem Interesse nach Herluf Trolle hinüberblicken und noch weniger auf die große Seeschlacht und den in die Luft fliegenden »Makellos«.

Ja, die Rückkehr, wenn die Entscheidung bei Ebba gelegen hätte, wäre rasch beschlossen worden; die Prinzessin aber, die schon aus Aberglauben von einem Platze nicht gern fort wollte, den sie sich durch Jahrzehnte hin als ihren Weihnachtsplatz anzusehen gewöhnt hatte, verharrte, ganz gegen ihren sonstigen Charakter, in einer gewissen Unschlüssigkeit und war froh, als Holk bemerkte: »Verzeihung, Königliche Hoheit, aber steht es denn überhaupt fest, daß die Gräfin den König begleiten wird? Seine Majestät, soviel ich weiß, ist voll Rücksicht gegen Eure Königliche Hoheit und kennt nicht nur Dero Gefühle, sondern respektiert sie auch. Er läßt sich dadurch in seiner Neigung nicht beirren und kann auch nicht, wenn das Volk recht hat, das an eine Art Hexenzauber glaubt, worin ihn die Danner eingesponnen; aber er kann in seiner Neigung durchaus beharren und die Gräfin doch drüben in Skodsborg belassen. Er besucht sie dann jeden Tag, was ihm vielleicht noch besser behagt, als sie von Morgen bis Abend um sich zu haben. Denn jede Stunde sie mit Liebesaugen anzusehen, wenn es solche Zeiten überhaupt für ihn gegeben hat – das sind doch wohl Tempi passati.«

»Wer weiß«, lachte die Prinzessin. »Sie sehen, lieber Holk, in dem Behextsein etwas wie etwa das intermittierende Fieber und glauben an freie Tage. Das leuchtet mir aber nicht ein. Ein richtiger Zauber pausiert nicht und setzt nicht aus. Gib mir übrigens, liebe Ebba, noch einmal Blixen-Finekes Brief herüber; ich will genau lesen, was er schreibt. Er ist der Mann des vorsichtigen Ausdrucks.«

Ebba brachte den Brief, und die Prinzessin las: »›... es werden ihn nur wenige Personen aus seiner nächsten Umgebung begleiten, Oberst du Plat vielleicht, Kapitän Westergaard und Kapitän Lundbye gewiß...‹ Holk hat recht; Blixen-Fineke weiß zu gut, wie wir stehen, als daß er nicht wenigstens eine Andeutung gemacht haben sollte. Die Gräfin kommt nicht, und mit meinem Neffen weiß ich mich gut zu stellen. Er ist eine Seele, gütig, der beste Mensch von der Welt. Jedenfalls brauchen wir nicht heute schon an Abreise zu denken. Aller Wahrscheinlichkeit nach wird auch Berling noch schreiben, und der wird sich weniger diplomatisch ausdrücken als Fineke.«

Wirklich, am andern Tage kam ein Billet vom Kammerherrn Berling, das zunächst die Bestätigung von dem noch bevorstehenden Eintreffen des Königs, zugleich aber, hinsichtlich der Danner, vollkommene Beruhigung brachte. Die Gräfin werde wieder, nach eigenem Wunsch, in Skodsborg Wohnung nehmen und daselbst die Besuche des Königs empfangen. Damit war der Schwankezustand, in dem man sich einen Tag lang befunden hatte, völlig beseitigt, und es stand fest, man blieb. Aber auch wenn das Entgegengesetzte beschlossen worden wäre, so würde sich doch der Ausführung dieses Beschlusses ein unübersteigliches Hindernis entgegengestellt haben: die Prinzessin erkrankte. Der Charakter der Krankheit blieb freilich unaufgeklärt, was es aber auch sein mochte (man hatte zuletzt von einem versteckten, aber gutartigen Nervenfieber gesprochen), Doktor Bie von Hilleröd sprach dreimal des Tages vor und nahm regelmäßig an dem für die Personen des Hofstaates servierten Lunch und meist auch an den anderen Tagesmahlzeiten teil. Doktor Bie war der Bruder der Frau Pastorin Schleppegrell, mit der er die kleine Figur, das Embonpoint und die klugen, freundlichen Augen gemein hatte, zugleich die Wohlgelittenheit bei der Prinzessin. Er trug einen Bambus mit Goldknopf und eine goldene Brille, die er regelmäßig abnahm, wenn er etwas sehen wollte, zählte den Puls laut, wie ein Klavierlehrer die Takte, und plauderte gern von Island und Grönland, wo er vierzehn Jahre lang Schiffsarzt gewesen war. Gegen die Residenzler war er im allgemeinen sehr eingenommen. »Es ist in Kopenhagen Sitte geworden, über die Isländer zu lachen; aber ich nenne da nur den Are Marson, der Amerika fünfhundert Jahr vor Kolumbus entdeckte, und Erik den Roten und Ulf den Schieler und seine ganze Sippe, lauter Helden und weise Männer – das alles waren Isländer, und ich beklage, daß Königliche Hoheit die Insel nie besucht haben. Es ist ein ganz eigen Gefühl, ein Ei zu essen, das im Geiser gekocht wurde, vielleicht in einem Augenblicke, wo die beiden Feuerspeier dazu leuchteten. Daß die Isländer unsere Zeitungen um zwölf Monate zu spät lesen, immer gerade die Nummern vom Jahre vorher, das ist alles eine hochmütige Kopenhagener Einbildung: die Isländer schreiben sich ihre Zeitungen selbst, können auch, denn jeden dritten Tag kommt ein englisches oder amerikanisches Schiff, und wenn in Reykjavik ein Stiftsamtmann oder auch bloß ein Sysselmann gewählt wird, so ist das geradeso interessant, wie wenn sich die Kopenhagner einen neuen Burgemeister wählen. Ach, Königliche Hoheit, ich möchte beinah sagen, es ist überhaupt kein Unterschied zwischen einem Dorf und einer Residenz; überall wohnen Menschen und hassen und lieben sich, und ob eine Sängerin eine Minute lang einen

Triller schlägt oder ob ein Fiedler den ›dappren Landsoldaten‹ spielt, das macht keinen großen Unterschied, wenigstens mir nicht.« Bei solchen Betrachtungen war er der heitersten Zustimmung der Prinzessin allemal sicher, und wenn Pentz und Ebba fragten: »ob Königliche Hoheit nicht doch vielleicht Ihren Leibarzt, Doktor Wilkins, beföhlen, der ohnehin nichts zu tun habe und dann und wann daran erinnert werden müsse, daß er sein Gehalt eigentlich doch bloß für eine Sinekure bezöge«, so lehnte die Prinzessin dies ab und sagte: »Nein, am Sterben bin ich noch nicht. Und wenn ich am Sterben wäre, so würde mich Doktor Wilkins, der alles liest, aber nicht viel weiß, auch nicht zurückhalten können. Was irgend ein Mensch für mich tun kann, das tut Bie für mich, und wenn ich ihm eine halbe Stunde zugehört und während seiner Erzählungen im Rentierschlitten mit ihm gesessen oder wohl gar bei Missionar Dahlström eine rote Grütze mit ihm gegessen habe, so habe ich bei solcher Gelegenheit allemal das gehabt, was man die heilsame Gegenwart des Arztes nennt; ›medico praesente‹, so heißt es ja wohl, da ruht die Krankheit. Nein, Bie muß bleiben. Und was würde seine Schwester zu solcher Kränkung sagen, die gute kleine Pastorin, die ihn für so berühmt hält wie Boerhaave und ganz aufrichtig denkt, daß man die alte Geschichte wiederbeleben und mit voller Sicherheit des Eintreffens vom Nord- oder Südpol aus an ihn schreiben könnte: ›An Dr. Bie in Europa‹.«

Die Krankheit der Prinzessin, so wenig gefährlich sie war, zog sich hin. Der König, inzwischen eingetroffen, hatte mit den Personen seiner nächsten Umgebung den linken Flügel bezogen und beschränkte sich, was die Prinzessin anging, darauf, sich jeden Tag nach dem Befinden derselben erkundigen zu lassen. Sonst wurde man seiner kaum gewahr, was teils mit seiner häufigen Anwesenheit drüben in Skodsborg, teils mit seiner Lebensweise zusammenhing. Er liebte nun mal die Vergnügungen im Freien. War nicht Hetzjagd, so war Pirschjagd, und war nicht Dachsgraben, so war Graben nach Steinbetten und Moorfunden, ja mitunter war er bis Vinderöd und Arreseedal hinüber, um von dort aus, wo seine Boote lagen, auf dem großen Arresee zu segeln.

Holk, der die Kapitäne Westergaard und Lundbye noch von Schleswig und Flensburg her, wo sie vorübergehend in Garnison gestanden hatten, gut kannte, suchte den Verkehr mit ihnen zu erneuern, was auch gelang und ihm dann und wann ein paar vergnügliche Plauderstunden eintrug; aber wenn er dann wieder allein war und nach Holkenäs hinüberdachte, kam ihm ein Gefühl schwerer Verlegenheit und Sorge. Das ging nicht so weiter. Die Korrespondenz zwischen ihm und Christine stockte völlig; aber auch die Briefe von Petersen und Arne waren noch unerledigt. Dieser letztere wenigstens mußte beantwortet werden (schon eine Woche war seit seinem Empfange vergangen), wenn er's nicht auch mit dem noch verderben wollte, der allezeit sein bester Freund und Berater und vielleicht nur zu oft sein Anwalt in seinen früheren kleinen Kämpfen mit Christine gewesen war.

Es war ein dienstfreier Tag, hell und klar, und Doktor Bie, von der Prinzessin kommend, hatte bei ihm vorgesprochen und ihn durch Hilleröder Stadtklatsch und kleine Doktorgeschichten in eine behagliche Stimmung versetzt. Diese Stimmung wollte er nicht ungenutzt vorübergehen lassen; Stimmung war schon der halbe Brief. Und was war es denn auch am Ende? Christine war eine Frau mit weniger Vergnüglichkeit als wünschenswert und mit mehr Grundsätzen als nötig; das war eine alte Geschichte, die von niemandem bestritten wurde, kaum von Christine selbst. In diesem Sinne sprach er noch eine Weile vor sich hin, und als er sich mehr und mehr in die Vorstellung hineingeredet hatte, daß alles, genau betrachtet, eine bloß aufgebauschte Geschichte sei, weil ja doch eigentlich nichts vorläge, nahm er schließlich seinen Platz am Schreibtisch und schrieb:

Lieber Arne! Sei herzlich bedankt für Deinen lieben Brief vom 23. v. M., um so herzlicher, als ich, nach so vielen Beweisen Deiner freundschaftlichen Gefühle für mich, sehr wohl weiß, daß Du, bei starker Hervorhebung Deiner Bedenken über mein Tun und Lassen, nur der Vorstellung einer Pflicht gehorchtest. Aber, lieber Arne, laß mich Dich fragen, lag eine solche Pflicht wirklich vor? Hast Du nicht, um diesmal als Christinens Anwalt (sonst warst Du der meine) das Recht Deiner Klientin gegen mich zu wahren, mich in ein Unrecht gesetzt, das gar nicht existiert? Alles Anklagematerial gegen mich ist meinen eigenen Briefen entnommen. Nun, diese Briefe liegen jetzt drüben in Holkenäs und sind mir nicht mehr in jedem Einzelpunkt gegenwärtig, aber wenn ich ihren Inhalt aus dem Gedächtnis rekapituliere, so kann ich nichts finden, was eine Beschuldigung rechtfertigte. Da sind die Hansens, und da ist das Fräulein von Rosenberg, bei deren Schilderung ich, wie ein englisches Sprichwort sagt, ›mehr Petersilie an das Hühnchen gelegt haben mag, als unbedingt nötig war‹; aber ein solches Zuviel hätte mir entweder auf Unbefangenheit gedeutet werden müssen oder auf einen Hang, das Ridiküle durch sich selber wirken zu lassen. Ich entsinne mich, in einem meiner Briefe von einer halb märchenhaften Audienz der schönen Kapitana beim Kaiser von Siam und in einem andern von dem pikanten und allerdings etwas freisinnigen Fräulein von Rosenberg als von einem ›David Straußschen Amanuensis‹ gesprochen zu haben, und nun frag ich Dich, lieber Arne, ob das Auslassungen sind, die Christinens Empfindlichkeiten und im weitern Verlauf Deine brieflichen Vorwürfe rechtfertigen. Ich sprach eben von meiner Unbefangenheit, die mir zum Guten gedeutet werden müsse, will aber im Gegensatze dazu einräumen – und das ist das einzige Zugeständnis, das ich machen kann –, daß mir in meiner Korrespondenz mit Christine der richtige Ton schließlich verlorengegangen ist. Von dem

Augenblick an, wo man sich beargwohnt sieht, ist es schwer, in Ton und Haltung korrekt zu bleiben, und um so schwerer, als es den Unschuldsgrad gar nicht gibt, der einen, wenn erst mal Zweifel angeregt wurden, gegen Bedenken und kleine Vorwürfe seiner selbst ein für allemal sicherstellte. Was wandelt uns nicht alles an, was beschleicht uns nicht alles? Vieles, alles. Aber schon Martin Luther, dies weiß ich aus der Traktätchenliteratur, die immer nur zu fleißig in unser Haus kam, hat einmal ausgesprochen: ›Wir können nicht hindern, daß die bösen Vögel über uns hinfliegen, wir können nur hindern, daß sie Nester auf unserm Haupte bauen.‹ Ja, Schwager, es bleibt dabei, Christine, so vieler Tugenden sie sich rühmen darf, eine hat sie nicht, sie hat nicht die der Demut, und genährt und großgezogen in der Vorstellung einer besonderen Rechtgläubigkeit, von der sie beständig Heilswirkungen und Erleuchtungen erwartet, kommt sie natürlich nicht auf den Gedanken, daß sie, gleich anderen, auch irren könnte. Sie hat Asta nach Gnadenfrei gebracht und Axel nach Bunzlau, das sind Taten, die Schwächen und Irrtümer ausschließen, Irrtümer, denen andere, die statt nach Herrnhut nach Kopenhagen reisen, ein für allemal unterworfen sind. Und nachdem ich so meine Verteidigung geführt und gegen den Schluß hin, mehr, als mir lieb ist, die Rolle des Angeklagten mit der des Anklägers vertauscht habe, verabschiede ich mich und lege meine Sache in Deine Hand, vollkommen sicher darin, daß Deine Klugheit und vor allem auch die Liebe, die Du gleichmäßig für mich wie für Christine hegst, alles zum Guten hinausführen wird. Und damit Gott befohlen. Wie immer

Dein Dir herzlich ergebener

Holk

Als er die Feder aus der Hand gelegt hatte, nahm er den Bogen und stellte sich ans Fenster, um alles, Zeile für Zeile, noch einmal durchzusehen. Er fand manches auszusetzen und murmelte, wenn ihm dies und das nicht zusagte, »fast so doktrinär wie Christine«; der Schluß aber von der »besonderen Rechtgläubigkeit« gefiel ihm und mehr noch die Stelle von der »eingebüßten Unbefangenheit«, eingebüßt, »weil es, sobald man erst unter Anklage stehe, keinen Unschuldsgrad gäbe, der einen gegen Zweifel und gelegentliche Selbstvorwürfe sicherstelle«.

Sein Auge weilte wie gebannt darauf, bis zuletzt die Befriedigung darüber hinschwand und ihn nichts mehr daraus ansah als das Bekenntnis seiner Schuld.

Fünfundzwanzigstes Kapitel

Die schönen Tage, die, seinem Ruf zum Trotz, fast den ganzen November über angedauert hatten, schlossen mit dem Monatswechsel ab, und heftige Nordweststürme setzten ein, nur dann und wann von Regenschauern unterbrochen, die freilich oft schon nach wenig Stunden einem neuen Nordwester Platz machten. Dieser Wetterumschlag änderte natürlich auch das Leben im Schloß; alle Spaziergänge, die sich nicht selten bis Fredensborg und südlich bis Lilleröd ausgedehnt hatten, hörten auf, und an die Stelle der halb dienstlichen Vereinigungen in der großen Herluf-Trolle-Halle traten jetzt kleine Reunions, die sich zwischen »hüben und drüben« oder, was dasselbe sagen wollte, zwischen den beiden Türmen teilten und an einem Abend bei der einen, am andern bei der anderen der beiden Hofdamen stattfanden. Die Prinzessin hatte dies eigens so gewünscht, und die Schimmelmann, so steif und zeremoniell sie sonst sein mochte, war als Wirtin von großer Liebenswürdigkeit, so daß ihre »Abende« mit denen Ebbas wetteifern durften. Die Zusammensetzung der Gesellschaft war immer dieselbe: voran der Hofhalt der Prinzessin, dazu das Schleppegrellsche Paar und die beiden Adjutanten des Königs, von denen Lundbye sich auf den Hof- und Lebemann, Westergaard auf den Freisinnigen hin ausspielte, kleine gesellschaftliche Nuancen, die den Reiz des Verkehrs mit ihnen nur noch steigerten. Ja, man sah sich täglich, immer nur zwischen dem Links- und Rechtsturm wechselnd, und wie die Zusammensetzung der Gesellschaft dieselbe war, so war es auch die Form der Unterhaltung, die sich auf Lustspiele lesen und Deklamation und, wenn es hoch kam, auf ein Stellen von Bildern beschränkte. Dann und wann, schon um Pentz und der Schimmelmann willen, wurde auch eine Whistpartie beliebt, die dann, nach dem Abendbrot, in ein kleines, sehr harmloses Hasard überging. Ebba gewann immer, »weil sie«, wie sie sagte, »Unglück in der Liebe habe«. Man war heiter bis zur Ausgelassenheit, und während selbstverständlich über das ewige Sturm- und Regenwetter und mehr noch über die nicht enden wollende Krankheit der Prinzessin geklagt wurde, gestand man sich doch gleichzeitig, daß man diesem angeblichen Unglück all das Glück verdanke, dessen man sich erfreute.

So ging es bis den zweiten Advent; da schlug das Wetter abermals um, und mit dem scharfen Nordost, der jetzt einsetzte, kam sofort auch bittre Kälte, die, gleich in der ersten Nacht, alle Tümpel und Regenlachen und schon den Tag darauf auch den kleinen Schloßsee mit Eis bedeckte. Dem Schloßsee folgte dann der breite, nach Ost und West hin mit dem Esrom- und Arresee Verbindung haltende Parkgraben, und als abermals eine Woche später die Nachricht kam, daß auch die großen Seen selbst, an ihren Ufern wenigstens, mit starkem Eise belegt seien, wurde – nachdem Doktor Bie beschworen hatte, daß ein Ausflug bei blankem Wetter genau das sei, was die von »Schloß-Malaria«, so war sein Ausdruck, herrührenden Zustände der Prinzessin am ehesten beseitigen werde – der nächste Tag schon für eine Schlitten- beziehungsweise Schlittschuhpartie nach dem Arresee hin festgesetzt.

Und nun war dieser Tag da, sonniger und frischer als alle voraufgegangenen, und kurz vor zwei traf man sich an der uns wohlbekannten Stelle, wo jetzt die Strickfähre eingefroren im Eise lag. Die, die sich daselbst zusammenfanden, waren zunächst die Prinzessin selbst mit Holk und Ebba, dann Schleppegrell und die beiden Adjutanten. Pentz fehlte, weil er zu alt, die Pastorin, weil sie zu korpulent war, während sich Erichsen und die Schimmelmann dem ziemlich scharfen Nordost, der ging, nicht aussetzen mochten. Aber auch diese vier hatten auf ein bestimmtes Maß von Teilnahme nicht verzichten wollen und waren in eine geschlossene Kutsche gestiegen, um, vorausfahrend, die wetterfestere Hälfte der Gesellschaft in einem kleinen, dicht an der Einmündung des Parkgrabens in den Arresee gelegenen Gasthause zu erwarten.

Neben der Fähre, die durch vorausgeschickte Dienerschaften in ein Empfangs- und Unterkunftszelt verwandelt worden war, stand ein eleganter Stuhlschlitten, und als die Prinzessin darin untergebracht und mit Hilfe von allerhand Pelzwerk vor Erkältung geschützt worden war, handelte sich's für die begleitenden Schlittschuhläufer nur noch um die Frage, wer die Führung übernehmen, und zweitens, wer mit der Ehre, den Schlitten der Prinzessin über das Eis hinzusteuern, betraut werden sollte. Rasch entschied man sich, daß Schleppegrell, als Ortskundigster, den Zug zu führen, Holk aber den Schlitten der Prinzessin zu steuern habe, während, dicht aufschließend, das Fräulein an der Hand der beiden Offiziere folgen sollte. Nach dieser Anordnung wurde denn auch wirklich aufgebrochen, und weil alle sehr geschickte Läufer, außerdem auch die Kostüme gut und kleidsam gewählt waren, so war es eine Freude, den Zug über die glatte Eisfläche hinschießen zu sehen. Am imponierendsten wirkte Schleppegrell, der heute mehr einem heidnischen Wotan als einem christlichen Apostel glich: sein Mantelkragen bauschte sich über dem Krempenhut hoch im Winde, während er den Pikenstock, um die Schnelligkeit zu steigern, immer kraftvoller ins Eis stieß. Die Prinzessin war erfreut und sprach es zu Holk auch aus, ihren »Pfadfinder« so phantastisch vor sich herfahren zu sehen, aber ihr Schönheitssinn, der ihr, trotz des ihr fehlenden Sinnes für Ordnung und Eleganz, in hohem Maße zu eigen war, würde doch noch erfreuter gewesen sein, wenn sie, gelegentlich rückwärts blickend, auch das Bild der ihr folgenden drei hätte vor Augen haben können. Ebba, das Kleid geschürzt und in hohen Schlittschuhstiefeln, trug eine schottische Mütze, deren Bänder im Winde flatterten, und jetzt rechts dem einen und dann wieder links dem andern ihrer Partner die Hand reichend, glich ihr Eislauf einer Tanztour, darin sie sich, trotz weitausholender Seitenbewegungen, in wachsender Raschheit vorwärts bewegte. Der zurückzulegende Weg war nicht viel kürzer als eine Meile, aber ehe noch eine halbe Stunde um war, wurde man schon des hochgelegenen Gasthauses, daraus ein heller Rauch aufstieg, ansichtig und dahinter der weiten Fläche des Arresees, blinkend und blitzend, soweit das Eis ging, und dann bläulich zitternd, wo der See, noch eisfrei, dem Meere sich zudehnte.

Schleppegrell, als er das Ziel vor Augen hatte, schwenkte triumphierend den Pikenstock, und das ohnehin schon rasche Tempo womöglich noch beschleunigend, war er in kürzester Frist bis an das Gasthaus heran, auf dessen vorgebauter Treppe Pentz und die Schimmelmann und mit ihnen auch die kleine Pastorsfrau schon standen und die Herankommenden mit Tücherwehen begrüßten. Nur Erichsen, eine Schachtel Cachou in Händen, war, wie sich später ergab, in der Gaststube zurückgeblieben. Holk, die eine Hand auf die Rücklehne des Schlittens gelegt, lüpfte mit der andern den Hut, und im nächsten Augenblicke schon hielt er an einem kleinen Wassersteg, dessen Bretterlage bis zu dem Gasthause hinauf sich fortsetzte. Pentz, mittlerweile herangekommen, bot der Prinzessin seinen Arm, um sie, während Schleppegrell und die beiden Kapitäne folgten, die Düne hinaufzuführen, und nur Holk und Ebba standen noch an dem Wassersteg und sahen erst den Voraufgehenden nach und dann einander an. In Holks Blick lag etwas wie von Eifersucht, und als Ebbas Auge mit einem halb spöttischen »Ein jeder ist seines Glückes Schmied« darauf zu antworten schien, ergriff er ungestüm ihre Hand und wies nach Westen zu, weit hinaus, wo die Sonne sich neigte. Sie nickte zustimmend und beinah übermütig, und nun flogen sie, wie wenn die Verwunderung der Zurückbleibenden ihnen nur noch ein Sporn mehr sei, der Stelle zu, wo sich der eisblinkende, mit seinen Ufern immer mehr zurücktretende Wasserarm in der weiten Fläche des Arresees verlor. Immer näher rückten sie der Gefahr, und jetzt schien es in der Tat, als ob beide, quer über den nur noch wenig hundert Schritte breiten Eisgürtel hinweg, in den offnen See hinauswollten; ihre Blicke suchten einander und schienen zu fragen: »Soll es so sein?« Und die Antwort war zum mindesten keine Verneinung. Aber im selben Augenblicke, wo sie die durch eine Reihe kleiner Kiefern als letzte Sicherheitsgrenze bezeichnete Linie passieren wollten, bog Holk mit rascher Wendung rechts und riß auch Ebba mit sich herum.

»Hier ist die Grenze, Ebba. Wollen wir drüber hinaus?« Ebba stieß den Schlittschuh ins Eis und sagte: »Wer an zurück denkt, der will zurück. Und ich bin's zufrieden. Erichsen und die Schimmelmann werden uns ohnehin erwarten – die Prinzessin vielleicht nicht.«

Sechsundzwanzigstes Kapitel

Eine Stunde nach Sonnenuntergang, als, um Pentz zu zitieren, Holk und Ebba von ihrer »Eismeer-Expedition wieder in gesicherte Verhältnisse zurückgekehrt waren«, trat man in einem geschützten und mit Decken wohlversehenen Char-à-banc, der Platz für alle hatte, den Heimweg nach Frederiksborg an. Unterwegs wurde der »romantischen Eskapade«, trotz der Gegenwart der beiden Flüchtlinge, mit sichtlicher Vorliebe gedacht, und der Ton, in dem es geschah, ließ keinen Zweifel darüber, daß man alles als etwas vergleichsweise Harmloses, als einen bloßen Übermutsstreich ansah, zu dem Ebba den armen Holk gedrängt habe, der nun, wohl oder übel, habe nachgeben müssen. In diesem Sinne sprachen die meisten, und nur die Prinzessin konnte sich, ganz gegen ihre Gewohnheit, nicht entschließen, in den heitren Ton mit einzustimmen, schwieg vielmehr, was, wenn auch sonst niemandem, so doch den beiden Adjutanten auffiel, die sich bei diesem Schweigen einiger schon vorher von seiten der Prinzessin gemachter, halb ängstlicher, halb mißbilligender Bemerkungen erinnern mochten. »Ebba liebt mit der Gefahr zu spielen«, so hatte das Gespräch drinnen im Gasthause begonnen, »und sie darf es auch, weil sie ein Talent hat, ihren Kopf klug aus der Schlinge zu ziehen. Sie wird wohl für alle Fälle einen Rettungsgürtel unter der Pelzjacke tragen. Aber nicht jeder ist so klug und so vorsichtig und am wenigsten unser guter Holk.«

Dies alles war am Kaffeetische so halb scherzhaft hingesagt worden, während Holk und Ebba noch draußen waren; aber hinter dem Scherze hatte sich offenbar ein Ernst versteckt.

Gegen sechs war man im Schlosse zurück, und als man sich gleich darauf von der Prinzessin, die noch immer die Abende allein zuzubringen liebte, getrennt hatte, nahm man auch untereinander Abschied, aber allerdings unter dem gleichzeitigen Zuruf: »Auf Wiedersehen heut abend.«

»Und in welchem Turm?« fragten die beiden Kapitäne, die, Dienstes halber, während der letzten Abende in dem kleinen Kreise gefehlt hatten.

»Nun, im Ebba-Turm. Und nicht später als acht. Wer später kommt, zahlt Strafe.«

»Welche?«

»Das findet sich.«

Und danach ging jeder auf sein Zimmer, nachdem noch Schleppegrell versprochen hatte, seinen Schwager, Doktor Bie, mitzubringen.

Die beiden Schleppegrells und Bie, die den weitesten Weg hatten, waren natürlich die Pünktlichsten und ersten und trafen, weil es inzwischen leise zu schneien begonnen hatte, von kleinen Flocken überstäubt auf dem untern Turmflur ein, von dem aus eine Wendeltreppe zunächst in Ebbas und dann höher hinauf in Holks Zimmer führte. Was dann im dritten und vierten Stocke noch folgte, darum hatte sich von allen Turmbewohnern bis dahin niemand gekümmert, nicht einmal Karin, die sich's, seitdem es kalt geworden, nur noch angelegen sein ließ, möglichst warm

zu sitzen, erst um ihret- und zum zweiten um eines jungen Gärtnerbur-
schen willen, mit dem sie, gleich während der ersten vierundzwanzig
Stunden ihres Frederiksborger Aufenthalts, ein intimes Verhältnis ange-
knüpft hatte. Sie war darin überaus erfahren, und Wärme, wie sie wußte,
kam der Liebe zustatten. Auch heute wieder hatte sie für eine rechte Be-
haglichkeit gesorgt, und als sich die Hilleröder Gäste von der auf dem
Flur herrschenden Temperatur angeheimelt fühlten, sagte Doktor Bie,
während er Karin die Hand patschelte: »Das ist recht, Karin. Ihr schwedischen Mädel, ihr versteht es. Aber wie fängst du's nur an, es hier auf
dem Flur so warm zu haben? Es ist ja, daß man sich gleich hier auf die
Treppe setzen und den Abend bei dir zubringen möchte.«

Schleppegrell, der die schiffsärztlichen Verkehrsformen seines Schwagers nur zu gut kannte, warf diesem einen zu minderer Vertraulichkeit
auffordernden Blick zu, Karin aber, die sich mit jedem und nicht zum wenigsten mit alten Schiffschirurgen auf einen guten Fuß zu stellen liebte,
wies auf eine hinter dem Treppenaufgang gelegene Wandstelle, die gerad in der Mitte zu glühen schien. Und im Nähertreten sah unser Freund
Bie denn auch, daß sich hier ein in die Wand hineingebauter mächtiger
Ofen befand, dessen Front natürlich in Karins Zimmer ging, während die
schmucklose, nur aus Backsteinen und einer großen Eisenplatte herge-
stellte Hinterwand den ganzen Unterflur und mit ihm zugleich das halbe
Treppenhaus heizte. »Vorzüglich«, sagte Bie, »vorzüglich. Das werd ich
bei der Schloßverwaltung anregen und zur Nacheiferung empfehlen. Eiserner Ofen mit sozusagen Doppelheizung, Flur und Stube zugleich.
Drüben bei der Schimmelmann, die freilich keine Karin zur Aushilfe hat,
herrscht immer eine grimmige Kälte; man friert Stein und Bein und die
Schimmelmann natürlich mit. Und da soll man dann helfen bei den ewigen Katarrhen, von erfrornen Händen und roter Nase gar nicht zu sprechen. Ein Glück, daß die Danner nicht hier ist. Die hat freilich ihren Leibarzt und, nicht zu vergessen, auch mehr natürliche Wärme. Sonst wäre
sie nicht die, die sie ist.«

Schleppegrell war mit dem, was sein Schwager an baulichen Verbes-
serungsvorschlägen vorbrachte, sichtlich uneinverstanden und sagte,
während alle drei jetzt die Treppe hinaufstiegen: »Ich bin ganz dagegen,
Bie. Laß die Türme genauso, wie sie sind.«

»Ach«, lachte Bie. »Du hast wieder historische Bedenken. Ein Turm, in
dem man zweihundert Jahre lang gefroren hat, in dem muß weitergefro-
ren werden. Das nennt ihr dann Pietät, und die Pastoren haben vielleicht
noch ein größeres Wort dafür. Ich für meine Person, ich bin für warm sitzen.«

»Ja«, sagte Schleppegrell, »das ist das Vorrecht aller Nordpolfahrer. Je
näher dem Nordpol, je mehr Ofenhocker. Und Schloßverwaltung, sagst

du, da willst du hingehen und die Neuerung anempfehlen. Nun, ich werde mitgehen, wenn du gehst, und während du den Doppelofen, der noch dazu halb ein eiserner ist, beantragst, werde ich beantragen, diesen einen aus der Wand herauszureißen. Es ist der größte Leichtsinn. Und überall Tannäpfel und kienen Holz und die Dielen und Verschläge so wurmstichig wie Pfeifenzunder.«

Unter diesen Worten waren sie die Treppe hinauf und traten bei Ebba ein, wo schon alles in festlicher Vorbereitung war: die Lampen und Lichter brannten, und der bereits gedeckte Tisch war, so weit es ging, in die tiefe Fensternische geschoben. Alles geräumig und übersichtlich. Aber ehe zehn Minuten um waren, herrschte durch den ganzen Raum hin ein summendes Durcheinander, und ein Überblick ermöglichte sich erst wieder, als die Mehrzahl an zwei rasch zurechtgemachten Spieltischen Platz genommen hatte, links die Schimmelmann mit Pentz und Lundbye, rechts die Pastorin mit Erichsen und Westergaard. Holk und Bie, die gern mitgespielt und das Whist mit dem Strohmann zu einem richtigen Whist erhoben hätten, mußten auf Mitspiel verzichten, weil Schleppegrell, den man doch nicht allein lassen konnte, grundsätzlich keine Karte nahm. Nun war freilich noch Ebba da; diese hatte sich aber, als Wirtin, jedem einzelnen auf wenigstens Augenblicke zu widmen, und trotzdem der Tisch vorsorglich im voraus gedeckt war, gab es doch noch vielerlei zu tun, und die Weisungen an Karin und den zur Aushilfe mit herangezogenen Gärtner nahmen kein Ende.

Holk und Bie, nachdem sie sich in den Verzicht gefunden, hatten sich schließlich in eine Ecke zurückgezogen, die dicht neben der Alkovennische durch einen vorspringenden Mauerpfeiler gebildet wurde. Hier war man denn auch bald in einer intimen Unterhaltung, die der allzeit wißbegierige Holk natürlich nach Island hinüberzuspielen wußte.

»Wissen Sie, Doktor Bie, daß ich Sie wegen Ihres schiffsärztlichen Aufenthalts da oben geradezu beneide, nicht wegen Skorbut und der Amputationen, die ja dabei vorkommen sollen, aber doch wegen des Ethnographischen...«

Bie, nur höherer Feldscher, der das Wort »ethnographisch« vielleicht noch nie gehört, jedenfalls aber über seine Bedeutung nie nachgedacht hatte, schrak etwas zusammen und hätte so ohne weiteres nicht Red und Antwort stehen können; der ganz in Fragelust aufgehende Holk aber sah nichts davon und fuhr fort: »Und wenn uns Island bloß ein beliebiges Etwas wäre, das uns so eigentlich nichts anginge, nun, so könnte man mit seinem Interesse zurückhalten; aber die Isländer sind doch unsre halben Brüder und beten jeden Sonntag für König Friedrich geradeso gut wie wir und vielleicht noch besser. Denn es sind ernste und fromme Männer. Und wenn ich dann denke, daß man so in den Tag hineinlebt und gerade von dem nichts weiß, von dem man recht eigentlich was wissen müßte, dann schäme ich mich und mache mir beinah Vorwürfe. Was wäre, wie mir mein alter Pastor Petersen drüben wohl hundert Male versichert hat, was wäre beispielsweise die ganze germanischskandinavische Literatur, wenn wir den Snorre Sturleson, diesen Stolz der Isländer, nicht gehabt hätten? Was wäre es mit der Edda und vielem andren? Nichts wär es damit. Und nun frag ich Sie, Doktor Bie, sind Sie während Ihrer isländischen Tage diesen Dingen als einem Etwas begegnet, das noch jeder kennt und liebt und singt und sagt, die Frauen und Mädchen in den Spinnstuben und die Männer, wenn sie auf den Robbenfang ziehen?«

Schleppegrell, der all diese Fragen mit angehört hatte, wurde verlegen in die Seele seines Schwagers hinein, Bie selbst aber hatte sich inzwischen erholt und sagte mit gutem Humor: »Ja, das weiß eigentlich alles mein Schwager Schleppegrell viel besser, der nicht da war; Personen, die nicht da waren, wissen immer alles am besten. Ich weiß von den Isländern bloß, daß ihre Betten besser sein könnten, trotzdem sie die Eidergans sozusagen vor der Tür haben. Und die Federn sind auch wirklich gut, und man liegt auch warm darin, was da oben, um recht und billig zu sein, doch immer die Hauptsache bleibt. Aber das Linnen, das ist die schwache Seite. Daß die Fäden mitunter wie Bindfaden nebeneinander liegen, nun, das möchte gehen; aber was die Engländer die cleanliness nennen, damit hapert es. Man merkt zu sehr, daß es da mehr Eis als Wasser gibt und daß die Wäscherinnen froh sind, wenn sie die Hände wieder in ihren Pelzhandschuhen haben. Es ist kein Land der Reinlichkeiten, soviel ist zuzugeben. Aber einen Lachs gibt es comme il faut. Und dann was das Getränk angeht! Einige denken bloß immer an Isländisch Moos; nun, das gibt es auch, aber ich kann Ihnen versichern, Herr Graf, einen besseren Whisky hab ich nirgends in der Welt gefunden, nicht in Kopenhagen und nicht in London, und nicht einmal in Glasgow, wo doch das Feinste davon zu Hause ist.«

Das isländische Gespräch setzte sich noch eine Weile fort, und der anfangs immer nur verlegen dreinschauende Schleppegrell hatte schließlich seine Freude daran, Holks unausgesetzt auf das »Höhere« gerichtete Fragen von Bie geschickt umgangen zu sehen. Ebba, von Zeit zu Zeit hinzutretend, lachte, wenn sie das Gespräch immer noch auf dem alten Flecke fand, und wandte sich dann rasch wieder den Spieltischen zu, wo sie mal zu Nutz und Frommen der Frau Pastorin und dann wieder für die Schimmelmann die Strohmannkarten aufnahm und auf den Tisch legte, bis der beständig in Verlust stehende Pentz dagegen protestierte. Nichts war Ebba willkommner, und ihre Spieltisch-Gastrolle wieder aufgebend, machte sie sich bei dem Kamin zu schaffen und schüttete Kohlen und Wacholdergezweig auf das verlöschende Feuer, freilich immer nur wenig, weil die vielen Lichter, die brannten, ohnehin dafür sorgten, daß von der draußen herrschenden Kälte nichts fühlbar wurde. Zudem hatte der den Tag über herrschende Frost, seit den ersten Flocken, die fielen, erheblich nachgelassen, und nur der Wind war stärker geworden, was man wahrnehmen konnte, wenn die lächelnd und gewandt die Bedienung machende Karin mit dem einen oder andern Tablett in die Tür trat.

Nun aber war es zehn, das Spiel beendet, und während man, um Platz zu schaffen, die Spieltische beiseite schob, wurde der nur an drei Seiten gedeckte Eßtisch, weil niemand das Kaminfeuer im Rücken haben wollte, quer durch das Zimmer gestellt. Die Schimmelmann hatte den Ehrenplatz in der Mitte der Tafel, Holk und Pentz neben ihr; dann kamen, nach rechts und links hin, die vier andern Herren, während die Pastorin und Ebba an den zwei Schmalseiten saßen, um von hier aus den Tisch am besten überblicken und, wenn's not tat, wirtschaftlich eingreifen zu können. Und war schon vorher die Stimmung eine gute gewesen, so wuchs sie jetzt noch, wozu Doktor Bie durch seine nach den verschiedensten Seiten hin gelegenen Tafelvorzüge das meiste beitrug. Er war nämlich nicht bloß Geschichtenerzähler und Toastausbringer, sondern vor allem auch ausgesprochener Lachvirtuose, was ihn in den Stand setzte, nicht bloß seine eignen, sondern auch andrer Leute Anekdoten mit wahren Lachsalven unkritischen Beifalls zu begleiten und dadurch alle mit fortzureißen, auch solche, die gar nicht wußten, um was sich's eigentlich handelte. Selbst die Schimmelmann hatte, zur Genugtuung aller, ihre ganz unverkennbare Freude daran, was übrigens nicht ausschloß, daß nach ihrem Rückzuge, der jedesmal um elf Uhr erfolgte, die Heiterkeit der Tafel eine noch erhebliche Steigerung erfuhr. Zu dieser Steigerung wirkte freilich auch noch ein andres mit, und dies andre war der schwedische Punsch, der nicht regelmäßig, aber heute wenigstens in einer großen silbernen Bowle aufgetragen wurde. Jeder war seines Lobes voll, am meisten Bie, der denn auch beim fünften Glase, bei dem er verhältnismäßig rasch angelangt war, sich erhob, um unter gnädiger Erlaubnis der Damen einen Toast auszubringen. »Ja, einen Toast, meine Damen. Aber wem soll er gelten? Natürlich unsrer liebenswürdigen Wirtin, in der unser schwedisches Brudervolk – wie wir ein Meervolk, ein Volk der See – sozusagen seinen höchsten Ausdruck findet. Aus dem Meere, wie wir alle wissen, ist die Schönheit geboren, aber aus dem Nordmeer auch der nordische Mut, der schwedische Mut. Ich war nicht Zeuge von dem, was dieser Nachmittag von einem solchen echten Nordlandsmut gesehen hat, aber ich habe davon gehört. Und am Rande des Todes hinzuschweben, ein Fehltritt, und die Tiefe hat uns für immer, das ist des Lebens höchster Reiz. Und dies Leben ist ein Nordlandsleben. Wo das Eis beginnt, da hat das Herz seine höchste Flamme. Hoch Nordland und hoch seine schöne, seine mutige Tochter!«

Alle Gläser klangen zusammen, und die »Eskapade nach dem Arresee«, wie sie schon mehrfach an diesem Tage der Gegenstand scherzhafter Bemerkungen gewesen war, wurd es aufs neue. Pentz, der weder Holk noch Ebba traute, gefiel sich in Fortsetzung seiner Spöttereien und malte mit Behagen aus, was aus beiden geworden wäre, wenn sich eine Eisscholle, mit einem Tannenbaum darauf, unter ihnen losgelöst und sie aufs hohe Meer hinausgetragen hätte. Vielleicht wären sie dann in Thule gelandet. Oder vielleicht auch nicht und hätten auf ihrer Scholle nichts gehabt als den kleinen Weihnachtsbaum ohne Nuß und Marzipan. Und Holk hätte sich dann getötet und sein Herzblut angeboten, unter Anklängen an den unvermeidlichen Pelikan. In alten Zeiten wären solche Dinge vorgekommen.

»In alten Zeiten«, lachte Ebba. »Ja, was ist in alten Zeiten nicht alles vorgekommen! Ich habe nicht die Prätension, mich auf Geschichte hin auszuspielen; das überlaß ich andern, und auf alte Geschichte nun schon gewiß nicht; aber man braucht nur ein bißchen Trojanischen Krieg zu kennen, um vor den alten Zeiten und ihrem Mut einen sehr bedeutenden Respekt zu haben, einen noch bedeutenderen als vor dem skandinavischen Mut, von dem Doktor Bie so schön und in für mich persönlich so schmeichelhafter Weise gesprochen hat.«

Westergaard und Lundbye versicherten a tempo, daß sich die Zeiten in dem wichtigsten Punkte, nämlich in dem Heldenmute der Leidenschaft, immer gleichblieben und daß sie sich für ihre Person dafür verbürgen wollten, die Liebe schaffe noch dieselben Wunder wie früher.

Alles teilte sich sofort in zwei Lager, in solche, die derselben Meinung waren (unter diesen, strahlenden Gesichts, die kleine Frau Pastorin), und in solche, die rundheraus verneinten. An der Spitze dieser stand natürlich Ebba. »Dieselben Wunder«, wiederholte sie. »Das ist unmöglich, denn diese Wunder sind Produkte dessen, was der Welt verlorengegangen ist, Produkte großer erhabner Rücksichtslosigkeiten. Ich wähle dies Wort, weil ich das Wort ›Leidenschaft‹, das freilich von andrer Seite schon gefallen ist, gern vermeiden möchte, von Rücksichtslosigkeiten aber läßt sich sprechen, ja, man braucht nicht einmal rot dabei zu werden. Und nun frage ich Sie, und den Herrn Kapitanos an der Spitze, wer unter Ihnen hat Lust, um Helenas willen einen Trojanischen Krieg anzuzetteln? Wer tötet um Klytämnestras willen Agamemnon?«

»Wir, wir.« Und Pentz, eine vierzinkige Gabel zückend, setzte sogar hinzu: »Ich bin Ägisth.«

Alles lachte, Ebba ihrerseits aber fuhr in immer wachsendem Übermute fort: »Nein, meine Herren, es bleibt dabei, die Rücksichtslosigkeiten sind aus der Welt gegangen. Allerdings, soviel ist einzuräumen (und es steht bei Ihnen, dies gegen mich auszunutzen), allerdings finden sich auch im

Altertum vereinzelte Anfälle von Schwäche. So entsinn ich mich, vor grauen Jahren, denn ich war noch im Flügelkleide, die Racinesche ›Phädra‹ gesehen zu haben, mit der berühmten Rachel in der Titelrolle; – sie kam von Petersburg und nahm unser armes Stockholm nur so nebenher mit. Nun denn, besagte Phädra liebt ihren Stiefsohn, also sozusagen einen ganz fremden Menschen, der gar kein Recht hat, die Blutsfrage zu betonen, und dieser Stiefsohn verweigert sein ›Ja‹, lehnt die Liebe einer schönen Königin ab. Vielleicht der erste Dekadenzfall, erstes Vorspuken des schwächlich Modernen.«

»O, nicht doch«, versicherte Lundbye. »Nicht des Modernen. Das Moderne verurteilt solche Schwäche von Grund aus«, und Pentz seinerseits setzte hinzu: »Schade, daß wir keine Phädra zur Hand haben, um die Streitfrage sofort zum Austrag zu bringen; man müßte denn vielleicht von Skodsborg her...« Aber hier unterbrach er sich, weil er inmitten seiner Rede wahrnahm, daß ihn die beiden Offiziere scharf fixierten, um ihn wissen zu lassen, daß er in ihrer Gegenwart den Namen der Danner, der ihm schon auf der Zunge schwebte, nicht spöttisch ins Gespräch ziehen dürfe.

Gleich danach wurde die Tafel aufgehoben, und alles rüstete sich zum Aufbruch, wobei sich Holk, als einziger Mitbewohner des Ebba-Turmes, wie halb verpflichtet fühlte, die Gäste bis in das als Garderobe dienende Flurzimmer Karins zu begleiten. Hier blieb er auch, bis alle sich entfernt hatten. Dann aber gab er Karin die Hand, schlug vor, Fenster und Tür zu öffnen, da sie's mit dem Ofen zu gut gemeint habe, und stieg rasch wieder die Treppe hinauf.

Oben in der offnen Tür stand Ebba, die Lichter brannten noch auf dem Tisch, und es mochte Holk, als er sie so sah, zweifelhaft sein, ob sie, vom Treppengeländer her, nur auf das Abschiednehmen unten oder aber auf seine Rückkehr gewartet hatte. »Gute Nacht«, sagte sie und schien sich, unter einer scherzhaft feierlichen Verbeugung, von der Schwelle her in ihr Zimmer zurückziehen zu wollen. Aber Holk ergriff ihre Hand und sagte: »Nein, Ebba, nicht so: Sie müssen mich hören.« Und mit eintretend sah er sie verwirrt und leidenschaftlich an.

Sie aber entwand sich ihm leicht, und anknüpfend an das vor wenig Minuten erst geführte Gespräch, sagte sie: »Nun, Holk, in welcher Rolle? Paris oder Ägisth? Sie haben gehört, daß sich Pentz dazu gemeldet.«

Und dabei lachte sie.

Diese Heiterkeit aber steigerte nur seine Verwirrung, an der sie sich eine Weile weidete, bis sie zuletzt halb mitleidig bemerkte: »Holk, Sie sind doch beinah deutscher als deutsch... Es dauerte zehn Jahre vor Troja. Das scheint Ihr Ideal.«

Siebenundzwanzigstes Kapitel

Eine Stunde war vergangen, als es klopfte. Holk fuhr zusammen. Ebba aber, ihrer ganzen Natur nach vor dem Lächerlichen eines ängstlichen Versteckspiels mehr als vor einer Entdeckung erschreckend, schritt rasch auf die Tür zu und öffnete.

Karin stand da.

»Was bringst du, Karin?«

»Nichts Gutes. In meiner Stube qualmt es, und ein wahres Glück, daß ein Stück Ruß den Rauchfang herunterkam und mich geweckt hat. Ich habe Tür und Fenster aufgerissen und Zug gemacht; aber es hilft nicht, es ist, als ob es aus Wand und Dielen käme.«

»Was wird es sein?« sagte Ebba, die zunächst nur annahm, es sei Neugier, was Karin heraufgeführt habe. »Der Wind drückt auf den Schornstein. Ich werde nachsehen, will aber erst ein Tuch umnehmen und Licht machen du hast dich ja so im Dunkeln heraufgetappt.« Und damit trat sie wieder zurück und ließ die Tür ins Schloß fallen. Aber keine halbe Minute, so war sie wieder da, ein Licht in der Hand, und leuchtete voraus, während Karin folgte. Diese hatte nicht zuviel gesagt, Qualm und Rauch erfüllten schon das Treppenhaus, und ehe beide noch halb hinab waren, ward ihnen das Atmen schon fast unmöglich. »Rasch durch«, sagte Karin und stürzte sich über den Flur fort, aus dessen Dielen schon kleine Flammen aufschlugen, auf den glücklicherweise nicht verschlossenen Türeingang zu. Und gleich danach klang es »Feuer« über den Schloßhof hin. Ebba wollte nach und wie Karin ihr Heil in der Flucht suchen. Aber im nächsten Augenblicke gedachte sie Holks, und schnell entschlossen, ihn nicht im Stiche zu lassen, eilte sie wieder treppauf und in ihr Zimmer zurück. Umsonst, er war nicht mehr da. »Der Tor, er will meinen Ruf retten, oder vielleicht auch seinen, und bringt sich um und mich mit.« Und während sie so sprach, stieg sie raschen Trittes die zweite Treppe hinauf, um ihn in seinem eigenen Zimmer aufzusuchen. Da stand er an der Türschwelle. Vom Hof her hörte man fortgesetzt Karins Feuerruf, in den jetzt auch andere Stimmen einstimmten. »Rasch, Holk, oder wir sind des Todes. Karin hat sich gerettet. Versuchen wir's auch.« Und ohne ein Ja oder Nein abzuwarten, faßte sie seinen Arm und riß ihn mit sich fort, die beiden Treppen wieder hinunter. Aber so schnell dies alles ging, das Unheil unten war noch schneller gegangen, und was vor einer Minute oder zwei noch möglich gewesen wäre, war es jetzt nicht mehr. »Wir sind verloren«, und Ebba schien auf der Treppe zusammenbrechen zu wollen. Aber Holk umfaßte die halb bewußtlos Gewordene, und mit all der Kraft, wie sie die Verzweiflung gibt, trug er sie jetzt die Wendeltreppe wieder hinauf, von Stockwerk zu Stockwerk, bis er zu letzt mit ihr unter dem von Balken und Latten durchzogenen Turmdache stand. Eine offene Luke gab gerade Licht genug, um sich in dem wirren Durcheinander mühsam zurechtzufinden, und zwischen dem Gebälk hin auf die Lichtöffnung zusteuernd, trat er jetzt, Ebba nach sich ziehend, ins Freie hinaus. Hier waren sie für den Augenblick gerettet, und hätte das beinahe senkrecht ansteigende Schloßdach eine nur etwas stärkere Schrägung gehabt, so hätte diese vorläufige Rettung die Rettung überhaupt bedeutet; aber bei der Steile des Schloßdaches, die keine rechte Bewegung an ihm entlang gestattete, war mit dem allen doch nur wenig gewonnen, etwa den Blitzableiter abgerechnet, an dem man sich halten, und eine starke Dachrinne, gegen die sie die Füße stemmen konnten. Auch das war ein Glück, daß der Wind, der ging, den Qualm nach der entgegengesetzten Seite trieb.

Ja, das alles war ein Glück, aber doch immer nur eine Frist. Was half es ihnen, wenn sie von unten her nicht bemerkt wurden oder wenn der Wind herumging und das Dach, an das sie sich jetzt lehnten, in Flammen setzte.

»Willst du's wagen«, sagte Holk und wies auf den Blitzableiter, an dem es bei der nötigen Entschlossenheit immer noch möglich gewesen wäre sich herabzulassen. Aber Ebba, deren Kraft hin war, schüttelte nur den Kopf. »Dann laß uns sehen, daß wir das Dach entlang bis an die nächste Mansarde kommen, da wollen wir einsteigen«, und sich vorsichtig zurücklehnend, schoben sie sich, an der steilen Schrägung hin, langsam vorwärts, die Füße gegen die Dachrinne gestemmt. Es waren keine zehn Schritte, und alles ließ sich gut an; aber ehe sie noch den halben Weg bis an die Mansarde gemacht hatten, sagte Ebba: »Es geht nicht, ich bin gelähmt.« Holk wollte rufen und mit einem Tuche wehen, nahm aber bald wahr, daß es nutzlos sein werde, weil er um Sicherheits willen in einer zurückgelehnten Stellung, die jedes Gesehenwerden vom Schloßhof ausschloß, verbleiben mußte. So stand denn alle Hoffnung bei Karin, von der sich annehmen ließ, daß sie nicht bloß persönlich nach ihnen aussehen, sondern auch anderer Blicke nach dem Turmdach hinauflenken würde. Und wirklich, so geschah es, und so kam ihnen zuletzt auch die Rettung aus ihrer furchtbaren Lage. Schon eine Viertelstunde mochte vergangen sein, als sie wahrnahmen, daß etliche Personen um die Seespitze herumgegangen waren, und fast im selben Augenblicke hörten sie auch schon Zurufe von der einen besseren Überblick gewährenden Hilleröder Uferseite her, Zurufe, deren Worte sie freilich nicht verstanden, deren freudiger Ton aber keinen Zweifel ließ, daß man nun sicher sei, sie aus der Gefahr befreien zu können. Und nicht lange mehr, so hörten sie hinter sich auch schon ein Schlagen wie von Hämmern und Äxten, und gleich danach wurden allerlei Köpfe sichtbar, die durch die gewonnene Dachöffnung hindurch nach ihnen ausschauten. Freilich man hatte die rechte Stelle verfehlt, aber das war leicht ausgeglichen, und nur eine kleine Weile noch, so streckten sich ihnen starke Arme von innen her entgegen und zogen erst Ebba und dann Holk auf den Schloßboden hinauf, von wo aus man beide wie im Triumph erst die Treppen hinunter und dann auf den Schloßhof trug. Der erste, der ihnen hier entgegentrat, war der König.

Erst um Mitternacht, eine Stunde vor Ausbruch des Feuers, von Skodsborg nach Frederiksborg zurückgekehrt, war er doch der gewesen, der, allen anderen vorauf, die Rettungsarbeiten geleitet und sich an Bergung seiner geliebten Altertumsschätze glücklicher und erfolgreicher als irgend sonst wer beteiligt hatte. Was gerettet worden, war persönlich sein Werk. Die beiden Adjutanten waren ihm zur Seite.

»Sieh da, Holk«, sagte der König, als er des Grafen gewahr wurde. »Und als Ritter seiner Dame. Ich werde drüben in Skodsborg ein Rühmens davon machen.« Und in die leicht hingeworfenen Worte mischte sich, trotz des Ernstes der Situation, ein Anflug von Spott.

Westergaard und Lundbye mühten sich um Ebba. »Wo ist die Prinzessin?« fragte diese.

»Auf dem Bahnhofe«, war die Antwort; »man will einen Extrazug für sie einstellen. Der Boden brennt ihr hier unter den Füßen.«

Es war ein ganz unbeabsichtigtes Wortspiel, und niemand nahm es als solches. Nur Ebba, die selbst in diesem Augenblicke noch auf zugespitzte Worte gestellt blieb, hörte heraus, was gar nicht hineingelegt war, und sagte: »Ja, der Boden unter den Füßen! Die Prinzessin darf es kaum sagen... aber Holk und ich.«

Achtundzwanzigstes Kapitel

Ebba, voll Verlangen, den Extrazug mit zu benutzen, wollte nach dem Bahnhof; aber ihr Schwächezustand war doch so groß, daß sowohl Holk wie die beiden jungen Adjutanten in sie drangen, davon Abstand zu nehmen. Sie willigte denn auch ein und ließ sich nach dem vom Feuer verschont gebliebenen linken Flügel des Schlosses hinüberführen. In diesem befand sich die vorläufig als Unterkunftsstätte dienende Schloßkirche, deren Altarlichter brannten, während um den Altar selbst herum die Frauen und Kinder der Beamten und Schloßdienerschaften saßen oder lagerten, die Kinder mit allerlei Gewändern zugedeckt, darunter auch Meßgewänder noch aus der katholischen Zeit her, die man aus der Sakristei herbeigeholt hatte. Für Ebba war nichts mehr da; nur ein paar Kissen fanden sich, um sie wenigstens gegen die bittere Kälte des Fußbodens zu schützen. Aber es war zuwenig, und als Holk in dem kleinen angrenzenden Kastellanshause vergeblich nach etwas Besserem gesucht hatte, schlug er der immer heftiger fröstelnden Ebba vor, den Weg nach dem Bahnhofe hin, von dem man vorher ihrer Erschöpfung halber Abstand genommen hatte, doch lieber wagen zu wollen. Ein alter Schloßdiener war auch bereit, den nächsten Weg zu zeigen, und so brach man denn auf und hörte die Bahnhofsuhr eben sechs schlagen, als man ankam. Die Prinzessin war schon seit länger als einer Stunde fort, und der nächste von Helsingör her erwartete Zug kam erst in dreißig Minuten. Auf dem Bahnhofe selbst lief alles durcheinander, und das kleine Wartezimmer bot keinen Platz mehr, war vielmehr überfüllt von Hillerödern, alten und jungen, die sämtlich nach Kopenhagen hinein wollten, um über alle vorgekommene Schrecknisse, deren sensationellste glücklicherweise meist erfunden waren, so schnell wie möglich berichten zu können. In dem einen Turme, so hieß es mit aller Bestimmtheit, seien alle verbrannt, drei Personen vom Hofstaat und außerdem ein Gärtner. Ebba, die sich nur mühsam aufrecht hielt, hörte das alles, und ihre Lage wäre kaum besser gewesen als vorher in der kalten Kirche, wenn nicht einer der Stationsbeamten ein Einsehen gehabt und das für den königlichen Hof bestimmte Separatzimmer für Holk und Ebba geöffnet hätte. Hier war es nicht bloß warm und geräumig, hier fand man auch Pentz und Erichsen, die zurückgeblieben waren, um über die Schicksale der Verlorengeglaubten an die Prinzessin berichten zu können. So war es von dieser ganz zuletzt noch angeordnet worden, als sie mit der Schimmelmann schon das Coupé bestiegen hatte. Die Begrüßung Holks und Ebbas von seiten der beiden Kammerherren war, da man nicht ohne Sorge gewesen, aufrichtig herzlich; aber diese Herzlichkeit wurde doch sehr übertroffen, als gleich danach Karin hereinstürzte, die bis dahin zusammengekauert in einer Ecke des danebenbefindlichen Wartezimmers gesessen hatte. »Laß doch, Kind«, versuchte Ebba zu scherzen. »Was war es denn groß? Erst etwas zu heiß und dann etwas zu kalt.« Aber Karin, so gerne sie sonst lachte, wollte diesmal von einem Eingehen auf Ebbas scherzhaften Ton nichts wissen und hörte nicht auf, unter Schluchzen und Weinen ihrer Herrin die Hände zu küssen. Von Pentz' Seite, wie sich denken läßt, wurden allerlei Fragen gestellt, aber ehe Holk, an den sie sich vorzugsweise richteten, darauf antworten konnte, hörte man aus der Ferne schon den Pfiff der Lokomotive, ein Zeichen, daß der erwartete Helsingörer Zug herankäme. Noch eine Minute, so hielt er, und trotzdem Wagenmangel war, gelang es doch, für Ebba ein besonderes Coupé zu finden, worein sie gebettet und mit Plaids und Mänteln zugedeckt wurde. Karin setzte sich zu ihr, während die drei Herren in ein Nachbarcoupé stiegen.

Um acht hielt man auf dem Kopenhagener Bahnhofe, Wagen wurden heranbeordert, und als diese da waren, fuhr Pentz mit Ebba und Karin ins Palais der Prinzessin, während sich Erichsen und Holk in ihre Privatwohnungen begaben. Holk klopfte. Die schöne Frau Brigitte stand vor ihm und sagte: »Gott sei Dank, Herr Graf, daß Sie wieder da sind.« Aber etwas von Enttäuschung mischte sich doch sichtlich mit ein, was auch kaum anders sein konnte, denn gerüchtweise war gleich nach Eintreffen des Extrazuges von dem schrecklichen Ende des Grafen Holk und des Fräuleins von Rosenberg gesprochen worden, eine Sensationsgeschichte, wie sie sich Mutter und Tochter nicht schöner wünschen konnten. Und nun war der Graf doch am Leben und das Fräulein vielleicht auch oder wohl eigentlich ganz gewiß. Es war doch auf nichts Verlaß mehr, und gerade immer das Interessanteste versagte. Brigitte bezwang sich aber und wiederholte: »Gott sei Dank, Herr Graf. Wie wir in Angst um Sie gewesen sind... Und um das schöne schwedische Fräulein...«

Und bei diesen Worten ließ sie kein Auge von Holk, denn ihr nach einer bestimmten Seite hin geradezu phänomenal ausgebildetes Ahnungsvermögen ließ sie das gesamte Geschehnis, besonders aber das Intime darin, mit einer Deutlichkeit erkennen, als ob sie dabeigewesen wäre.

»Ja, meine schöne Frau Brigitte«, sagte Holk, der entweder wirklich nur heraushörte, was wie Teilnahme klang, oder es heraushören wollte, »ja, meine schöne Frau Hansen, das waren böse Stunden, wie man sie seinem Todfeinde nicht gönnen mag, am wenigsten aber sich selber und...«

»... einer so schönen Dame.«

»Nun ja, wenn Sie wollen. Das Fräulein ist aber nicht so schön, wie Sie immer annehmen, und jedenfalls lange nicht so schön wie andere, die ich nicht nennen will. Aber davon sprechen wir ein andermal und entscheiden dann die Frage. Jetzt bin ich todmüde, liebe Frau Hansen, und will den Schlaf nachholen, den ich versäumt habe. Bitte, weisen Sie jeden ab, auch Baron Pentz, wenn er nachfrägt. Aber um zwölf bitt ich zu klopfen. Und dann bald das Frühstück.«

Holk schlief fest, und erst als er das Klopfen hörte, stand er auf, um in aller Eile seine Morgentoilette zu machen. Er war noch wie unter einem Druck, so daß alles Geschehene halb schemenhaft an ihm vorüberzog, und erst als er an das Fenster trat und auf die Straße hinunterblickte, kam ihm das Zurückliegende wieder zu klarem Bewußtsein. Und jetzt erschien auch Brigitte mit dem Frühstück und wartete, daß Holk ein Gespräch beginnen solle, zu welchem Zwecke sie das Teegeschirr nicht nur sehr langsam aufbaute, sondern sich, was sie sonst nicht leicht tat, sogar zu direkten Fragen bequemte. Holk aber blieb diesmal unzugänglich, antwortete nur ganz kurz und gab überhaupt durch seine ganze Haltung zu verstehen, daß er es vorziehen würde, allein zu sein, was alles die schöne Frau Hansen nicht nur aufs äußerste verwunderte, sondern ihre Gefühle für das schwedische Fräulein, das natürlich daran schuld sein mußte, noch tiefer herabstimmte. Nichts davon entging Holk; weil er aber schon aus Klugheit die schöne Brigitte nicht in schlechte Laune bringen mochte, so bat er sie, seine Zerstreutheit entschuldigen zu wollen und zu bedenken, daß er noch ganz unter dem Eindrucke all des Schrecklichen sei, was er erlebt habe.

»Ja«, sagte die Hansen, »schrecklich; es muß wirklich schrecklich gewesen sein, und dazu die Verantwortung und helfen sollen und nicht können. Und so vor aller Augen und vielleicht in einem ganz leichten Kleide... wenn es ein Kleid war.«

Sie sagte das alles mit dem ernstesten Gesichtsausdruck und in einem so glücklichen Rührtone, daß Holk, als sie das Zimmer verließ, doch wieder in Zweifel war, ob er es durchaus für Bosheit und perfide Komödie halten müsse. Vielleicht mischte sich doch auch was von wirklicher Teilnahme mit ein: es heißt ja, Personen der Art seien immer gutmütig. Gleichviel indes, er war nicht in der Lage, dem nachzuhängen, und kaum daß er wieder allein war, so war er auch schon wieder unter dem Ansturm all der Bilder und Vorstellungen, die das Erscheinen Brigittens nur unterbrochen hatte. Noch war kein voller Tag um, daß man die Partie nach dem kleinen Gasthaus am Arresee hin unternommen, und was war seitdem alles geschehen! Erst die Schlittschuhfahrt mit Ebba ganz dicht an dem abgebröckelten und durchlöcherten Eise hin und danach die Heimfahrt und die kleinen Neckereien und dann Ebbas Übermut bei Tisch... und dann, wie Karin kam und die Flammen aus Wand und Diele schlugen und wie sie zuletzt hinaustraten auf das Schloßdach, unter sich Tod und Verderben, und wie dieses Hinaustreten ihnen doch die Rettung bedeutet hatte.

»Ja, die Rettung«, sprach er vor sich hin. »Alles hängt an einem Haar: so war es diesmal, und so ist es immer. Was hat uns gerettet? Daß wir gleich am ersten Tage, an den Teichen und Pavillons vorüber, einen Spaziergang bis an die Parkfähre machten und daß an demselben Tage die Sonne schien und daß mein Blick auf das hellerleuchtete Schloß fiel und daß ich, weil alles so hell und klar dalag, in aller Deutlichkeit sehen konnte, wie das Fußende des Turmdaches mit dem Fußende des Schloßdaches zusammenlief. Ja, das hat uns gerettet. Ein Zufall, wenn es einen Zufall gibt. Aber es gibt keinen Zufall, es hat so sein sollen, eine höhere Hand hat es so gefügt. Und daran muß ich mich aufrichten, und daran hab ich auch eine Anlehne für das, was ich noch vorhabe. Wenn wir in Not und Zweifel gestellt werden, da warten wir auf ein Zeichen, um ihm zu entnehmen, was das Rechte sei. Und solch Zeichen habe ich nun darin, daß eine höhere Hand uns aus der Gefahr hinausführte. Wäre der Weg, den mein Herz all diese Zeit ging, ein falscher gewesen, so hätte mich die Strafe getroffen, mich und Ebba, und wir wären ohnmächtig zusammengesunken und erstickt und hätten uns nicht in die Luft und Freiheit hinaus gerettet. Und Christine selbst, wenn ich ihre letzten Zeilen richtig verstanden habe, Christine selbst hat ein Gefühl davon, daß es so das beste sei. Die guten Tage sollen nicht vergessen sein, nein, nein, und eine dankbare Erinnerung soll der Trennung alles Bittere nehmen; aber die Trennung selbst ist nötig, und ich darf wohl hinzusetzen, ist Pflicht, weil wir uns innerlich fremd geworden sind. Ach, all diese Herbheiten. Ich sehne mich nach einem anderen Leben, nach Tagen, die nicht mit Traktätchen anfangen und ebenso aufhören; ich will kein Harmonium im Hause, sondern Harmonie, heitere Übereinstimmung der Seelen, Luft, Licht, Freiheit. Das alles will ich und hab es gewollt vom ersten Tage an, daß ich hier bin. Und ich habe nun ein Zeichen, daß ich es darf.«

Er brach ab, aber nur auf Augenblicke, dann war er wieder am alten Fleck. In einem Kreise drehten sich all seine Vorstellungen, und das Ziel blieb dasselbe: Beschwichtigung einer inneren Stimme, die nicht schweigen wollte. Denn während er sich alles bewiesen zu haben glaubte, war er doch im letzten Winkel seines Herzens von der Nichtstichhaltigkeit seiner Beweise durchdrungen, und wenn er sich außerhalb seiner selbst hätte stellen und seinem eigenen Gespräche zuhören können, so würde er bemerkt haben, daß er in allem, was er sich vorredete, zwei Worte geflissentlich vermied: Gott und Himmel. Er rief beide nicht an, weil er unklar, aber doch ganz bestimmt herausfühlte, daß er im Dienst einer schlechten Sache focht und nicht wagen dürfe, den Namen seines Gottes mißbräuchlich ins Spiel zu ziehen. Ja, das alles würde er gesehen haben, wenn er sich wie ein Draußenstehender hätte beobachten können; aber das war ihm nicht gegeben, und so schwamm er denn im Strome falscher Beweisführungen dahin, Träumen nachhängend und sein Gewissen einlullend, und schrieb sich ein gutes Zeugnis nach dem anderen. Warum auch nicht? Es ließ sich ja, das durft er sich sagen, so gut mit ihm leben, man mußt es nur verstehen; aber Christine verstand es nicht und wollt es auch nicht verstehen, ja, er war ein Opfer ihrer christlichen Redensarten, das stand ihm fest oder sollt ihm wenigstens feststehen, und immer mehr von dem Verlangen erfüllt, seine gute, seine gerechte Sache so rasch wie möglich zum Schluß zu bringen, verlor er zuletzt alles Urteil und jede ruhige Überlegung. Er wollte zu Ebba, diese Stunde noch, und dann wollt er mit ihr vor die Prinzessin treten und alles bekennen und erst ihre Verzeihung und dann ihre Zustimmung anrufen. Und ihr auch sagen, daß Christine selbst bereits in diesem Sinne geschrieben oder wenigstens Andeutungen gemacht habe. Von einem Widerstande drüben in Holkenäs könne keine Rede sein, die Trennung sei so gut wie da, nur noch eine Formalität, und er bäte sie, den Schritt, den er vorhabe, gutheißen und sein Verhältnis zu Ebba als eine vorläufige Verlobung ansehen zu wollen.

Er fühlte sich wie erleichtert, als dieser Plan in ihm feststand; Ebba sollte diese Stunde noch davon hören; er sah kein Hindernis oder übersprang jedes in seinen Gedanken.

Es schlug zwei vom Rathausturm, als er sich nach dem Palais auf den Weg machte. Zwei-, dreimal sah er sich aufgehalten, weil ihm Bekannte begegneten, die von der Gefahr, der er wie durch ein Wunder entronnen sei, gehört hatten; Holk stand ihnen auch Rede, brach aber jedesmal rasch ab, sich mit »Dienst« bei der Prinzessin entschuldigend.

Ebba wohnte im Palais selbst, über den Zimmern der Prinzessin. Holk zog die Glocke; niemand kam. Endlich erschien Karin. Aber was sie sagte, konnte Holk in seiner gegenwärtigen Stimmung, in der alles nach raschem Abschluß drängte, wenig befriedigen. Er hörte nur, daß das Fräulein, nach mehrstündigem Fieber, eben eingeschlafen sei und nicht geweckt werden dürfe. »So werd ich wieder anfragen. Und vergessen Sie nicht, Karin, dem Fräulein zu sagen, daß ich da war und nachfragen wollte.« Karin versprach alles und lächelte. Sie hatte keine Vorstellung von dem, was in Holks Seele vorging, und sah nichts anderes in ihm als den stürmischen Liebhaber, der nach neuen Zärtlichkeiten dürstete.

Holk stieg die Treppe langsam hinab, und erst als er den langen Gang passierte, daran die Zimmer der Prinzessin gelegen waren, entsann er sich, alles, was das pflichtmäßig Nächstliegende für ihn gewesen wäre, versäumt zu haben. Aber war es das Nächstliegende? Für ihn gewiß nicht. Für ihn war der Gesundheitszustand der Prinzessin in seiner gegenwärtigen Stimmung so gut wie gleichgültig, für ihn war sie nur noch dazu da, den Segen zu spenden und ihn und Ebba glücklich zu machen. Und mit einem Male (denn daß Ebba dieselben Gedanken habe, stand ihm fest) kam ihm das Verlangen, sich schon heute Gewißheit über das »Ja« der Prinzessin verschaffen zu wollen. Und so trat er in eins der Vorzimmer und erfuhr hier von der diensthabenden Kammerfrau, daß Königliche Hoheit das Bett hüte. Neue Verstimmung. Wenn die Prinzessin das Bett hütete, so konnte von Entscheidung, was ihm gleichbedeutend mit Gutheißung war, natürlich keine Rede sein. Wie lästig: nichts ging nach Wunsch. Pentz und Erichsen waren im Nebenzimmer, aber er mochte sie nicht sehen und brach rasch auf, um erst einen Spaziergang nach der Zitadelle zu machen und schließlich eine Stunde lang in der Ostergaade zu flanieren. Um fünf war er wieder im Palais oben und fragte zum zweiten Male nach Ebba. »Der Doktor sei dagewesen«, hieß es, »und habe zweierlei verordnet: eine Medizin und eine Pflegerin für die Nacht. Denn das Fräulein fiebere wieder stark, und sei nicht zu verwundern nach solcher Gefahr und nach allem...« Die letzten Worte setzte Karin nur halblaut und wie von ungefähr hinzu, weil sie sich nicht versagen mochte, Holk ihre Gedanken erraten zu lassen.

Holk sah seine Geduld auf eine harte Probe gestellt. Er hatte gehofft, in einer einzigen Stunde sein Schicksal entschieden zu sehen, und nun Hindernis über Hindernis. Ebba krank, die Prinzessin krank. Ebbas war er in seinem Gemüte sicher, Ebba also – das mochte gehen; aber die Prinzessin! Er wußte nicht, wie die Stunden, Stunden, aus denen Tage werden konnten, hinzubringen seien, und wenn er dann im Fluge durchnahm, was in dem lebenslustigen und zerstreuungsreichen Kopenhagen als Zeitvertreib zu gelten pflegte, so erschrak er, wie sehr ihm alle diese Dinge widerstanden. Alhambra und Tivoli, Harlekin und Colombine, Thorwaldsen-Museum und Klampenborg, alles, die schöne Frau Brigitte mit eingerechnet, hatte gleichmäßig seinen Reiz für ihn verloren, und wenn er gar an Pentz dachte, befiel ihn ein Grauen. Das war das letzte, was er aushalten konnte; lieber wollte er die Nichtigkeiten Erichsens und die Steifheiten der Schimmelmann ertragen als die Pentzschen Bonmots und Wortspiele.

Die Nacht verging ihm unter Kopfdruck und wenig Schlaf, woran Erkältung und Aufregung gleichen Anteil haben mochten, und er war froh, als die Morgensonne drüben die Dächer rötete. Das Frühstück kam und die Zeitungen und mit den Zeitungen ausführliche Schilderungen über den Frederiksborger Schloßbrand. Er las alles, erheiterte sich und vergaß beinahe, was ihn quälte, wenigstens solange die Lektüre dauerte. Die wirklichen Hergänge waren sehr zu seinen Gunsten ausgeschmückt; er habe sich, so hieß es in zwei fast gleichlautenden Berichten, an dem Blitzableiter herablassen wollen, um dann, unten angekommen, Hilfe für das unglückliche Fräulein herbeizuschaffen; als er aber in die Feuerregion des brennenden Turmes gekommen sei, habe sich ein weiteres Hinabgleiten an der nach unten zu schon halb glühend gewordenen Eisenstange verboten, und er sei wieder mit ebensoviel Mut und Kraft wie Geschicklichkeit hinaufgeklettert. Er las dies und sagte sich, daß er nach dem allen notwendig der Held des Tages sein müsse. Der Held! Und wie wenig heldisch war ihm zumute. Er fühlte, daß seine Nerven zu versagen drohten und daß er in Krankheit oder geistige Störung fallen würde, wenn es ihm nicht gelänge, das, was er gestern vergeblich in die rechten Wege zu leiten gesucht hatte, noch heute zum Abschluß zu bringen. Daß Ebba wieder gesund sein werde, war nicht anzunehmen; aber doch die Prinzessin, was auch eigentlich wichtiger war. Alles, was sie seit vorgestern durchzumachen gehabt hatte, war doch nur etwas vergleichsweise Geringes gewesen, und wenn sie, wie sehr wahrscheinlich, wieder außer Bett war, so mußte sie ihn hören und über ihn entscheiden. »Und über mich entscheiden, das heißt mein Glück besiegeln, denn sie ist gütig und in ihren Anschauungen unbeengt.«

Ja, so sollte es sein, und um zehn Uhr war er auch schon wieder im Palais, wo er zu seiner unendlichen Freude vernahm, daß die Prinzessin eine leidlich gute Nacht gehabt habe. Durch eben dieselbe Kammerfrau, mit der er schon gestern gesprochen, ließ er anfragen, ob Königliche Hoheit seine Gegenwart zu befehlen geruhe. Und gleich danach trat er bei ihr ein, denn sie hatte ihn wissen lassen, sie wünsche dringend, ihn zu sprechen.

Das Zimmer war dasselbe, darin er, gleich am Tage nach seiner Ankunft, seine erste Audienz bei der Prinzessin gehabt hatte. Da hing noch das große Bild König Christians VIII. und gerade gegenüber das des verstorbenen Landgrafen, der Flor um den Rahmen noch grauer und verstaubter als damals. Auf dem Sofa, unter dem Bilde des Königs, saß die alte Dame, verfallen und zusammengeduckt, von Prinzessin nicht viel und von Esprit fort keine Spur. Es war ersichtlich, daß sie – wenn auch von ihrer eigentlichen Krankheit so gut wie genesen – den Schreck und die Aufregung der letzten Frederiksborger Stunden noch keineswegs überwunden hatte. Jede Spannkraft fehlte, das Auge war matt und müde.

»Das war eine schlimme Nacht, lieber Holk. Sie sehen mich noch unter der Nachwirkung von dem allen. Und doch, was bedeutet es neben dem, was Sie durchzumachen hatten. Und Ebba mit Ihnen. Ein Wunder, daß Sie gerettet wurden, wie man mir übrigens erzählt hat, durch Ihre Geistesgegenwart. Ich habe Sie sehen und Ihnen bei der Gelegenheit aussprechen wollen, wie groß meine Dankbarkeit ist. Solche Dinge bleiben unvergessen. Und nun gar erst von seiten Ebbas selbst. Sie kann Ihnen dies nie vergessen und wird sich Ihnen, dessen bin ich sicher, durchs Leben hin verbunden fühlen.«

Es waren dies Worte, die, nach ihrem Inhalte, für Holk und alles das, was schon auf seiner Lippe zitterte, nicht glücklicher gewählt sein konnten, und einen Augenblick stand er auch wirklich auf dem Punkte, an die Prinzessin heranzutreten und unter Wiederholung und Ausdeutung ihrer eigenen Worte sein Herz vor ihr auszuschütten und seine Pläne sie wissen zu lassen. Aber sosehr der Inhalt der Worte dazu auffordern mochte, nicht die Haltung der Prinzessin, nicht der Ton, in dem ihre Worte gesprochen waren. Alles klang beinahe leblos, und Holk, so stark seine Seele nach Gewißheit und Abschluß drängte, fühlte doch deutlich, daß dies nicht der denkbar beste, sondern umgekehrt eher der denkbar schlechteste Moment für sein Geständnis sein würde. Von der freigeistigen Prinzessin, die sonst ein Herz oder doch mindestens ein Interesse für Eskapaden und Mesalliancen, für Ehescheidungen und Ehekämpfe hatte, war in der alten Dame, die da vollkommen greisenhaft unter dem feierlichen Königsbilde saß, auch nicht das geringste mehr wahrzunehmen, und was statt dessen aus ihrem eingefallenen Gesicht herauszulesen war, das predigte nur das eine, daß bei Lebenskühnheiten und Extravaganzen in der Regel nicht viel herauskomme und daß Worthalten und Gesetzerfüllen das allein Empfehlenswerte, vor allem aber eine richtige Ehe (nicht eine gewaltsame) der einzig sichere Hafen sei. Holk hätte die Schrift gern anders entziffert, es war aber nicht möglich und verbot sich in so hohem Grade, daß er, statt irgendwelche Confessions zu machen, sich darauf beschränkte, die Prinzessin um einen mehrtägigen Urlaub anzugehen. Ein klarer Plan stand ihm dabei keineswegs vor der Seele, so wenig, daß er auf eine diesbezügliche Frage nicht Antwort gewußt hätte; die Prinzessin aber, von Anfang an nur von dem Verlangen erfüllt, sich baldmöglichst wieder in ihr Kabinett zurückziehen zu können, verzichtete gern auf neugierige Fragen und gewährte huldvoll, um was sie gebeten war.

Und nun noch ein gnädiges Kopfnicken, und die Audienz, wenn man ihr diesen Namen geben durfte, war zu Ende.

Neunundzwanzigstes Kapitel

Als Holk um Urlaub gebeten, hatte nur das eine für ihn festgestanden, daß etwas geschehen müsse. Nun war er beurlaubt, und im selben Augenblicke war auch die Frage da: was soll nun geschehen? Aussprache mit Ebba, sosehr er ihrer Übereinstimmung sicher war, Verabredungen mit ihr für die Zukunft – das wäre das Natürlichste gewesen; aber Ebba war krank, und was Karin, wenn er vorsprach, antwortete, blieb dasselbe: das Fräulein dürfe niemanden sprechen. So ging er denn einer wahren Prüfungszeit entgegen, Tagen, in denen er nichts zu tun als zu warten hatte. Und das war ihm in seiner Seelenstimmung das Schwerste. Zuletzt ergab er sich darin und beschloß, sich einzuschließen, niemanden zu sehen, Zeitungen zu lesen, Briefe zu schreiben. Aber an wen? Er sah bald, daß er an niemanden schreiben könne. Petersen, Arne, die Kinder – alles verbot sich. Noch mehr die Dobschütz. Blieb nur noch Christine selbst. Er stand von dem Schreibtisch auf, an dem er eine Weile grübelnd gesessen, und schritt auf und ab. »Christine. Ja, das wäre das beste. Sie muß es schließlich doch wissen und lieber heut als morgen... Aber ihr schreiben? Muß durchaus geschrieben sein, als ob ich nicht den Mut hätte, ihr unter die Augen zu treten? Ich habe den Mut, denn was ich will, ist mein gutes Recht. Man lebt nicht zusammen, um immer zweierlei Meinung zu haben und zweierlei Wege zu gehen. Christine hat mich von sich weg erkältet. Ja, das ist das rechte Wort, und solche sich mehrende Kälte, das ist schlimmer als Streiten und Heftigsein. Eine Frau soll eine Temperatur haben, ein Temperament und Leben und Sinne. Aber was soll ich mit einem Eisberg? Und wenn er das klarste Eis hat, das klarste ist gerade das kälteste, und ich will nicht erfrieren. Ja, das paßt, das ist ein gutes Einleitungsthema, damit werd ich ihr kommen, aber von Mund zu Mund; ich will es ihr nicht schreiben, ich will es ihr sagen. Ihr eigener Brief hat mir goldne Brücken gebaut. Und wenn ich dann frei bin und wieder hier... Ach, wie sehne ich mich nach Leben, Wärme, Freude. Meine Tage sind mir vergangen, als ob Unterweltsschatten neben mir her schwebten. Die gute Dobschütz war auch solch Schatten. Ich bin noch nicht alt genug, um auf Fleisch und Blut zu verzichten.«

Und er klingelte. Die Witwe Hansen kam.

»Liebe Frau Hansen, ich will auf einen Tag hinüber nach Holkenäs...«

»Ah, zur Christbescherung. Da wird sich die gnädigste Frau Gräfin freuen, die jetzt so allein ist, seit auch die Kinder fort sind, wie mir der Herr Graf erzählt haben.«

»Ja, nach Holkenäs«, sagte Holk. »Wissen Sie, wie die Dampfschiffe gehen? Ich meine die nach Glücksburg und Flensburg. Am liebsten wäre es mir, ich könnte noch heute mittag fort oder doch gegen Abend. Dann bin ich morgen zu guter Stunde da. Vielleicht, liebe Frau Hansen, können Sie jemand nach dem Hafen schicken und anfragen lassen. Aber es muß ein Bote sein, auf den Verlaß ist, denn mir liegt daran, sicherzugehen.«

Frau Hansen sagte, sie würde sich selber auf den Weg machen, und nach weniger als einer Stunde war sie von ihrem Gange wieder zurück und brachte die Nachricht, heute gehe kein Schiff mehr, aber morgen gegen Abend gehe der »Holger Danske« und sei zehn Uhr vormittags vor Holkenäs.

»Das ist übermorgen. Welchen Tag haben wir heute?«

»Den einundzwanzigsten, gerade den kürzesten...«

Holk dankte für ihre Bemühung und war in seinem Herzen froh, daß es nicht Heiligenabend war, an dem das Schiff an dem Wasserstege von Holkenäs anlegen würde.

Den 23. kam die Küste von Angeln in Sicht, und als zehn Uhr heran war, sah man, von Deck aus, Schloß Holkenäs auf seiner Düne. Die Linien waren verschwommen, denn ein leiser Nebel zog, und einen Augenblick begann es sogar zu schneien. Aber der Flockentanz hörte bald wieder auf, und auch der Nebel war so gut wie verschwunden, als die Schiffsglocke zu läuten anhob und der stattliche Dampfer anlegte. Holk überschritt die kleine Geländerbrücke, die man vom Deck her nach dem Wassersteg hinübergeschoben hatte, dann schaffte der Steward sein Gepäck nach, und ehe fünf Minuten um waren, dampfte der »Holger Danske« weiter auf Glücksburg zu. Holk sah dem Schiff eine Weile nach, dann warf er seinen Mantel, der ihn, beim Ersteigen der Terrasse, nur behindert haben würde, zwischen die beiden Koffer und schickte sich an, den Steg entlangzugehen. Dann und wann blieb er stehen und sah nach

Holkenäs hinauf. Es lag jetzt, wo der Nebel sich momentan verzogen hatte, klar vor ihm, aber öd und einsam, und der dünne Rauch, der aufstieg, wirkte, wie wenn nur noch ein halbes Leben da oben zu finden sei. Die ziemlich zahlreichen Sträucher in Front der Vorhalle waren, ein paar kleine Zypressen abgerechnet, alle kahl und entblättert, und die Vorhalle selbst zeigte sich mit Brettern verkleidet und mit Matten verhängt, um die dahintergelegenen Räume nach Möglichkeit gegen den Nordost zu schützen. Alles still und schwermütig, aber ein Friede, wie der Nachglanz eines früheren Glücks, war doch darüber ausgebreitet, und diesen kam er jetzt zu stören. Eine Furcht befiel ihn plötzlich vor dem, was er vorhatte; Zweifel kamen, und sein Gewissen, so gut er's einzulullen wußte, wollte nicht ganz schweigen. Aber so oder so, jedenfalls war es zu spät, und er konnte nicht mehr zurück. Es mußte sein. Wie würde Ebba ihn ausgelacht und ihm den Rücken gekehrt haben, wenn er, bei seinem Wiedereintreffen in Kopenhagen, ihr gesagt hätte: »Ich wollt es tun, aber ich konnt es nicht.« Und so nahm er denn seinen Weg wieder auf und stieg endlich langsam die Terrasse hinauf. Als er oben war, rief er einen alten, zufällig des Weges kommenden Diener an, der in einem Nebenhause seit Jahr und Tag schon das Gnadenbrot aß, und fragte ihn, »ob die Gräfin im Schloß sei«. – »Gewiß, Herr Graf«, sagte der Alte fast erschrocken, »in ihrem Schlafzimmer oben. Ich will voraus und der Frau Gräfin melden, daß der Herr Graf angekommen sind.« – »Nein, laß«, sagte Holk, »ich will selber gehen.« Und nun ging er, sich zunächst seitwärts haltend, auf die Rückfront des Schlosses zu, die den Blick landeinwärts auf die bergabsteigenden Park- und Gartenanlagen hatte.

Hier angekommen, nahm sich alles wärmer und wohnlicher aus, und Holk, als er einen Augenblick Umschau gehalten hatte, stieg die drei Marmorstufen hinauf, die, zwischen zwei Säulen hindurch, auf die Tür des Gartensalons zuführten. Und nun trat er in den Salon selbst ein, in dem sich alles, trotzdem die Kinder nicht da waren, in weihnachtlicher Vorbereitung zu befinden schien. Auf dem Ecktisch mit der türkischen Decke, daran vordem Christine mit der Dobschütz und Asta zu sitzen und Handarbeiten zu machen pflegte, stand eine figurenreiche, schon durch Jahre hin gebrauchte, aber immer noch sehr wohlerhaltene Weihnachtskrippe, während in der Ecke schräg gegenüber ein Christbaum aufragte, noch ganz schmucklos, aber sehr hoch, so daß seine Spitze fast bis an die Decke reichte. Nach allem mußte hier irgendwer eben noch tätig gewesen sein, nur daß sich niemand zeigte. War man vor ihm geflohen? Aber eh er sich selbst darauf antworten konnte, sah er, daß er sich geirrt hatte, wenigstens in dem, was das Fliehen vor ihm anging; denn aus der dunklen Hintergrunds-Ecke, die der vorgestellte Christbaum bildete, trat jetzt eine schwarzgekleidete Dame hervor. Es war die Dobschütz, eine Schale mit vergoldeten und versilberten Nüssen in der

Hand, mit denen sie den Baum zu schmücken eben begonnen haben mochte. Sie fuhr zusammen, als sie den Grafen erkannte. »Was ist geschehen? Soll ich Christine rufen?«

»Nein, liebe Dobschütz«, sagte Holk. »Lassen wir Christine noch eine Weile. Was sie hören muß, hört sie früh genug. Ich bin früher hier als erwartet und hätte gern einen andern Tag gewählt als diesen. Aber ich bleibe nicht lange.«

Die Dobschütz wußte, wie's stand und welche sich immer steigernden Ernüchterungen und Kränkungen diese letzten Wochen gebracht hatten; aber das, was sie da eben von Holk selbst hörte, war doch noch mehr, ging darüber hinaus. Was sollten diese Worte, die nichts und alles bedeuteten? Und dabei stand er vor ihr mit einem halb trotzigen und doch zugleich verlegenen Gesichtsausdruck, wie wenn er als Ankläger andrer und zugleich seiner selbst käme.

»Ich will doch lieber gehen und Christine sagen, daß Sie da sind.«

Er nickte, als ob er andeuten wollte: nun gut, auch das; es ist gleichgültig, jetzt oder nach einer Viertelstunde.

Dabei schritt er auf die Krippe zu, nahm etliche von den Figuren in die Hand und sah sich um, ob die Dobschütz mittlerweile das Zimmer verlassen habe oder nicht.

Ja, sie war fort. Und nun erst ließ er sein Auge umhergleiten, Großes und Kleines halb gleichgültig musternd, und sah bei der Gelegenheit auch auf die Parkgänge hinaus, darin ein paar Hühner spazierengingen, weil niemand da war, ders ihnen wehrte. Dann erst trat er wieder zurück und an den offenstehenden Flügel, denselben, daran Elisabeth Petersen und Asta so oft gesessen und vierhändig gespielt oder auch ihre Lieder gesungen hatten, eins am letzten oder vorletzten Tage vor seiner Abreise. Und mit einem Male war es ihm, als hör er's noch, aber aus weiter, weiter Ferne.

So stand er und träumte vor sich hin, in halbem Vergessen dessen, um was er eigentlich hierher gekommen, als er zu bemerken glaubte, daß die Tür ging. Und nun wandte er sich und sah, daß Christine eingetreten war. Sie blieb stehen und hatte die Hand der Dobschütz genommen, wie um sich zu halten. Holk ging auf sie zu. »Guten Tag, Christine. Du siehst mich früher wieder, als ich erwartete.«

»Ja«, sagte sie, »früher.« Und sie gab ihm die Hand und wartete, was er tun würde. Das sollte ihr dann ein Zeichen sein, wie's stünde, denn sie wußte, daß er, trotz aller seiner Schwächen, ehrlich war und sich nicht gut verstellen konnte.

Holk hielt ihre Hand in der seinen und wollte sie fest ansehen. Aber er konnte den ruhigen Blick, der dem seinen begegnete, nicht ertragen, und so wandt er sein Auge wieder beiseite, um es nicht niederschlagen zu müssen, und sagte, während sie in ihrem Schweigen verharrte: »Wollen wir uns nicht setzen, Christine?«

Dabei schritten beide auf den Ecktisch zu. Die Dobschütz folgte, blieb aber stehen, während sich die Gräfin setzte, Holk ihr gegenüber, nachdem er einen Lehnstuhl herangeschoben hatte. Die Weihnachtskrippe stand zwischen ihnen, und über die Krippe fort fragten sich ihre Blicke.

»Geh, liebe Julie«, sagte die Gräfin nach einer Pause. »Wir sind wohl besser allein. Ich glaube, daß mir Holk etwas sagen will.«

Die Dobschütz zögerte, nicht weil sie Zeuge des Peinlichen zu sein wünschte, was sich sichtlich vorbereitete, sondern aus Liebe zu Christine, hinsichtlich deren sie fürchtete, daß sie ihres Beistandes bedürftig sein würde. Zuletzt aber ging sie.

Holk seinerseits schien die letzten Worte seiner Frau, »daß er ihr mutmaßlich etwas zu sagen habe«, zunächst wenigstens widerlegen zu wollen; er schwieg und spielte dabei mit dem Christkind, das er, ohne recht zu wissen, was er tat, der Jungfrau Maria vom Schoß genommen hatte.

Christine sah ihn an und fühlte beinah Mitleid mit ihm. »Ich will es dir leicht machen, Holk«, sagte sie. »Was du nicht sagen magst, ich will es sagen. Am Silvester oder am Neujahrstage haben wir dich erwartet, nun kommst du zu Weihnacht. Ich glaube nicht, daß du der Krippe wegen gekommen bist, auch nicht des Christkindes wegen, mit dem du spielst. Es liegt dir etwas sehr andres am Herzen als das Christkind, und es kann nur noch die Frage sein, wie dein Glück heißt, ob Brigitte oder Ebba. Eigentlich ist es gleich. Du bist gekommen, um auf das, was ich dir als Letztes und Äußerstes vorschlug, einzugehen und mir dabei zu sagen ›ich hätt es ja so gewollt‹. Und wenn du das sagen willst, so sag es: du darfst es. Ja, ich hab es so gewollt, denn ich bin nicht für halbe Verhältnisse. Zu den vielen Selbstsüchtigkeiten, die mich auszeichnen, gehört auch die, nicht teilen zu wollen, ich will einen ganzen Mann und ein ganzes Herz und mag nicht eines Mannes Sommerfrau sein, während andere die Winterfrau spielen und sich untereinander ablösen. Also sprich es aus, daß du gekommen bist, um mit mir von Trennung zu sprechen.«

Es war nicht gut, daß die Gräfin ihr Herz nicht bezwingen konnte. Vielleicht, daß sie, bei milderer Sprache, den so Bestimmbaren doch umgestimmt und ihn zur Erkenntnis seines Irrtums geführt hätte. Denn die Stimme von Recht und Gewissen sprach ohnehin beständig in ihm, und es gebrach ihm nur an Kraft, dieser Stimme zum Siege zu verhelfen. Gelang es Christinen, diese Kraft zu stärken, so war Umkehr immer noch möglich, auch jetzt noch; aber sie versah es im Ton und rief dadurch all das wieder wach, was ihn, ach so lange schon, gereizt und, seit er Ebba kannte, so willfährig gemacht hatte, sich selber Absolution zu erteilen.

Und so warf er denn, als Christine jetzt schwieg, das Christkind wieder in die Krippe, gleichgültig, wo die Puppe hinfiel, und sagte: »Du willst es mir leicht machen, so, glaub ich, waren deine Worte. Nun, ich bin dir das Anerkenntnis schuldig, daß du hinter deinem guten Willen nicht zurück-geblieben bist. Immer derselbe Ton der Überhebung. Daß ich dir's offen bekenne, ich war erschüttert, als ich dich da vorhin eintreten und, auf die gute Dobschütz gestützt, auf mich zukommen sah. Aber ich bin es nicht mehr. Du hast nichts von dem, was wohltut und tröstet und einem eine Last von den Schultern nimmt oder wohl gar Blumen auf unsren Weg streut. Du hast nichts von Licht und Sonne. Dir fehlt alles Weibliche, du bist herb und moros...«

»Und selbstgerecht...«

»Und selbstgerecht. Und vor allem so glaubenssicher in allem, was du sagst und tust, daß man es eine Weile selber zu glauben anfängt und glaubt und glaubt, bis es einem eines Tages wie Schuppen von den Au-gen fällt und man außer sich über sich selbst gerät und vor allem dar-über, daß man den Ausblick auf einen engen, auf kaum zehn Schritt er-richteten Plankenzaun mit einem Grabtuch darüber für den Blick in die schöne Gotteswelt halten konnte. Ja, Christine, es gibt eine schöne Got-teswelt, hell und weit, und in dieser Welt will ich leben, in einer Welt, die nicht das Paradies ist, aber doch ein Abglanz davon, und in dieser hellen und heitern Welt will ich die Nachtigallen schlagen hören, statt einen Steinadler oder meinetwegen auch einen Kondor ewig feierlich in den Himmel steigen zu sehen.«

»Nun, Holk, laß es genug davon sein, ich will dir dein Paradies nicht länger verschließen, denn das mit dem bloßen ›Abglanz‹ davon, das re-dest du nur so hin; du willst dein richtiges irdisches Paradies haben und willst, wie du dich eigentümlich genug ausdrückst, die Nachtigallen darin schlagen hören. Aber sie werden über kurz oder lang verstummen, und du wirst dann nur noch eine Vogelstimme hören und nicht zu deiner Freude, leise und immer schmerzlicher, und du wirst dann auf ein un-glückliches Leben zurückblicken. Von den Kindern spreche ich dir nicht, ich mag sie nicht in ein Gespräch wie dieses hineinziehen: ein Mann, der der Stimme seiner Frau kein Ohr leiht, einer Frau, die den Anspruch auf seine Liebe hatte, weil sie in Liebe für ihn aufging – der hört auch nicht auf das, was ihm die bloßen Namen seiner Kinder zurufen. Ich gehe. Mein Bruder wird von Arnewiek aus meine Sache führen, aber nicht etwa in dem Sinn eines Widerstandes oder Protestes gegen das, was du vor-hast, davor sei Gott, nur zur Regelung dessen, was geregelt werden muß und wo obenan steht, ob die Kinder deine sein sollen oder meine.

Du wirst« (und sie lächelte bitter), »soweit ich dich kenne, keine Schwierigkeiten nach dieser Seite hin machen; es gab wohl Zeiten, wo dir die Kinder etwas bedeuteten, aber das liegt zurück. Die Zeiten ändern sich, und was dir eine Freude war, ist dir eine Last geworden. Ich will deine künftige Hausführung nach Möglichkeit aller Mühewaltungen überheben, auch der Mühewaltung der Stiefmutterschaft. Und nun lebe wohl, und werde nicht zu hart gestraft für diese Stunde.«

Dabei hatte sie sich von ihrem Platz erhoben und ging, sie wollte ihm nicht ausweichen, scharf an ihm vorüber auf die Tür zu. Von der Schwäche, die sie bei ihrem Eintreten gezeigt hatte, war in ihrer ganzen Haltung nichts mehr; die Empörung, die ihr Herz füllte, gab ihr Kraft zu allem.

Auch Holk erhob sich. Eine Welt widerstreitender Empfindungen regte sich in seiner Seele, was aber nach allem, was er eben wieder gehört hatte, doch vorwog, war ein Gefühl bitterer Verdrossenheit. Eine ganze Weile schritt er auf und ab, und dann erst trat er an die Balkontür heran und sah wieder auf den Parkgang hinaus, der, mit Blättern und Tannäpfeln überstreut, in leiser Schrägung bergab und zuletzt links einbiegend nach Holkeby führte. Der Himmel hatte sich wieder bezogen, und eh eine Minute um war, begann ein heftiges Schneetreiben, ein Tanzen und Wirbeln, bis der Windzug plötzlich nachließ und die Flocken schwer und dicht herniederfielen.

Holk konnte nur wenig Schritte weit sehen, aber so dicht die Flocken fielen, sie ließen ihn doch zwei Frauengestalten erkennen, die jetzt, von der rechten Seite des Schlosses her, in den Parkweg einbogen und auf Holkeby zu hinunterschritten.

Es waren die Gräfin und die Dobschütz.

Niemand begleitete sie.

Dreißigstes Kapitel

Holk, als er Christine so den Parkweg hinabschreiten und gleich danach in dem Flockentanze verschwinden sah, war erschüttert, aber doch nur in seinem Herzen, nicht in seinen Entschlüssen, nicht in dem, was er vorhatte. Das Glück vergangener Jahre lag hinter ihm, das war gewiß, und er setzte hinzu: »durch meine Schuld vielleicht, aber sicher auch durch ihre. Sie hat es so gewollt, sie hat mich gereizt und gepeinigt, erst durch Überheblichkeit und dann durch Eifersucht, und zuletzt hat sie mir zugerufen: ›Geh.‹ Und hat auch nicht einlenken wollen: im Gegenteil, sie hat sich selber noch übertrumpft und statt der üblichen Hochfahrenheitsmiene zuletzt auch noch die Mitleidsmiene aufgesetzt, und dann ist sie gegangen... Ich mag gegen sie gefehlt haben, in diesen letzten Wochen gewiß, aber der Anfang lag bei ihr, sie hat sich mir entfremdet, immer mehr und mehr, und das ist nun das Ende. Ja, das Ende vom Lied, aber nicht vom Leben. Nein, es soll umgekehrt der Anfang von etwas anderem, etwas Besserem und Freudigerem werden, und wenn ich aus allem, was zurückliegt, eine Bitterkeit mit in das Neue hinübernehme, so soll mir doch dies Bittere die Freude nicht für immer vergällen. Wie verlangts mich nach einem lachenden Gesicht! Ach, diese ewige Schmerzensmutter mit dem Schwert im Herzen, während es doch bloß Nadelstiche waren. Wirklich, es war schwer zu tragen, und jedenfalls ich war es müde.«

Der alte Diener, der mittlerweile das Gepäck von der Landungsstelle heraufgeschafft hatte, trat jetzt ein und fragte den Grafen, ob er ein Frühstück befehle. »Nein, Dooren, jetzt nicht; ich werde klingeln.« Und als er wieder allein war, überkam ihn die Frage, was er nun eigentlich solle. »Soll ich hier bleiben und einen Wachsstock zerschneiden und den Christbaum da, bei dessen Ausputz ich die gute Dobschütz gestört habe, mit einem Dutzend Freudenlichter besetzen und dann morgen abend die Lichter anzünden und mir mein Glück bescheren? Es geht nicht. Und ich kann auch nicht hierbleiben, bloß um hier oben und im Dorf unten den leutseligen und schenkefrohen Gutsherrn zu spielen und dabei den Mägden einen Speziestaler in den Apfel zu stecken und den Michel nach seiner Annemarie oder die Annemarie nach ihrem Michel zu fragen und ob die Hochzeit zu Ostern oder zu Pfingsten sein werde. Und wenn ich so was selbst wollte, darüber verginge ja noch ein ganzer Tag oder eigentlich zwei, denn sie bescheren hier erst in der Frühe. Zwei Tage, das geht nicht, womit soll ich die zubringen? Das ist eine kleine Ewigkeit, und ich bin nicht in der Stimmung, inzwischen Wirtschaftsbücher zu revidieren und über Raps und Rübsen zu sprechen. Und zu Petersen? Er würde mir ins Gewissen reden und doch nichts zustande bringen. Und dann ist auch mutmaßlich Christine noch da; sie wird unten Station gemacht und einen Boten nach Arnewiek geschickt haben, und Alfred wird kommen und sie abholen. Ich habe nicht Lust, dabei zugegen zu sein oder auch nur in der Nähe. Nein, ich will lieber nach Flensburg hinüber, vielleicht geht heute noch ein Kopenhagener Schiff. Und wenn auch nicht, hier kann ich nicht bleiben: ich muß fort.«

Und er zog die Klingel. »Sage, daß Johann anspannt. Den kleinen Wagen und die Ponys. Ich will nach Flensburg.«

Es schlug drei, als Holk in Flensburg einfuhr, und bald danach hielt er vor dem Hillmannschen Gasthause, darin er, bei seinen häufigen Anwesenheiten in der Stadt, regelmäßig Wohnung zu nehmen pflegte. Der Wirt war einigermaßen überrascht, ihn zu sehen, bis er erfuhr, daß der Graf, dessen Stellung am Hofe der Prinzessin er kannte, nur auf kurzen Urlaub in Holkenäs gewesen sei.

»Wann geht das nächste Kopenhagner Schiff, lieber Hillmann?«

Hillmann holte die Tabelle herbei, darauf Abfahrt und Ankunft der Dampfer genau verzeichnet waren, und glitt mit dem Finger über die Rubriken hin: »Richtig, Iversens Schiff ist an der Reihe und müßte morgen fahren. Aber der 24. fällt aus; das ist altes Herkommen, und Iversen, der bei seiner Tochter wohnt und schon Enkel hat; wird an dem Herkommen nichts ändern; er steht am Christabend auch lieber unterm Weihnachtsbaum als auf Deck. Ist aber sonst ein guter Kapitän, noch einer von den alten, die von der Pike an gedient haben. Er fährt also den 25., ersten Feiertag, sieben Uhr abends.«

»Und kommt an?«

»Und kommt an in Kopenhagen zweiten Feiertag früh. Das heißt um neun oder vielleicht auch eine Stunde später.«

Holk zeigte sich wenig erbaut von dem allen, und nur wenn er an Holkenäs zurückdachte, war er doch herzlich froh, die lange Zeit von mehr als zwei Tagen in Flensburg verbringen zu können. Er bezog ein Zimmer im zweiten Stock, das auf den Rathausplatz hinaussah, und nachdem er mit leidlichem Appetit – denn er hatte seit dem Abend vorher so gut wie nichts genossen – eine verspätete Mittagsmahlzeit eingenommen, verließ er das Gasthaus, um an der Flensburger Bucht hin einen langen Spaziergang zu machen. Erst herrschte Dämmerung; aber nicht lange, so zogen im winterlichen Glanze die Sterne herauf und spiegelten sich auf der weiten Wasserfläche. Holk fühlte, wie der auf ihm lastende Druck von Minute zu Minute geringer ward, und wenn er sich auch nach wie vor keineswegs in einem Zustand von Seelenruhe befand, so galt das, was ihm von Unruhe verblieb, doch mehr der Zukunft als der Vergangenheit und hatte vorwiegend den Charakter einer gewissen erwartungsvollen Erregung. Er malte sich allerlei anheimelnde Bilder aus, wie sie spätestens der nächste Mai heraufführen sollte. Bis dahin mußte alles geordnet sein: die Hochzeit war festgesetzt, und er sah sich in der von Menschen überfüllten Hilleröder Kirche. Schleppegrell hielt die Traurede; die gute Pastorsfrau war ergriffen von der Beredsamkeit ihres Gatten, und Doktor Bie freute sich, daß mit Hilfe einer schönen Schwedin ein schleswigholsteinisches Herz für Dänemark erobert worden sei. In der kleinen Hofloge aber paradierte die Prinzessin, neben ihr die Schimmelmann und hinter beiden Pentz und Erichsen. Und dann verabschiedeten sie sich von Hilleröd und der Gesamtheit der Brautzeugen und fuhren in einem Extrazuge nach Kopenhagen und am selben Abend noch nach Korsör und Kiel, und in Hamburg war erste Rast. Und dann kam Dresden und München und dann der Gardasee mit einem Ausfluge nach Mantua, wo sie sonderbarerweise den Wallgraben, in dem Hofer erschossen wurde, besuchen wollten, und dann ging es immer südlicher bis nach Neapel und Sorrent. Da sollte die Fahrt abschließen, und den Blick rechts nach dem Vesuv und links nach Capri hinüber, wollt er die quälerische Welt vergessen und sich selbst und seiner Liebe leben. Ja, in Sorrent! Da war auch eine so prächtige Bucht wie die Flensburger hier, und da schienen auch die Sterne hernieder, aber sie hatten einen helleren Glanz, und wenn dann die Sonne den neuen Tag heraufführte, da war es eine wirkliche Sonne und ein wirklicher Tag.

So kamen ihm die Bilder, und während er sie greifbar vor sich sah, flutete das Wasser der Bucht dicht neben ihm, ernst und dunkel, trotz der Lichtstreifen, die darauf fielen.

Erst zu später Stunde war er wieder in seinem Gasthaus, und unter Lesen und gelegentlichem Geplauder mit Hillmann verging ihm der andere Tag. Als aber der Abend hereinbrach, trieb es ihn doch hinaus, durch die Straßen und Gassen der Stadt, und überall, wo die Fensterläden noch offen oder nicht dicht geschlossen waren, tat er einen Blick hinein, und vor mehr als einem Hause, wenn er das Glück da drinnen und das Kind auf dem Arm der Mutter sah, und wie der Vater seiner Frau die Hand entgegenstreckte, wandelte ihn doch plötzlich eine Furcht vor dem Kommenden an, und auf Augenblicke stand nur all das vor ihm, was er verloren hatte, nicht das, was er gewinnen wollte.

Welch Heiligabend! Aber er verging, und nun war erster Feiertag, und so langsam sich seine Stunden auch hinschleppten, endlich war doch sieben Uhr heran, und die Schiffsglocke läutete. Holk stand neben dem alten Kapitän, und als man eine Stunde später in freies Fahrwasser kam, ließ sich schon ungefährdet ein Faden spinnen, und Iversen erzählte von Altem und Neuem. Es war eine schöne Fahrt, dazu eine milde Luft, und bis über Mitternacht hinaus stand man unter dem Sternenhimmel und berechnete, daß man mutmaßlich eine halbe Stunde vor der Zeit in Kopenhagen eintreffen werde. Dazu beglückwünschte man sich, und gleich danach zogen sich die wenigen Passagiere, die die Fahrt überhaupt mitmachten, in ihre Schlafkojen zurück. Aber bald änderte sich das Wetter draußen, und als man um fünf Uhr in Höhe von Möen war oder doch zu sein vermeinte, da war der Seenebel so dicht geworden, daß man das Feuer unter dem Dampfkessel ausgehen und die Anker fallen lassen mußte. Die Stille, wie gewöhnlich, weckte die Schläfer, und als man eine Viertelstunde später auf Deck kam und nach der Küste von Seeland hinüberschauen wollte, hörte man von dem Mann am Steuer, daß das Schiff festliege.

»Wie lange?«

»Nun, Mittag wird wohl herankommen.«

Und Mittag war auch wirklich vorüber, als der Nebel endlich wich und die Fahrt wieder aufgenommen werden konnte. Verlorener Tag und von einem Vorsprechen im Palais der Prinzessin keine Rede mehr. Die Laternen brannten schon überall am Hafen, als man bald nach fünf an der Dampfschiffsbrücke anlegte.

In seiner Wohnung wurde Holk, statt wie gewöhnlich von Brigitte, diesmal von der alten Frau Hansen empfangen; sie ging ihm voran die Treppe hinauf und zündete die Lampen an, ohne nach etwas anderem als nach dem Wetter zu fragen, und ob er eine gute Fahrt gehabt habe. Davon, ob die Frau Gräfin bei guter Gesundheit gewesen und ob das Christfest froh und glücklich verlaufen sei, davon war mit keinem Worte die Rede, und als Holk seinerseits erst nach dem Befinden der beiden Hansenschen Frauen und dann nach dem der Prinzessin frug, antwortete die alte Hansen in jenem eigentümlichen Unschuldston, worin sie der Tochter womöglich noch überlegen war: »Das Fräulein ist wieder außer Bett.« Es kam so heraus, daß es selbst Holk auffiel, er war aber in diesem Augenblick von viel zuviel andern Dingen in Anspruch genommen, um seinerseits einen Gegenzug zu tun, und so ließ er's denn gehen und bat nur um die Zeitungen und einen guten Tee. »Denn ihn fröstle von dem langen Stehen auf Deck.« Die Hansen brachte beides. Der Zeitungen waren der Festtage halber nur wenige; Holk flog sie durch und ging dann früh zu Bett. Er schlief auch gleich ein, denn die letzten Tage hatten seine Nerven erschöpft.

Bei guter Zeit war er wieder auf. Frau Hansen (Brigitte ließ sich auch heute nicht sehen) brachte das Frühstück, und weil sie fühlen mochte, den Abend vorher zu weit gegangen zu sein, befleißigte sie sich der größten Unbefangenheit und trug ihren Stadtklatsch harmlos und mit so viel glücklicher Laune vor, daß sich Holk nicht bloß seinem Mißmut über die voraufgegangene Perfidie der Alten, sondern zu seiner eigenen Überraschung auch seiner trüben Stimmung zu gutem Teil entrissen sah. Alles, auch das Heikelste, gewann in der Erzählung der guten Hansen etwas durchaus Heitres und durchaus Selbstverständliches, und als sie wieder fort war, war es ihm, als ob er eine freilich nicht sehr moralische, dafür aber desto lebensweisere Predigt über das, was Leben sei, vernommen habe. Wenn er das eben Gehörte zusammenfaßte, so hieß es etwa: ja, Graf Holk, so war es immer und so wird es immer sein. Es läßt sich alles schwernehmen, aber es läßt sich auch alles leichtnehmen. Und wer die Kunst des Leichtnehmens versteht, der lebt, und wer alles schwernimmt, der lebt nicht und ängstigt sich vor Gespenstern, die gar nicht da sind. »Ja, die gute Frau Hansen hat recht«, so schloß Holk seine Betrachtungen über das, was er eben vernommen hatte. »Leichtnehmen, alles leichtnehmen, dabei fährt man am besten, das haben auch die Menschen am liebsten, und ein lachendes Gesicht ist der erste Schritt zum Siege.«

Zwölf hatte noch nicht ausgeschlagen, als er aus seiner Wohnung in die Dronningens-Tvergade hinaustrat und auf das Palais zuschritt. Es war dritter Feiertag, das Wetter hatte sich geklärt, und die Wintersonne lag auf Platz und Straße. »Das Fräulein ist wieder außer Bett« – so waren gestern abend die Worte der Frau Hansen gewesen, und an der Richtigkeit dieser Mitteilung ließ sich nicht wohl zweifeln; daß aber das Fräulein nach einem so heftigen Fieberanfall auch schon wieder im Dienst sein sollte, das war freilich sehr unwahrscheinlich, und so stieg er denn, ohne vorgängiges Anfragen in den Gemächern der Prinzessin, in das von Ebba bewohnte zweite Stockwerk hinauf. Karin öffnete. »Das Fräulein zu sprechen?« »Ja.« – Und Karin ging vorauf, während Holk folgte.

Das Fräulein saß in einem Lehnstuhl am Fenster und sah auf den Platz, auf dem keine Spur von Leben war, nicht einmal die Herbstblätter tanzten mehr darüber hin. Als Holk eingetreten, erhob sich Ebba von ihrem Lehnstuhl und schritt auf ihn zu, freundlich, aber matt und nüchtern. Sie gab ihm die Hand, nahm dann, abseits vom Fenster, auf einem weiter zurück stehenden Sofa Platz und wies auf einen Stuhl, ihn auffordernd, damit in ihre Nähe zu rücken.

»Ich erwarte den Arzt«, begann sie leise, mit mehr erkünstelter als wirklicher Anstrengung. »Aber der gute Doktor, er kommt immer noch früh genug, und so freu ich mich denn aufrichtig, Sie zu sehen. Es läßt sich doch mal von etwas andrem sprechen. Immer über sein Befinden rapportieren zu müssen – es ist so langweilig, für den Doktor gewiß, aber auch für den Kranken... Sie haben das Fest drüben zugebracht. Ich hoffe, daß Sie die Gräfin bei wünschenswerter Gesundheit fanden und daß Sie gute Festtage hatten.«

»Ich hatte sie nicht«, sagte Holk.

»Dann kann ich nur wünschen, daß Sie nicht die Schuld daran trugen. Ich hörte soviel Gutes von der Gräfin; die Prinzessin, die mich gestern besuchte, war voll ihres Lobes. ›Eine charaktervolle Frau‹, sagte sie.«

Holk zwang sich zu lächeln. »Eine charaktervolle Frau – ja, die Prinzessin liebt diese Wendung, ich weiß, und will damit andeuten, daß nicht jeder charaktervoll sei. Darin mag sie recht haben. Aber Prinzessinnen haben es leicht, für ›Charakter‹ zu schwärmen, weil sie selten in die Lage kommen, Charaktere kennenzulernen. Charaktervolle Leute mögen hundert Vorzüge haben, haben sie gewiß, aber sie sind unbequem, und das ist das letzte, was Prinzessinnen zu lieben pflegen.«

»Alle Welt rühmt Ihre Galanterie, lieber Holk, und ich bin, weil ich keinen Grund dazu habe, die letzte, dem zu widersprechen; aber Sie sind ungalant gegen Ihre eigene Frau. Warum wollen Sie das Lob verkürzen, das die Prinzessin ihr spendet? Prinzessinnen loben in der Regel nicht viel, und man darf ihrem Lobe wohl zulegen, aber nichts abziehen. Ich empfinde ganz wie die Prinzessin und bin voll Sympathie für die Gräfin und, wenn dies das rechte Wort nicht sein sollte, voll Teilnahme.«

Holk riß die Geduld. »Die Gräfin wird Ihnen dankbar dafür sein. Aber, das darf ich sagen, ihre Dankbarkeit wird von ihrer Verwunderung noch übertroffen werden. Ebba, was soll diese Komödie? Gräfin und wieder Gräfin und dann charaktervoll und dann sympathisch und zuletzt Gegenstand Ihrer Teilnahme. Wollen Sie, daß ich das alles glaube? Was ist vorgefallen? Aus welcher Veranlassung hat sich der Wind gedreht? Warum plötzlich diese Förmlichkeit, diese Nüchternheit? Eh ich abreiste, hab ich Sie sprechen wollen, nicht um eine Gewißheit meines Glückes zu haben, diese Gewißheit hatte ich oder glaubte wenigstens, sie haben zu dürfen, nein, es trieb mich einfach, Sie zu sehen und mich, eh ich hinüberging, über Ihr Ergehen zu beruhigen, und so bin ich abgereist und habe drüben einen Tag erlebt und einen Kampf gekämpft und Worte gesprochen, Worte, nun, rundheraus, die Sie kennen müssen, als ob Sie Zeuge der ganzen Szene gewesen wären.«

Ebba warf den Kopf zurück. Holk aber fuhr fort: »Sie werfen hochmütig den Kopf zurück, Ebba, wie wenn Sie mir sagen wollten: ich weiß, was da gesprochen worden ist, aber ich will es nicht wissen, und ich mißbillige jedes dieser Worte.«

Sie nickte.

»Nun, wenn ich es damit getroffen, so frag ich Sie noch einmal, was soll das? Sie wissen, wie's mit mir steht; wissen, daß ich vom ersten Tag an in Ihrem Netze war, daß ich alles, und vielleicht mehr, als ich durfte, darangesetzt habe, Sie zu besitzen. Und daß ich das alles tat und hier vor Ihnen stehe, wie ich stehe, schuldig oder nicht, dazu haben Sie mir den Weg gezeigt – leugnen Sie's, wenn Sie's können. Jedes Ihrer Worte hat sich mir in die Seele eingeschrieben, und Ihre Blicke sprachen es mit, und beide, Worte und Blicke, sagten es mir, daß Sie's durch alle Tage hin beklagen würden, auf der abgebröckelten Eisscholle nicht ins Meer und in den Tod hinausgetrieben zu sein, wenn ich Sie verließe. Leugnen Sie's, Ebba – das waren Ihre Worte.«

Ebba hatte, während Holk so sprach, sich zurückgelehnt und die Augen geschlossen. Als er jetzt schwieg, richtete sie sich wieder auf, nahm seine Hand und sagte: »Freund, Sie sind unverbesserlich. Ich entsinne mich, Ihnen gleich am Anfang unserer Bekanntschaft, und dann auch später noch, jedenfalls mehr als einmal gesagt zu haben, Sie stünden nicht am richtigen Fleck. Und davon kann ich nichts zurücknehmen; im Gegenteil. Alles, was ich damals in übermütiger Laune nur so hinsprach, bloß um Sie zu necken und ein wenig zu reizen, das muß ich Ihnen in vollem Ernst und in mindestens halber Anklage wiederholen. Sie wollen

Hofmann und Lebemann sein und sind weder das eine noch das andre. Sie sind ein Halber und versündigen sich nach beiden Seiten hin gegen das Einmaleins, das nun mal jede Sache hat und nun gar die Sache, die uns hier beschäftigt. Wie kann man sich einer Dame gegenüber auf Worte berufen, die die Dame töricht oder vielleicht auch liebenswürdig genug war, in einer unbewachten Stunde zu sprechen? Es fehlt nur noch, daß Sie sich auch auf Geschehnisse berufen, und der Kavalier ist fertig. Unterbrechen Sie mich nicht, Sie müssen noch Schlimmeres hören. Allmutter Natur hat Ihnen, wenn man von der Beständigkeit absieht, das Material zu einem guten Ehemanne gegeben, und dabei mußten Sie bleiben. Auf dem Nachbargebiete sind Sie fremd und verfallen aus Fehler in Fehler. In der Liebe regiert der Augenblick, und man durchlebt ihn und freut sich seiner, aber wer den Augenblick verewigen oder gar Rechte daraus herleiten will, Rechte, die, wenn anerkannt, alle besseren, alle wirklichen Rechte, mit einem Wort, die eigentlichen Legitimitäten auf den Kopf stellen würden, wer das tut und im selben Augenblicke, wo sein Partner klug genug ist, sich zu besinnen, feierlich auf seinem Scheine besteht, als ob es ein Trauschein wäre, der ist kein Held der Liebe, der ist bloß ihr Don Quixote.«

Holk sprang auf. »Ich weiß nun genug; also alles nur Spiel, alles nur Farce.«

»Nein, lieber Holk, nur dann, wenn Ihre deplacierte Feierlichkeit das, was leicht war, schwergenommen haben sollte, was Gott verhüten wolle.«

Holk sah schweigend vor sich hin und bestätigte dadurch aufs neue, daß sie's getroffen. »Nun gut dann«, fuhr Ebba fort. »Also das Törichtste ist schon geschehen! Ich lehne jede Verantwortung dafür ab. Ich habe mich nie besser gemacht, als ich bin, und niemand wird mir nachsagen, daß ich mich ernsthaft auf etwas Falsches hin ausgespielt hätte. Worte waren Worte; soviel mußten selbst Sie wissen. Ja, Holk, Hofleben ist öd und langweilig, hier wie überall, und weil es langweilig ist, ist man entweder so fromm wie die Schimmelmann oder... nun, wie sag ich... so nicht fromm wie Ebba. Und nun, statt alle Treibhäuser des Landes zu plündern und mir Blumen auf den Weg zu streuen oder wie ein Troubadour das Lob seiner Dame zu singen und dann weiterzuziehen und weiter sein Glück zu versuchen, statt dessen wollen Sie mich einschwören auf ein einzig Wort oder doch auf nicht viel mehr und wollen aus einem bloßen Spiel einen bittern Ernst machen, alles auf Kosten einer Frau, die besser ist als Sie und ich und die Sie tödlich kränken, bloß weil Sie sich in einer Rolle gefallen, zu der Sie nicht berufen sind. Noch einmal, ich lehne jede Verantwortung ab. Ich bin jung, und Sie sind es nicht mehr, und so war es nicht an mir, Ihnen Moral zu predigen und Sie, während ich mich hier langweilte, mit ängstlicher Sorgfalt auf dem Tugendpfade zu halten; – das war nicht meine Sache, das war Ihre. Meine Schuld bestreit ich, und wenn es doch so was war (und es mag darum sein), nun, so hab ich nicht Lust, diese Schuld zu verzehn- und zu verhundertfachen und aus einem bloßen Schuldchen eine wirkliche Schuld zu machen, eine, die ich selber dafür halte.«

In Holk drehte sich alles im Kreise. Das also war sein erträumtes Glück! Als er sich zu diesem Gang anschickte, war er wohl von einem unsicheren und quälenden Gefühl erfüllt gewesen, von der Frage, was die Welt, die Kinder, die sich notwendig ihm entfremden mußten, und über kurz oder lang vielleicht auch sein eigenes Herz dazu sagen würde. Das hatte vor seiner Seele gestanden, aber auch das nur allein. Und nun ein Korb, der rundesten einer, sein Antrag abgelehnt und seine Liebe zurückgewiesen, und das alles mit einer Entschiedenheit, die jeden Versuch einer weiteren Werbung ausschloß. Und wenn er wenigstens in einer plötzlich erwachten Empörung etwas wie ein Gegengewicht in sich hätte finden können; aber auch das blieb ihm versagt, so völlig, daß er sie, während sie so dastand und ihn durch ihren überheblichen Ton vernichtete, bezaubernder fand denn je.

»So schließt denn alles«, nahm er nach einer kurzen Pause das Wort, »mit einer Demütigung für mich ab, mit einer Demütigung, die zum Überfluß auch noch den Fluch der Lächerlichkeit trägt; – alles nur pour passer le temps. Alles nur ein Triumph Ihrer Eitelkeit. Ich muß es hinnehmen und mich Ihrem neuen Willen unterwerfen. Aber in einem, Ebba, kann ich Ihnen nicht zu Diensten sein; ich kann nicht erkennen, daß mir eine Pflicht vorlag, den Ernst Ihrer Gefühle zu bezweifeln; im Gegenteil, ich glaubte den Glauben daran haben zu dürfen, und ich glaub es noch. Sie sind einfach andern Sinnes geworden und haben sich – ich habe nicht nach den Gründen zu forschen – inzwischen entschlossen, es lieber ein Spiel sein zu lassen. Nun denn, wenn es ein solches war und nur ein solches, und Sie sagen es ja, so haben Sie gut gespielt.«

Und sich gegen Ebba verbeugend, verließ er das Zimmer. Draußen stand Karin, die gehorcht hatte. Sie sprach kein Wort, ganz gegen ihre Gewohnheit, aber ihre Haltung, während sie Holk durch den langen Korridor hin begleitete, zeigte deutlich, daß sie das Tun ihrer Herrin mißbilligte. Sie hielt eben zu dem Grafen, auf dessen Gütigkeit und wohl auch Schwäche sie manchen Zukunftsplan aufgebaut haben mochte.

Einunddreißigstes Kapitel

Nahezu anderthalb Jahre waren seitdem vergangen, Ende Mai war, und die Londoner Squares boten das hübsche Bild, das sie zur Pfingstzeit immer zu bieten pflegen. Das galt im besonderen auch von Tavistock-Square; der eingegitterte, sorglich bewässerte Rasen zeigte das frischeste Frühlingsgrün, die Fliederbüsche standen in Blütenpracht, und die gelben Rispen des Goldregens hingen über das Gitter fort in die breite, dicht daran vorüberführende Straße hinein.

Es war ein reizendes Bild, und dieses Bildes freute sich auch Holk, der in einem alten, übrigens sehr wohlerhaltenen und in seiner doppelten Front von einem Balkon umgebenen Eckhause die Zimmer des ersten Stocks innehatte. Er liebte diese Gegend noch aus der nun zwanzig Jahre zurückliegenden Zeit her, wo er, als junger Attaché der dänischen Gesandtschaft, in eben diesem Stadtteile gewohnt hatte, und nahm es, als er im Laufe des letzten Novembers in London eintraf, als ein gutes Zeichen, daß es ihm gelungen war, gerade hier eine ihm zusagende Wohnung zu finden.

Ja, seit November war Holk in London, nachdem er bis dahin in der Welt umhergefahren und an all den berühmten Schönheitsplätzen gewesen war, an denen jahraus, jahrein viele Tausende Zerstreuung suchen, um schließlich die Wahrnehmung zu machen, daß auch das ödeste Daheim immer noch besser ist als das wechselvolle Draußen. Er hatte sich nach schriftlicher Verabschiedung von der Prinzessin und nach einem ausführlichen und herzlichen Briefe an Arne, den er anrief, ihn in diesen schweren Tagen nicht verlassen zu wollen, erst nach Brüssel und dann nach Paris begeben, aber so wenig zu seiner Zufriedenheit, daß er um Ostern bereits in Rom und einige Wochen später auch schon in Sorrent eingetroffen war, in demselben Sorrent, in dem er gehofft hatte mit Ebba glückliche Tage verleben zu können. Diese glücklichen Tage waren nun freilich ausgeblieben: aber der all die Zeit über auf ihm lastende Druck war im Verkehr mit einer liebenswürdigen englischen Familie, mit der er gemeinschaftlich eine Dependance des Tramontana-Hotels bewohnte, doch schließlich von ihm abgefallen, und er hatte wieder leben und, was noch wichtiger, sich um das Leben anderer kümmern gelernt. So waren Wochen vergangen, unter Wagenfahrten nach Amalfi und unter Bootfahrten nach Capri hinüber, wobei die Schiffer ihre Lieder sangen; aber die heiße Jahreszeit, die bald einsetzte, vertrieb ihn, früher, als ihm lieb war, aus dem ihm zusagenden Idyll bis in die Schweiz hinauf, die es ihm diesmal freilich, sosehr er sie sonst liebte, nirgends ganz recht machen konnte: der Genfer See blendete zu sehr, der Rigi war zu sehr Karawanserei und Pfäfers zu sehr Hospital. So beschloß er denn, weil's ihn, wenn nicht in die Heimat, so doch wenigstens weiter nordwärts in die germanische Welt überhaupt zurückzog, es mit London zu versuchen, an das ihn freundliche Jugenderinnerungen knüpften und wohin ihn die mit ihm zugleich von Sorrent aus abgereisten englischen Freunde mit einer Art Dringlichkeit geladen hatten. Nach London also! Und da war er nun seit einem halben Jahr und empfand unter Verhältnissen und Lebensformen, die den schleswig-holsteinischen einigermaßen verwandt waren, soviel von Heimatlichkeit, wie sie der Heimatlose gewärtigen konnte. Ja, die gesellschaftlichen Verhältnisse konnten ihn befriedigen, und manches andere kam hinzu, das wohl angetan war, ihn von dem immer wachsenden Gefühl seiner Einsamkeit auf wenigstens Stunden und Tage frei zu machen. Eine kleine Theaterpassion, die schon in zurückliegender Zeit die Tage seiner Londoner Attachéschaft so angenehm gemacht hatte, wurde wieder lebendig, und das ganz in der Nähe von Tavistock-Square gelegene Prinzeß-Theater sah ihn regelmäßig auf einem seiner Parkettplätze, wenn der gerade damals mit seinen Shakespeare-Revivals epochemachende Charles Kean heute den »Sommernachtstraum« oder das »Wintermärchen« und morgen den »Sturm« oder »König Heinrich VIII.« in bis dahin unerhörter Pracht auf die Bühne brachte. Zu diesem Charles Kean trat er denn auch im Laufe des Winters in persönliche Beziehungen, und als er schließlich in dem von Künstlern und Schriftstellern vielbesuchten Hause des berühmten Tragöden auch noch die Bekanntschaft von Charles Dickens gemacht hatte, sah er sich, übrigens ohne deshalb seine dem Landadel angehörigen Freunde Sorrentiner Angedenkens vernachlässigen zu müssen, in allerlei Theater- und Literaturkreise hineingezogen, deren lebhaftes und von heiterster Laune getragenes Treiben ihn ungemein sympathisch berührte. Namentlich Dickens selbst war seine Schwärmerei geworden, und bei Gelegenheit eines Whitebait-Dinners in Greenwich ließ er seinen neugewonnenen Freund leben, den großen Erzähler, von dem er zwar nur den »David Copperfield« kenne, der aber als Verfasser dieses Buches auch der Sanspareil aller lebenden Schriftsteller sei. Mehr von ihm zu lesen, wozu er von den übrigen Anwesenden am Schluß seines Toastes unter Lachen aufgefordert wurde, behauptete er ablehnen zu müssen, da »Copperfield« auch von Dickens selbst schwerlich übertroffen worden sei, weshalb ein weiteres Lesen eigentlich nur zur Herabminderung seiner Begeisterung führen könne.

Reunions wie diese, daran auch gefeierte Damen aus der Künstlerwelt, namentlich die schöne und vielumworbene Miss Heath und vor allem die geniale Lady-Macbeth-Spielerin Miss Atkinson beinahe regelmäßig teilnahmen, waren mehr als eine bloße Zerstreuung für Holk, und er hätte sich durch diesen Verkehr nicht bloß seiner Einsamkeit entrissen, sondern auch geradezu gehoben und erquickt fühlen können, wenn er sich einigermaßen frei gefühlt hätte. Dies war aber genau das, was ihm fehlte; denn gerade der Fleck Erde, daran er mit ganzer Seele hing, auf dem er geboren und durch Jahrzehnte hin glücklich gewesen war, gerade der Fleck Erde war ihm verschlossen und blieb es auch mutmaßlich, wenn es ihm nicht glückte, seinen Frieden mit der Gesellschaft zu machen, einen Frieden, der wiederum eine Versöhnung mit Christine zur Voraussetzung hatte. Daran war aber nach allem, was er aus der Heimat hörte, nicht wohl zu denken: denn sosehr die Gräfin darauf hielt, daß seitens der Kinder an schuldiger Rücksicht nichts versäumt und beispielsweise jeder Brief des Vaters (er schrieb oft, weil ihn ein Gefühl der Verlassenheit dazu drängte) respektvoll erwidert wurde, so vergeblich waren doch andererseits alle bisher unternommenen Schritte zur Herbeiführung eines Ausgleichs gewesen. Mit der ihr eigenen Offenheit hatte sich Christine, dem Bruder gegenüber, über diese Frage verbreitet, und zwar diesmal unter Beiseitehaltung alles moralischen Hochmuts. »Ihr alle«, so schrieb sie, »habt Euch daran gewöhnt, mich als abstrakt und doktrinär anzusehen, und ich mag davon in zurückliegenden Jahren mehr gehabt haben, als recht war, jedenfalls mehr, als die Männer lieben. Aber das darf ich Dir versichern, in erster Reihe bin ich doch immer eine Frau. Und weil ich das bin, verbleibt mir in all dem Zurückliegenden ein Etwas, das mich in meiner Eitelkeit oder meinem Selbstgefühl bedrückt. Ich mag es für nichts Besseres ausgeben. Holk, um es rundheraus zu sagen, ist nicht recht geheilt. Wenn er das Fräulein drüben geheiratet und über kurz oder lang eingesehen hätte, daß er sich geirrt, so fände ich mich vielleicht zurecht. Aber so verlief es nicht. Sie hat ihn einfach nicht gewollt, und so besteht denn für mich, um das mindeste zu sagen, die schmerzliche Möglichkeit fort, daß das Stück, wenn sie ihn gewollt, einen ganz anderen Verlauf genommen hätte. Die Reihe wäre dann mutmaßlich nie wieder an mich gekommen. Ich spiele in dieser Tragikomödie ein bißchen die faute-de-mieux-Rolle, und das ist nicht angenehm.« Von diesem Briefe Christinens hatte Holk die Hauptsache wiedererfahren, und was sich darin aussprach, das stand beständig vor seiner Seele, trotzdem der alte Petersen und Arne gemeinschaftlich bemüht waren, seine Hoffnung auf einen guten Ausgang wieder zu beleben. »Du darfst Dich diesem Gefühle von Hoffnungslosigkeit nicht hingeben«, schrieb Petersen an Holk. »Ich kenne Christine besser als ihr alle, selbst besser als ihr Bruder, und ich muß Dir sagen, daß sie, neben ihrer christlichen Liebe, die ja Verzeihung für den Schuldigen lehrt, auch noch eine rechte und echte Frauenliebe hegt, so sehr, daß sie Dir gegenüber in einer gewissen liebenswürdigen Schwäche befangen ist. Ich sehe das aus den Briefen, die von Zeit zu Zeit aus Gnadenfrei bei mir eintreffen. Es liegt alles günstiger für Dich, als Du's glaubst und als Du's verdienst, und es würde mir meine letzte Stunde verderben, wenn's anders wäre. Mit achtzig weiß man übrigens, wie's kommt, und dafür verbürge ich mich, Helmuth, daß ich Eure Hände noch einmal wieder ineinanderlege, wie ich's vordem getan, und das soll meine letzte heilige Handlung sein, und dann will ich aus meinem Amt treten und abwarten, bis Gott mich ruft.«

Das war Anfang April gewesen, daß Petersen so geschrieben, und wenn Holk der mehr als halben Sicherheit, die sich darin aussprach, für seine Person auch mißtraute, so kamen ihm doch immer wieder Stunden, in denen er sich daran aufrichtete. So war es auch heute wieder, und von heiteren Bildern erfüllt, saß er auf dem Vorderbalkon seines Hauses, unter dem Gezweig einer schönen alten Platane, die hier schon gestanden haben mochte, als, vor nun gerade hundert Jahren, dieser ganze Stadtteil erst errichtet wurde. Die hohen, bis auf die Diele niedergehenden und nach unten zu halb geöffneten Schiebefenster gestatteten einen freien Verkehr zwischen Zimmer und Balkon, und das Feuer in seinem Drawing-Room, das mehr des Anblicks als der Wärme halber brannte, dazu die Morgenzigarre, steigerte das Behagen, das er momentan empfand. Neben ihm, auf einem leichten Rohrstuhl, lag die »Times«, die, weil das anmutige Frühlingsbild vor ihm ihn bis dahin abgezogen hatte, heute, sehr ausnahmsweise, beiseite geschoben war. Nun aber nahm er sie zur Hand und begann seine Lektüre wie gewöhnlich in der linken Ecke der großen Anzeigebeilage, wo, durch schärfste Diamantschrift ausgezeichnet, die Familiennachrichten aus dem Londoner High Life verzeichnet standen: geboren, gestorben, verheiratet. Auch heute lösten sich die drei Rubriken untereinander ab, und als Holk bis zu den Eheschließungen gekommen war, las er: »Miss Ebba Rosenberg, Lady of the Bedchamber to Princess Mary Ellinor of Denmark, married to Lord Randolph Ashingham formerly 2d. Secretary of the British Legation at Copenhague.«

»Also doch«, sagte Holk, sich verfärbend, im übrigen aber nicht sonderlich bewegt, und legte das Blatt aus der Hand. Vielleicht, daß es ihn tiefer getroffen hätte, wenn's plötzlich und als ein ganz Unerwartetes an ihn herangetreten wäre. Dies war aber nicht der Fall. Schon Ausgang des Winters hatte der ihn in seinen Briefen »au courant« erhaltende Pentz diese Vermählung als etwas über kurz oder lang Bevorstehendes angemeldet, und zwar in folgenden Schlußzeilen eines längeren Anschreibens:

Und nun, lieber Holk, eine kurze Mitteilung, die Sie mehr interessieren wird als alle diese Geschichten aus dem Hause Hansen – Ebba Rosenberg hat gestern der Prinzessin Anzeige von ihrer Verlobung gemacht, die jedoch, zu leichterer Beseitigung entgegenstehender Schwierigkeiten, vorläufig noch geheim bleiben müsse. Der, den sie durch ihre Hand zu beglücken gedenkt, ist niemand Geringeres als Lord Randolph Ashingham, dessen Sie sich, wenn nicht von Vincent, so doch vielleicht von einer Abendgesellschaft bei der Prinzessin her erinnern werden. Es war gleich zu Beginn der Saison von neunundfünfzig auf sechzig. Lord Randolph, von dem es heißt, daß er den Grund und Boden eines ganzen Londoner Stadtteils (vielleicht gerade des Stadtteils, den Sie zurzeit bewohnen) und außerdem einen Waldbestand von fünfzehn Millionen Tannen in Fifeshire besitze – Lord Randolph, sag ich, hat sich ein Jahr lang in dieser Angelegenheit besonnen oder wohl richtiger besinnen müssen, weil von seiten eines noch viel reicheren Erbonkels allerlei Bedenken erhoben wurden. Und diese Bedenken existieren in der Tat noch. Aber Ebba müßte nicht Ebba sein, wenn es ihr nicht glücken sollte, dem stark exzentrischen Erbonkel den Beweis ihrer Tugenden auf dem Gebiete des Chic und High Life zu geben, und so wird denn die Verlobung ehestens proklamiert werden. Alles nur Frage der Zeit. Übrigens haben sich beide, der Lord und Ebba, nichts vorzuwerfen; er, wie so viele seinesgleichen, soll schon mit vierzehn ein ausgebrannter Krater gewesen sein und heiratet Ebba nur, um sich etwas vorplaudern zu lassen, und von diesem Standpunkt aus angesehen, hat er eine gute Wahl getroffen. Sie wird jeden Tag Dinge sagen und später auch wohl Dinge tun, die Seine Lordschaft frappieren, und vielleicht zündet sie mal die fünfzehn Millionen Tannen an und stellt bei der Gelegenheit sich und den Eheliebsten in die rechte Beleuchtung. Und nun tout à vous, beau Tristan. Ihr Pentz.

So hatte damals der Brief gelautet, und die zwei Zeilen in der »Times« waren nichts als die Bestätigung. »Es ist gut so«, sagte Holk nach einer Weile. »Das gibt reinen Tisch. Ihr Gespenst ging immer noch in mir um und war nicht ganz zu bannen. Nun ist es geschehen durch sie selbst; alles fort, alles verflogen, und ob Christine mir auch verloren bleibt, vielleicht verloren bleiben muß, ihr Bild soll wenigstens in meinem Herzen wieder den ihm gebührenden Platz haben.«

Unter diesem Selbstgespräche nahm er die beiseite gelegte Zeitung wieder in die Hand und wollte sich ernsthaft in eine Berliner Korrespondenz vertiefen, die ziemlich ausführlich, so schien es, von einer Heeresverdoppelung und einer sich dagegen bildenden Oppositionspartei sprach. Aber er hatte heut keinen Sinn dafür und sah bald über das Blatt fort. Von der nahen Sankt-Pancras-Kirche, deren Turm er dicht vor Augen hatte, schlugs eben neun, und durch die Southamptonstraße, die den Square an der ihm zugekehrten Seite begrenzte, rollten Cabs und wieder Cabs, die von der Euston-Square-Station herkamen und dem Mittelpunkt der Stadt zufuhren. Er brach, um damit zu spielen, ein dicht herabhängendes Platanenblatt ab, und erst als er die Spatzen über sich immer lauter quirilieren hörte, nahm er etliche Krumen und streute sie vor sich hin auf den Balkon. Sofort fuhren die Spatzen aus dem Gezweig hernieder, pickend und kriegführend untereinander, aber schon im nächsten Augenblicke huschten sie wieder auf, denn von der Haustür her klang ein rasch wiederholtes Klopfen, das Zeichen, daß der »Postman« an der Tür sei: Holk, der am folgenden Tage Geburtstag hatte, horchte neugierig hinunter, und gleich darauf trat Jane ein und überreichte ihm vier Briefe.

Schon die vier Poststempel Gnadenfrei, Bunzlau, Glücksburg, Arnewiek ließen Holk keinen Augenblick in Zweifel, von wem die Briefe kamen, und auch ihr Inhalt schien ihm nicht viel Neues bringen zu sollen.

Asta und Axel sprachen steif und förmlich und jedenfalls ziemlich kurz ihre Gratulationen aus, und auch Petersen, der sonst ausführlich zu schreiben pflegte, beschränkte sich heut auf eine Darbringung seiner Glückwünsche. Holk war nicht angenehm davon berührt und fand seine gute Stimmung erst wieder, als er auch Arnes Brief geöffnet und gleich den ersten Zeilen allerlei Liebes und Freundliches entnommen hatte. »Ja«, sagte Holk, »der hält aus. Unverändert derselbe. Und wäre doch eigentlich der, der am ehesten mit mir zürnen dürfte. Der Bruder seiner geliebten Schwester. Aber freilich, da liegt auch wieder Grund und Erklärung. Er liebt die Schwester und vergöttert sie fast. Aber er hat lange genug gelebt, um, trotz aller Junggesellenschaft, sehr wohl zu wissen, was es heißt, an eine heilige Elisabeth verheiratet zu sein. Und wenn sie noch die heilige Elisabeth wäre! Die war sanft und nachgiebig... Aber nichts mehr davon«, unterbrach er sich, »ich verbittere mich bloß wieder, statt mich ruhig und versöhnlich zu stimmen. Es ist besser, ich lese, was er schreibt.«

Arnewiek, 27. Mai 61

Lieber Holk!

Dein Geburtstag ist vor der Tür, und meine Glückwünsche sollen Dir nicht fehlen. Kommen sie einen Tag zu früh, wie ich fast vermute, so nimm es als ein Zeichen, wie dringlich ich es habe, Dir alles Beste zu wünschen. Ist es nötig, Dir die Wünsche herzuzählen, die mich für Dich erfüllen? Sie gipfeln auch heute wieder in dem einen, daß der Moment Eurer Aussöhnung nahe sein möge. Wohl weiß ich, daß Du dieser Möglichkeit mißtraust und Dein Mißtrauen aus dem Charakter Christinens zu begründen suchst. Und eine innere Stimme, die Dir zuflüstert, ›daß ihre Haltung ihr gutes Recht sei‹, kann Dich in Deinem Mangel an Vertrauen allerdings nur bestärken. Aber es liegt doch günstiger. Du hast unter Deiner Frau Dogmenstrenge gelitten, und ich habe Christine, als an ernste Konflikte noch nicht zu denken war, liebevoll gewarnt, Dich nicht in ein auf Leineweber berechnetes Konventikeltum oder wohl gar in eine Deiner Natur total widerstrebende Askese hineinzwingen zu wollen. Was darin von Anklage gegen Christine lag, das war berechtigt, und ich habe, um oft Gesagtes noch einmal zu sagen, weder Willen noch Veranlassung, etwas davon zurückzunehmen. Aber gerade in dieser ihrer Bekenntnisstrenge, darunter wir alle gelitten, haben wir auch das Heilmittel. Ob ihre noch immer lebendige Liebe zu Dir, wie sie sich in ihren Briefen, oft wohl gegen ihren Willen, zu erkennen gibt, die Kraft zu Verzeihung und Versöhnung besitzen würde, laß ich dahingestellt sein, ich sage nicht ja und nicht nein; aber was ihre Liebe vielleicht nicht vermöchte, dazu wird sie sich, wenn alles erst in die rechten Hände gelegt ist, durch ihre Vorstellung von Pflicht gedrängt fühlen. In die rechten Hände, sag ich. Noch kämpft es in ihr, und die brieflichen Vorstellungen unseres guten alten Petersen, der übrigens persönlich in seiner Zuversicht verharrt, haben bis zur Stunde wenig Erfolg gehabt, jedenfalls keinen Sieg errungen. Aber was dem alten rationalistischen Freunde, den sie so sehr liebt und den sie nur kirchlich nicht für voll ansieht, was unserem alten Petersen nicht gelingen wollte, das, denk ich, soll im rechten Augenblick unserem seit vier Wochen zum Generalsuperintendenten ernannten Schwarzkoppen ein leichtes oder doch wenigstens ein nicht allzuschweres sein. An Schwarzkoppen, den ich in der letzten Woche beinahe täglich gesehen, hab ich mich mit der dringenden Bitte gewandt, die Sache, bevor er uns und unsere Gegend verläßt, seinerseits in die Hand nehmen zu wollen, und da sich seine kirchlichen Überzeugungen mit seinen persönlichen Wünschen für Dich und Christine decken, so bezweifle ich keinen Augenblick, daß er da reüssieren wird, wo Petersen bisher scheiterte. Wenn Schwarzkoppen schon immer entscheidende Instanz für Christine war, wie jetzt erst, wo der Arnewieker Seminardirektor ein wirkliches Kirchenlicht geworden ist. Er ist nach Stettin, in seine heimatliche Provinz Pommern, berufen worden und wird uns Ende September verlassen, um am 1. Oktober sein neues Amt daselbst anzutreten. Ich mag diesen Brief nicht weiter ausdehnen, am wenigsten aber Wirtschaftliches berühren. Davon ein andermal. Gräfin Brockdorff seh ich jetzt häufig, teils in ihrem Hause, teils bei Rantzaus, aber auch gelegentlich hier in Arnewiek, wenn wir die Missionssitzungen haben, deren einer ich, freilich als ein sehr Unwürdiger, neulich präsidieren mußte. Christine hat meine Pfingsteinladung abgelehnt, angeblich weil die Dobschütz seit Frühjahr kränkle und der Pflege bedürfe. Der wahre Grund ist aber wohl der, daß sie nicht an Örtlichkeiten und in Kreise zurückkehren mag, die nur schmerzliche Erinnerungen in ihr wachrufen. In ihren Augen hat Gnadenfrei so viele Vorzüge und nicht zum wenigsten den, sich vor der Welt verbergen zu können. Aber ich getröste mich, daß das Bedürfnis nach dieser Weltabgeschiedenheit in ihr hinschwinden soll und daß wir sie recht bald in die Welt und in ein neues altes Glück zurückkehren sehen, in ein Glück, das nur ein Wahn unterbrach. Ein Wahn, aus dem zuletzt eine Schuld wurde. Was gäb ich darum, wenn dieses Pfingstfest schon Euern Einzug gesehen und die ganze Säulenhalle von Holkenäs in grünen Maien gestanden hätte, das alte Wappen über dem Eingang in einem wieder von Rosen durchflochtenen Kranz. Daß die Zukunft es so bringen möge, die nächste schon, mit diesem Wunsche laß mich schließen.

Dein Arne

Holk legte den Brief aus der Hand und sah freudig aufatmend nach dem Square hinüber, wo alles grünte und blühte. Der Eindruck, unter dem er stand, war der der reinsten Freude: Möglichkeiten, an deren Verwirklichung er kaum noch geglaubt hatte, nahmen Gestalt an, begrabene Hoffnungen standen wieder auf und wollten Gewißheit werden, und die durch Jahre hin äußerlich und innerlich Getrennten zogen wieder ein in das »Schloß am Meere«, und das alte Glück war wieder da.

Zweiunddreißigstes Kapitel

Und was Holk geträumt, es erfüllte sich oder schien sich doch erfüllen zu wollen.

Johannistag war, und ein sonniger blauer Himmel stand über ganz Angeln, am sonnigsten aber über Schloß Holkenäs. Wagen in langer Reihe hielten an den Treib- und Gartenhäusern hin, und das Holksche Wappen über dem Portale trug einen Efeukranz, in den weiße und rote Rosen eingeflochten waren. Arne hatte Myrte gewollt, aber Christine war dabei geblieben, daß es Efeu sein solle.

Und nun schlug es zwölf von Holkeby her, und kaum daß die zwölf Hammerschläge verklungen waren, so kam auch schon ein allmähliches Schwingen in die mächtige, jetzt von zwei Männern gezogene Glocke, die nun weit ins Land hinein verkündete, daß die Feier, zu der sich alle befreundeten Familien von nah und fern her versammelt hatten, ihren Anfang nehme. So war es denn auch, und nicht lange mehr, so öffnete sich die hohe, nach dem Park hinausführende Glastür, und wer von Neugierigen, und ihrer waren viele, draußen zwischen den Gartenbeeten einen guten Stand genommen hatte, der sah jetzt, wie sich drinnen im Saal alles zu einem Zuge ordnete, an dessen Spitze zunächst Holk und Christine erschienen, die Gräfin in weißem Atlas und einem Orangeblütenkranz im Haar, von dem ein Schleier niederhing. Hinter dem Paare, das nun wie zu neuem Ehebunde den Segen der Kirche empfangen sollte, schritten Asta und Axel, dann Arne, der die ältere Gräfin Brockdorff, und dann Schwarzkoppen, der die Dobschütz führte, viel andere mit ihnen, und zuletzt alle die, die gebeten hatten, der Feier im Festzuge beiwohnen zu dürfen, und deren Teilnahme, weil es Fernerstehende waren, die Herzen der wieder zu Trauenden besonders beglückt hatte. Dienerschaften schlossen sich an, und als der Zug, der sich auf Holkeby zu in Bewegung setzte, den zwischen den Tannen des Parkes hinlaufenden Kiesweg passiert hatte, trat man in ein Spalier ein, das die Holkebyer Bauerntöchter samt den Mädchen aus den Nachbardörfern gebildet hatten. Alle hielten Körbe in Händen und streuten Blumen über den Weg, einige aber, die dem Ansturm ihrer Gefühle nicht wehren konnten, warfen die Körbe beiseite und drängten sich an Christine heran, um ihr die Hand oder auch nur den Saum des Kleides zu küssen. »Sie machen eine Heilige aus mir«, sagte die Gräfin und suchte zu lächeln; aber Holk, dem sie die Worte zugeflüstert hatte, sah wohl, daß ihr dies alles mehr Pein als Freude schuf und daß sie, wie das in ihrer Natur lag, ängstlich schmerzliche Betrachtungen oder vielleicht selbst trübe Zukunftsgedanken an dies Übermaß von Huldigung knüpfte. Das volle Leben um sie her indes entriß sie dem wieder, und als sie jetzt deutlich hörte, daß der Glocken immer mehr wurden und daß es klang, als ob alle Kirchen im Angliter Lande das seltene Versöhnungsfest mitfeiern wollten, da fiel, auf Augenblicke wenigstens, alles Trübe von ihr ab, und ihr Herz ging auf in dem Klange, der gen Himmel stieg.

Und nun waren sie bis an die niedrige Kirchhofsmauer gekommen, an der entlang, wie damals, wo Asta und Elisabeth hier gesessen hatten, wieder hohe Nesseln standen und zerschnittene Stämme hochaufgeschichtet lagen, und als die vordersten daran vorüber waren, bog der Zug in das Portal ein und bewegte sich, zwischen Gräbern hin, auf die Kirche zu, die weit aufstand und einen freien Blick auf den erleuchteten Altar am Ende des Mittelganges gestattete.

Da stand Petersen.

Er war hinfällig gewesen all die Zeit über, und zu der Last seiner Jahre war schließlich auch noch die Last schwerer Krankheit gekommen. Als er aber vernommen hatte, daß »Schwarzkoppen, wenn Petersen bis Johannistag nicht wieder genesen sei, die Traurede halten solle«, da war er wieder gesund geworden und hatte denen, die zu Vorsicht und Schonung mahnen wollten, beteuert, daß er, und wenn's vom Sterbebett aus wäre, seine geliebte Christine wieder zum Glücke führen müsse. Das hatte alle Welt gerührt, ihm aber die Kraft seiner besten Jahre wiedergegeben, und da stand er nun so grad und aufrecht wie vor neunzehn Jahren, als er, auch an einem Johannistage, die Hände beider ineinandergelegt hatte.

Gesang hatte begonnen im selben Augenblicke, wo der Zug in den Mittelgang eintrat, und als das Singen nun schwieg, nahm Petersen zu kurzer Rede das Wort, alles Persönliche vermeidend, am meisten aber jeden Hinweis auf den »Ungerechten, über den mehr Freude sei im Himmel als über hundert Gerechte«. Statt dessen rief er in einem schlichten, aber gerade dadurch alle Versammelten tief ergreifenden Gebet die Gnade des Himmels auf die Wiedervereinten herab und sprach dann den Segen.

Und nun fiel die Orgel ein, und die Glocke draußen hob wieder an, und der lange Zug der Trauzeugen nahm jetzt den Rückweg dicht am Strande hin und stieg, als man den zur Dampfschiff-Anlegestelle führenden Brettersteg erreicht hatte, links einbiegend die Terrasse nach Schloß Holkenäs hinauf.

Da war die hochzeitliche Tafel unter der vorderen Halle gedeckt, derart, daß alle Gäste den Blick auf das Meer hin frei hatten, und als der Augenblick nun gekommen war, wo, wenn nicht ein Toast, so doch ein kurzes Festeswort gesprochen werden mußte, erhob sich Arne von seinem Platz und sagte, während er sich gegen Schwester und Schwager verneigte: »Auf das Glück von Holkenäs.«

Alle waren eigentümlich von den beinah schwermütig klingenden Worten berührt, und die, die dem Bräutigam zunächst saßen, stießen leise mit ihm an.

Aber eine rechte Freude wollte nicht laut werden, und jedem Anwesenden kam ein banges Gefühl davon, daß man das »Glück von Holkenäs«, wenn es überhaupt da war, nur heute noch in Händen hielt, um es vielleicht morgen schon zu begraben.

Dreiunddreißigstes Kapitel

Das Gefühl der Trauer, das bei der schönen Feier vorgeherrscht hatte, schien sich aber als ungerechtfertigt erweisen und »das Glück von Holkenäs« sich wirklich erneuern zu wollen. Diesen Eindruck empfingen wenigstens alle Fernerstehenden. Man lebte sich zu Liebe, sah viel Gesellschaft (mehr als sonst) und machte Nachbarbesuche, bei denen es von seiten Holks an Unbefangenheit und guter Laune nie gebrach, und nur wer schärfer zusah, sah deutlich, daß diesem allen doch das rechte Leben fehlte. Friede herrschte, nicht Glück, und ehe der Herbst da war, war namentlich für die Dobschütz und Arne kein Zweifel mehr, daß, was Christine anging, nichts da war als der gute Wille zum Glück. Ja, der gute Wille! Von Meinungsverschiedenheiten war keine Rede mehr, und wenn sich Holk, was gelegentlich noch geschah, in genealogischen Exkursen oder in Musterwirtschaftsplänen erging, so zeigte die Gräfin nichts von jenem Lächeln der Überlegenheit, das für Holk so viele Male der Grund zu Verstimmung und Gereiztheit gewesen war; aber dies ängstliche Vermeiden alles dessen, was den Frieden hätte stören können, das Abbrechen im Gespräch, wenn doch einmal ein Zufall ein heikles Thema heraufbeschworen hatte, gerade die beständige Vorsicht und Kontrolle brachte so viel Bedrückendes mit sich, daß selbst die letzten Jahre vor der Katastrophe, wo das eigentliche Glück ihrer Ehe schon zurücklag, als vergleichsweise glückliche Zeiten daneben erscheinen konnten.

Holk, bei seinem frischen, sanguinischen Naturell, wehrte sich eine Zeitlang gegen diese Wahrnehmung und ließ sich's angelegen sein, über die Zurückhaltung und beinahe Scheu hinwegzusehen, womit Christine seinem Entgegenkommen begegnete. Schließlich aber ward er ungeduldig, und als Ende September heran war, beschloß er in einem Gemütszustande, darin Mißmut und tiefe Teilnahme sich ablösten, mit der Dobschütz zu sprechen und ihre Meinung und wenn tunlich auch ihren Rat einzuholen.

Über Schloß und Park lag ein klarer frischer Herbstmorgen, und die Sommerfäden hingen ihr Gespinst an das hier und da schon blattlose Gesträuch. Asta war den Abend vorher aus der Pension eingetroffen und brannte darauf, gleich nach beendigtem Frühstück, zu dem man sich eben gesetzt hatte, nach Holkeby hinunterzusteigen und der Freundin unten im Dorf ihren Besuch zu machen. »Ich komme mit«, sagte Holk, und da die Dobschütz schon vorher zugesagt hatte, Asta begleiten zu wollen, so stiegen nun alle drei die Terrasse hinunter, um, am Strande hin, den etwas näheren und schöneren Weg zu nehmen. Die breite Wasserfläche lag beinahe unbewegt, und nur dann und wann schob eine schwache Brandung ihren Schaum bis dicht an die Düne heran. Asta war glücklich, das Meer wiederzusehen, und brach oft ab in Erzählung ihrer Pensionserlebnisse, wenn dann und wann ein wunderbarer Lichtschimmer gerade über die stille Flut hinglitt oder die Möwen ihre Flügel darin eintauchten; aber mit einem Male war ihr Interesse für Meer und Lichtreflexe hin, und Elisabeth Petersens ansichtig werdend, die, von der Düne her, auf den Strand hinaustrat, eilte sie der Freundin entgegen und umarmte und küßte sie. Holk und die Dobschütz waren in diesem Augenblicke zurückgeblieben, was den beiden vor ihnen herschreitenden Freundinnen, die sich natürlich eine Welt von Dingen zu sagen hatten, sehr zupaß kam, aber auch Holk war es zufrieden, weil ihm der sich rasch erweiternde Zwischenraum eine lang herbeigewünschte gute Gelegenheit bot, mit der Dobschütz ungezwungen über Christine zu sprechen.

»Es ist mir lieb, liebe Dobschütz«, begann er, »daß wir einen Augenblick allein sind. Ich habe schon längst mit Ihnen sprechen wollen. Was ist das mit Christine? Sie wissen, daß ich nicht aus Neugier frage, noch weniger, um zu klagen, und am allerwenigsten, um anzuklagen. Es hat Zeiten gegeben, wo Sie dergleichen mit anhören mußten, wo Sie schlichten sollten; aber wie Sie wissen, liebe Freundin, diese Zeiten liegen zurück und kehren nicht wieder. Aller Streit ist aus der Welt, und wenn ich mit Christine durch den Park gehe, wie's noch heute vor dem Frühstück der Fall war, und das Eichhörnchen läuft über den Weg und der Schwan fährt über den Teich und Rustan, der uns begleitet, rührt sich nicht, vielleicht auch dann nicht, wenn ein Volk Hühner auffliegen sollte – so fällt mir immer ein Bild ein, auf dem ich mal das Paradies abgebildet gesehen habe; alles auf dem Bilde schritt in Frieden einher, der Löwe neben dem Lamm, und der liebe Gott kam des Weges und sprach mit Adam und Eva. Ja, liebe Dobschütz, daran erinnert mich jetzt mein Leben, und ich könnte zufrieden sein und sollt es vielleicht. Aber ich bin es nicht, ich bin umgekehrt bedrückt und geängstigt. Handelte sich's dabei nur um mich, so würd ich kein Wort verlieren und in dem, was mir, trotz des vorhandenen Friedens, an Behagen und Freude fehlt, einfach eine mir auferlegte Buße sehen und nicht murren, ja vielleicht im Gegenteil etwas wie Genugtuung empfinden. Denn ein Unrecht fordert nicht bloß seine Sühne, sondern diese Sühne befriedigt uns auch, weil sie unserem Rechtsgefühl entspricht. Also noch einmal, wenn ich jetzt spreche, so sprech ich nicht um meinet-, sondern um Christinens willen und weil jeder Tag mir zeigt, daß sie wohl vergessen möchte, aber nicht vergessen kann. Und nun sagen Sie mir Ihre Meinung.«

»Ich glaube, lieber Holk, daß Sie's mit Ihrem Wort getroffen haben – Christine will vergessen, aber sie kann es nicht.«

»Und hat sie sich in diesem Sinne gegen Sie geäußert? Hat sie zu verstehen gegeben, daß alles doch umsonst sei?«

»Das nicht.«

»Und doch leben Sie dieser Überzeugung?«

»Ja, lieber Holk, leider. Aber Sie dürfen aus diesem mich allerdings beherrschenden Gefühle nichts Schmerzlicheres und namentlich auch nichts Gewisseres ableiten wollen, als nötig, als zulässig ist. Ich weiß nichts Gewisses. Denn wenn ich auch nach wie vor der Gegenstand von Christinens Freundschaft bin – und wie könnt es auch anders sein, zeigt ihr doch jede Stunde, wie sehr ich sie liebe –, so bin ich doch nicht mehr der Gegenstand ihrer Mitteilsamkeit. Wie sie gegen alle schweigt, so auch gegen mich. Das ist freilich etwas tief Trauriges. Sie war daran gewöhnt, ihr Herz gegen mich auszuschütten, und als wir damals, ein unvergeßlich schmerzlicher Tag, aus dem Hause gingen und erst im Dorfe unten und dann in Arnewiek und zuletzt in Gnadenfrei die schwere Zeit gemeinschaftlich durchlebten, da hat sie nichts gedacht und nichts gefühlt, was ich nicht gewußt hätte. Wir waren zwei Menschen, aber wir führten nur ein Leben, so ganz verstanden wir uns. Aber das war von dem Tage an vorbei, wo Christine wieder hier einzog. In ihrem feinen Sinn sagte sie sich, daß nun wieder eine neue Glücks- und Freudenzeit angebrochen sei oder wenigstens anbrechen müsse, und weil ihr – Verzeihung, lieber Holk, wenn ich dies ausspreche –, weil ihr die rechte Freude doch wohl ausblieb und ihr andererseits ein weiteres Klagen unschicklich oder wohl gar undankbar gegen Gott erscheinen mochte, so gewöhnte sie sich daran, zu schweigen, und bis diesen Tag muß ich erraten, was in ihrer Seele vorgeht.«

Holk blieb stehen und sah vor sich hin. Dann sagte er: »Liebe Dobschütz, ich kam, um Trost und Rat bei Ihnen zu suchen, aber ich sehe wohl, ich finde davon nichts. Ist es so, wie Sie sagen, so weiß ich nicht, wie Hilfe kommen soll.«

»Die Zeit, die Zeit, lieber Holk. Des Menschen guter Engel ist die Zeit.«

»Ach, daß Sie recht hätten. Aber ich glaub es nicht: die Zeit wird nicht Zeit dazu haben. Ich bin nicht Arzt, und vor allem verzicht ich darauf, in Herz und Seele lesen zu wollen. Trotzdem, soviel seh ich klar, wir treiben einer Katastrophe zu. Man kann glücklich leben, und man kann unglücklich leben, und Glück und Unglück können zu hohen Jahren kommen. Aber diese Resignation und dieses Lächeln – das alles dauert nicht lange. Das Licht unseres Lebens heißt die Freude, und lischt es aus, so ist die Nacht da, und wenn diese Nacht der Tod ist, ist es noch am besten.«

Eine Woche später war eine kleine Festlichkeit auf Holkenäs, nur der nächste Freundeskreis war geladen, unter ihnen Arne und Schwarzkoppen, auch Petersen und Elisabeth. Man saß bis Dunkelwerden im Freien, denn es war trotz vorgerückter Jahreszeit eine milde Luft, und erst als drinnen die Lichter angezündet wurden, verließ man den Platz unter der Halle draußen, um in dem großen Gartensalon zunächst den Tee zu nehmen und dann ein wenig zu musizieren. Denn Asta hatte sich während ihrer Pensionstage zu einer kleinen Virtuosin auf dem Klavier ausgebildet, was, seit sie zurück war, zu fast täglichen Begegnungen und Übungsstunden mit Elisabeth geführt hatte. Heute nun sollte dem innerhalb der nächsten Tage aus seiner Arnewieker Stellung scheidenden Schwarzkoppen zu Ehren mancherlei Neues zum Vortrag kommen, und als das Hin- und Herlaufen der Dienerschaften und das Geklapper des Teegeschirrs endlich ein Ende genommen hatte, begannen beide Freundinnen ziemlich hastig in der Musikmappe zu suchen, bis sie, was sie brauchten, gefunden hatten, nur zwei, drei Sachen, weil Holk alles Musizieren als eine gesellschaftliche Störung ansah. Das erste, was zum Vortrag kam, war ein Lied aus Flotows »Martha«, woran sich das Robert Burnssche »Und säh ich auf der Heide dort« unmittelbar anschloß, und als die letzten Zeilen auch dieses Liedes unter allseitigem Beifall verklungen waren, kündete Asta der immer aufmerksamer gewordenen Zuhörerschaft an, daß nun ein wirkliches Volkslied folgen solle; denn Robert Burns sei doch eigentlich auch nur ein Kunstdichter.

Schwarzkoppen bestritt dies entschieden und sah sich dabei von seiten Arnes unterstützt, der, in seiner Eigenschaft als Oheim, hinzusetzen durfte: »das sei so moderner Pensionsgeschmack«, und einmal im Zuge, wär er sicher noch weiter gegangen und hätte der derartig herausfordernden Bemerkungen noch mehrere gemacht, wenn nicht Holk im selben Augenblicke mit der wiederholten Frage, wie das vorzutragende Volkslied denn eigentlich heiße, dazwischengefahren wäre.

»Das Lied heißt gar nicht«, antwortete Asta.

»Unsinn. Jedes Lied muß doch einen Namen haben.«

»Das war früher so. Jetzt nimmt man die erste Zeile als Überschrift und macht Gänsefüßchen.«

»Jawohl«, lachte Holk. »Gänsefüßchen: das glaub ich.«

Und nun schwieg der Streit, und nach einem kurzen Vorspiel Astas begann Elisabeth mit ihrer schönen, dem Text wie der Komposition gleich angepaßten Stimme:

Denkst du verschwundener Tage, Marie,
Wenn du starrst ins Feuer bei Nacht?
Wünschst du die Stunden und Tage zurück,
Wo du froh und glücklich gelacht?
Ich denke verschwundener Tage, John,
Und sie sind allezeit mein Glück,
Doch die mir die liebsten gewesen sind,
Ich wünsche sie nicht zurück...

Als dies Lied schwieg und gleich danach auch die Begleitung, eilten alle, sogar Holk, auf den Flügel zu, um Elisabeth, die verlegen die Huldigungen in Empfang nahm, ein freundliches Wort zu sagen. »Ja«, sagte Asta, die sich des Triumphes der Freundin freute, »so schön hast du's noch nie gesungen.« Alle wünschten denn auch die Strophe noch einmal zu hören, und nur eine war da, die sich dem Wunsche nicht anschloß, weil ihr inmitten des allgemeinen Aufstandes nicht entgangen war; daß Christine, ganz so wie vor zwei Jahren bei Vortrag des schwermütigen Waiblingerschen Liedes, den Salon in aller Stille verlassen hatte.

Die, die dies wahrnahm, war natürlich die Dobschütz, der zugleich ein Zweifel kam, ob sie der Freundin folgen solle oder nicht. Zuletzt entschied sie sich dafür und stieg die Treppe hinauf, um Christine in ihrem Schlafzimmer aufzusuchen. Da saß sie denn auch, die Hände gefaltet, die Augen starr zu Boden gerichtet.

»Was ist dir, Christine? was hast du?«

Und die Dobschütz kniete vor ihr nieder und nahm ihre Hand und bedeckte sie mit Küssen und Tränen.

»Was hast du?« wiederholte sie ihre Frage und sah zu ihr auf. Christine aber, während sie die Hand aus der Hand der Freundin löste, sagte leise vor sich hin:

»Und die mir die liebsten gewesen sind,

Ich wünsche sie nicht zurück.«

Vierunddreißigstes Kapitel

Eine Woche war vorüber seitdem.

Es war eine milde Luft, und wäre nicht der wilde Wein gewesen, der sich mit seinen schon herbstlich roten Blättern um einzelne Säulen von Schloß Holkenäs emporrankte, so hätte man glauben können, es sei wieder Johannistag und das schöne Fest, das ein Vierteljahr vorher ganz Angeln mit begangen hatte, werde noch einmal gefeiert. Denn nicht nur lag es hell und beinahe sommerlich, wie damals bei der Wiedertrauung des gräflichen Paares, über Schloß und Park, auch die lange festliche Wagenreihe, die heute, genau wie am Tage der erneuten Trauung, zahlreiche Gäste gebracht hatte, war wieder da. Dazu klangen auch die Glocken wieder weit ins Land hinein, und die Mädchen von Holkeby standen, wie damals beim Erscheinen des hochzeitlichen Zuges, das Dorf entlang und streuten ihre Blumen. Aber heute waren es weiße Astern, die sie streuten, und die, die vom Schlosse her des Weges kam, war eine Tote; vorauf Musik, hinter dem Sarge Holk und die Kinder und dann in langem Zuge die Verwandten und Freunde. Petersen stand am Kirchhofseingang, und dem Zuge vorauf schritt er jetzt auf das Grab zu, das neben der baufälligen alten Gruft bereitet war. Hier angekommen, schwieg der Choral, alle Häupter entblößten sich, und dann senkten sie den Sarg hernieder, und die Erde schloß sich über Christine Holk. Ein Herz, das sich nach Ruhe sehnte, hatte Ruhe gefunden.

Julie von Dobschütz

an Generalsuperintendent Schwarzkoppen

Schloß Holkenäs, den 14. Oktober 1861

Ew. Hochwürden wollen von unserer Freundin hören, deren Tod das erste war, was Sie, nach Ihrem Amtsantritt in Ihrer alten Heimat, von hier aus erfuhren. Ich komme Ihrem Wunsche freudig nach, denn neben allem Schmerzlichen ist es mir immer wieder ein Trost und eine Erhebung, von der teuren Toten sprechen zu dürfen.

An dem Tage, wo Sie sie zuletzt sahen, reifte wohl ein Gedanke in ihr, den sie lange mit sich umhertragen mochte. Vielleicht entsinnen Sie sich des elegischen, beinahe schwermütigen Volksliedes, das Elisabeth Petersen an jenem Abende vortrug – Christine verließ gleich danach das Zimmer, und ich glaube, daß es von dem Augenblicke an in ihr feststand. Ich fand sie tief erschüttert und bekenne, daß bange Ahnungen sofort mein Herz erfüllten, Ahnungen, die niederzukämpfen mir nur dadurch gelang, daß ich mir den christlichen Sinn und die ganze Glaubensfestigkeit der teuren Entschlafenen vergegenwärtigte, den christlichen Sinn, der das Leben trägt, solange Gott es will.

Der nächste Tag schien mir auch ein Recht zu diesem meinem Vertrauen geben zu sollen. Christine hatte sich, wie sie mir sagte, spät erst zur Ruhe begeben, aber ihr Aussehen zeigte nichts von Überwachtsein, im Gegenteil, eine Frische gab sich zu erkennen, wie ich sie, seit dem

Tage ihrer Wiedervereinigung, nicht mehr an ihr wahrgenommen hatte. Sie war, als sie zum Frühstück kam, entgegenkommender und freundlicher als gewöhnlich, schlug einen beinah herzlichen Ton an und redete Holk zu, sich an einer für den zweitnächsten Tag festgesetzten Jagdpartie zu beteiligen, zu der er eben eine Einladung von Graf Baudissin erhalten hatte. Dann besprachen sie sonderbarerweise Toilettenangelegenheiten, sogar ganz ausführlich, aber freilich nur mit Rücksicht auf Asta, die nun über siebzehn sei und in die Gesellschaft eingeführt werden müsse, bei welchem Worte sich ihr Auge mit Tränen füllte.

So verging der Tag, und die Sonne stand schon tief, als sie mich aufforderte, mit ihr an den Strand zu gehen. ›Aber‹, setzte sie hinzu, ›wir müssen uns eilen und unten sein, eh es dunkel wird.‹

Und gleich danach stiegen wir die Terrasse hinab. Unten angekommen, war ihr der Weg am Strande hin nicht recht, der Sand sei so feucht und ihr Schuhzeug so leicht, und so gingen wir denn auf den Steg hinauf, in einem Gespräch, in dem die Gräfin absichtlich jedes ernstere Thema zu vermeiden schien. Als wir endlich bis an die Plattform und die kleine Treppe gekommen waren, an der die Dampfschiffe anlegen, setzten wir uns auf eine Holzbank, die Holk seit kurzem erst an dieser Stelle hat aufstellen lassen, und sahen in die Sonne, deren Widerschein auf dem nur wenig bewegten Meere fast noch schöner war als ihre Farbenpracht in dem Gewölk darüber. ›Wie schön‹, sagte Christine. ›Laß uns den Untergang hier abwarten. Freilich, es wird schon kalt, und du könntest uns wohl unsere Mäntel holen. Aber, bitte, spare dir die Stufen und ruf es bloß die Terrasse hinauf. Asta wird es schon hören.‹

Sie sprach das alles mit einem Anflug von Verlogenheit, denn etwas Unwahres sagen widerstrebte ihrer Natur; aber wenn diese Verlegenheit auch gefehlt hätte, so wäre mir das Ganze doch aufgefallen, weil ihre fast zu weit gehende Zartheit und Güte gegen mich es immer ängstlich vermied, irgendeinen Dienst von mir zu fordern. Sie sah auch, welche Richtung meine Gedanken nahmen, aber ich durfte sie's doch nicht klar und unumwunden wissen lassen, was an Besorgnis in meiner Seele vorging, und so ging ich denn den Steg wieder zurück und die Terrasse hinauf, denn das mit dem ›Hinaufrufen, bis Asta es höre‹, war nur so hingesagt worden.

Als ich wieder am Ausgang des Steges ankam, fand ich die Gräfin nicht mehr und wußte nun, was geschehen. Ich eilte zurück, um Hilfe zu holen, trotzdem ich sicher war, daß alles nutzlos sein würde. Holk war wie betäubt und wußte sich nicht Rat. Endlich aber wurde das Dorf alarmiert, und bis in die Nacht hinein suchte man an Steg und Strand. Auch Boote wurden abgelassen und fuhren ins Meer hinein, auf eine nur von wenig Wasser überspülte Sandbank zu, die dem Stege quer vorliegt. Aber durch Stunden hin ohne jeden Erfolg, und erst am andern Morgen kamen Holkebyer Fischer aufs Schloß und meldeten, daß sie die Gräfin gefunden hätten. Wir gingen nun alle hinunter. Der Ausdruck stillen Leidens, den ihr Gesicht so lange getragen hatte, war dem einer beinah heiteren Verklärung gewichen, so sehr bedürftig war ihr Herz der Ruhe gewesen. Und auf einer Bahre, die man aus der Kirche herbeigeschafft hatte, trug man sie nun, weil man die Steigung der Terrasse vermeiden wollte, durch die Düne bis ins Dorf und dann den mäßig ansteigenden Parkweg hinauf. Alles drängte herzu, und die armen Leute, für die sie gesorgt, wehklagten, und bittere Worte wurden laut, die der Graf, so hoffe ich, nicht hörte.

Wie das Begräbnis war und wie Petersen sprach, der an diesem Tage, das muß ich bezeugen, auch das rechtgläubigste Herz zufriedenstellen konnte, das haben Sie gelesen in dem ›Arnewieker Boten‹, den Ihnen Baron Arne geschickt hat, und vielleicht auch in den ›Flensburger Nachrichten‹.

Ich habe nur noch hinzuzufügen, was vielleicht angetan ist, uns über den Seelenzustand der Gräfin und über das, was sie den letzten Schritt tun ließ, ins klare zu bringen. In derselben Stunde noch, als wir sie vom Strand heraufgebracht hatten, gingen wir auf ihr Zimmer und suchten, ob sich nicht ein Abschiedswort fände. Wir fanden auch wirklich mehrere Briefbogen, deren Anredeworte zeigten, daß sie den Willen gehabt hatte, von den ihr Zunächststehenden, von Holk, von Arne und auch von mir, Abschied zu nehmen. Den Überschriften an Arne und mich waren ein paar Worte wie ›Habe Dank‹ und ›Wenn Du diese Zeilen liest‹ hinzugefügt, aber alles war wieder durchstrichen, und dem Bogen mit der Anrede ›Lieber Holk‹ fehlte auch das. Dafür war dem für Holk bestimmten Bogen ein zerknittertes und dann wieder sorgsam glattgestrichenes Blatt eingelegt, darauf das Lied stand, das Elisabeth Petersen, unmittelbar vor Holks Abreise nach Kopenhagen, gesungen und dessen Vortrag damals, ähnlich wie jetzt das vorerwähnte Volkslied aus dem Englischen, einen so tiefen Eindruck auf Christine gemacht hatte. Dieses jüngst gehörten Volksliedes werden sich Ew. Hochwürden sicherlich noch erinnern, aber das früher gehörte wird Ihrem Gedächtnis entschwunden sein, weshalb es mir gestattet sein mag, der ersten Strophe desselben hier eine Stelle zu gehen. Diese Strophe lautete:

Die Ruh ist wohl das Beste
Von allem Glück der Welt;
Was bleibt vom Erdenfeste,
Was bleibt uns unvergällt?
Die Rose welkt in Schauern,
Die uns der Frühling gibt;

Wer haßt, ist zu bedauern,
Und mehr noch fast, wer liebt.

Die letzte Zeile war leis und kaum sichtbar unterstrichen. Eine ganze Geschichte lag in diesen verschämten Strichelchen.

Ihnen wird Ihr Amt und Ihr Glaube die Kraft geben, den Tod der Freundin zu verwinden, aus meinem Leben aber ist das Liebste dahin, und was mir bleibt, ist arm und schal. Asta bittet, sich Ihnen empfehlen zu dürfen, ebenso Elisabeth Petersen.

Ew. Hochwürden ergebenste

Julie von Dobschütz«

CPSIA information can be obtained
at www.ICGtesting.com
Printed in the USA
LVHW102050171022
730905LV00004B/422